Federica de Cesco

Abenteuer ferne Welten

Dieses große Lesebuch beinhaltet die drei Romane:

- Ein Pferd für mich
- Das Geheimnis der goldenen Vögel
- Pablo und die Cowboys

aare

Federica de Cesco

Abenteuer ferne Welten

Schutzumschlag von Fataneh Ramazani

Printed in Germany

ISBN 3-7260-0384-3
Bestellnummer 02 00384

Die Deutsche Bibliothek – CIP-Einheitsaufnahme

Cesco, Federica de:
Abenteuer ferne Welten / Federica de Cesco. -
Aarau ; Frankfurt am Main ; Salzburg : Aare, 1993
ISBN 3-7260-0384-3

Ein Pferd für mich

Von der Autorin durchgesehene Übersetzung von
Bruno Berger

1

Auf der Höhe des Bergrückens hielt Cathy ihr Pferd an. Drückende Hitze lag über dem ausgedörrten Tal. Die Ranch ihres Vaters sah von hier oben wie ein von Zündhölzchen umstellter Holzwürfel aus. Die Pferde im Corral machten einen erschöpften Eindruck. Der alte Lord hatte sich an einer schattigen Stelle beim Zaun ins dürre Gras gelegt, doch Ruby, die nervöse Stute, schlug unaufhörlich mit dem Schweif, um die Mücken zu vertreiben. Buster, den Cathy gerade ritt, hatte den schwierigen Charakter seiner Mutter; welche Mühe hatte sich Cathy gemacht, um das Pferd an Sattel und Zaumzeug zu gewöhnen! Auch jetzt duldete Buster nur Cathy auf seinem Rücken.

Ben O'Malley hatte es zu spüren bekommen. Selbstgewiß hatte er erklärt: «Ich treib dem Gaul schon die Flausen aus!» Nach langen Mühen saß er endlich im Sattel — doch zehn Sekunden später flog er durch die Luft und landete im Staub. Cathy, über den Zaun gelehnt, lachte Tränen. Fluchend und tief beleidigt hatte sich Ben hochgerappelt; doch im Grunde war er auf seine Tochter stolz. Cathy war anders als die langweiligen Zierpuppen in Santa Fé, die mit einem rosa Schirmchen ihren Teint vor der Sonne schützten. Nein, da war doch seine Tochter aus anderem Stoff gemacht! Auf sie konnte man sich wie auf einen Sohn verlassen. Sie hatte Mumm in den Knochen. Unermüdlich und zäh — und dabei fröhlich und ohne Launen. Manchmal etwas frech, und das war gut so. In diesem Land mußte man schlagfertig sein, wenn

man nicht unter die Räder kommen wollte!
Für junge Männer begeisterte sich Cathy überhaupt nicht. Das war ihm nur recht. «Wenn die Mädchen anfangen, nach den Jungen zu schielen, geht der Ärger los», pflegte er zu sagen.
Kürzlich hatte Cathy lachend bemerkt: «Pa, wenn mich einmal einer heiraten will, muß er zuerst auf Buster reiten. Wenn er länger als fünfzehn Sekunden im Sattel bleibt, dann will ich es mir überlegen.»
«Bevor du ans Heiraten denkst», war Bens Antwort, «mußt du reich sein; sonst bekommst du nur einen Landstreicher. Aber nur Geduld, Cathy; laß deinen alten Vater nur machen. Bald haben wir in Santa Fé ein großes Haus, du bekommst die schönsten Kleider und dazu ein Gespann mit einem Kutscher, wenn du zum Tanzen fahren willst.»
Cathy zuckte nach dieser schönen Rede nur mit den Schultern. Sie hatte nicht die geringste Lust, gestärkte Unterwäsche zu tragen, sich in Kleider zu zwängen, in denen man kaum atmen konnte, unter Hüten wie Wagenräder hervorzuschielen und sich mit Bändern und Blumen zu behängen. Morgens bis abends lief sie in einem alten Baumwollkleid oder Blue Jeans herum und fühlte sich frei wie ein Vogel. Außerdem, was sollte sie mit einem Gespann anfangen? Sie brauchte keinen Kutscher, um zum Tanzen oder sonst wohin zu fahren. Selber zu reiten war doch viel besser! Obendrein konnte sie gar nicht tanzen, und falls diese eingebildeten jungen Dinger von der Stadt sich über sie lustig machen sollten, würde sie ihnen die schauderhaften, mit Blumen und Federn garnierten Hüte von den Köpfen reißen und Buster zum Fressen geben!
Übrigens machte sich Cathy keine Illusionen: sie und ihr

Vater würden niemals reich sein. Ben beackerte zwar mit der sprichwörtlichen irischen Hartnäckigkeit seine Mais- und Süßkartoffelfelder, verschwendete aber die meiste Zeit damit, auf seinem Besitztum eine Goldader zu suchen. Stundenlang sah man ihn im Staub, Kies und Geröll unter der brennenden Sonne herumkriechen. Cathy spaltete unterdessen Holz, pumpte Wasser, versorgte die Pferde, die Schafe und die Kaninchen. Kam Ben abends mürrisch und zerschlagen nach Hause, weil er den ganzen Nachmittag auf den Knien herumgerutscht war und sich außerdem noch in ein Nest Riesenameisen gesetzt hatte, so empfing ihn Cathy fröhlich, munter, die Haare noch naß von einer Dusche unter der Pumpe. Sie gähnte nicht einmal nach ihrem anstrengenden Tag und wäre lieber stundenlang im Mondenschein spazieren gegangen, als sich ins Bett zu verziehen.

Ben aber stöhnte und jammerte: «Da sieht man es wieder! Du verspielst den ganzen Tag mit deinen Pferden im Corral, und ich kann den ganzen Tag nur schuften, um die Familie zu ernähren!»

«Ja, Pa», sagte Cathy freundlich, «du hast recht. Hier ist warmer Kaffee. Ich habe Dir noch einen Kuchen gebacken. Setz dich und ruh dich aus; ich will inzwischen die Schafe eintreiben.»

Jetzt war Cathy gerade von Santa Fé zurückgekommen, wo sie, wie jede Woche, im Drugstore eingekauft hatte: Zucker, Mehl, Gewürze und einiges anderes. Buster war schwer beladen! Cathy hatte nicht den Laden verlassen, ohne eine riesige Tüte Pfefferminzbonbons mitzunehmen. Pfefferminzbonbons waren ihre Leidenschaft: sie klebten so schön an den Zähnen! Danach war sie zwei Stunden in der Stadt umhergeschlendert. Es gab in Santa Fé eine

Menge interessanter Dinge: dreistöckige, aus Ziegeln erbaute Häuser, Luxusläden, spanische Landhäuser mit Höfen voller Blumen und Sträucher, in denen schmachtende Senoritas, die süßen Gesichterchen mit schwarzen Spitzenschleiern verhüllt, gelangweilt auf und ab gingen. Hübsche und dekorative Zierpuppen, zu nichts anderem nutz als stundenlang zu sticken, Blumen zu pflücken, den Jungen nachzuschielen und zu klatschen. Von morgens bis abens aßen sie Torten und Kuchen. Kein Wunder, daß sie schnell dick wurden! Mit dreißig Jahren sahen sie aus wie ein Sack! Cathy wußte genau, daß sie selber nie so werden wollte!

Diese jungen Damen schauten sich die Augen aus dem Kopf, weil Cathy keine Strümpfe trug und im Herrensitz ritt. Sie zu ärgern war zu jener Zeit Cathys liebster Spaß. Im tollen Galopp ritt sie auf die Gärten zu und stieß dabei gellend den Kriegsruf der Navajos-Indianer aus, den Sarita sie gelehrt hatte. Wie aufgescheuchte Hühner stoben dann die Dämchen kreischend auseinander — und Cathy bog sich vor Lachen. Santa Fé machte Cathy zwar Spaß, aber wohnen wollte sie hier nicht. Zuviel Lärm, zuviele Wagen, zuviel Getratsche und zuviel ungesunder Staub. In den Straßen staute sich die Hitze. Regnete es einmal, so waren die hölzernen Gehwege von schmutzigem Schlamm überschwemmt. In dieser Stadt durfte man nicht einmal unbekümmert schlendern. Cathy dachte mit Schrecken an jenen Tag, als plötzlich ein roter, achtspänniger Feuerwehrwagen mit Getöse um eine Ecke gebraust war und sie um ein Haar überfahren hätte!

Außerdem und vor allem gab es in Santa Fé eine Mrs. Collins. Wie konnte es der Himmel nur zulassen, daß es auf Erden eine Mrs. Agatha Collins gab!

Jedesmal, wenn Cathy sich zu einem Ritt in die Stadt

aufmachte, sagte Ben unweigerlich: «Vergiß nicht, bei Mrs. Collins 'reinzuschauen!»
Und jedesmal antwortete Cathy gereizt: «Ach Pa! Ist das wirklich notwendig? Du weißt doch, daß sie mich ganz verrückt macht! Wenn ich endlich von ihr loskomme, bin ich so gereizt, daß ich Revolverschüsse in die Luft feuern möchte!»
«Ich kann gut verstehen», hatte Ben heute morgen gesagt, «daß du sie nicht magst. Ich selber bin gar nicht damit einverstanden, daß sie dich beeinflussen will. Gehst du aber nicht hin, so macht sie mir die größte Szene, wenn ich ihr das nächste Mal meinen Mais bringe, und ich kann dir sagen, zum Donnerwetter, daß das kein Spaß ist! Wenn ich dann entweichen kann, habe ich jedesmal die größte Lust, zwölf Whiskies auf einmal hinunterzustürzen, nur damit ich spüre, ich habe noch einen eigenen Willen.» Cathy lachte. «Doch die Lage ist so», fuhr der Vater fort, «sie mag uns. Es ist gemein, einen Menschen zu enttäuschen, der einem gut gesinnt ist. Freundschaft ist kostbar; wir dürfen so etwas nicht aufs Spiel setzen!»
Cathy schnitt eine Grimasse. Sie persönlich hätte liebend gerne auf diese Freundschaft verzichtet! Mrs. Collins roch nach Mottenpulver und Minzentee. Sie strotzte vor Tugend und steckte bis an den Hals in allen möglichen Wohltätigkeitsvereinen. Ihr Mann, Joe Collins, war Hilfssheriff von Santa Fé. Seine Autorität galt überall, außer bei sich zu Hause. Dort führte Mrs. Collins das Regiment! Zweimal in der Woche leistete sie freiwilligen Hilfsdienst im Krankenhaus. Sie hatte vor drei Jahren Cathys Mutter, die an Typhus erkrankt war, gepflegt und war bei ihr, als sie starb. Daraus leitete sie den Anspruch ab, sich um die Erziehung, oder genauer: den

Mangel an Erziehung, bei Cathy zu kümmern.
So oft Cathy den vornehmen, halbdunklen Salon betrat, in dem es immer muffig roch, war sie verlegen und hatte ein schlechtes Gewissen. Sie fühlte sich ungeschickt, schmutzig und so fehl am Platze wie ein Cowboy in einem New Yorker Tanzsaal. Da Mrs. Collins Engländerin war, hielt sie streng an der Sitte des Fünfuhrtees fest. Cathy mußte steif auf einem Sessel sitzen — in der einen Hand die volle Teetasse, in der anderen den Kuchenteller — und zitterte vor Angst, es könnte irgend etwas auf ihr Kleid oder, noch schlimmer, auf den Teppich fallen.
Mrs. Collins hegte sehr bestimmte Anschauungen über die Art, wie ein Mädchen erzogen werden sollte: von früher Kindheit an muß ein Kind weiblichen Geschlechtes auf seine zukünftige Rolle als Gattin und Mutter vorbereitet werden. Ein Mädchen muß kochen, nähen, sticken und stricken lernen. Zur Unterhaltung: etwas Musik, ein wenig Zeichnen. Keine Lektüre; das verwirrt und lenkt den Geist auf Nichtigkeiten. Nur die Bibel und einige erbauliche Werke sind erlaubt. Ein Mädchen muß eine bescheidene und würdige Haltung einnehmen. Wenn ein Mann das Wort an sie richtet, soll sie die Augen niederschlagen; einem Unbekannten darf sie nicht antworten. Ein Mädchen darf sich nicht allein auf der Straße zeigen, sie soll nicht tanzen, nicht rennen und nicht laut singen. Sogar bei der größten Hitze muß sie hochgeschlossene Kleider mit Ärmeln bis zu den Handgelenken tragen. Nur auf diese Weise kann es ihr, wenn Gott es will, gelingen, einen Mann zu bekommen.
Cathy hatte nicht die geringste Lust, einen Mann zu bekommen, und vor allem nicht auf solche Weise. Ihr größtes Vergnügen bestand darin, allein spazieren zu ge-

hen, zu reiten und laut zu singen. Sie sah überhaupt keinen Grund, vor einem Mann die Augen niederzuschlagen. Sie konnte so schnell wie ein Junge laufen und verstand sogar einen Dolch zu schleudern, arbeitete auf dem Feld, und niemand außer ihr konnte Buster zähmen. Lesen langweilte sie; außerdem hatte sie keine Zeit dafür.
Heute nachmittag hatte Mrs. Collins sie getadelt, weil sie keinen Unterrock trug.
«Eine Dame darf von ihren Beinen nie mehr zeigen, als gerade die Fesseln. Es ist sehr unpassend, daß du deine Waden zeigst. Zieh bitte deinen Rock tiefer! Was, du trägst keinen Unterrock?»
Cathy gehorchte nervös und schielte nach ihrer schwankenden Teetasse.
«Aber ich...»
«Sprich nicht mit vollem Mund!»
Eilig schlucke Cathy.
«Ein Unterrock», erklärte sie, «ist beim Reiten hinderlich! Er klebt an den Beinen.»
«Ums Himmels willen!» stöhnte Mrs. Collins, «schämst du dich nicht so zu reden? Wo bist du denn erzogen worden?»
Cathy wußte nicht, was sie Falsches gesagt hatte. Wirklich, Mrs. Collins mußte verrückt sein! Bei ihr konnte man nicht den Mund auftun, ohne eine Dummheit zu sagen.
Mrs. Collins ihrerseits war der Meinung, noch nie ein so unhöfliches Mädchen gesehen zu haben. Wahrscheinlich handelte es sich um reine Naivität, aber umso schlimmer! Sie schien kaum mehr Verstand zu haben als eine Zehnjährige. Wie ein wild wachsendes Unkraut war sie: trocken, spröde, ohne jeden Reiz. Und dieses ins Gesicht hängende Haar — schrecklich!

«Streich dein Haar hinter die Ohren zurück, wie es sich für ein anständiges Mädchen gehört», befahl Mrs. Collins. «Woher hast du denn diese kitschige Halskette? Das ist kein vornehmer Schmuck!»

Vornehm. Anständig. Wohlerzogen. Mrs. Collins hatte keine anderen Ausdrücke zur Verfügung. Oh, wie geht sie mir auf die Nerven! dachte Cathy verzweifelt.

«Das ist ein Glücksbringer, er soll böse Geister vertreiben», erklärte sie unwillig. «Ein Geschenk von Sarita.»

«Wer ist Sarita?»

«Meine beste Freundin. Ihr Vater ist Häuptling der Navajo-Indianer in der Reservation. Sie besitzt einen kleinen gezähmten Fuchs; er geht immer mit ihr, wie ein junger Jagdhund. Sie...»

Klirrend fiel Mrs. Collins Silberlöffel von der Untertasse auf den Boden. Sie schnappte nach Luft.

«Du — du verkehrst mit Wilden in der Reservation?»

Cathy bückte sich höflich und hob den Löffel auf.

«Warum nicht?» fragte sie freundlich. «Papa sagt immer, die Indianer seien besser erzogen als die meisten Weißen!»

Mit zitternden Händen stellte Mrs. Collins ihre Tasse weg und betupfte sich mit der Spitzenserviette die Mundwinkel.

«Das ist ja — das ist ja nicht denkbar!» brachte sie endlich heraus. Cathy wartete resigniert. Na meinetwegen, da war eine neue Predigt fällig! Seltsam: die meisten Menschen sind immer gegen irgend etwas oder gegen irgend jemand. Es gab Anti-Indianer, Anti-Mexikaner, Anti-Neger; warum gab es auch nicht Anti-sich-Selber? Doch Mrs. Collins war in diesem Augenblick viel zu schockiert; sie konnte nicht einmal mehr predigen. Jetzt begriff sie endlich, woher Cathys Unbekümmertheit und

Frechheit stammte. Daß ein seines Verstandes mächtiger Vater seiner einzigen Tochter erlaubte, mit schmutzigen, primitiven und kaum dem Steinzeitalter entwachsenen Wilden zusammen zu kommen — nein, das ging über ihren Horizont! Da mußte etwas geschehen, und zwar rasch! So bald wie möglich würde sie mit Ben O'Malley sprechen und ihn auf die furchtbare Gefahr aufmerksam machen, in der Cathy schwebte! Aber würde er auf sie hören? Diese Iren sind so bäurisch, so dickköpfig!
O'Malley wäre fähig, ihr ins Gesicht zu sagen, das ginge sie gar nichts an. Nun, dieses Risiko mußte sie eingehen, wenn sie diesem armen, verkommenen Wesen helfen wollte. Saß sie doch da wie ein Gassenjunge, mit staubigen Schuhen und schmutzigen Fingernägeln. Und sie schlürfte, wenn sie den Tee trank — wie gräßlich!
«Es ist gut, mein Kind», sagte Mrs. Collins eisig und räumte mit spitzen Fingern das Teegeschirr zusammen. «Wir werden uns noch darüber unterhalten.»
Die Erinnerung an diesen Nachmittag hob bei Cathy ein leises Unbehagen empor. Unterhalten, worüber? dachte sie verärgert. Sie schnob verächtlich durch die Nase und ließ Buster im leisen Trott den Abhang zur Farm hinuntertraben. «Nun, wir werden ja sehen! Auf alle Fälle: ich lasse mich nicht beeindrucken!»
Als sie sich der Ranch näherte, trat ihr Vater mit Werkzeug in der Hand aus dem Haus. Er gähnte. Cathy wußte, daß er wahrscheinlich gerade ein Schläfchen gemacht und nicht etwa gearbeitet hatte. Müde ging er seiner Tochter entgegen.
Mit seinem gutmütigen, breiten Gesicht sah er aus wie ein Weihnachtsmann ohne Bart. Cathy hatte seine lebhaften, grünen Augen geerbt, doch das war die einzige Ähnlichkeit. Ben O'Malley war eher breit und klein,

Cathy hatte endlos lange Beine, war schlank wie ein Junge, hielt sich schlecht und ließ die Schultern hängen. Sie hatte einen schmalen Hals, ein ovales, braungebranntes und mit Sommersprossen übersätes Gesicht. Ihre Augen standen schräg über einer Stupsnase, der Mund war immer offen, entweder lachte oder redete sie. Auf ihrem schwarzen Haar, das so dicht wie das einer Indianerin, aber feiner war, rief die Sonne kupferne Reflexe hervor. Im Grunde war sie ein hübsches Mädchen, aber sie wußte es nicht, und es war ihr egal. Außerdem kannte sie niemand, der ihr Komplimente hätte machen können.
«Du kommst spät!» brummte Ben.
Cathy stieg vom Pferd und nahm das Zaumzeug ab.
«Die alte Ziege hat mich wieder zum Tee dabehalten — ach, reden wir nicht davon! Es war schrecklich!»
«Sprich nicht in diesem Ton von Mrs. Collins», mahnte Ben würdevoll, «vergiß nicht, daß sie deine Mutter gepflegt hat.»
«Sie ist trotzdem eine alte Ziege», murmelte Cathy. «Ihre schönen Redensarten haben Mama auch nicht gerettet.»
Ben schüttelte besänftigend den Kopf.
«Das lag nicht an Mrs. Collins.»
«Ja, ja, ich weiß! Aber ich kann nichts dafür: ich ertrage sie jedes Mal weniger. Heute gab es Krach, weil ich keinen Unterrock trage. Als ich ihr sagte, mir sei das unbequem, bekam sie beinahe einen Schlaganfall. Was geht sie das an, ob ich einen Unterrock trage oder nicht?»
Ben grinste. «Du riechst nach Pfefferminz», sagte er. Er liebte Süßigkeiten und wußte, daß Cathy immer welche aus der Stadt mitbrachte. Lachend hielt Cathy ihm die Bonbontüte hin.
«Das ist für dich, Pa. Hast du gut geschlafen?» Ben warf ihr einen entrüsteten Blick zu.

«Geschlafen? Ich? Wo es doch so viel zu arbeiten gibt? Was denkst du denn? Sehe ich so verschlafen aus?»
«Überhaupt nicht!» sagte Cathy und bemühte sich, ernst zu bleiben.
«Ich habe viel zu tun», beteuerte Ben und lutschte ein Bonbon. «Das Rad am Wagen ist locker geworden; ich muß das heute noch reparieren.»
Ben brauchte den Wagen zum Transport seiner Süßkartoffeln und seines Maises. Er verkaufte die Ernte den Viehzüchtern in der Umgebung. Es war ihm, dank seiner aus der irischen Heimat stammenden Kenntnisse gelungen, trotz des trockenen Klimas Produkte von außergewöhnlicher Qualität zu erzeugen, die sehr geschätzt wurden.
Während Ben sich mit seinem Wagen beschäftigte, lud Cathy Buster ab und führte ihn in den Corral. Dann pumpte sie kräftig, um das ausgetrocknete Tränkebecken zu füllen. Die Pferde, matt durch die Hitze, kamen träge herbei; es waren schöne und kräftige, wenn auch etwas magere Tiere; die Muskeln spielten unter ihrem seidigen Fell. Die herrische Stute Ruby stieß ihren Sohn beiseite, um als erste an die Tränke zu kommen. Entrüstet bleckte Buster die Zähne und schlug aus, gab aber nach. Der alte Lord, staubbedeckt und gelangweilt, folgte langsam und würdevoll.
Cathy brachte den Pferden Stroh und Hafer und ging dann mit ihrer Einkaufstasche ins Haus. Drinnen nahm sie ihren Strohhut ab und hängte ihn an einen Nagel. Ihre hohen Stiefel warf sie im hohen Bogen durch die Küche; aufatmend bewegte sie ihre Zehen. Sie pfiff vergnügt zwischen den Zähnen, fachte die Glut im Herd an und setzte Kaffeewasser auf. Plötzlich schlug sie sich an die Stirne. Die Schafe! Sie hatte vergessen, die Schafe

in den Pferch zu treiben! Schnell schlüpfte sie in ihre Sandalen und fegte wie der Wind aus dem Haus.
Die Schafe weideten verstreut am Hügelhang; Cathy trieb sie mit einem langen Stock zusammen gegen den Corral. Brach ein widerspenstiges Tier aus der Gruppe aus, so warf Cathy mit Kieseln nach ihm, um es zurückzutreiben. Das Geblöke klang durch die abendliche Luft. Cathy mochte Schafe nicht; sie hielt sie für dumm und langweilig. Ein Pferd, sogar gesattelt und gezäumt, bleibt immer frei und bewahrt seinen eigenen Willen. Wäre Cathy kein Mädchen gewesen, so hätte sie ein Pferd sein wollen. Ein Schaf, niemals!

2

Am frühen Morgen war Ben weggefahren, um eine Ladung Mais abzuliefern. Cathy hatte die Schafe wieder auf die Weide getrieben und mit ihrer gewohnten Energie die Hausarbeit erledigt. Als sie den Kaninchenstall reinigte, vernahm sie Pferdegetrappel. Hinter dem Haus erschien ein kleines geschecktes Pferd, auf dem ein Mädchen mit dünnen, auf dem Rücken tanzenden Zöpfen saß. Cathy sprang erfreut auf und wischte sich die schmutzigen Hände an der Schürze ab.
«Guten Morgen, Sarita!»
Sarita sprang vom Pferd. Die sechzehnjährige Tochter Nehadschis, des Häuptlings der Navajo-Reservation, war zart, scheu, und lebhaft. In ihrer Beweglichkeit glich sie einem zierlichen braunen Füllen. Sie trug einen weiten, roten Leinenrock und eine perlenbestickte Bluse; an ihrem Hals funkelte eine Kette aus Glasperlen.

«Du bist schon lange nicht mehr bei uns gewesen», sagte sie lächelnd. «Ich habe dich vermißt!»
«Ich auch», gab Cathy zu. «Weißt du, ich hatte viel Arbeit. Pa hat wieder einmal seinen Goldminen-Spleen!»
Sarita lachte. Die beiden Mädchen gingen ins Haus. Sarita setzte sich auf eine Bank und ließ belustigt die Beine baumeln: sie war es gewohnt, auf der Erde zu sitzen. Unterdessen holte Cathy zwei Tassen und füllte sie mit Schafmilch, die in einem Wasserbecken kühl gestellt war.
«Willst du auch etwas essen? Feigen? Es gibt auch noch ein paar Maiswaffeln — mit Marmelade schmecken sie toll!»
Saritas Augen glänzten sehnsüchtig, doch höflich sagte sie: «Laß nur! Du hast sicher nicht mehr viel davon...»
Cathy lachte; sie wußte, Sarita hätte den ganzen Tag essen können. In der Reservation gab es immer Probleme mit der Verpflegung. Oft, besonders im Winter, mußten die Indianer wochenlang Hunger leiden. Im vergangenen Jahr — Cathy erinnerte sich genau — hatte Sarita wie ein ausgehungertes Kätzchen ausgesehen; sie bestand nur noch aus Augen und Knochen. In jenem Winter hatte sich der Stamm infolge der unfähigen Verwaltung in Santa Fé einzig von Hammelfleisch und erfrorenen Süßkartoffeln ernährt. Seitdem hatte die Verwaltung allerdings versprochen, daß sich dies nicht wiederholen werde und daß ausreichende Nahrungsmittel zur Verfügung gestellt werden sollten. Es blieb abzuwarten, ob das Versprechen gehalten würde. Die Indianer waren schon zu oft mit leeren Worten abgespiesen worden!

Cathy füllte einen Teller mit Marmeladewaffeln und eine Schale mit frischen Feigen, setzte sich ihrer Freundin gegenüber, stütze die Ellbogen auf den Tisch und sah ihr mit sichtlicher Freude beim Essen zu.

«Nun, was gibt es Neues in der Reservation? Geht alles gut?» fragte sie.

«Onathi wird bald von Tucson zurückkommen», berichtete Sarita mit vollem Mund, «Vater hat ihm einen Boten geschickt, er müsse kommen.»

Onathi war Saritas ältester Bruder; er sollte nach dem Tod seines Vaters Häuptling werden. Der alte Nehadschi war der Überzeugung, ein Navajo-Häuptling müsse mehr verstehen als Jagd, Kriegskunst und Goldschmiedearbeiten; er hatte deswegen seinen Sohn nach Tucson in eine Landwirtschaftsschule geschickt. Onathi hatte schon vor sieben Jahren die Reservation verlassen, und Cathy erinnerte sich kaum noch an ihn; er war ein uninteressierter, schlaksiger Junge gewesen.

«Eine Schlafmütze», behauptete Cathy, geradeheraus wie immer. «Ist er mit seinem Studium fertig?»

Sarita kaute munter weiter.

«Er muß aufhören. Vater sagt, es genüge. Er wird alt und will Onathi bei sich haben. Du weißt, daß er auf Naitsche nicht zählen kann.»

«Ja, wirklich nicht», bestätigte Cathy. Naitsche, der zweite Sohn des Häuptlings, war ein vierzehnjähriger, träger und großsprecherischer Junge; er hielt sich für den Mittelpunkt der Welt und fiel aus allen Wolken, wenn er nicht ernst genommen wurde. Er fürchtete besonders den Spott von Sarita, die sich gerne über ihn lustig machte. Als Mädchen konnte sie tun, denken und sagen, was sie wollte. Zudem war sie die Tochter des Häuptlings. Cathy wußte, welch bevorzugte Stellung die Frauen bei den Navajo-Indianern einnahmen. Diese Stämme verehren die «Mutter Erde», und sie sehen in jeder Frau eine Verkörperung dieses göttlichen Wesens. Frauen sind Trägerinnen des Besitzes, und wenn ein Mann heiratet, nimmt er den Namen seiner Gattin an. Wenn ein Mann eine Frau beleidigt, so wird er bestraft, denn in der Frau beleidigt er die Gottheit.

«Hast du sonst etwas von Onathi gehört?» fragte Cathy interessiert. Sarita hörte zu essen auf und verzog das Gesicht.

«Sehr wenig. Er schreibt nie. Und außerdem kann bei uns ja niemand lesen», sagte sie traurig.

«Das hat nichts zu bedeuten», erklärte Cathy großzügig. «Ich habe es zwar gelernt, aber ich lese fast nie. Ich habe keine Zeit!»

«Ich möchte aber lesen lernen», seufzte Sarita. «Vielleicht lehrt es Onathi mich, wenn er zurück ist.»

«Aber wie könnt ihr dann von ihm Nachrichten bekommen?»

«Vater schickt von Zeit zu Zeit einen Boten aus der Reservation. Onathi scheint sich sehr geändert zu haben; er ist wie ein Fremder. Er hat sogar einen amerikanischen Namen angenommen; ich habe vergessen, welchen.»

Cathy mußte laut loslachen.

«Er hat den Namen gewechselt? Spinnt er plötzlich?!» und bedeutungsvoll tippte sie sich an die Stirn.

«Vielleicht will er nicht, daß man ihn als Indianer ansieht», sagte Sarita nachdenklich.

«Aber das ist doch lächerlich!» widersprach Cathy.

«Nein», antwortete Sarita. «Du weißt doch, wie die Leute sind. Sie verachten uns.»

«Du hast recht», gab Cathy bekümmert zu. «Ich bin gar nicht besonders stolz darauf, eine Weiße zu sein.» (Sie brauchte nur an Mrs. Collins zu denken — und schon kochte die Wut in ihr.) «Sie wollen ihre Gesetze und ihren Willen allen aufdrängen; sie bilden sich ein, immer recht zu haben. Nein, nein, damit bin ich nicht einverstanden!»

Sarita zeigte lächelnd ihre weißen Zähne.

«Du gleichst auch nicht den anderen Amerikanern. Im Herzen bist du eine Navajo.»

«Das stimmt!» rief Cathy strahlend.

«Wenn du wie die anderen wärest, könnten wir gar nicht befreundet sein», sagte Sarita, deren Gesicht plötzlich ernst wurde.

Cathy füllte wortlos die Milchtassen. Wie immer fühlte sie sich bei Sarita verstanden und glücklich. Trotz ihres harten Lebens blieb die Indianerin immer fröhlich, unbekümmert und voller Unternehmungslust. Obwohl sie fast ein Jahr jünger war, galt sie als Cathys beste Freundin.

«Vater muß bald zurückkommen. Willst du heute bei mir bleiben? Wir können zusammen ausreiten.»

Sarita nickte begeistert. Dann fragte sie: «Wie geht es Buster?»

«Möchtest du ihn reiten?» fragte Cathy schelmisch.

«Vielleicht!» antwortete Sarita und zwinkerte vergnügt mit den Augen.

«Komm!» rief Cathy. Sie sprang auf. Es war für sie fast unmöglich, mehr als fünf Minuten untätig herumzusitzen. Arm in Arm verließen die beiden Mädchen das Haus und schlenderten zum Corral. Die Mittagshitze lag brütend über dem Tal. Nur über die Gipfel der ferner liegenden Berge ging ein leichter Wind und bewegte die Wipfel der Tannen. Kleine flockige Wölkchen zogen langsam am Himmel vorbei. Plötzlich blieb Sarita stehen.

«Paß auf! Ich höre einen Wagen kommen. Das muß dein Vater sein!»

Cathy gab sich die größte Mühe, etwas zu hören. Vergebens! Sie vernahm nur das leichte Rauschen des Windes. Wieder einmal bewunderte sie das feine Gehör ihrer Freundin.
«Wie machst du das bloß?» fragte sie kopfschüttelnd. «Ich kann mich anstrengen wie ich will, ich höre nichts.»
«Höre doch! Es ist ganz deutlich...»
Cathy spitzte angestrengt die Ohren und vernahm endlich das entfernte Geräusch von Rädern, die über einen steinigen Weg rollten. Weit weg auf dem Hügel erschien eine sich schnell verbreitende Staubwolke, und einen Augenblick später konnte Cathy den Wagen, kaum größer als einen Käfer entdecken. Das Gespann kam mit hoher Geschwindigkeit voran. Cathy runzelte die Stirn.
«Er sollte Ruby auf einem so steilen Abhang nicht galoppieren lassen! Das ist gefährlich. Aber Vater ist entsetzlich dickköpfig. Ihm ist nicht zu raten und nicht zu helfen. Sieh dir bloß diese Geschwindigkeit an.»
In der Sonne blinzelnd, beobachteten die beiden Mädchen den schnell herankommenden Wagen.
«Vielleicht hat er Hunger», meinte Sarita. «Wenn es was zu essen gibt, beeile ich mich genauso!»
Der Wagen war schon beinahe in der Ebene angekommen, und die Räder rasten polternd über das Geröll. Plötzlich, die Mädchen sahen es voller Entsetzen, löste sich ein Rad vom Wagen, rollte einige Sekunden frei neben dem Gefährt her und überschlug sich. Der Wagen selbst blieb noch kurze Zeit im Gleichgewicht. Dann schwankte er immer stärker und fiel schließlich krachend um. Ruby wieherte schrill. Sie bäumte sich auf, schlug nach allen Seiten aus, um sich frei zu machen. Dann raste sie in wilder Panik davon und schleppte den umgestürzten Wagen polternd hinter sich her. Die Seitenbret-

ter fielen im hohen Bogen weg. Ben war nicht mehr zu sehen. Endlich blieb das Pferd, schweißnaß und an allen Gliedern zitternd, unten im Tale stehen.
«Ums Himmels willen!» seufzte Cathy, bleich vor Schrecken. Sie raffte ihren langen Rock zusammen und fing an zu laufen. Barfuß eilte sie über die spitzen Steine, fühlte jedoch nicht den geringsten Schmerz. Ihr Herz klopfte zum Zerspringen. Sarita folgte ihr so schnell sie konnte. Ihre langen Zöpfe flatterten im Wind. Keuchend erreichten die beiden Mädchen die Unglücksstelle. Cathy sah ihren Vater, das Gesicht nach unten, im Geröll liegen. Atemlos kniete sie bei ihm nieder, versuchte ihn aufzurichten.
«Pa! Bist du verletzt? Sag — sag doch etwas! Ich bin's, Cathy!»
Dann fühlte sie Saritas Hand auf ihrer Schulter.
«Laß mich schauen», sagte die ruhige Stimme der Indianerin. Sie beugte sich zu Ben O'Malley nieder und hob mit großer Sorgfalt seinen Kopf. Auf seinem Gesicht sah man nur wenige Schrammen, doch als Sarita langsam die Hand unter seinem Kopf wegzog, war sie voller Blut. Cathy fuhr zusammen. Kreidebleich und ohne ein Wort starrte sie auf Saritas blutige Hand. Das Indianermädchen senkte die Augen. Wortlos legte es Ben's Kopf zurück. Ihr Gesicht war völlig ausdruckslos. Dann sah sie wieder zu Cathy auf, deren Zähne heftig aufeinanderschlugen; sie legte ihr sanft einen Arm um die Schultern und zwang sie aufzustehen. Immer noch schweigend zog sie sie von der Unglücksstelle weg, dem Hause zu. Willenlos ließ Cathy alles mit sich geschehen.

3

Die Beerdigung Ben O'Malleys fand drei Tage später auf dem kleinen Friedhof von Santa Fé statt. Die Farmer der Umgebung waren in ihren Sonntagskleidern erschienen. Mit ernsten, starren Gesichtern folgten sie dem Trauerzug.

Cathy wurde von Mrs. Collins und ihrem Mann, dem Hilfssheriff, begleitet. Auch Frank Thornton, der Lehrer, war mit seiner Frau und seinen zwei Söhnen anwesend.

Cathys Trauerkleid war viel zu lang und zu weit. Es war erst am Tag vorher von Mrs. Collins in aller Eile und ohne Anprobe genäht worden. Es schlotterte um ihren mageren Körper und gab ihr das Aussehen eines kranken, verlorenen Vogels. Das Gesicht des Mädchens war hart und verschlossen; sie hielt die Lippen fest aufeinandergepreßt; es schien ihr abscheulich, ihre Gefühle überall zur Schau zu stellen. Überhaupt, was wollten alle diese Leute um sie herum? Konnten sie sie nicht allein lassen? Sie müßten doch wissen, daß sie niemand sehen wollte!

Unter dem schwarzen Kreppschleier hervor beobachtete Mrs. Collins Cathy mit würdevoller Mißbilligung. Eine Waise, die nicht weint, nicht ihr Taschentuch in den Händen zerknüllt, die nicht um Riechsalz bittet und schließlich blaß in Ohnmacht versinkt — so etwas hatte man doch noch nie gesehen! Diese Gleichgültigkeit war ja fast unschicklich! Mrs. Collins zog daraus den Schluß, Cathy sei herzlos und habe ihren Vater nicht wirklich geliebt. Mehr als je wurde sich Mrs. Collins ihrer Mission bewußt: diese kleine Wilde mußte in den Frieden eines arbeitsamen und würdigen Lebens geführt werden!

Frank Thornton und seine Frau waren über die Gefühllosigkeit Cathys ebenso empört. Ihr verschlossenes Gesicht war ihnen fremd und unbehaglich; sie wußten nicht, was sie denken sollten.
Cathy war sich nicht bewußt, daß sie Mißfallen erregte. Sie starrte auf den Sarg. Im nächsten Augenblick würde er in der Erde verschwinden. Noch nie hatte sich Cathy so allein gefühlt. Ihr Vater, tot! Nie mehr würde sie sein lautes Lachen, seine dröhnende, herzliche Stimme und seine irischen Wutausbrüche vernehmen. Es war unerträglich, sich vorzustellen, daß nun alles vorbei sei — für immer.
Warum mußte gerade mir das geschehen? dachte sie verzweifelt. Jeder hat seinen Vater, hat seine Mutter — und ich bin ganz allein. Ich habe nur noch Buster. Wenn er wenigstens sprechen könnte! Ich weiß, er liebte meinen Vater — auch wenn er ihn einmal abgeworfen hat!
Plötzlich floßen die Tränen und rannen Cathy über die braunen Wangen. Sie schlug die Hände vors Gesicht und schluchzte laut. Voller Genugtuung stellte Mrs. Collins fest, daß Ben O'Malleys Tochter endlich etwas christliches Mitleid zu zeigen geruhte!
Irgend jemand flüsterte Cathy zu, ob sie nicht Blumen ins Grab werfen wolle; ein Strauß wurde ihr gereicht. Cathy ergriff ihn automatisch und warf ihn auf den Sarg. «Adieu, Pa», flüsterte sie. «Mach dir keine Sorgen um mich — du siehst, ich will mutig sein . . .»
Von Schmerz überwältigt schloß sie die Augen. Mrs. Collins sah, daß sie schwankte. Sollte sie doch ohnmächtig werden? Hastig kramte sie in ihrer Handtasche, nahm das Fläschchen mit Riechsalz hervor. Doch schon hatte sich Cathy wieder gefaßt. Sie zeigte erneut ihr starres Gesicht. Gut. Sie würde also doch nicht in Ohnmacht

fallen. Mrs. Collins klappte kopfschüttelnd ihre Handtasche wieder zu.
Schluchzen erschütterte Cathys magere Schultern. Sie machte sich tausend Vorwürfe. War es vielleicht mein Fehler? Wir fühlten uns allzu glücklich! Ich war oft vorlaut und dachte nur an dumme Streiche. Ich habe nicht jeden Abend gebetet. Gott wollte mich strafen ...
Nein, das war unmöglich! So grausam konnte Gott nicht sein. Es ist kein Verbrechen glücklich zu sein. Freude und Glück gehören zum Leben.

Nach der Beerdigung legte Mrs. Collins Cathy den Arm um die Schultern.
«Komm mit uns, liebes Kind», sagte sie. «Eine Tasse Tee wird dir gut tun. Außerdem habe ich mit dir zu sprechen.»
Sogar an einem solchen Tag bietet sie mir ihren Tee an! dachte Cathy bitter. Doch sie war zu niedergeschlagen, um eine Entschuldigung zu finden, und so nickte sie nur zustimmend.
Sie fuhren zurück in die Stadt. Als Cathy nach der grellen Hitze draußen Collins kühlen Salon betrat, empfand sie, wohl zum ersten Mal, diese Frische als wohltuend und friedlich.
«Setz dich, mein Kind», flötete Mrs. Collins. Cathy ging auf ihren gewöhnlichen Platz zu, doch Mrs. Collins sagte, heute und bei dieser Gelegenheit dürfe sie auf dem Sofa sitzen. Das war eine große Ehre! Cathy wußte, daß Mrs. Collins selber nur bei feierlichen Gelegenheiten darauf Platz nahm. Steif und befangen setzte sie sich und trocknete mit dem Taschentuch ihre nassen Wangen. Mrs. Collins beobachtete sie schweigend. Plötzlich schritt sie hinter das Sofa, und ehe Cathy recht begreifen konnte,

was los war, fühlte sie, wie Mrs. Collins ihr das Haar energisch zusammenraffte und nach hinten zog. Vergeblich versuchte Cathy, den Kopf wegzudrehen.
«Au!» rief sie entrüstet.
«Rühr dich nicht!» befahl Mrs. Collins. «Ein gut erzogenes Mädchen läßt sein Haar nicht ins Gesicht hängen; das ist ungesund und häßlich. Ich werde es festbinden.»
Sie drehte die braunen Strähnen wie eine Schraube zusammen und knüpfte sie mit einem Band so fest, daß Cathy meinte, die Haare würden ihr mitsamt der Haut vom Kopf gerissen.
«So! Endlich sieht man dein Gesicht! Wie fühlst du dich jetzt?»
«Es ist kühler», gab Cathy ohne Begeisterung zu. Sie war zu niedergeschlagen und hatte keine Lust zu streiten, aber sie drehte den Kopf nach allen Richtungen, um die straff gefaßten Haare zu lockern.
Nun brachte Priscilla, die kleine Negermagd, den Tee. Cathy nahm kaum Zucker und trank den Tee ohne Milch, braun und bitter wie eine Medizin; sie lehnte auch den Apfelkuchen ab, den Mrs. Collins ihr anbot. Dann, nachdem sie eine Weile geschwiegen hatten und Cathy abwechselnd Tee trank und sich die Tränen trocknete, räusperte sich die alte Dame und begann würdevoll:
«Nun, mein Kind, jetzt bist du dir also selbst überlassen ...»
«Das weiß ich, zum Donnerwetter!» entfuhr es Cathy. Mrs. Collins schaute erhaben ins Leere. Ausnahmsweise vermied sie es, auf diese Taktlosigkeit einzugehen. Cathy biß sich nervös auf die Lippen. Lieber Himmel, sagte sie sich, ich wollte doch nicht frech sein! Vor allem nicht heute ...
Nach einem Augenblick begann Mrs. Collins von neu-

em: «Hast du schon an deine Zukunft gedacht?»
Cathy schüttelte den Kopf und erklärte kurzerhand, sie habe weder Zeit noch Lust dazu gehabt.
Wieder schien Mrs. Collins ihre Bemerkung zu überhören. «Es ist doch ganz klar, daß du die Farm nicht ganz allein bewirtschaften kannst.»
«Weshalb nicht?» fragte Cathy und zuckte gleichgültig die Achseln. «Solange Pa — solange Pa da war, habe ich doch auch die meisten Arbeiten verrichtet.»
Sie stellte einen einfachen Tatbestand fest. Dies war aber nicht die Meinung von Mrs. Collins:
«Hüte dich vor allem, mein Kind, vor der Sünde des Hochmutes. Vergiß nicht, daß Bescheidenheit der schönste Schmuck eines Mädchens ist.»
So ein Blödsinn! dachte Cathy, voll ehrlicher Empörung. Ach, warum war sie gezwungen, diese ewigen Predigten über sich ergehn zu lassen? Völlig erschöpft von Schlaflosigkeit und Kummer hatte sie nur den einzigen Wunsch: sich auf ihrer Farm in eine Ecke zu verkriechen, die Augen zu schließen und versuchen, an nichts mehr zu denken.
Mrs. Collins sah auf Cathys Gesicht den störrischen Ausdruck, den sie seit langem kannte. Sie wußte, daß sie heute nichts mehr erreichen würde. Sie zwang sich zu einem Lächeln. Es gelang nicht sehr gut. Sieht aus, als lutsche sie an einer sauren Zitrone! dachte Cathy mißtrauisch.
«Mein Mann und ich fühlen uns für dich verantwortlich. Wir möchten dir gerne helfen. Du mußt verstehen: du bist Waise und außerdem minderjährig. Du kannst nicht ganz allein leben ...»
«Aber selbstverständlich kann ich das!» rief Cathy lebhaft. «Pa sagte, daß ...»

Sie stockte plötzlich. Jedesmal, sooft sie den Namen des Vaters aussprach, stiegen ihr Tränen in die Augen. Mit aller Kraft biß sie die Zähne zusammen. Um nichts in der Welt wollte sie angesichts dieses alten Drachens weinen.

«Beruhige dich, mein Kind», sagte Mrs. Collins nachsichtig. «Wenn es dir recht ist, können wir diese Unterhaltung verschieben. Auf morgen vielleicht.»

Nein, nein, dachte Cathy. Ich werde morgen nicht wieder in die Stadt kommen, und wenn sie mir einen Revolver unter die Nase hält!

«Bitte, sprechen sie weiter!» seufzte sie resigniert.

«Nun», begann Mrs. Collins voller Freude über diese plötzliche Fügsamkeit, «wir haben an verschiedene Möglichkeiten gedacht. Zum Beispiel kennen wir ein sehr ehrenhaftes und fleissiges Ehepaar, das bereit wäre, deine Farm ordentlich zu verwalten. Du wärst nicht mehr allein.»

Natürlich! dachte Cathy voller Groll, damit ich den lieben langen Tag unter ihrer Fuchtel stehe! Ich höre sie schon: Tu das nicht, tu jenes nicht. Und wenn sie meine Tiere schlecht pflegen? Und wenn sie Buster vor einen Wagen spannen wollen? Und wenn sie den Mais nicht wie mein Vater anbauen, verlieren wir alle Kunden...

«Dreimal in der Woche kommst du zu mir», fuhr Mrs. Collins fort. «Ich werde dich nähen, sticken, backen lernen, kurz all das, was eine Frau zur Hüterin des heimischen Herdes macht.»

Cathy starrte die alte Dame mit offenem Mund an. Ihr schien, sie sei in eine Falle geraten, hoffnungslos.

«N... n — nein», stammelte sie endlich. «Das ist nicht nötig. Ich — ich versichere ihnen, daß ich gut alleine fertig werde.»

Mrs. Collins verzog beleidigt die dünnen Lippen. Cathy bemerkte es nicht oder wollte es nicht bemerken. Energisch fuhr sie fort:

«Es ist gar nicht schwierig, eine Farm zu betreuen! Ich kenne mich aus. Wenn ich Hilfe benötige, brauche ich nur dem Häuptling der Navajo-Reservation ein Wort zu sagen; er stellt mir dann ein paar Indianer zur Verfügung, die ...»

Mrs. Collins zuckte zusammen.

«Cathy!» Sie schnappte nach Luft. «Das ist ja unmöglich! Mit diesen Leuten kannst du doch nicht verkehren! Ein anständiges Mädchen spricht nicht mit Wilden!»

Nun aber ging Cathy hoch.

«Wilde? Was soll denn das heißen? Sarita ist meine beste Freundin. Sie ist genau so gut erzogen wie jedes Mädchen in Santa Fé, und lange nicht so zimperlich. Ihre Eltern sind sehr nett, und ihr Bruder studiert in einer Landwirtschaftsschule ...»

«Schweig! Die Indianer sind schmutzig und voller Ungeziefer. Die Krankheiten ...»

«Sarita ist in ihrem Leben noch nie krank gewesen. Sie ist gut angezogen und pflegt sich sehr. Und Ungeziefer gibt es überall, sogar in Santa Fé ...»

«Oh!» rief Mrs. Collins; «willst du damit sagen, daß ... daß ...» Vor Empörung versagte ihr die Stimme. Sie schlug ihren schwarzen Schal fest über der Brust zusammen und stand kerzengerade auf, um diesem Redeschwall ein Ende zu bereiten.

Cathy aber war in Fahrt: «Die Indianer sind nicht schmutzig! Das ist grundfalsch! Sarita und ihre Freundinnen baden jeden Tag im Fluß — die Mädchen hier aber reiben sich einmal in der Woche den Hals mit Kölnisch Wasser ab, weil sie wasserscheu sind und weil sie sich schämen, sich nackt auszuziehen und richtig zu waschen!»

Mrs. Collins Augen schienen ihr aus dem Kopf zu fallen. Wahrscheinlich hatte seit Jahrzehnten das Wort «nackt» nicht mehr ihre Ohren gestreift. Sie brauchte einige Zeit, um ihre Fassung wieder zu gewinnen.

«Cathy O'Malley», begann sie endlich in dramatischem Ton: «Ich sehe jetzt, daß deine schlechten Instinkte mit Sanftmut nicht bekämpft werden können. Von nun an mache ich keine Vorschläge mehr — ich befehle! Du wirst dich sofort nach Hause begeben und dort auf die Ankunft der Familie Barker morgen vormittag warten. Sie werden dir meine weiteren Instruktionen übergeben. Ich erwarte, daß du dich danach richtest.»

Sie stolzierte röckerauschend durch den Salon, den Schal eng um die flache Bruste gezogen. Plötzlich blieb sie stehen, schaute das Mädchen scharf an, um die Wirkung ihrer Rede festzustellen. Cathy schien zerschmettert. Mit rundem Rücken ließ sie den Kopf hängen und starrte verzweifelt auf ihre Schuhe. Trotz ihrer Empörung fühlte Mrs. Collins etwas Mitleid; vielleicht sollte sie dieses Kind am Beerdigungstag des Vaters nicht allzu hart anfassen? War das Mädchen durch den Schmerz vielleicht etwas geistesverwirrt, daß sie solch fürchterliche Dinge äußern konnte? Mrs. Collins empfand das Bedürfnis, ein freundliches Wort zu sagen. Sie suchte nach einer gleichermaßen poetischen wie moralischen Wendung — und fand sie.

«Nun, liebes Kind, zeige, daß du vernünftig bist. Es gibt viele schöne Blumen in der Wildnis, doch nur unter der wachsamen Pflege in unseren behüteten Gärten können sie in voller Pracht erblühen!»

4

Cathy verließ Mrs. Collins völlig benommen und ratlos; es war ihr, als hätte sie einen Schlag auf den Kopf bekommen. Sie konnte keinen klaren Gedanken fassen. Auf den Treppenstufen war ihre erste Bewegung, das Haarband zu lösen, es wegzuwerfen und dann kräftig den Kopf zu schütteln. Die Haare flogen nach allen Seiten. Erleichtert atmete sie auf. So war es besser! Eingeengt in ihrem Trauerkleid und mit schmerzenden Füßen schleppte sie sich zur Poststation, wo sie Buster eingestellt hatte. Das Pferd begrüßte sie mit einem zufriedenen Schnauben. «Ach, Buster! wenn du mich nur verstehen könntest!» seufzte sie niedergeschlagen. Buster bewegte die Ohren; er war zwar voller Mitgefühl, doch leider stumm. Mühsam stieg Cathy in den Sattel. Sie durchquerte Santa Fé in leichtem Trab und ritt danach auf der alten Poststraße in Richtung der Berge. Langsam wurde sie ruhig. Es war, als öffneten sich Schluchten und Täler, um sich hinter ihr wie durch einen Zauber wieder zu schließen. Zwischen ihr und der Stadt legte die Natur einen schützenden Wall. Langsam gewann sie ihre gewohnte Energie zurück. Sie dachte nach: Nein, sie hatte keine Lust, die Familie Barker auf ihrer Farm zu sehen! Sie kannte Jonas Barker als einen verdrossenen, o-beinigen Mann; er trug einen schmutzig-roten Schnurrbart, hatte engzusammenstehende Augen unter bürstenförmigen Brauen und andauernd eine geschwollene Backe, weil er Tabak kaute. Seine Frau Geraldine war rund wie eine Kugel. Ihre Haut glänzte fettig, als hätte sie sich mit Butter bestrichen, und am Morgen trug sie Lockenwickel. Ihr Sohn Stuart machte den Eindruck, er hätte nie gelernt bis zehn zu zählen. Wenn man versuchte mit ihm zu reden, grinste er blöde: sonst nichts. Er war schwerfällig, träge, und sogar gemein: Cathy hatte sich einmal mit ihm geprügelt, weil sie ihn dabei überrascht hatte, wie er einem Pferd einen Fußtritt gab.

Es war ihr völlig unmöglich, mit solchen Leuten zusammen zu leben. Cathy sah nur eine einzige Lösung: die unerwünschte Gesellschaft mit dem Gewehr zu empfangen! Dann würden sie verschwinden, aber für wie lange? Mrs. Collins Mann war Hilfssheriff; mit den Behörden kann man nicht spaßen, das sagte schon ihr Vater. Cathy zog eine Grimasse. Es schien vernünftiger, das Gewehr wegzulassen. Ja, aber was tun? Sie grübelte hin und her... und ganz plötzlich war die Lösung da. Wie einfach! Warum hatte sie nicht schon früher daran gedacht? Sie würde zu ihren Freunden in die Reservation gehen und sie bitten, bei ihnen aufgenommen zu werden. Für die Eltern Saritas gehörte sie schon fast zur Familie. Sie würden ihr bestimmt erlauben, bei ihnen zu wohnen. Und selbst wenn Mrs. Collins eines Tages Wind von ihrem Versteck bekäme, so würde sie sich niemals zu den Indianern wagen um sie zu holen!

Cathy drückte ihre Absätze in Busters Flanken, das Pferd raste mit wehendem Schweif den steinigen Pfad hinauf.

Zu Hause angekommen, holte sie eine Wolldecke, breitete sie auf dem Boden aus und legte alles, was sie zusammensuchte darauf: den Hut ihres Vaters, seine Handschuhe, seine in Leder gebundene Bibel, eine Brieftasche mit Papieren und eine kleine hölzerne Kassette, worin er Andenken an seine verstorbene Frau aufbewahrt hatte: den Ehering, ihren Fingerhut und ein kleines silbernes Kreuz. Aus allen diesen Gegenständen machte Cathy ein Bündel. Danach ging sie in ihr Zimmer, ein kleiner Raum unter dem Dach, und suchte das Wenige, was sie besaß, zusammen: zwei oder drei Kleider, verwaschene Blue Jeans, einen Schal, der noch von ihrer Mutter stammte, etwas Wäsche. Auf einer kleinen Holztruhe lagen ein Kamm, ein Spiegel und ein kleiner silberner Armreif, den Cathy als kleines Mädchen getragen hatte und der ihr nun viel zu eng war. Cathy verschnürte alles in ein Kopftuch, dessen vier Enden sie verknotete. Sie hatte in größter Hast ihre Sachen zusammengeräumt, und stand nun mit einem Male da, ohne recht zu wissen, warum sie sich so beeilen mußte. Wozu diese Aufregung? Es blieb ihr doch so viel Zeit! Sie setzte sich einen Augenblick aufs Bett, um Atem zu schöpfen.

Ich muß versuchen, mich zu entspannen, dann geht bestimmt alles besser...

Mit einem erleichterten Seufzer streckte sie sich auf dem Bett aus und schaute durch das kleine Fenster auf die Berge, die durch die untergehende Sonne vergoldet wurden. Die Augenlider fielen ihr zu. Es war so angenehm, unbeweglich zu liegen und an nichts zu denken! Das Leben war so traurig und schwierig, und Schlafen schien ihr plötzlich das Schönste auf der Welt.

Als sie erwachte, dämmerte bereits der Morgen. Der Himmel war grau und blau, von zarten rosa Streifen durchzogen. Cathy richtete sich auf, noch ganz schlaftrunken und sehr erstaunt, so lange geschlafen zu haben! Sie raffte ihre Sachen zusammen, lief eilig die Treppe hinunter. Als sie aus dem Hause trat, erschien die Sonne wie eine riesenhafte, flammende Blüte; ihre Strahlen fielen über Abhänge und Täler. Überall zwitscherten Vögel. Im Corral wieherte ein Pferd. Cathy ging zur Pumpe. Sie knöpfte ihr Kleid auf, zog es über den Kopf und wusch sich unter dem kalten Wasser. Dann kleidete sie sich wieder an und bürstete energisch ihr Haar. Unterdessen kochte das Wasser für den Kaffee; sie aß hastig ein paar Bissen Brot, trank eine Tasse Kaffee und lief nochmals zur Pumpe, um ihre Feldflasche zu füllen. In der Küche packte sie alle vorhandenen Lebensmittel in einen großen Beutel; dann sattelte sie Buster. Als sie ihr Gepäck hinter dem Sattel mit einem starken Riemen befestigte, wehrte sich Buster entrüstet, schlug aus und zeigte seine gelben Zähne: er haßte es, wie ein Maulesel beladen zu werden.

«Ruhig jetzt!» rief Cathy ungeduldig und gab ihm einen Stoß. Ihr war nicht zum Scherzen zumute. Sie griff nach den Zügeln und schwang sich in den Sattel. Buster schnaubte und rollte erbost die Augen.

«Jetzt aber Schluß damit, Buster! Wollen wir Freunde sein, ja oder nein?»

Schnaubend warf Buster den Kopf hin und her; er war sehr schlechter Laune. Mit kräftigem Schenkeldruck lenkte Cathy ihn zu der die ganze Farm umgebenden Umzäunung. Vom Sattel aus bückte sie sich, öffnete die Gattertüre und warf sie dann mit einem energischen Fußtritt wieder zu. In lockerem Trab ritt sie im Staub der Ebene, in Richtung des Gebirges davon.

5

Als Cathy in der Navajo-Siedlung ankam, die wie ein Adlernest in einem Bergabhang lag, schienen die Hütten in der Mittagsglut wie ausgestorben. Cathy strich mit der Hand über die feuchte Stirne. Endlich war sie da! Langsam ritt sie durch das offene Tor und quer durch das Dorf. Die Indianer kamen aus ihren Hütten. Sie beobachteten sie schweigend. Ihre unbeweglichen Gesichter

zeigten weder Sympathie noch Feindseligkeit, doch Cathy wußte: die meisten haßten die Amerikaner. Und keine Friedensververspechungen konnten diesen Haß auslöschen: er war im Volke verwurzelt, es hatte zuviele Demütigungen ertragen müssen.
Mit Cathy wurde eine Ausnahme gemacht; man schenkte ihr Vertrauen, denn sie war anders als die meisten Menschen ihrer Hautfarbe. Als im vergangenen Winter die große Hungersnot ausgebrochen war, die den Stamm beinahe zum Aussterben gebracht hatte, waren Cathy und ihr Vater mit ihren eigenen Vorräten den Leuten zu Hilfe geeilt. Sie hatten Schafe herbeigeführt, um für die kleinen Kinder Milch zu besorgen, und von früh bis spät die Kranken gepflegt. Die Indianer vergessen nie jemand, der gut zu ihnen war. Außerdem wußten alle, daß Cathy die Freundin von Sarita war.
Vor der Hütte des Häuptlings stieg Cathy vom Pferd; sie stolperte in ihrem langen Trauerkleid, ihr Gesicht war mit Schweiß und Staub bedeckt.
Im gleichen Augenblick trat Melida, Saritas Mutter, aus der Hütte. Sie war eine kleine, schlanke Frau mit feinen kupferfarbenen Zügen. Das dichte und feine Faltengewebe auf ihrem Gesicht gab ihr einen sorgenvollen Ausdruck. Sie trug eine schwarze Bluse mit bunter Stickerei und einen weiten, bis auf den Boden reichenden Rock. Roter Staub bedeckte ihre Mocassins aus weichem Leder. Sie schien über Cathys Erscheinen nicht erstaunt.
«Komm herein, Cathy», sagte sie freundlich. Ihre Stimme war klangvoll, ihre Bewegungen gemessen und voller Würde. Aus ihrem Wesen strahlte Mütterlichkeit und Ruhe. Cathy lächelte müde; sie fühlte sich erschöpft und zerschlagen. Das Kleid klebte an ihren Schultern und schnürte sie überall ein. Sie hätte es am liebsten herun-

tergerissen. Als sie in die Hütte trat, war sie überrascht, wie angenehm kühl und dunkel es drinnen war. Im Winter war die Luft durch das in der Mitte des Raumes unterhaltene Feuer erstickend heiß gewesen.
Langsam gewöhnten sich ihre Augen an das Halbdunkel, und sie sah den alten Häuptling Nehadschi auf einem Bärenfell liegen; seinen hageren Körper in eine rotweißgestreifte Decke gehüllt. Man sah nur sein mageres, gelbliches Gesicht, dessen Haut wie dünnes Pergament über die hervorstehenden Wangenknochen gespannt schien. Seine Handgelenke und seine langen, knochigen Hände waren so schmal wie die eines Jungen.
«Komm näher, Cathy», sagte er, als das Mädchen zögerte. «Setz dich.»
Die Hand, die er leicht zum Gruß erhoben hatte, fiel wieder kraftlos zurück.
«Danke», sagte Cathy. Sie setzte sich nach indianischer Sitte mit gekreuzten Beinen auf den mit vielen Teppichen bedeckten Boden. Melida kniete ihr gegenüber.
«Wir wußten, daß du kommen würdest», sagte sie lächelnd.
Cathy blinzelte überrascht. Wie konnten sie ahnen, daß sie käme, da sie es selber vor einem Tag noch nicht gewußt hatte? Sie schlug die Augen nieder und zupfte nervös an ihrem Rock herum.
«Ich — ich bin sehr allein», murmelte sie.
«Wenn du bei uns bleiben willst», sagte der alte Häuptling mit seiner brüchigen Stimme, «so bist du willkommen. Wir sind arm, und unsere Hütte ist eng, aber wir haben immer Platz für die Freundin unserer Tochter.»
«Danke», sagte Cathy bewegt, «ich danke von ganzem Herzen! Ich — ich habe es so nötig, bei euch sein zu dürfen!»

Melida rutschte auf den Knien näher zu Cathy und legte ihr den Arm um die Schulter.
«Ich habe schon drei große Kinder», sagte sie mit ihrem ruhigen Lächeln. «Doch habe ich mir immer gewünscht, noch eine kleine Tochter zu haben.»

Voller Vertrauen legte Cathy den Kopf an die Schulter der Indianerin; silberne, mit Türkis beschlagene Medaillons leuchteten sanft auf den Falten der einfachen Baumwollbluse. Cathy atmete tief und beruhigt. Sie wußte, sie hatte ein Zuhause gefunden.
Hier gab es keine Morallehren und keine Predigten über Anstand und Tugend. Hier wurden auch keine indiskreten Fragen gestellt. Man schenkte ihr ganz einfach Verständnis und Güte.
Etwas später brachte Melida eine Tonschale mit frischem Wasser und einige getrocknete Feigen. Cathy hatte keinen Hunger, nur Durst. Gierig trank sie das Wasser.
In diesem Augenblick wurde der Türvorhang heftig beiseitegeschoben und Sarita stürzte mit fliegenden Zöpfen herein.
«Cathy!» rief sie atemlos. «Ich war beim Schafehüten als ich sah, wie dein Pferd in den Corral geführt wurde! Ich kam so schnell ich konnte!»
Ihre Armreifen klirrten, als sie sich dicht neben Cathy niederkauerte. Ihr schelmisches Gesicht zeigte eine Mischung von Freude und Bedrückung, denn Cathys Schmerz, den sie mitempfand, lag in Widerstreit mit der Begeisterung, ihre Freundin bei sich zu haben.
«Cathy wird nun bei uns bleiben», sagte Melida. Mit ruhigen Bewegungen räumte sie einige Gegenstände weg, breitete Decken auseinander.
Sarita biß sich auf die Lippen. Sie konnte es nicht glau-

ben. Ihre schwarzen Augen wanderten vom einen zum andern.
«Ist das wirklich wahr?»
Cathy nickte mit schwachem Lächeln.
«Ja, es stimmt. Ich habe die Farm verlassen. Es ist ja niemand mehr dort...»
«Oh!» rief Sarita. Voll ungestümer Freude klatschte sie in die Hände. — «Wunderbar! Jetzt werden wir zusammen wohnen...!» Unfähig, vor lauter Freude stillzuhalten, sprang sie auf und raste aus der Hütte; einen Augenblick später war sie wieder da und trug etwas im Arm. Keuchend vor Aufregung setzte sie sich neben Cathy.
«Sieh mal! Von nun an wird er auch dir gehorchen! Habe keine Angst! Du kannst ihn streicheln.»
Belustigt sah Cathy auf den kleinen Fuchs, den Sarita an sich drückte. Er war noch sehr jung. Schnuppernd bewegte sich die zierliche Schnauze. Die schwarzen, lebendigen Augen glänzten.
«Er hat schon große Zähne für sein Alter», stellte sie fest. «Wie heißt er?»
«Fuchs», sagte Sarita einfach.
Cathy mußte lachen. Sie streckte vorsichtig die Hand aus — sofort fletschte das Tier mit den Zähnen. Cathy zog eilig die Finger zurück.
«Vorsicht!» warnte Sarita kichernd. «Er ist noch nicht an dich gewöhnt. Aber er wird dich bald kennen. Du mußt ihm den Kopf streicheln, so, ganz sanft, dann hat er dich bald gern.»
«Dieses Tierchen wird zu groß», sagte Nehadschi lächelnd. «In kurzer Zeit geht er auf eigene Faust jagen, und du wirst ihn nicht mehr halten können.»
«Ach, nein», meinte Sarita unbekümmert, «ich werde schon gut aufpassen!»

Sie wiegte den Fuchs wie ein Baby und rieb ihre Wange an dem kleinen, spitzen Kopf. Das Füchslein gähnte, zeigte eine rosa Zunge und die zwei Reihen milchweißer, scharfer Zähne. Cathy lachte laut auf.

Cathys Traurigkeit verschwand, sie entspannte sich, fühlte sich frei und gelöst. Wie fern war Santa Fé! Wie fern waren Mrs. Collins — und alle die Leute, die sie nicht verstehen konnten und wollten. Alles löste sich schon in ihrer Erinnerung auf — Gedanken an eine andere Welt, mit der sie nichts zu tun hatte...

So hielt Cathy O'Malley ohne großen Aufruhr oder Verhandlungen ihren Einzug in die Reservation der Navajo-Indianer.

6

Für Cathy brach eine friedliche Zeit an. Im Schatten der kupferfarbenen Berge hütete sie mit Sarita und anderen gleichaltrigen Mädchen die Schafe auf den Weideplätzen. Sie waren den ganzen Tag zu Pferd, denn man hätte das riesige Gelände unmöglich zu Fuß durchstreifen können. Gut dressierte Schäferhunde umkreisten die Herden und sorgten dafür, daß kein Tier sich absonderte oder verloren ging. Auch wenn Cathy Schafe immer noch nicht mochte, langweilte sie sich nie: mit ihren Freundinnen gab es dauernd etwas zu lachen und zu plaudern. In wildem Galopp jagten sie ihre Pferde durch die Ebene, übertrafen sich gegenseitig an Mut und Geschicklichkeit. Wenn sie müde wurden, stiegen sie im Schatten eines Felsens von ihren Pferden, entfachten ein Feuer, um Kaffee zu kochen und Mais zu rösten. Lachend und scherzend saßen sie im Kreise, stocherten in der Glut herum oder ruhten sich bäuchlings hingestreckt aus. Ein Bach floß nicht weit vom Lagerplatz entfernt. Es war herrlich, die staubigen Kleider abzulegen und im kühlen, grünen Wasser zu schwimmen, um sich dann auf den heißen Steinen in der Sonne trocknen zu lassen!

Cathy fühlte sich im Indianerdorf geborgen und glücklich. Die Navajos betrachteten sie als eine der ihren: jedermann war freundlich und gütig zu ihr. Nur mit Naitsche, Saritas jüngstem Bruder, hatte sie Schwierigkeiten. Naitsche mochte die Weißen nicht: für ihn war und blieb Cathy eine Fremde. Außerdem war er recht eingebildet: er hielt sich für den tapfersten und klügsten Indianer. Jede Arbeit war seiner unwürdig. Er verbrachte seine Tage mit Schlafen und Faulenzen oder ging auf Jagd und Fischfang; außerdem war er der Anführer einer Bande junger Burschen, die ihm blind gehorchten; keiner wagte ihm, dem Häuptlingssohn, zu widersprechen!

Als der alte Nehadschi merkte, wie hochmütig und dünkelhaft sein Sohn wurde, griff er ein. Um ihn Demut zu lehren, trug er ihm allerlei unangenehme und für einen jungen Mann recht schmähliche Aufgaben auf: die Schafe scheren, Fallholz für das Feuer sammeln, die Ziegen melken. Zähneknirschend mußte Naitsche unter dem spöttischen Blick seiner Schwester gehorchen. Einmal überraschte sie ihn beim Schafe scheren, als er übelgelaunt eines der störrischen Tiere zu bändigen versuchte. Sarita brach in Gelächter aus. Mit beiden Ellbogen stützte sie sich auf den Zaun.

«Seht den großen Krieger, wie er Schafe schert! Paß auf, daß du dir nicht die Finger abschneidest!»

Naitsche wurde bleich vor Wut. Er schob das blökende Schaf von sich und stand kerzengerade auf. «Warte nur, bis ich einmal Häuptling bin!» schimpfte er entrüstet.

Sarita bog sich vor Lachen. «Du und Häuptling? Armer Dummkopf: Du weißt doch genau, daß du das als jüngerer Sohn niemals werden kannst. Onathi wird dem Stamm Befehle geben, und du wirst ihm, wie jeder andere, gehorchen müssen!»
Naitsche ballte die Fäuste. Am liebsten hätte er seine Schwester verprügelt. Doch ein Häuptlingssohn muß sich beherrschen! Würdevoll drehte er sich um... und stolperte über einen Stein. Da er barfuß ging, stieß er sich die Zehen wund.
«He!» rief Sarita. «Hast du keine Augen im Kopf?»
Vor einem Mädchen zeigt man keine Schwäche: Naitsche verbiß seinen Schmerz. Schimpfend und hinkend rannte er im Corral herum, um das blökende Schaf wieder einzufangen.

7

Ungefähr einen Monat danach, am späten Nachmittag, kam Onathi in die Reservation zurück. Die Sonne stand schräg am Himmel und warf lange Schatten auf den Boden, als der junge Mann auf einem rostbraunen, staubbedeckten Pferd ins Dorf ritt. Mit einer Handbewegung erwiderte er die freudigen Begrüßungsrufe der Indianer. Überall stürzten die Leute aus den Hütten. Bald war der ganze Stamm in der Mitte des Dorfes versammelt. Es herrschte eine große Aufregung: Kinder schrien, sämtliche Hunde bellten. Mühsam bahnte Onathi seinem Pferd den Weg zum Wohnplatz seiner Eltern. Die Leute drängten und drückten von allen Seiten. Aber unbemerkbar senkte sich eine Befangenheit über die Menge. Langsam und widerstrebend wichen die Indianer zurück. Die Ge-

sichter der Männer und Frauen wurden ausdruckslos und starr. Den Willkommensrufen folgte ein betretenes Schweigen. Nur noch die Kinder lärmten. Alles starrte Onathi an. Wie hatte sich der Häuptlingssohn verändert! Mit Reithose, Lederjacke und Stiefeln sah er aus wie ein Amerikaner. Sein einst langes Haar war geschnitten. Auch sein Gesichtsausdruck war der eines Fremden: spöttisch, gelangweilt und zerstreut. Wäre nicht seine Hautfarbe dunkel und die leicht geschlitzten Augen schwarz gewesen, so hätte man ihn für irgendeinen von der Regierung geschickten Beamten halten können, der im Indianerdorf einen Besuch macht oder eine Inspektion durchführt.
Vor der Hütte seiner Eltern stieg Onathi vom Pferd. Er redete mit keinem Menschen und schien niemanden wiederzuerkennen. Doch als Nehadschi und seine Frau aus der Hütte traten, begrüßte er sie ehrerbietig und mit der einem Häuptlingssohn anstehenden Zurückhaltung. Die Menge entspannte sich ein wenig, er hatte die bei den Navajos üblichen Höflichkeitsformen anscheinend nicht ganz vergessen. Doch etwas in seinem Wesen blieb verwirrend und fremd: aus dem schüchternen und immer in Wolken schwebenden Jungen war ein selbstbewußter, etwas arrogant aussehender junger Mann geworden. Vor den Eltern hatte er sich tief verbeugt, ganz wie es Brauch war, nun aber blickte er sich lebhaft um. Zur großen Empörung der Indianer boxte er seinem Bruder Naitsche freundschaftlich in den Rücken, und Sarita nahm er an beiden Schultern, hielt sie von sich und betrachtete sie prüfend mit zusammengezogenen Brauen, bevor er in ein für die Indianer recht unschickliches Gelächter ausbrach.
«Sarita! Welch eine Überraschung, eine solch hübsche Schwester wiederzufinden. Wären wir nicht verwandt, würde ich dir den Hof machen!»

«Was ist das — den Hof machen?» fragte Sarita interessiert.
Onathi lachte schallend. Es schien ihm immer mehr Spaß zu machen, seine Stammesgenossen zu verblüffen.
«Frage deine Freundin, die wird sich darin schon auskennen!» neckte er, und zum ersten Mal wandte er sich an Cathy, die schweigend und erstaunt wie alle, abseits stand. Läßig schlenderte er auf sie zu.
«Wie die Zeit vergeht, Miß O'Malley! Bei unserer letzten Begegnung trugen Sie Zöpfe und hatten eine Beule auf dem Kopf, weil Sie sich mit irgend jemanden gerauft hatten.»
Cathy mußte lachen: er hatte ein gutes Gedächtnis!
«Stuart Barker war es!» antwortete sie. «Ich habe ihm einen Denkzettel verpaßt, weil er ein Pferd mißhandelte, und bin dabei gegen einen Zaunpfahl geflogen.»
«Hm», sagte Onathi, «das sieht Ihnen ähnlich!» Er nahm seinen Hut ab, strich sich sorgfältig die Haare glatt. «So, Sie sind wieder einmal auf Besuch bei uns. Wie geht es Ihrem Vater?»
Cathy senkte den Kopf: ihre Lippen begannen zu zittern. Ja, natürlich! Onathi wußte nichts vom Tod ihres Vaters!
«Ich...» stammelte sie kreidebleich. Melida kam ihr zu Hilfe.
«Cathys Vater hat einen Unfall gehabt», sagte sie mit ihrer gleichmäßigen Stimme. «Er ist tot.»
Überrascht und schweigend blickte Onathi sie an. Cathy sah zu Boden und kämpfte mit den Tränen. Hoffentlich stellt er keine Fragen, dachte sie verzweifelt. Ich kann nicht davon sprechen, jetzt noch nicht.
Onathi schien ihre Verwirrung zu spüren. Er wechselte sofort das Gespräch. «Und... was tun Sie jetzt?»
«Ich wohne hier.»

«In der Reservation?» rief Onathi höchst verblüfft. Er sah zuerst auf Cathy, dann auf seine Eltern — mit einem seltsamen Ausdruck im Gesicht, den das Mädchen sich nicht erklären konnte. Dann pfiff er leise zwischen den Zähnen hindurch.

«Ich verstehe», sagte er ironisch grinsend. «Und wie gefällt Ihnen das Leben bei uns?»

«Sehr gut!» antwortete Cathy, die nicht begriff, wo er hinauswollte. Daß es ihr bei den Navajos gefiel, war doch selbstverständlich: sonst wäre sie ja gar nicht gekommen!

«Ach, wirklich?» fragte Onathi mit hochgezogenen Brauen.

Cathy verstand überhaupt nichts mehr. Machte er sich über sie lustig? Das wäre doch die Höhe! Schon öffnete sie den Mund, um eine gesalzene Antwort zu geben, da faßte sie sich wieder und bewahrte ein beleidigtes Schweigen. In diesem Ton konnte er nicht mit ihr reden: das sollte er sich gleich merken! Wenn er sich weiterhin so großspurig und arrogant benahm, dann konnte er wieder dahin gehen, wo er herkam, und zwar sofort! In der kurzen Zeit ihres Aufenthaltes bei dem Stamm hatte sich Cathy vollständig in die Gemeinschaft der Indianer eingelebt. Sie fühlte und dachte wie eine Navajo. Was ist eigentlich los mit Onathi? Warum muß er alle Leute kränken und beleidigen? überlegte sie sich bestürzt.

Am gleichen Abend, während der Mahlzeit, reichte Melida ihrem Sohn einen von Fett glänzenden Maisfladen, den sie gerade vom Feuer genommen hatte. Onathi nahm ihn mit spitzen Fingern, schaute suchend nach allen Richtungen; plötzlich brummte er eine Entschuldigung, stand auf, suchte etwas in seinem Gepäck. Er kam zurück mit einem Zinnteller und Eßbesteck. Der alte

Häuptling und seine Frau wechselten einen raschen Blick. Ihr Gesicht blieb unbewegt. So tief das Verhalten ihres Sohnes sie auch kränkte, es wurde kein Wort darüber verloren. Onathi war anders geworden, das spürte jeder. Im Grunde genommen gehörte er überhaupt nicht mehr zu ihnen. Doch es wäre niemand in den Sinn gekommen, ihn dafür zu tadeln; er selbst hatte Mühe genug, mit dieser neuen Situation fertig zu werden.

Nur eine Person war empört: Cathy! Sie verwünschte Onathi und seine Taktlosigkeit. Wie konnte er seine Eltern so in Verlegenheit bringen! Herausfordernd schaute sie ihn an und schleckte sich betont genußvoll die fettigen Finger ab. Dieser eingebildete junge Herr sollte sehen, daß sich nicht alle beeindrucken ließen! Doch Onathi würdigte sie keines Blickes, sie konnte schmatzen und kauen so laut sie wollte; er schaute nur auf seinen Teller oder in eine andere Richtung. Wie kann man nur so hochmütig sein! dachte Cathy voller Entrüstung.

Inzwischen beobachtete Sarita interessiert, wie ihr Bruder mit dem Eßbesteck umging. Plötzlich sagte sie: «Ich möchte es auch einmal versuchen!»

Onathi grinste. «Kluges Mädchen!» sagte er zufrieden. Er reichte seiner Schwester das Besteck und zeigte ihr, wie man es benutzt. Alle sahen zu, wie Sarita ihren Fladen zerkleinerte und jedes Stück mit der Gabel zum Mund führte. Sie war sehr geschickt und lernte es sofort. «Man bekommt keine fettigen Finger mehr!» rief sie kichernd.

«Für das erste Mal hast du dich ganz geschickt angestellt», lobte sie Onathi.

«Ich finde das praktisch», meinte Sarita und drehte die Gabel, von der sie am meisten beeindruckt war, nach allen Seiten.

«Warum nimmst du diese schmutzigen amerikanischen Bräuche an?» fragte Naitsche mit vollem Mund. «Ich verachte alles, was von den Weißen kommt!»

Onathi zuckte die Schultern. «Und die Weißen verachten uns», sagte er ruhig. «Sie nennen uns 'wild' und 'primitiv'. Gefällt dir das?»

Naitsche sah rasch seinen Vater an; dieser schwieg. Aufgebracht antwortete er:

«Sollen sie doch denken was sie wollen! Wir haben schon immer so gelebt, und niemand beklagte sich darüber! Warum sollen die Bräuche unserer Vorfahren nicht mehr gut genug für uns sein?»

Onathi betrachtete nachdenklich das Feuer. «Gut gefragt, Naitsche», sagte er geduldig. «Ja, warum sollen wir uns anpassen? Vielleicht ganz einfach darum, weil der Augenblick gekommen ist. Vielleicht auch, weil Fortschritt und Technik sich immer weiter entwickeln. Wir leben auf einer Stufe, auf der die Weißen vor mehreren tausend Jahren gelebt haben. Wir müssen die versäumte Zeit einholen. Es wird hart sein. Aber es bleibt uns keine andere Wahl.»

Was redest du von Fortschritt und Technik? Solch ein Angeber! dachte Cathy ohne Nachsicht. Er dünkt sich natürlich uns allen überlegen, weil er von der Schule kommt. Aber ich werde es ihm schon zeigen...

Ihm zeigen? Was denn? Cathy wußte es selber nicht. Wie sollte sie es auch anfangen? Mit einem Streit? Bei Onathi käme das nicht gut heraus. Er hatte eine ganz bestimmte Art, sie anzusehen, die sie nervös machte. Er reizte ihren Widerspruch und lähmte sie zugleich. Es war besser, ihn nicht herauszufordern. So schwieg Cathy und setzte sich mürrisch in eine Ecke. Erstaunt wurde ihr klar, daß sie schüchtern wurde. Oder war es etwas anderes?

8

Onathi behandelte Cathy sehr höflich — zu höflich sogar, als ob sie eine Dame wäre, was ihr langsam auf die Nerven ging. Sie hatte genug davon, von morgens bis abends 'Miß O'Malley' genannt zu werden! Sie ärgerte sich über diesen zu selbstbewußten jungen Mann, der lässig und gestiefelt wie ein Gentlemen-Farmer durch die Reservation wandelte, sich weigerte, mit den Fingern zu essen, und der sich — angeblich aus Platzmangel — am Rande des Indianerdorfes eine eigene Hütte eingerichtet hatte. Onathi besaß nicht das einfache und natürlich vertraute Wesen, das Cathy an den Indianern so schätzte. Zwar konnte er heiter und formlos sein, besonders wenn er mit Kindern plauderte oder Sarita neckte; diese bewunderte ihn sehr, was Cathy absolut nicht verstehen konnte.

Sie erinnerte sich noch voller Empörung an jenen Tag, als Onathi von einem kurzen Besuch in Santa Fé zurückkam. Zufällig stieß Cathy mit ihm zusammen, als er, eine umfangreiche Tasche schwenkend, den Pferde-Corral mit großen Schritten verließ.

«Hallo, Miß O'Malley», grüßte er sie und blieb stehen. «Es freut mich, Sie zu treffen. Ich habe heute nachmittag an Sie gedacht und ihnen ein kleines Geschenk mitgebracht.»

«Mir?» fragte Cathy verblüfft, sie traute ihren Ohren nicht. Dann schenkte sie ihm ihr strahlendes Lächeln. «Das ist aber wirklich nett von Ihnen . . . !»

Onathi nickte mit ernstem Gesicht. Er stützte seine Tasche gegen den Zaun und wühlte einige Augenblicke darin herum.

Cathy wartete, voller Neugierde. Was könnte es wohl sein? Vielleicht Pfefferminzbonbons?
Onathi wußte, daß sie diese heiß liebte.
Sarita hat recht, dachte sie erfreut. Im Grunde ist er recht sympathisch!
Nun reichte Onathi ihr ein verschnürtes Paket. Das sah nicht nach Pfefferminzbonbons aus! Gespannt öffnete Cathy das Paket... und erlebte die größte Enttäuschung ihres Lebens! Es enthielt ein Messer, eine Gabel und einen Teller aus blauem Steingut.
Cathy wurde rot bis unter die Haarwurzeln. Vor Empörung brachte sie kein Wort heraus. Onathi betrachtete sie mit unschuldsvoller Miene:
«Ich dachte, Sie könnten das brauchen...», meinte er freundlich.
Cathy meinte, sie würde platzen vor Wut.
«Wenn Sie glaubten, mir damit eine Freude zu machen, so muß ich Sie enttäuschen!» zischte sie.
«Das habe ich keinen Augenblick lang geglaubt.»
«Nehmen Sie das blöde Zeug zurück! Ich brauche es nicht!» tobte Cathy. «Ihre Familie...»
«Das ist etwas ganz anderes», antwortete Onathi und hob seine Tasche auf. «Bei uns hat man niemals gelernt, mit einem Besteck umzugehen. Warum wollen Sie um jeden Preis Ihre Eßkultur verleugnen, Miß O'Malley? In Ihrem Alter sollten Sie vernünftiger sein.»
Cathy kochte vor Zorn. Sie spürte, daß Onathi sie nicht ernst nahm und sich über sie lustig machte. Es schien, als hielt er sie für eine total verrückte Person, welche die Gesellschaft von Wilden der zivilisierten Menschheit vorzog. Zum Donnerwetter! Vergaß er denn, daß er selbst ein Indianer war? Wahrscheinlich hielt er sich für den Präsidenten der Vereinigten Staaten! «Sie sollten sich

schämen, die Bräuche Ihres eigenen Stammes lächerlich zu machen!» warf sie ihm ins Gesicht. «Als Häuptlingssohn sollten Sie mehr Verständnis haben!»

Onathi zuckte mit keiner Wimper, doch schien es Cathy, daß eine leichte Röte in seine Wangen stieg. Das saß! dachte sie mit Genugtuung. Im gleichen Augenblick aber lachte Onathi aus vollem Halse. Cathy biß sich auf die Lippen. Was gab es da zu lachen? Ich muß mich getäuscht haben, dachte sie ärgerlich. Diesen Burschen kann man nicht beschämen. Er ist durch und durch Amerikaner!

«Nun, ich vermute, daß mein Geschenk keine Gnade vor Ihren Augen findet», sagte Onathi augenzwinkernd. «Geschieht mir ganz recht! Es war nicht gerade sehr taktvoll.»

Cathy schwieg verdrossen. An den Corral gelehnt, drehte sie einen Zipfel ihres Schals zwischen den Fingern. Kopfschüttelnd betrachtete sie Onathi und gab sich die größte Mühe, ein ernstes Gesicht zu machen.

«Verzeihen Sie», sagte er in versöhnlichem Ton. «Es war unfair von mir. Doch, doch, ich gebe es zu. Es würde mir leidtun, wenn ich auf Grund dieses lächerlichen Mißverständnisses Ihre... nun, Ihre Freundschaft verlieren würde.»

Cathy war nicht nachtragend.

«Ich will Ihnen verzeihen», sagte sie würdevoll, «unter der Bedingung, daß Sie mich solange mit den Fingern essen lassen, wie ich Lust dazu habe.»

Onathi unterdrückte einen neuen Lachanfall. «Gut, ich verspreche es Ihnen. Aber was werden Sie mit meinem Geschenk anfangen?»

Voller Widerwillen sah Cathy auf den Teller und das Besteck.

«Ich werde es Sarita geben», sagte sie kurz entschlossen. «Die kann es brauchen ... !»

9

Nach Cathys Meinung war an Onathi ein Schulmeister verloren gegangen. Im Gegensatz zu den meisten Indianern, die nicht sehr gesprächig sind, diskutierte, erklärte und dozierte Onathi den lieben langen Tag.
«Onathi weiß so viel», schwärmte Sarita. «Und wie er erzählen kann! Ich könnte ihm stundenlang zuhören!»
«Das stimmt: er redet viel», gab Cathy zu, «aber ich verstehe nicht, was du Interessantes daran findest.»
Sarita warf ihr einen vorwurfsvollen Blick zu. Sie konnte es nicht ertragen, wenn man ihren Bruder kritisierte. «Du tust ihm unrecht! Onathi will nur das Beste. Er sorgt sich sehr um die Zukunft unseres Volkes, und er sucht Möglichkeiten, uns zu helfen. Wir müssen ihm dankbar dafür sein.»
Cathy hob die Achseln und antwortete bockig: «Ich frage mich trotzdem, warum er zurückgekommen ist...»
«Das war doch seine Pflicht gegenüber seinem Vater und seinem Stamm!» rief Sarita entrüstet. «Onathi wird einmal Häuptling der Navajos sein!»
«Ich weiß», brummte Cathy. Es war schwer, sich Onathi in dieser Rolle vorzustellen! Indianerhäuptlinge sind meist würdevoll, schweigsam und weise. Onathi war nichts von alledem. «Hm...» sagte sie. «Meinst du, er ist damit einverstanden?»
Sarita runzelte die Brauen; sie begriff die Frage nicht. «Einverstanden? Wieso einverstanden? Seit dem Tag

seiner Geburt ist er dazu bestimmt, die Nachfolge seines Vaters anzutreten. Wie könnte es anders sein?»

Am gleichen Nachmittag war Cathy dabei, als Onathi seinen jüngeren Bruder davon zu überzeugen versuchte, daß die Welt nicht hinter dem nächsten Berg aufhörte.

«Hinter den Gebirgen, die unsere Weidegründe umgrenzen», dozierte er in der absichtlich gewählten, blumenreichen Sprache der Indianer, «gibt es viele große und menschenreiche Städte, wo die Amerikaner wohnen. Und noch viel weiter weg liegt ein riesiges Meer, das uns von anderen Ländern trennt, die ebenso groß sind wie das unsere.» Naitsche schüttelte ungläubig den Kopf, doch Sarita rief begeistert, sie wolle diese Länder kennenlernen.

«Ich werde dir einmal ein Buch zeigen», erklärte Onathi, «in dem die Landkarten der verschiedenen Erdteile abgebildet sind.»

«Das weiß ich auch», fiel Cathy dazwischen. «Ich habe in der Schule darin lernen müssen. Das Buch ist ein Atlas. Mein Vater hat mir darin einmal sein Geburtsland gezeigt — eine große Insel mit Namen 'Irland'. Er sagte, es sei die schönste der Welt.»

«Miß O'Malley, ich sehe mit Vergnügen, daß Sie Ihre Geographie nicht ganz vergessen haben», sagte Onathi grinsend. Cathy wußte nicht, ob er sich über sie lustig machte. Und außerdem hatte sie seine pompösen Reden satt.

«Hören Sie doch endlich auf, mich Miß O'Malley zu nennen!» rief sie ärgerlich. «Mein Vater nannte mich so, wenn er mit mir zu schelten hatte!»

«Natürlich eine unangenehme Erinnerung», schmunzelte Onathi. «Abgemacht, Cathy! Das ist auch bequemer beim Streiten!»

Cathy unterdrückte ein Kichern. Schlagfertig war er be-

stimmt. Mit etwas gutem Willen konnte man ihn sogar sympathisch finden.
«Bravo!» rief Sarita begeistert. Spontan erfaßte sie Cathys beide Hände. «Siehst du, jetzt gehörst du ganz zur Familie! Du bist meine Schwester!»
Naitsche, dessen Gesicht sich zusehends verfinstert hatte, verlor bei diesen Worten die Geduld. Er fuhr Sarita an: «Auch du hast dich beeinflussen lassen! Als Häuptlingstochter solltest du etwas mehr Stolz haben und wissen, daß alle Amerikaner unsere Feinde sind...»
Saritas lange Zöpfe tanzten vor Empörung. Ihre schwarzen Augen blickten angriffslustig.
«Willst du damit sagen, daß Cathy zu unseren Feinden gehört?»
Naitsche rutschte unbehaglich hin und her. Er hätte schweigen sollen, aber schließlich war er müde, seine Gefühle bis in alle Ewigkeit zu verbergen. Und er hatte es satt, immer nachgeben zu müssen. Er warf das lange Haar aus der Stirn und beharrte streitsüchtig:
«Alle Amerikaner sind unsere Feinde! Nicht nur ich empfinde es so; du weißt genau, daß viele Menschen unseres Stammes das gleiche denken!»
Onathi runzelte die Brauen. Zum ersten Mal schien er wirklich zornig zu werden.
«Schweig, Naitsche!» schalt er trocken. «Du brichst das Gesetz der Gastfreundschaft, und außerdem redest du dummes Zeug. Deine Jugend und Unerfahrenheit sind die einzige Entschuldigung. Wenn ich noch einmal so etwas von dir höre, bekommst du es mit mir zu tun.»
Die Augen Cathys wanderten verstört vom einen zum anderen. Weshalb nur war Naitsche so gemein? Und das alles nur, weil sie Amerikanerin war! Aber das war doch falsch! Sie gehörte zu den Navajos! Hatte sie nicht alles

getan, um in den Stamm aufgenommen zu werden? Sie versuchte sich einzureden, daß Naitsches Worte nichts zu bedeuten hatten, aber es war vergeblich: sie war zutiefst verletzt. Zu impulsiv, um ihren Schmerz zu verbergen, sprang sie auf, stammelte eine Entschuldigung und rannte tränenblind aus der Hütte. Sie hörte Onathi rufen: «Cathy! Warte!» aber sie kümmerte sich nicht darum.

Mit düsterem, verschlossenem Gesicht durchquerte sie das in der Sonne dahinbrütende Dorf, biß die Zähne aufeinander und versuchte, nicht loszuheulen. Sie ging dem Schafcorral entlang bis dahin, wo die Weide anfing. Dort lief sie unschlüssig hin und her, strich sich das zerzauste Haar aus dem Gesicht und kämpfte mit den Tränen. Seit langem hatte sie sich nicht mehr so einsam und unglücklich gefühlt. Sie blickte sich um. Onathi war ihr gefolgt und winkte. Cathy kaute nervös an den Fingernägeln. Sie ertrug keine Menschen um sich, wenn sie Kummer hatte. Onathi noch weniger als die anderen.

«Laß mich», murmelte sie, als er sie einholte. «Es ist nicht schlimm!» Sie drehte sich schroff um und verschränkte die Arme, um nicht mehr an den Nägeln herumzubeißen.

«Ich bin bestürzt über die Taktlosigkeit meines Bruders», sagte Onathi. «Versuch, ihm zu verzeihen. Er ist jung und weiß nicht, was er sagt.»

Er sprach höflich und ausnahmsweise ohne die geringste Ironie. Cathy beruhigte sich etwas. Sie versuchte zu lächeln.

«Es ist schon gut! Ich bin ihm nicht böse. Aber er weiß genau, was er sagt. Im Grunde ist es mir recht. Ich dachte nur... ich dachte nur... jeder hätte mich gern, hier im Dorf...» Sie stockte. Ohne daß sie es verhindern konnte, rollten ihr plötzlich die Tränen über die Wangen. «Geh fort», stieß sie heiser hervor und drehte ihm den Rücken zu. Wenn er sie nur allein lassen wollte! Überrascht fühlte sie Onathis Hand auf ihrer Schulter.

«Du hast Kummer», sagte er sanft. «Das tut mir sehr leid.»

Der leichte Druck seiner Finger war irgendwie tröstlich. Es war sehr seltsam. Mit dem Handrücken wischte sich Cathy die feuchten Wangen ab. «Es ist meine Schuld», antwortete sie mit einem kläglichen Lächeln. «Ich... ich machte mir zu viele Illusionen. Aber ich liebe die Navajos, und...»

Onathi zuckte mit den Achseln. Nun hatte er wieder seinen spöttischen Ausdruck im Gesicht.

«Du bringst meinem Stamm zu viel Verehrung entgegen. Versuche doch, die Augen offen zu halten. Du wirst mehr Fehler als Vorzüge entdecken.»

«Das stimmt nicht!» protestierte Cathy. «Hier fühlte ich mich glücklich und frei. Das ist doch das Wesentliche im Leben!»

«Nicht unbedingt!» meinte Onathi.

«Doch.»

Onathi schüttelte nachsichtig den Kopf. «Du sprichst wie Naitsche. Hast du noch nicht eingesehen, daß das Wesentliche darin besteht, innerhalb einer Gesellschaft eine bestimmte Aufgabe zu übernehmen und sich in die Gesellschaft einzugliedern?»

Die Gesellschaft? Cathy verstand nicht recht, was er damit meinte. Eine Ansammlung von alten Mumien in der Art von Mrs. Collins? Na, wenn *das* Gesellschaft bedeuten sollte, danke schön! Cathy verzog das Gesicht. «Ohne mich!» rief sie voller Überzeugung.

Onathi betrachtete ungerührt ihre störrische Miene, dann meinte er nachsichtig:

«Nun, du bist vielleicht noch nicht alt genug, um das zu verstehen!»

«Das ist ja die Höhe!» rief Cathy und sah voller Empörung, wie das ihr sattsam bekannte, hochmütige Lächeln sich auf Onathis Gesicht verbreitete. Ruhig steckte er sich eine Zigarette an.

«Du bist nicht am richtigen Platz. Ich übrigens auch nicht. Nur weiß ich das im Gegensatz zu dir.»

Cathy war so entgeistert, daß ihr keine passende Antwort einfiel. Du lieber Himmel! Der predigte ja wie Mrs. Collins! Noch einen Augenblick, und er würde ihr sagen, sie solle den Kleidersaum hinunterlassen und sich das Haar hinter die Ohren streichen!

«Schau nicht so böse in die Welt», sagte Onathi, die Zigarette im Mundwinkel. «Es wäre nett, wenn wir ohne Streit miteinander reden könnten, ja?»

«Wieso behauptest du, ich sei nicht an meinem Platz?» fauchte Cathy.

«Vielleicht kann ich dir das erklären.» Er zog an seiner Zigarette, schien plötzlich nachdenklich.

«Fangen wir mit einer Geschichte an. Es war einmal ein Navajo-Junge, der in seinem Stamm zufrieden und ohne Probleme lebte. Er besaß ein Pferd namens Adler, einen treuen Hund und einen gezähmten Falken, mit dem er auf die Jagd ging. Der Junge hatte keine Sorgen; er war mit sich selbst und der ganzen Welt im besten Einvernehmen; er konnte sich nicht vorstellen, daß sich das eines Tages ändern sollte.

Unglücklicherweise war der Junge Sohn eines Häuptlings. Als er vierzehn Jahre alt wurde, beschloß der Vater, ihm eine Erziehung geben zu lassen, die ihn auf seine künftige verantwortliche Stellung vorbereiten sollte, und schickte ihn in eine amerikanische Stadt. Für den

Jungen erschloß sich eine gänzlich neue Welt. In seiner Verwirrung sah er überall Zauber und böse Geister. Man lachte über ihn, weil er sich vor den Menschen, vor dem Licht und vor dem Lärm fürchtete. In seinem Stolz biß er die Zähne zusammen. Niemand sollte wissen, daß er Angst hatte. Man steckte ihn in zivilisierte Kleider und schnitt ihm das Haar. Er kam in eine Schule, wo ihn Geistliche lesen und schreiben lehrten. Er war linkisch, furchtsam und verschlossen und wurde von seinen Kameraden verspottet. Sie behandelten ihn als einen unwissenden, blöden Wilden, schlossen ihn aus oder spielten ihm böse Streiche. Da erinnerte sich der Junge daran, daß er Sohn eines Häuptlings war, und sein Hochmut wuchs bei jeder Demütigung. Er arbeitete wie besessen; überall wollte er der Erste, der Beste sein. Wagte einer, über ihn zu lachen, so prügelte er sich mit ihm. Da er stark und kräftig war, begannen die anderen ihn zu fürchten und zu respektieren.

Jahre vergingen. Der Junge kämpfte weiter. Jetzt aber nicht mehr, um sich vor seinen Kameraden zu behaupten, sondern um sich einen Platz in einer Gesellschaft zu schaffen, die ihn ablehnte und verachtete, weil er ein Indianer war. Und das war das schwerste ...»

Onathi hielt inne, um sich eine neue Zigarette anzuzünden. Sein Gesicht hatte einen seltsamen Ausdruck angenommen, düster und zerstreut. Es sah aus, als ob er von sehr weit zurückliegenden Ereignissen berichte, die ihn kaum etwas oder überhaupt nichts angingen. Nach einer Weile fuhr er fort:

«Damals war ich feige: ich verleugnete meine Herkunft, nahm einen amerikanischen Namen an. Es machte mir Spaß, die Leute an der Nase herumzuführen. Ich kam mir schlauer und stärker vor als alle anderen. Und wenn ich auf der Straße einigen Indianern begegnete, schaute ich woanders hin. Ich setzte mein Studium fort, wurde zwanzig Jahre alt. Dann lernte ich ein Mädchen kennen. Sie hieß Carolyn, war schön, sanft und elegant. Wir sahen uns häufig, und ihre Eltern empfingen mich bei sich zu Hause. Über meine Herkunft wußte niemand etwas. Als man anfing, mir Fragen zu stellen, erzählte ich eine recht plausible Geschichte: meine Familie sei spanischer Herkunft, sehr reich und besäße Ländereien in Kalifornien. Bis jetzt hatte noch niemand diese Geschichte angezweifelt — auch Carolyn nicht. Aber bei ihr war es etwas anderes: je besser ich sie kannte, desto schwerer fiel es mir, sie zu belügen. Die Zeit verging: ich quälte mich Tag und Nacht. Eines Abends entschloß ich mich, ihr alles zu gestehen, auf die Gefahr hin, sie zu verlieren. Ich schrieb einen langen Brief. Den Mut, mit ihr zu sprechen, hatte ich nicht. Dann wartete ich auf eine Antwort: vergeblich. Über meinen Zustand will ich hier keine Worte verlieren. Um es kurz zu sagen: einige Tage später traf ich auf der Straße Carolyns Mutter. Ich grüßte — sie ging wortlos an mir vorbei, den Blick geradeaus gerichtet, als sei ich durchsichtig. Ich begriff die brave Dame sehr gut. Ich begriff auch Carolyn: sie war zu wohlerzogen, um ein Geheimnis bewahren zu können. Einige Zeit später schickte mir mein Vater eine Botschaft: ich hätte nun genug gelernt; es sei Zeit, in die Reservation zurückzukommen. Ich fiel aus allen Wolken. Zurück zu den Navajos? Was sollte ich dort? Schließlich beschloß ich, einen kurzen Besuch zu machen, um auf andere Gedanken zu kommen: ich hatte es nötig. Also ritt ich zurück in die Wüste. Alles schien mir schmutzig, staubig, verkommen. Ich erreichte das Dorf. Was, das ist meine Familie, mein Volk? Dieser Haufen

von zerlumpten, unzivilisierten Wilden? Es war, als verstünde ich erst in diesem Augenblick die Amerikaner, ihre Beleidigungen. Ich hatte nur einen Gedanken: fort von hier, so schnell wie möglich. Meinem Vater würde ich erklären, daß ich mich nicht zum Häuptling berufen fühle. Naitsche würde alles viel besser können.»
Onathi hielt inne, sah grinsend auf Cathy. «Für einen zukünftigen Navajo-Häuptling recht illusionslos, nicht wahr?»
Cathy schwieg.
«Überrascht dich das?» fragte Onathi brüsk.
Cathy zögerte. Sie hatte das unangenehme Gefühl, nicht zu wissen, was sie ihm antworten sollte.
«Ja», murmelte sie schließlich. «Du bist sehr ... sehr hart!» Zu ihrer Verblüffung lachte Onathi auf.
«Hart? Das denkst du! Wenn ich es wäre, säße ich nicht hier, gefangen wie eine Fliege im Spinnennetz. Höre weiter: als ich vor der Hütte ankam, in der ich meine Kindheit verbracht hatte — als ich die Blicke meiner Eltern sah, naiv und voller Vertrauen, als Sarita mich anstrahlte, als sei ich das achte Weltwunder — nun — da wurde ich sentimental. Ihre Zärtlichkeit und ihren Stolz verdiente ich ja gar nicht! Was hatte ich bis jetzt für sie getan? Nichts! Ich schämte mich und sah nun ein: diese armen Leute führen ein so kärgliches Leben, weil keiner unter ihnen imstande ist, ihnen eine bessere Existenz zu verschaffen. Was blieb mir übrig? Vor meiner eigenen Blödheit entsetzt, entschied ich mich, zu bleiben. So bin ich hier.»
«Ja», flüsterte Cathy. «Ja, ich verstehe ...»
«Vielleicht nicht ganz», sagte Onathi mit leiser Stimme.
Cathy senkte den Kopf. Sie fühlte sich erschreckend müde und schwunglos. Die Geschichte Onathis gab ihr mehr

zu denken, als ihr bequem war. Er hätte sie lieber für sich behalten sollen! Außerdem sah sie keinen Zusammenhang. Was wollte er bloß damit bezwecken?

«Warum hast du mir das alles erzählt?»

Onathi hob gleichgültig die Schultern.

«Ganz einfach, um eines klarzulegen: ob ich es will oder nicht, hier ist mein Platz. Bei dir handelt es sich um etwas ganz anderes. Du verbohrst dich in die Idee einer absoluten und phantastischen Freiheit, die es weder in Amerika noch sonst wo gibt, am wenigsten aber in einer Navajo-Reservation. Ich rate dir, ganz brav nach Hause zu gehen, kochen zu lernen und einen Mann zu suchen. Das ist besser für dich und für alle anderen auch.»

Cathy traute ihren Ohren nicht.

«Jetzt übertreibst du aber!» rief sie zornig. «Du redest genau wie Mrs. Collins!»

«Wer ist Mrs. Collins?»

Cathy sprudelte eine bildreiche Schilderung von Mrs. Collins heraus. Der junge Indianer lachte:

«Gute Beschreibung! Ich kenne diese Art Drachen; man weicht ihnen am besten aus.»

Cathy kicherte voller Freude, daß Onathi ihre Partei ergriff; dann wurde sie wieder ernst. Irgend etwas beschäftigte sie. Sie fragte mit gerunzelter Stirne:

«Warum hast du gesagt, ich solle kochen lernen?»

«Kochen können ist eine wichtige Eigenschaft», stellte Onathi fest. «Ich gab dir einfach einen guten Rat.»

Cathy schüttelte den Kopf.

«Nein», sagte sie, «es stimmt nicht! Eben sagtest du es anders. Ich hatte den Eindruck, du wolltest mich fortschicken.»

Onathi wandte leicht den Kopf ab. Er schien nachdenklich.

«Du hast recht», sagte er nach einem kurzen Schweigen. «Ich fände es besser, wenn du die Reservation verlassen würdest.»
«Aber wohin soll ich denn gehen?» rief Cathy verzweifelt. «Ich habe niemand! Keine Verwandten, keine Freunde. Nur — nur Mrs. Collins ist da.»
Onathi winkte mit einer Handbewegung ab.
«Laß Mrs. Collins aus dem Spiel.» Besorgt und prüfend betrachtete er das Mädchen. Es war das erste Mal, daß er sie so anschaute.
Cathy wurde es fast etwas unbehaglich. Was wollte er nur von ihr?
«Im Ernst, Cathy, hast du niemand, zu dem du gehen könntest?»
Cathy schüttelte den Kopf. Plötzlich standen zu ihrem großen Ärger die Augen wieder voller Tränen. Onathis Züge verschwammen mit dem Gezweig der Büsche in einem weißgrünen Nebel.
«Niemand!» stammelte sie.
Wie von sehr ferne drang Onathis Stimme zu ihr her:
«Sei ehrlich, Cathy: Bist du wirklich glücklich bei uns?»
Cathy nickte verzweifelt und drehte den Kopf weg. Verbissen und ohne es zu merken, kaute sie an ihren Fingernägeln.
«Ja», schluchzte sie.
Onathi betrachtete das Mädchen. Mit ihrer braunen Haut, dem langen glatten Haar, glich sie einer Indianerin. Jetzt schmollte sie mit zusammengekniffenem Mund und gerunzelten Brauen. Unwillkürlich mußte Onathi lächeln. Ihm gefiel ihre Energie, ihr trotziger Wille, und vielleicht auch einiges mehr, was er nicht zu analysieren vermochte; er wollte auch nicht weiter danach grübeln. Er schob die Hände in die Hosentaschen und sagte kurzent-

schlossen:
«Nun, wer weiß? Vielleicht ist es wirklich das Leben, für das du geschaffen bist.»

10

Im Verlauf der folgenden Wochen machte sich Onathi energisch an die Durchführung seines Planes, die Navajos aus ihrem dumpfen Dahinleben herauszureißen. Zuerst fuhr er nach Santa Fé in das Verwaltungsbüro der Reservation. Die zwei Angestellten, die faul bei einem Glas Whisky den Fliegen zusahen, fielen vor Verblüffung fast von ihren Stühlen, als ein hochgewachsener junger Mann ins Büro hineingepoltert kam und sagte:
«Ihr Laden hier ist ein Sauladen! Haben Sie nichts anderes zu tun, als sich von früh bis spät beim Gähnen zuzusehen! Los, nehmen Sie ein Formular und notieren Sie. Zuerst brauche ich Maschinen und Werkzeuge...»
Die Angestellten trauten ihren Ohren nicht. Noch nie in ihrem Leben hatte ein Indianer in dieser Art mit ihnen zu sprechen gewagt! Der Ältere, ein dicker Mann in verschwitztem Hemd, stand schwerfällig schnaubend auf und fauchte Onathi an:
«Wer bist du? Hat man je eine solche Frechheit erlebt?»
Onathi ließ sich nicht einschüchtern. Er spielte lässig mit seiner Reitpeitsche und musterte den Mann von oben bis unten.
«Ich bin Onathi; mein Vater hat mir die Befehlsgewalt über den Navajostamm übertragen, den Sie von der Regierung aus zu unterstützen haben. Zuerst einmal verlange ich, anständig behandelt zu werden. Ich bin einen solchen Ton nicht gewohnt. Außerdem lasse ich mich

nicht an der Nase herumführen. Wenn Sie mir nicht liefern, was ich verlange, werde ich mich in Washington beschweren; Sie wissen, was Ihnen dann blüht. Auf was warten Sie noch? Soll ich vielleicht selber schreiben? Ich will noch vor Monatsende ein Ochsengespann und drei Pflüge — in gutem Zustand selbstverständlich. Ebenso brauche ich Baumaterial und Werkzeug; hier ist eine Liste...»

In aller Ruhe verließ Onathi das Büro, stieg aufs Pferd und ritt davon.

In der Reservation rief er jeden Tag die erwachsenen Männer zusammen und erläuterte ihnen die neuen Methoden von Ackerbau und Viehzucht. Die Männer lauschten höflich, ohne Widerstand, aber auch ohne Begeisterung. Onathi drängte nicht. Er wußte, daß die Indianer, wenn sie in einer Reservation zusammengepfercht leben müssen, jede Lebenslust und jegliche Energie verlieren und fatalistisch vor sich hindämmern.

Manchmal verlor Onathi die Geduld. Er hatte Lust zu toben und zu befehlen. Aber er beherrschte sich, zwang sich zur Gelassenheit. Ob es ihm wohl mit der Zeit gelingen würde, seinen Stamm aus der Gleichgültigkeit herauszureißen?

Eines Tages ging Onathi zu Cathy. Sie saß mit gekreuzten Beinen im Halbdunkel der Hütte und hatte rote Tonschalen vor sich, die sie mit blauen und grünen Ornamenten bemalte; ihre Finger und ihre Bluse waren voller Farbflecken. Als sie Onathi eintreten sah, lächelte sie und pustete die Haare aus dem Gesicht. Onathi setzte sich neben sie. Er nahm eine Schale und betrachtete sie aufmerksam.

«Nicht schlecht!» sagte er. «Ich wußte gar nicht, daß du künstlerische Begabung hast.»

Cathy lachte. «Die Leute staunen immer, wenn ich etwas zustande bringe!»
Onathi drehte nachdenklich die Schale in seinen Fingern. «Erstaunlich, wie genau du den Stil unserer indianischen Töpferkunst getroffen hast. Du verfügst über eine bemerkenswerte Einfühlungsgabe. Wußtest du das?»
«Nein», antwortete Cathy. «Ich mache einfach das, was mir gefällt.»
Onathi lehnte sich zurück und lächelte zerstreut.
«Du bist ein merkwürdiges Mädchen!»
Cathy antwortete nicht. Mit ruhigen, geschickten Bewegungen fuhr sie in ihrer Arbeit fort. Onathi beobachtete sie einen Augenblick lang, dann sagte er plötzlich:
«Cathy, willst du mir helfen?»
Das Mädchen runzelte überrascht die Stirne.
«Dir helfen? Wie denn?»
Onathi schaute grinsend zur Decke.
«Du wirst jetzt denken, ich sei verrückt geworden! Ich weiß, daß du keine Lust hast, Bücher zu lesen. Trotzdem: würde es dir nicht Spaß machen, die Kinder im Indianerdorf lesen zu lehren? Solange wenigstens, bis wir eine Schule gebaut und einen Lehrer aufgetrieben haben?»
«Ich?» stotterte Cathy. «Ich soll den Kindern das Lesen beibringen? Aber ich habe noch nie so etwas gemacht!»
Onathis Augen blitzten schelmisch.
«Hast du Angst?»
«Angst? Ich?»
Onathi lachte leise.
«Gut, dann bist du also einverstanden?»
«Ja, aber ...» begann Cathy.
Onathi schüttelte den Kopf.
«Cathy. Es genügt, wenn sie ihren Namen schreiben und

ein paar Sätze lesen können. Sag mir nicht, daß du das nicht fertigbringst! Ich glaube dir kein Wort!»
Cathy seufzte, rutschte nervös hin und her. Schließlich gab sie nach. Onathi sollte nicht meinen, sie sei ein Hasenfuß! «Einverstanden», sagte sie resigniert. «Ich will es versuchen. Nur ...»
«Ja?»
«Ich muß selber zuerst wieder üben, bevor ich beginne», jammerte sie. «Es ist schon lange her, seit ich zum letzten Mal ein Buch aufgeschlagen habe!»
«Ich hoffe, du bekommst deswegen keine Albträume!» lachte Onathi. «Also, abgemacht! Gleich morgen reite ich in die Stadt und besorge das Nötige!»
Cathy schaute ihn hilfesuchend an.
«Wenn ich alle Kinder unterrichten soll, werde ich nie damit fertig!» platzte sie heraus.
«Ich auch nicht», antwortete Onathi, und sein Gesicht wurde ernst. «Wenn fünf Kinder in den Unterricht kommen, will ich zufrieden sein. Die Vorurteile in diesem Stamm sind nicht zum Aushalten! Sie glauben, es bringe Unglück, seinen Namen auf ein Papier zu schreiben. Man sagt, es trenne die Seele vom Körper, oder ein ähnlicher Blödsinn. Die Klügeren unter uns halten es ganz einfach für unnötig. Mit Lesen und Schreiben könne man kein störrisches Pferd zähmen, sagen sie.» Ärgerlich hob er die Schultern. «Wenn du wüßtest, mit welchen Schwierigkeiten ich mich herumschlagen muß, um dir die ersten Schüler zu bringen! Aber sie werden kommen, ich garantiere es dir, und wenn ich sie an den Haaren herbeischleppen muß! Glücklicherweise gibt es Ausnahmen wie Sarita, die viel Freude am Lernen hat. Sie ist intelligent und klug. Ich hoffe sehr, daß ihr Beispiel die Leute umstimmen wird ...»

Onathi beugte sich zu Cathy hinunter und legte ihr die Hand auf die Schulter.
«Nun sind wir zu dritt, um die Zukunft des Stammes zu formen: Sarita, du und ich.»
Cathy wurde rot bis zu den Haarwurzeln.
«Wirklich? Auch ich?» stotterte sie.
«Ja», sagte Onathi ernst. «Du bedeutest mehr, als du dir vorstellst.»
«Dann ...» Cathys Augen funkelten vor Freude, «dann schickst du mich nicht mehr fort?»
Onathi lachte schallend.
«Dich fortschicken? Ich denke nicht daran, wir brauchen dich doch!»
Cathy senkte den Kopf. Sie würde im Indianerdorf bleiben und den Kindern Lesen und Schreiben beibringen. Es war fast zu schön, um wahr zu sein! Onathi betrachtete nachdenklich ihr ausdrucksvolles Gesicht, auf dem sich alle ihre Empfindungen widerspiegelten.
«Zufrieden, Cathy?» fragte er freundlich.
Cathy nickte. «Es ist — es ist einfach wunderbar!»
Sie blickte nachdenklich auf ihre Tonschalen, suchte die schönste heraus und zeigte sie Onathi.
«Gefällt dir diese?»
«Sehr.»
«Dann bekommst du sie, wenn sie fertig ist.»
«Danke, Cathy. Noch nie hat mir ein Geschenk solche Freude gemacht», sagte Onathi mit ernstem Nachdruck, daß Cathy ganz überrascht zu ihm aufschaute. In seiner Stimme war nichts Ironisches mehr. Nicht einmal die gewohnte Energie konnte man darin spüren. Er schien auf seltsame Weise mutlos und bedrückt. Kein Wunder! dachte Cathy. Bei der Verantwortung, die er trägt! Sie hätte ihm gerne gesagt, daß sie seine Sorgen verstünde,

ja, sogar teile, aber sie wagte es nicht. Sie war stolz, mit Onathi zusammenzuarbeiten. Man hatte sie nötig! Sie war jemand, den man brauchte und zu dem man Vertrauen hatte. Das war ein herrliches Gefühl!

11

Am Morgen des ersten Unterrichtstages erschienen außer Sarita und Naitsche (der sehr böse war) drei Jungen und ein verschüchtertes kleines Mädchen. Das war kein aufmunternder Beginn! Cathy erinnerte sich mit Unbehagen an Onathis düstere Voraussage. Noch ungemütlicher wurde es ihr, als die gesamte Dorfbevölkerung zeremoniell aufmarschierte; feierlich und schweigend stellten sie sich im Halbkreis um die kleine Schulklasse herum. Cathy brach der Angstschweiß aus. Mit klopfendem Herzen betrachtete sie die starren Gesichter der Indianer. Sie fühlte sich durch eine unsichtbare, undurchdringliche Mauer von ihnen getrennt. Von neuem war sie die Fremde, die Amerikanerin, von der nichts Gutes kommen konnte. Die gleiche Feindseligkeit lag auch auf den Gesichtern der Kinder, mit denen sie so oft gespielt hatte. Schwarze, mißtrauisch halbgeschlossene Augen verfolgten jede ihrer Bewegungen. Zum Donnerwetter, was gafften die alle so? Erwarteten sie vielleicht, daß ich davonlaufen würde? In diesem Augenblick wurde Cathy klar, daß die Indianer Angst hatten. Sie erinnerte sich an die Worte Onathis: Sie fürchten, daß ihnen beim Schreiben die Seele vom Körper getrennt wird. Cathy fühlte eine seltsame Ruhe in sich aufsteigen. Es war doch ganz einfach: man mußte ihnen erklären, daß das nicht stimmte. Kein vernünftiger Mensch konnte so etwas glauben! Sie schaute um sich und bemerkte im Hintergrund Onathi. Als sie ihn anblickte, zuckte er leicht mit den Schultern. Cathy lächelte ihm zu. Er antwortete mit einem aufmunternden Blinzeln.

Cathy beugte sich zu Sarita, ihrer zweiten Verbündeten, die mit gekreuzten Beinen auf dem Boden saß, und legte ihr freundschaftlich die Hand auf die Schulter. Neben ihr schmollte Naitsche. Cathy beachtete ihn nicht. Sie warf energisch die Haare zurück und setzte sich ihrer Schulklasse gegenüber auf den Boden.

«Schaut doch nicht so böse in die Welt! Ich will euch ein neues Spiel zeigen!»

Sie nahm eine der Schiefertafeln, die Onathi ihr aus der Stadt gebracht hatte, und hob sie in die Höhe.

«Seht diese kleine Zeichnung! Das ist ein S, wie Sarita. Versuche einmal, es nachzumachen, Sarita. Es ist ganz einfach!»

Die junge Indianerin lachte vor Vergnügen. Geschickt schrieb sie ein S auf die Tafel, etwas unbeholfen, aber doch leserlich. Triumphierend zeigte sie es herum. Die Kinder tuschelten interessiert, und das Mißtrauen verschwand langsam. Sie hatten Freude an diesem ungewohnten Spiel. Mit wachsender Begeisterung wollte bald jedes den Anfangsbuchstaben seines Namens schreiben, und Cathy, froh, die Aufmerksamkeit der Kinder so schnell gewonnen zu haben, merkte gar nicht, wie die Menge sich langsam zerstreute. Als sie einmal den Kopf hob, sah sie nur noch ein paar alte Frauen, in ihre bunten Decken gehüllt, mit unbeweglichem Gesicht am Boden hocken: sie warteten immer noch auf die bösen Geister! Cathy atmete erleichtert auf. Es war doch komisch, wie aus ihr, der unaufmerksamsten Schülerin, die man sich denken konnte, eine Lehrerin geworden war. Sie

prustete los vor Vergnügen, und Naitsche schaute sie entrüstet an, in der Meinung, sie lache über seine Ungeschicklichkeit, ein einigermaßen leserliches N zustande zu bringen.
In den folgenden Tagen wuchs die Schülerzahl; bald waren es fünfzehn Kinder zwischen acht und siebzehn Jahren, die sich um Cathy scharten. Sie hatte die größte Mühe, einigermaßen Ruhe und Ordnung einzuführen; es kam oft vor, daß ein Schüler mitten in einer Erklärung wegrannte, um ein Pferd zur Tränke zu führen oder ein paar Schafe vom Süßkartoffelfeld zu vertreiben. Sarita war begeistert. Sie lernte so rasch und leicht, daß Cathy bald selber nicht mehr mitkam! Stundenlang saß sie im Schatten der Hütte, hielt ihren jungen Fuchs auf dem Arm und malte völlig versunken Buchstaben auf ihre Tafel. Bald versuchte sie, die einfachen Wörter zu entziffern, die ihr Cathy aufgeschrieben hatte. Auch im Rechnen war sie sehr gewandt. Das Einmaleins konnte sie schon auswendig. Es war ein Freude, mit ihr zu lernen und zu üben!
Naitsche blieb störrisch; war bei seinem N steckengeblieben und zeigte keine Lust, dieses lächerliche Spiel fortzusetzen. Nicht, daß es ihm an Intelligenz fehlte: er war einfach zu träge und hielt es unter seiner Würde, mit jüngeren Kindern zusammen bei Cathy in die Schule zu gehen.
«Wozu soll ich lesen lernen?» brummte er mürrisch. «Ein Mann braucht keine Bücher; er führt Krieg, geht auf die Jagd, reitet Pferde zu ...»
«... und wird sich sehr schämen müssen, wenn er einmal eine wichtige Urkunde unterschreiben soll und nur ein Kreuz auf das Papier malen kann!» sagte Onathi unbeirrt.

Naitsche zuckte mit den Schultern; aber er war beeindruckt. Es behagte ihm nicht, als Dummkopf zu gelten, und er war neidisch auf die Erfolge seiner Schwester. Auch ärgerte es ihn immer mehr, daß die jüngeren Kinder das Alphabet und das Einmaleins besser beherrschten als er. Naitsche biß die Zähne aufeinander. Denen würde er es zeigen! Schließlich war er der Häuptlingssohn. Also gab er sich Mühe und machte in den folgenden Wochen ganz hübsche Fortschritte.

12

«Nun, wie fühlen Sie sich, Fräulein Lehrerin?» fragte Onathi. Er betrachtete amüsiert Cathy, die mit einem ganzen Stapel Schulbücher unter dem Arm vom Unterrichtsplatz zurückkehrte.

«Oh, mein armer Kopf», jammerte Cathy.

Onathi grinste.

Cathy stieß einen Seufzer aus. «Seit zwei Jahren hatte ich kein Buch mehr aufgemacht, ehrlich! Das ist nicht zum Lachen!»

«Was würdest du zu einem Spazierritt als Gegengewicht zu deiner intellektuellen Belastung sagen?» fragte Onathi. «Ich will zu den Weiden reiten und nach dem Füllen sehen. Kommst du mit?»

«Sofort!» rief Cathy strahlend. Vor Aufregung ließ sie sich zwei dicke Wälzer auf die Zehen fallen. Lachend bückte sich Onathi. Er sah ihr nach, wie sie zur Hütte rannte, die Schulbücher achtlos in eine Ecke warf und mit fliegenden Haaren und leuchtenden Augen zurückkam. Sie sah aus wie eine Schülerin, die gerade aus der

Mathematikstunde entlassen wird. Onathi schüttelte lachend den Kopf.
«Cathy, du bist unverbesserlich!»
Sie gingen zum Corral und sattelten die Pferde. Nach wenigen Augenblicken galoppierten sie in die Ebene hinaus. Die Luft war klar wie Glas. Ein trockener, heißer Wind strich durch das dürre Gras. Der Schatten eines Falken glitt langsam über den Boden.
«Ich möchte ein neues Pferd zureiten», sagte Onathi, während sie durch ein ausgetrocknetes Flußbett ritten. «Dieses Tier da wird alt und kann mich nicht mehr lange tragen.» Er tätschelte freundlich den Pferdehals. «Ein braver Kerl! Wir haben einiges durchgemacht miteinander. Nun wird es Zeit, daß du zur Ruhe kommst.»
«Ich habe Buster auch selber zugeritten», sagte Cathy stolz. «Er war so wild, daß alle Leute Angst vor ihm hatten!»
«Ein Pferd ist etwas sehr Empfindliches», meinte Onathi. «Man braucht unendlich viel Geduld und Sanftmut, um es zuzureiten.» Cathy nickte ernst.
Ein großer Felsbrocken lag auf der Piste. Cathy drückte Buster die Fersen in die Flanken. Das Pferd schnaubte, sauste dahin wie ein Pfeil und setzte über den Felsen. Roß und Reiterin schienen einen Augenblick lang in der Luft zu schweben, bevor die Hufe wieder den Boden berührten. Dann raste Buster in einer Staubwolke davon.
Cathy drehte den Kopf und rief triumphierend: «Hast du gesehen, wie ich ihn hinüberbrachte?»
Onathi verzog bewundernd das Gesicht.
«Wenn mein Pferd nicht so kurzatmig wäre, nähme ich es mit dir auf!»
Cathys Hände hielten kaum die Zügel. Sie ließ sich in rasendem Galopp dahertreiben. Ihre Haare flatterten um

ihren Kopf. Die Augen halb geschlossen, sog sie die würzige Wüstenluft in vollen Zügen ein.
Als Onathi sie einholte, warf sie den Kopf in den Nakken und schrie aus vollem Halse:
«Ich freue mich so! Ich könnte schreien vor Freude!»
«Warum?» rief Onathi.
Cathy lachte, das Gesicht voller Staub, verklebt mit Schweiß und Haaren.
«Ich weiß es nicht! Gerade nur so —. Geschieht dir das nie, daß du vor Freude schreien möchtest?»
«Nein», antwortete Onathi langsam. «Nein, das ist mir schon lange nicht mehr passiert...»
Plötzlich streckte er den Arm aus: «Sieh da — da ist unsere Herde!»
Die Pferde hatten sich in den Schatten einer Felswand zurückgezogen, wo noch etwas Gras zu finden war. Die langbeinigen Füllen tranken am Euter der Mutter oder sprangen wie ungezogene Kinder um die alten Tiere herum.
«Es ist besser, abzusteigen», riet Onathi. «Die Pferde sind noch halbwild.»
Ihre Reittiere am Zügel führend, näherten sie sich langsam der Herde. Unruhig spitzten die Pferde die Ohren. Die Stuten näherten sich den Füllen, während die Hengste und die Leittiere nervös mit den Hufen scharrten.
Onathi blieb stehen, legte Cathy die Hand auf die Schulter:
«Sieh dort! Was hälst du von dem?»
Cathy folgte seinem Blick und sah ein ebenholzschwarzes Pferd, welches auf hohen, außerordentlich schlanken Beinen aufgeregt tänzelte. Der Kopf mit den kleinen, aufgeblähten Nüstern drehte sich aufmerksam nach allen Seiten. Cathy bemerkte auf seiner Stirn einen kreisrunden,

weißen Fleck. Sie hielt den Atem an.
«Wunderbar!» flüsterte sie. «Es — ist noch schöner als Buster!»
Es war das herrlichste Pferd, das sie je gesehen hatte.
«Wir dürfen ihn nicht erschrecken», murmelte Onathi. Er ging mit ruhigen Schritten auf das Tier zu. Das Pferd beobachtete ihn mißtrauisch. Es machte ein paar tänzelnde Schritte zurück, bäumte sich mit leisem Schnauben auf. Dann stand es ganz still, mit gespitzten Ohren, während Onathi immer näher kam und halblaut in singendem Tone zu ihm sprach.
«Komm zu mir! Hab keine Angst! Ich tue dir nichts. Ja, du weißt es genau: du bist das schönste Pferd der Welt...»
Er blieb stehen, streckte langsam die Hand aus.
Das Pferd zögerte, verdrehte unruhig die blanken Augen. Plötzlich streckte es den langen, glänzenden Hals aus und seine weichen Lippen berührten Onathis Finger. Der Indianer stand völlig unbeweglich. Dann machte der junge Hengst eine stürmische Wendung, schoß wie ein Pfeil davon und tauchte in der Herde unter.
Ein Lächeln glitt über Onathis ernstes Gesicht.
«Du gefällst mir! Mit dir werde ich schon fertig werden.»
Cathy kam atemlos angerannt und strich sich die Haare aus dem Gesicht.
«Willst du ihn einfangen und zähmen?» rief sie begeistert.
Onathi kramte in seiner Hosentasche und steckte sich eine Zigarette an.
«Ja. Morgen will ich es versuchen. Gefällt es dir?»
Cathy war vor Aufregung ganz außer sich.
«Es ist ein herrliches Tier. Hat er schon einen Namen?»
Onathi schüttelte den Kopf.

«Nein. Hast du eine Idee?»
«Ich würde ihn 'Shadow' nennen, weil er so schwarz ist wie die Nacht!»
«Shadow?» wiederholte Onathi. «Der Name paßt nicht schlecht! Einverstanden: wir werden ihn so nennen!»
Schon am folgenden Tag begann die Dressur Shadows. Er war mit größter Mühe eingefangen und in den Corral gebracht worden. Nun sah man ihn unaufhörlich zuckend und bebend Runden drehen. Wenn sich ihm jemand näherte, blieb er stehen, senkte den Kopf und scharrte kampflustig mit den Hufen. Anfangs begnügte sich Onathi damit, auf der Umzäunung zu sitzen und zu dem Tier in dem etwas singenden Ton zu sprechen, den Shadow zu beruhigen schien. Er kümmerte sich auch selber um die Nahrung des Pferdes, brachte ihm armvollweise Heu und füllte seinen Eimer mit frischem Wasser. Schließlich hatte Shadow Vertrauen gefaßt und duldete Onathi in seiner Nähe. Mit ruhigen Bewegungen klopfte er ihm auf den Hals, streichelte seine Nüstern und kämmte mit den Fingern die lange, zerzauste Mähne.
Cathy saß oben auf dem Zaun, baumelte mit den Beinen und verfolgte mit Kennerblick diese Erziehung. Shadow wurde immer zutraulicher und begrüßte Onathi bald mit freudigem Wiehern. Auch gewöhnte er sich langsam daran, an einer Leine geführt zu werden. Er gehorchte Onathi aufs Wort. Eines Morgens sagte der junge Indianer: «Heute will ich versuchen, aufzusitzen. Aber keine Illusionen: in weniger als in fünf Sekunden liege ich im Staub!»
Als Onathi das Tor des Corrals öffnete, trabte Shadow freundschaftlich herbei und rieb den Kopf an Onathis Schultern. Er streichelte den Hals des Pferdes. Dann, mit einer vorsichtigen aber blitzschnellen Bewegung, legte er

ihm einen Halfter um das Maul. Shadow zuckte zurück, doch da das weiche Seil ihn nicht belästigte, blieb er ruhig stehen. Onathi ergriff mit der einen Hand die Mähne des Pferdes, trat einen Schritt zurück und schwang sich auf Shadows Rücken. Ein Beben ging durch den Körper des Tieres; es riß den Kopf hoch, schnaubte vor Überraschung und Zorn. Dann war der Teufel los; der Rükken Shadows bog und entspannte sich wie eine Stahlfeder, und Onathi flog in hohem Bogen über den Kopf des Pferdes auf den Boden. Er sprang sofort wieder auf, und lief zu Cathy an den Zaun, während Shadow in einer Staubwolke inmitten des Corrals wie rasend tobte. Lachend kletterte Onathi zu Cathy auf die Corralstange und klopfte sich den Staub von den Kleidern.
«Was habe ich dir gesagt? Für heute ist's genug; er muß sich erst wieder von seiner Aufregung erholen!»
Zwei Wochen später war es soweit. Shadow warf Onathi nicht mehr ab. Onathi ritt ohne Sattel und lenkte Shadow mit einem selbstangefertigten leinenen Halfter. Jeden Tag führte Onathi das Pferd auf die Weide, ließ es längs der roten Felsenwände bis zur Ermattung galoppieren.
Nach der Rückkehr rieb er es sorgfältig mit einem Strohwisch trocken und bürstete es, bis das Fell wieder seidig glänzte. Shadow war gezähmt. Gelegentlich brach seine Wildheit durch; er wieherte, stampfte mit den Hufen, unter dem Fell zuckten seine Nerven und Muskeln. Onathi lachte nur. Er pfiff leise zwischen den Zähnen, und Shadow beruhigte sich sofort, kam zu ihm und stieß zärtlich mit den Nüstern an Onathis Schultern. Donnerwetter! Der versteht etwas von Pferden! dachte Cathy anerkennend.

13

Drückend lastete die Hitze über der ausgedörrten Weide. Die rote Erde war nur noch Staub. Die Wildbäche trockneten aus; die Sonne brannte auf die runden Steine. Man mußte stundenlang durch die staubige Öde reiten, bis man zu einem Wasserloch kam, wo die Pferde und die Schafe ihren Durst löschen konnten.

Eines Tages um die Mittagszeit schien sich die ganze Ebene in einen riesigen bewegten Sandteppich zu verwandeln. Die Schafherde strebte in wilder Panik nach allen Richtungen auseinander. Cathy, Sarita und die anderen Mädchen trieben ihre Pferde an, um die Tiere wieder zusammenzutreiben und zu beruhigen. Der Sturm wurde immer heftiger, die Sandwolken immer dichter; von den Schafen waren nur noch undeutliche Schemen zu sehen. Durch das Sausen des Sturmes drang undeutlich das Gebell der Hunde, das klägliche Blöken der herumirrenden Tiere. Mit zusammengekniffenen Augen kämpfte sich Cathy durch das Unwetter. Mund und Nase waren voller Staub; sie konnte kaum atmen. Ein trockener Husten schüttelte sie. Der Sturm wurde immer wilder, immer tosender. Es war Cathy, als würde sie der Wind mitsamt ihrem Pferd vom Boden reissen und in die Lüfte wirbeln. Sie hatte schon viele gewaltige Stürme erlebt, doch noch nie einen von solcher Macht. Plötzlich merkte sie, daß sie die Orientierung verloren hatte; Buster schien sich im Kreise zu drehen. Sarita und die anderen Mädchen waren verschwunden. Keuchend und hustend rief Cathy, so laut sie konnte. Doch ihre Stimme verhallte im tosenden Brausen. Unerbittlich fegten ihr Sandwolken ins Gesicht; es stach wie tausend feine Nadeln. Cathy glaubte zu ersticken. Buster geriet in Panik; ziellos und wild um sich herum schlagend rannte er los; Cathy spürte mit Entsetzen, daß sie die Herrschaft über das verstörte Pferd verloren hatte. Sie klammerte sich an die Zügel, und hatte nur noch einen Gedanken: im Sattel zu bleiben! Da — vor ihr stieg im rötlichen Staubwirbel eine steile Felswand auf! Mit aller Kraft riß Cathy ihr Pferd zur Seite. Sie verlor das Gleichgewicht; es war, als ob Buster unter ihr weggeschoben würde. Sie fiel aus dem Sattel und prallte hart auf den Boden auf. Benommen versuchte sie, sich aufzurichten; ihre Hände und Knie waren aufgeschürft, und sie spürte, wie ihr das Blut übers Gesicht rann. Schwankend machte sie einige Schritte auf die Felswand zu, um dort Schutz zu suchen. Halb blind tappte sie durch ein erstickend heißes Meer von Sand. Sand drang in ihren Mund, in ihren Hals; es brannte wie Feuer. Vor ihren Augen verschwamm alles in rotem Dunst! Sie brach zusammen und blieb regungslos liegen. So fand sie Onathi einige Stunden später. Er war mit einigen Männern aufgebrochen, um sie zu suchen. Der Sturm hatte sich gelegt. Nur eine kupferrote Staubglocke schwebte fast regungslos über der Erde, und durch sie hindurch glänzte die untergehende Sonne. Cathy war völlig von Sand bedeckt. Sie atmete kaum. Onathi hob sie vorsichtig auf und wischte ihr den Schmutz vom Gesicht; sie seufzte, mit Mühe öffnete sie die verklebten Augen, schien aber niemand zu erkennen. Schweigend nahm Onathi sie auf die Arme und trug sie zu seinem Pferd. Die Indianer sprachen kein Wort. Ein Mann half ihm, das Mädchen zu halten, während er sich in den Sattel schwang. Onathi legte Cathys Kopf an seine Schulter, umfaßte sie fest mit beiden Armen. Dann ritt er los; leblos wie eine Stoffpuppe hing Cathy im Sattel. Ihr Gesicht war grau, bleich und blutbeschmiert.

14

Als Cathy erwachte, fühlte sie sich matt und wehrlos wie ein kleines Kind. Ihr Körper war steif, schmerzte sie überall. Sarita beugte sich über sie. Cathy versuchte zu lächeln.

«Was ist... was ist geschehen?»

«Du bist vom Pferd gestürzt und hast dich verletzt», sagte Sarita und strich ihr zärtlich mit der Hand durch die Haare. «Wie fühlst du dich?»

«Gut, glaube ich», murmelte Cathy. Sie versuchte sich aufzurichten und fiel mit einem leisen Aufschrei wieder zurück.

«Es ist besser, du bleibst ruhig liegen», sagte Sarita und zog die Decke über Cathys Schultern. Cathy runzelte leicht die Brauen. Sie versuchte zu überlegen, wie alles gekommen war.

Der Sandsturm, ihr Sturz... und dann nichts mehr. Nichts mehr? Doch, sie erinnerte sich verschwommen an den wiegenden Gang eines Pferdes. Es wurde Nacht. Jemand hielt sie umschlungen... Plötzlich errötete Cathy bis zu den Haarwurzeln. Du lieber Himmel! Das war Onathi gewesen! Er hielt sie in den Armen, und sie hatte ihren Kopf an seine Schulter gelehnt! ... Cathy erinnerte sich noch genau an das Gefühl von Geborgenheit und Glück, welches sie empfunden hatte. Mit Bestürzung wurde ihr klar, daß sie bis über beide Ohren in Onathi verliebt war!

Sie dachte mit Schrecken daran, was passieren würde, wenn Onathi davon erfahren sollte!

Er darf es nicht wissen! dachte sie verstört. Er nimmt mich ja ohnehin nicht ernst... Was hatte ihr Vater immer gesagt? Wenn ein Mädchen anfängt, sich für einen Jungen

zu interessieren, dann geht der Ärger los!
Cathy biß sich nervös auf die Lippen. Ärger wollte sie keinen haben. Außerdem interessierte sie sich keineswegs für junge Männer. Mit Onathi war es etwas anderes; schließlich gehörte sie zur Familie. Trotzdem: es war sehr verwirrend!
«Woran denkst du?» fragte Sarita halblaut. Cathy zuckte zusammen und stotterte kläglich: «Was... was ist mit Buster passiert?»
Sarita erzählte ihr, daß das Pferd nach dem Sandsturm allein ins Dorf zurückgekommen war.
«Wir wußten sofort, daß etwas passiert war. Wir haben solche Angst gehabt! Onathi war ganz außer sich.»
Wieder drehte Cathy den Kopf weg. Es war wirklich blöde, jedesmal wenn der Name Onathi fiel, zu erröten! Ich muß mich zusammen nehmen, dachte sie ärgerlich, sonst weiß es morgen das ganze Dorf!
Am nächsten Morgen fühlte sich Cathy wieder kräftig und gesund. Die blauen Flecken am ganzen Körper würden bald verschwinden, und auch die Wunde an der Stirn schloß sich gut. Die Sonne blendete und stach, als sie aus der Hütte trat. Cathy setzte sich in den Schatten und kämmte ihre zerzausten Haare. Da bemerkte sie Onathi. Er trug den Sattel auf der Schulter und schlenderte langsam den Corral entlang. Zum ersten Mal fiel es Cathy auf, wie sehr er sich verändert hatte. Sein Gesicht war schmaler, seine Hautfarbe dunkler geworden; die Haare, die er nicht mehr schnitt, fielen glatt und strähnig auf seine Schultern. Wie die meisten Navajos trug er Blue-Jeans und ein buntes Baumwollhemd. Um seine Stirn hatte er ein breites Band mit einem Türkis, dem Zeichen des Häuptlings, gebunden.
Er blieb neben Cathy stehen, die ihn verlegen lächelnd

anschaute.
«Wie geht es dir?» fragte er besorgt. Er streckte die Hand aus und berührte leicht die Wunde auf ihrer Stirn. «Das scheint gut zu verheilen.»
Cathy verzog das Gesicht. «Ich glaube, ich bekomme eine Narbe! Übrigens danke, daß du mich ... daß du mich zurückgebracht hast», fügte sie hinzu und wurde rot, weil sie so herumstotterte.
«War doch wohl ganz selbstverständlich», brummte Onathi. Er legte den Sattel auf den Boden, setzte sich mit dem Rücken dagegen und zündete sich eine Zigarette an. Er schien abwesend und zerstreut. Cathy schaute seine Hände an, und bemerkte plötzlich, daß sie zitterten.
«Geht nicht alles, wie es soll?» fragte sie sanft.
Als ob Onathi nur auf diese Frage gewartet hätte, platzte er los:
«Nein! Nur Ärger habe ich! Ich komme vom Indianerbüro. Man hatte mir für heute Werkzeug versprochen. Nun sagt man, daß ich es frühestens in vierzehn Tagen bekomme. Ich könnte diesen Kerlen den Hals umdrehen!» Wütend kaute er an seiner Zigarette.
«Ich habe die größte Lust, alles stehen und liegen zu lassen, fortzugehen, weit weg, ich weiß nicht wohin ... Aber es ist selbstverständlich überall gleich; es wäre besser, sich endgültig damit abzufinden.»
«Onathi!» sagte Cathy verblüfft und runzelte die Stirn, «wovon redest du eigentlich?»
«Von meiner Lage als Indianer, wovon denn sonst?»
«Oh nein, du wirst doch nicht wieder damit anfangen!»
Onathi lachte bitter. «Einverstanden! Ich habe meine Erfahrungen gemacht. Mich sollte das kalt lassen. Aber diese Demütigungen, diese stillschweigende Verachtung, wenn ich über die Straße gehe, ich weiß nicht, wie lange

ich das noch ertragen kann!»
Als Cathy schwieg, fügte er hinzu: «Aber wahrscheinlich kannst du das nicht verstehen ...»
«Doch», murmelte Cathy, «doch, ich verstehe ...»
Plötzlich explodierte sie: «Ich verachte nichts so sehr wie Ungerechtigkeit, Heuchelei und Dummheit! Alle diese Menschen, die dich so blöde anstarren, wollen doch nur eine unterhaltsame Ablenkung. Sich über jemand lustig zu machen, der anders aussieht, gibt ihnen das Gefühl, jemand besonders Wichtiger zu sein! Dabei ist es ja reiner Zufall, daß diese Weißen nicht als Schwarze auf die Welt gekommen sind! Darauf brauchen sie gar nicht stolz zu sein!»
«Hm», sagte Onathi, und der spöttische Ausdruck erschien wieder auf seinem Gesicht. «Das ist eine logische Gedankenfolge ...»
Cathy bemerkte die Unterbrechung nicht. Sie sprudelte nur so hervor. «Ich habe diese Freiheit gefunden, die es nach deiner Meinung nicht gibt. Die Freiheit, zu lachen, wann es mir gefällt, zu singen oder zu weinen, wenn ich Lust dazu habe. Die Freiheit, zu tun und zu denken, was ich will, ohne daß jemand versucht, einen anderen Menschen aus mir zu machen ...»
Sie verstummte. Wieder einmal hatte sie zu viel geredet! Gleich würde Onathi anfangen, sie zu necken, und sie würde nicht den Mut haben, sich zu wehren. Nur losheulen würde sie ... Doch Onathi sah sie schweigend an. Nach einer Weile sagte er mit leisem Lächeln:
«Das klingt sehr schön, Cathy. Leider habe ich nicht deine blühende Phantasie.»
«Wozu braucht es das?» antwortete Cathy kopfschüttelnd. «Es ist so einfach, glücklich zu sein!»
In Gedanken versunken starrte Onathi vor sich hin. Ca-

thy spreizte hilflos die Hände. Wie konnte sie ihm wieder Mut geben, ihm begreiflich machen, wie schön das Leben war? Verwirrt griff sie nach dem Kamm, strich mit zerstreuten Bewegungen durch ihr langes, dichtes Haar.
Onathi betrachtete sie mit undurchdringlicher Miene. Plötzlich sagte er:
«Seltsam ... Wie oft ertappe ich mich dabei zu denken, du wärst Indianerin. Dein schwarzes Haar, die braune Haut ... Nur deine Augen sind anders als unsere ...»
Cathy schaute ihn völlig verwirrt an.
«Man vergißt so leicht, daß du Amerikanerin bist.»
Cathy versuchte verzweifelt, einen vernünftigen Satz zu bilden.
«Aber ich bin es doch gar nicht mehr! Weshalb soll man etwas sein, wenn man es nicht mit dem Herzen empfindet?»
Onathi drückte seine Zigarette im Sand aus und erhob sich.
«Man hat nicht immer die Wahl», sagte er düster. Dann nahm er den Sattel auf, schwang ihn über die Schulter und sagte: «Ich muß gehen. Ich habe noch viel zu tun heute.» Er winkte lässig und ging mit seinem etwas schleppenden Gang zwischen den Hütten hindurch. Verwirrt und völlig durcheinander sah ihm Cathy nach, doch er wandte sich nicht um.

15

Einige Tage später ritten Cathy und Sarita bis in die Nähe der alten, nach Santa Fé führenden Poststraße. Es war das erste Mal seit ihrer Flucht, daß Cathy sich soweit in Richtung der Stadt vorwagte. Unbehaglich spähte sie

nach allen Richtungen.
«Sarita», rief sie, und zügelte ihr Pferd. «Es ist besser, wir kehren um ...»
Sarita, welche an der Spitze ritt, schaute zurück.
«Warum?» rief sie lachend. «Hast du Angst, Mrs. Collins zu begegnen?»
Cathy biß sich nervös auf die Lippen. «Ich habe so ein seltsames Gefühl. Komm! Mir ist wohler, wenn ich diese Gegend verlasse.»
Sarita hielt ihr Pferd auf dem Hügel an. Sie wischte sich mit dem Handrücken den Schweiß von der Stirn.
«Hast du die Feldflasche bei dir?»
Cathy reichte sie ihr. Sarita öffnete sie und trank in vollen Zügen. Auch Cathy löschte ihren Durst. Sie war gerade dabei, die Feldflasche wieder am Sattel zu befestigen, als auf der Straße unter ihnen ein Wagen in einer Staubwolke auftauchte. Frank Thornton, der Schullehrer und seine Frau saßen darin. Sie hatten die mexikanische Missionsschule besucht und waren auf dem Heimweg. Die Sonne brannte. Verdrossen und schläfrig hielt Frank Thornton die Zügel. Das Pferd trabte müde dahin.
Plötzlich schüttelte ihn seine Frau kräftig am Arm. «Frank, sieh mal dort oben!»
Der Schulmeister hob augenzwinkernd den Kopf. Im grellen Sonnenlicht sah er auf dem Scheitel des Hügels zwei Reiter. «Indianer», murmelte Thornton. «Was machen die so nahe der Stadt?»
Mit einem Taschentuch betupfte sich seine Frau die nassen Schläfen unter dem blumengeschmückten Hut. Sie sagte spitz:
«Die Dreistigkeit dieser Wilden überschreitet alle Grenzen. Eines Tages wird der ganze Stamm auf unserer Hauptstraße spazierengehen und zuschauen, wie wir auf

der Terrasse Tee trinken!»
Frank Thornton griff nach seinem Fernglas. Er übergab seiner Frau die Zügel und richtete es auf die zwei Gestalten. Plötzlich stieß er ein überraschtes Grunzen aus.
«Ich will tot umfallen, wenn das nicht die kleine O'Malley ist!»
«Laß mich sehen!» zischte seine Gattin und riß ihm das Fernglas aus den Händen. Sie setzte es auf ihre Nasenspitze und spähte nach dem Hügel. Ihr bleiches Gesicht bekam vor Empörung zwei rote Flecken.
«Wahrhaftig, das ist sie! Ich erkenne sie genau: Sie trägt Hosen wie ein Mann und hat sich mit Glasperlen behängt. Es ist nicht zu fassen: genau wie eine dieser Wilden läuft sie herum! Ah! Jetzt hat sie uns bemerkt!»
Im gleichen Augenblick sagte Cathy zu Sarita: «Machen wir, daß wir fortkommen! Ich glaube, die beobachten uns!»
Jetzt bekam es auch Sarita mit der Angst zu tun. Sie gab ihrem Pferd die Sporen.
«Cathy! Komm! Sei vorsichtig! Vielleicht sind das Leute, die dich kennen.»
«Sie sind zu weit entfernt, um mich erkennen zu können», meinte Cathy; sie konnte auf die weite Entfernung nicht sehen, daß im Wagen ein Fernglas benutzt wurde. Herausfordernd beugte sie sich über Busters Hals und streckte in Richtung der Kutsche die Zunge hinaus so weit es ging.
Mrs. Thornton senkte schockiert das Fernglas. Ihre Augen blitzten vor gerechtem Zorn.
«Diese unverschämte Person!» sagte sie. «Jetzt hat sie mir die Zunge herausgestreckt! Ich bin sicher, daß sie mich erkannt hat! Oh! solch eine Frechheit.»

«Fort von hier!» rief Cathy oben auf dem Hügel. Sie wendete ihr Pferd und raste mit fliegenden Haaren Sarita nach.

Noch am gleichen Abend stürzte Mrs. Thornton, den Hut schief auf dem Kopf, zu Mrs. Collins, die im Schaukelstuhl auf ihrer Terrasse die Abendkühle genoß. Die brave Dame war außer sich. Atemlos berichtete sie:

«Meine Liebe, wissen sie, wen wir auf der Rückkehr von der Missionsschule getroffen haben? Raten Sie, meine Liebe! Sie werden überrascht sein!»

Mrs. Collins schüttelte würdevoll den Kopf. «Nein — wirklich — ich weiß nicht...» sagte sie kühl. Sie fand Mrs. Thorntons Aufregung völlig übertrieben.

Die Frau des Lehrers schöpfte tief Atem.

«Also, ich will es Ihnen sagen», begann sie feierlich. «Es war die kleine O'Malley.»

Mit einem Ruck stand der Schaukelstuhl still. Mrs. Collins beugte sich leicht nach vorne.

«Cathy!»

Mrs. Thornton hob die Augen zum Himmel und seufzte verhalten.

«Wie ich es Ihnen sage. Und wissen Sie, in was für einer Gesellschaft?» Ihre Stimme wurde ein Flüstern. Sie schaute besorgt nach allen Seiten.

«Sie war — bitte, erschrecken Sie nicht, es ist nicht gut für Ihren Kreislauf! — in Begleitung einer Rothaut aus der Reservation! Sie trug Hosen wie ein Mann und hatte einen ganzen Berg von Glasperlen um den Hals. Und als sie mich erblickte, hat sie — ich wage es kaum zu sagen — hat sie mir die Zunge herausgestreckt! ...»

Mrs. Collins zuckte zusammen. Im Abendlicht sah sie ganz grün aus.

«Das ist unmöglich!» stieß sie hervor, und ihr Kinn zit-

terte. «Das arme, unglückselige Kind! Nein, ich kann es nicht fassen!»
Mrs. Thornton wiegte bedeutungsvoll den blumengeschmückten Kopf.
«Bedauern Sie sie nicht!» sagte sie spitz. «Diese junge Person erleidet nur das Schicksal, das sie verdient!»
Mrs. Collins schluckte. Ihr magerer Hals in der rüschenbesetzten Bluse bewegte sich wie der einer Truthenne.
«Nein», verkündigte sie dramatisch, «es ist nie zu spät, eine Seele aus den Klauen des Bösen zu erretten.»
Mrs. Thornton zupfte nervös ihren Hut zurecht. Sie nestelte an ihrer Hutnadel und steckte sie so schwungvoll hinein, daß es aussah, als wolle sie sich den Kopf durchbohren. Dann beugte sie sich zu Mrs. Collins und flüsterte tragisch:
«Es ist schrecklich, so etwas zu sagen, aber wenn der arme, unschuldige O'Malley seine Tochter sähe, er würde sich im Grabe umdrehen.»

Als Joe Collins eine Stunde später heimkehrte, überfiel ihn seine Frau mit der großen Neuigkeit. Wie immer, wenn sie etwas aufregte, ging Mrs. Collins mit würdevollen Schritten im Zimmer umher. Ihre Röcke raschelten. Mit dem Spitzentaschentuch betupfte sie sich kleine Schweißperlen auf der Oberlippe.
«Deswegen also ist das arme Kind verschwunden! Vielleicht haben diese Wilden sie entführt und halten sie gefangen? Joe, wir können das nicht dulden! Jetzt mußt du als Hilfssheriff einschreiten!»
Die Hände in die Armlöcher seiner Weste gesteckt, kaute Collins auf seiner Zigarre herum.
«Was soll ich tun?» sagte er uninteressiert. «Die einzige Möglichkeit besteht darin, eine Polizei-Expedition in die

Reservation zu schicken und sie mit Gewalt zurückzuholen.»
Mrs. Collins nickte zufrieden. «Ausgezeichnet! Sie werden nicht wagen, sich der Autorität der amerikanischen Polizei entgegenzustellen.»
Collins gähnte. Er warf sich in einen Sessel und faltete die Zeitung auseinander.
«Wirklich, Agathe, lohnt es sich, mit diesem Mädchen soviel Aufwand zu treiben? Ich glaube nicht an eine Entführung. Ihre Familie hat immer mit den Rothäuten sympathisiert. Wenn es ihr bei den Wilden gefällt, so soll sie doch dort bleiben.»
Mrs. Collins reckte entrüstet ihr knochiges Kinn. Sie bebte vor Empörung. «Joe Collins! Wagst du es, deine Pflicht als Amerikaner und als Hüter der Ordnung so zu vernachlässigen? Kannst du untätig zuschauen, wenn ein unschuldiges Mädchen ins Verderben rennt?»
Collins verzog das Gesicht hinter seiner Zeitung. Obwohl er seit vielen Jahren Hilfssheriff war, hatte er zu Hause nicht viel zu sagen: dort führte seine Gattin das Regiment!
«In Ordnung», brummte er resigniert. «Rege dich nicht auf! In den nächsten Tagen werde ich mal nachsehen ...!»

16

Als Cathy an diesem Nachmittag mit Sarita und einigen anderen Mädchen von der Weide kam, sahen sie schon von weitem mitten im Dorf eine ungewöhnliche Menschenansammlung.
«Vielleich hat es einen Unfall gegeben?» meinte Sarita.

Cathy schwang ein Bein über den Sattel und stieg langsam vom Pferd. Irgend etwas war ihr unheimlich.
«Nein», sagte sie mit gerunzelter Stirn, «Ich glaube nicht...»
«Gehen wir schauen!» rief eines der Mädchen. Die anderen folgten tuschelnd. Cathy nestelte nervös an Busters Zaumzeug. Plötzlich blieb sie stehen: ihr Herz schlug ihr bis in den Hals.
«Sarita...», stammelte sie und ergriff den Arm ihrer Freundin. «Das sind Uniformen! Die Polizei ist da! Sie sind meinetwegen gekommen!»
Sarita klammerte sich verstört an Cathy. «Oh, nein! Das ist nicht möglich! Sicher sind sie wegen einer anderen Sache gekommen...»
Unschlüssig und mißtrauisch schauten die Mädchen zu den Hütten. Plötzlich nahm Sarita Cathy bei den Schultern und flüsterte: «Verstecke dich! Wir wollen einmal nachsehen!»
Cathy nickte. Sie übergab Busters Zügel einem Mädchen und blieb in den Felsen zurück, während Sarita mit den anderen Mädchen ins Dorf ritt.
Dort angekommen stieg Sarita vom Pferd und drängte sich mit dem Ellbogen durch die Menge. Sie erblickte den Hilfssheriff und drei uniformierte Soldaten, die mit ihrem Vater verhandelten. Onathi stand abseits, mit undurchdringlichem Gesicht. Melida hatte sich in die schweigende Gruppe der Frauen zurückgezogen.
«Dieses Mädchen kam zu uns nach dem Tode ihres Vaters und bat um unsere Gastfreundschaft», sagte Nehadschi mit leiser, aber fester Stimme. «Sie war allein und schutzlos. Wir haben sie aufgenommen. Sie lebt bei den Navajos, und ich kann sagen, daß sie glücklich ist. Warum wollen Sie sie uns wegnehmen?» Collins schnalzte

ungeduldig mit den Lippen. Er war schlecht gelaunt und hatte Durst.
«Es handelt sich um eine junge Weiße», erklärte er betont, als spreche er zu einem Kind. «Sie hat das Recht auf eine ihrer Rasse und Herkunft entsprechenden Erziehung. Sie kann nicht unter... unter...»
«...unter Wilden leben, meinen Sie wohl», explodierte Onathi, der bisher kein Wort gesagt hatte.
Der Hilfssheriff warf Onathi einen eisigen Blick zu; er bekam Magenschmerzen, wie immer, wenn er sich aufregte, und der Bursche dort war ihm sowieso unsympathisch.
«Hüten Sie Ihre Zunge, junger Mann. Ich rede mit Ihrem Vater.»
«Fragen Sie doch das Mädchen selbst», riet Nehadschi und machte Onathi ein Zeichen, er solle schweigen. «Sie werden sehen, daß sie keineswegs die Reservation verlassen will.»
«Sie wird gar nicht um ihre Meinung gefragt!» sagte Collins barsch. Er holte tief Luft. «Es besteht ein amerikanisches Gesetz, wonach jeder minderjährige Mensch unter die Vormundschaft einer geeigneten Persönlichkeit gestellt wird, die alle notwendigen Entscheidungen für den Minderjährigen zu treffen hat. Ein Indianer-Reservat ist keine für eine junge Weiße geeignete Umwelt. Falls Sie sich weigern, uns das Mädchen zu übergeben, muß ich feststellen, daß Sie sie festhalten wollen, und ich werde von meinem Recht als Hilfssheriff Gebrauch machen und Sie zur Herausgabe des Mädchens zwingen.»
Pause. Die Indianer schwiegen. Das saß! dachte Collins zufrieden. Dann hörte er Onathi sagen: «Falls Sie sie unglücklich machen wollen, werden Sie auf diese Weise Ihr Ziel sicherlich erreichen!»

Der dicke Mr. Collins reckte beleidigt die Schultern. Noch nie hatte ihn jemand so verachtungsvoll angeschaut.
Agatha hatte recht, dachte er; es ist höchste Zeit, daß das junge Ding hier herauskommt.
«Wo ist das Mädchen?» fragte er. Nehadschi sah sich um und entdeckte, in der vordersten Reihe, Sarita, die ihn mit weitaufgerissenen Augen anstarrte.
«Geh, Sarita», winkte er müde. «Sage Cathy, sie müsse kommen.»
«Nein», flüsterte sie, «bitte nicht!»
Obwohl ihr Vater die Worte nicht verstehen konnte, wußte er, was sie empfand.
«Geh», sagte er mit sanfter Stimme. Sarita sah ein, daß jeder Widerstand sinnlos war. Tränenblind wandte sie sich um und lief durch die Menge, die sich schweigend vor ihr öffnete.
Cathy sah sie schon von weitem kommen. Atemlos hastete Sarita über die Geröllhalde. Die Tränen liefen ihr übers Gesicht. Cathy rannte ihr entgegen.
«Sarita! Was ist los?»
«Sie wollen dich mitnehmen», keuchte Sarita. «Ich will nicht, daß du fortgehst! Ich will es nicht!»
Cathy atmete tief. Obwohl ihr Herz wild und heftig schlug, blieb ihr Gesichtsausdruck kühl, fast unbeteiligt.
«Sie können mich nicht zwingen», flüsterte sie.
«Du mußt!» schluchzte Sarita. «Mein Vater — Vater hat es befohlen!»
Cathy zuckte zusammen: sie konnte es nicht glauben.
«Was? Er jagt mich fort?» stammelte sie entgeistert.
«Nein, nein!» protestierte Sarita, «sie haben ihn gezwungen, dich gehen zu lassen.»
Cathy grub ihre Nägel in die Handflächen und fragte

mit rauher Stimme: «Sie haben deinem Vater gedroht?» Sie bedauerte, keinen Revolver zu haben. Wer konnte so gemein sein, und dem alten, von allen geachteten und geliebten Häuptling zu drohen? Und das alles nur ihretwegen! Oh! das war zu ungerecht! Sie preßte die Lippen aufeinander.
«Komm», sagte sie in entschlossenem Ton.

«Was willst du tun?» fragte Sarita, völlig außer sich.
Cathy antwortete nicht. Mit festen, schnellen Schritten ging sie zum Dorf, Sarita lief schluchzend hinter ihr her. Cathy bahnte sich einen Weg durch die Indianer und blieb mit hängenden Armen vor Joe Collins stehen. Der Hilfssheriff betrachtete verblüfft das hochgewachsene, braune und wie eine Indianerin gekleidete Mädchen, das ihn kalt musterte. Sie hatte sich verändert, die kleine Cathy O'Malley. Er zwang sich zu einem Lächeln.
«Guten Tag, Miß O'Malley!» sagte er höflich und zog seinen Hut. «Ich freue mich zu sehen, daß es Ihnen gut geht.»
Cathy zuckte mit keiner Wimper. Ihr Gesicht war absolut ausdruckslos. Genau wie das einer Indianerin, dachte Collins verstört.
Dann sagte Cathy ruhig und deutlich: «Mr. Collins, Sie können zurück, woher sie kommen, aber ohne mich. Ich bleibe hier.»
Collins rieb sich nervös das Kinn. Er war auf Widerstand gefaßt gewesen, auf Tränen, ja sogar auf eine Nervenkrise. Dieser Auftritt brachte ihn aus der Fassung. Nun, es war ja bekannt: bei diesen Iren wußte man nie, woran man war! Doch Cathy sprach weiter, und nun blieb ihm buchstäblich die Luft weg: «Wie konnten Sie es wagen, Mr. Collins, den Häuptling der Navajos so zu beleidigen?

Sie sind ein Feigling, Mr. Collins! Man sollte Sie und Ihre Soldaten aus der Reservation jagen!»
Eine Bewegung ging durch die Menge. Eine dumpfe Spannung lag in der Luft. Die Soldaten schauten auf die drohenden Gesichter der Indianer und ihre Finger krampften sich um den Revolvergurt. Collins hüstelte, er bekam immer stärkere Magenschmerzen. Mit dem Mädchen mußte man vorsichtig umgehen: sie war imstande, den ganzen Stamm aufzuhetzen!
«Wie alt sind Sie, Miß O'Malley?» fragte er bedächtig. Cathy zögerte. Sie witterte eine Falle. «Ich bin siebzehn.»
«Nun, Sie sind also minderjährig und glücklicherweise zu jung, um die Tragweite Ihrer Worte beurteilen zu können», sagte Collins fast freundlich. «Darum will ich sie gerne vergessen. Wir sind einzig zu Ihrem Wohle hier. Später werden Sie es uns danken. Packen Sie Ihre Sachen zusammen, sofern Sie welche haben, und folgen Sie uns. Ich gebe Ihnen fünf Minuten.»
Plötzlich verlor Cathy die Beherrschung.
«Ich gehe nicht mit Ihnen!» schrie sie, außer sich, «ich will nicht! Ich werde mich verstecken!»
«Wo?» fragte Collins kühl. «In der Wüste? Dort können Sie nicht leben. Hier im Dorf? Wir werden jede Hütte durchsuchen. Seien Sie doch vernünftig, Miß O'Malley! Sie werden doch nicht wollen, daß Ihre indianischen Freunde weiteren Schwierigkeiten ausgesetzt sind, nicht wahr?»
Cathy fühlte, wie sich die Falle schloß. Nirgendwo ein Ausweg. Sie versuchte, zu verhandeln. Verzweifelt stotterte sie:
«Wenn ich mit Ihnen gehe, werden Sie mir erlauben, meine Freunde zu besuchen, wann ich will?»
«Das hängt von Ihrem Benehmen ab», antwortete Col-

lins ungerührt. «Wir werden uns später darüber unterhalten.»
Onathi ballte die Fäuste. Sie werden sie niemals zurückkommen lassen! dachte er. Auch Cathy schien das zu fühlen; ihr Gesicht verzerrte sich vor Kummer. Sie öffnete den Mund, um etwas hinzuzufügen, besann sich dann und drehte sich wortlos um. Mit erhobenem Kopf ging sie zur Hütte des Häuptlings und verschwand darin. Einen Augenblick blieb sie stehen, um ihre Augen an das Halbdunkel zu gewöhnen. Sie empfand nichts als eine ungeheure, schmerzliche Leere. Langsam ging sie in der Hütte herum, suchte ihre Sachen zusammen, wickelte sie in eine Decke und machte ein Bündel daraus. Plötzlich richtete sie sich auf; ihre Augen flogen nach allen Richtungen. Sie konnte das nicht geschehen lassen! Es mußte eine Möglichkeit geben, zu fliehen. Ein Loch in die hintere Hüttenwand schlagen, sich zum Corral schleichen, ihr Pferd holen und in die Berge fliehen! Sie kannte Schlupfwinkel, wo niemand sie aufstöbern könnte. Die Indianer würden ihr Nahrung bringen...
Fieberhaft suchte sie nach einem Gegenstand, um die dünne Lehmwand zu durchbrechen. Sie entdeckte den Mörser, mit dem Melida Maiskörner zerkleinerte, und griff hastig nach ihm. Ein Geräusch hinter ihr ließ sie zusammenschrecken. Sie fuhr herum, den Mörser hinter dem Rücken versteckt. — Onathi stand in der Hütte. Cathy ließ langsam die Arme sinken, warf den Mörser auf den Boden. Ein Lichtstrahl fiel auf ihr Gesicht; man sah nur ihre Augen, geängstigt und verzweifelt wie die eines gefangenen Tieres. Onathi bewegte sich nicht, sagte kein Wort. Er sah sie nur an. Cathy konnte seine Züge kaum erkennen. Plötzlich ging er wortlos auf sie zu und nahm sie in seine Arme. Cathy legte den Kopf an seine

Schulter und brach in Tränen aus. Onathi zog sie an sich; er wiegte sie wie ein kleines Kind; er strich ihr übers Haar, immer wieder. Cathy weinte lautlos, ohne Seufzer; die Tränen rannen ihr über die Wangen. Nach und nach beruhigte sie sich. Onathi hob sachte ihr Kinn hoch, blickte sie an.

«Es hätte so einfach sein können!» sagte er bitter.

Cathy lächelte unter Tränen. «Es ist einfach», antwortete sie.

«Nein», sagte Onathi mit müder Stimme, «es ist im Gegenteil fürchterlich verwickelt. Als mir klar wurde, du, daß ich dich liebe, versuchte ich dich dazu zu bringen, das Lager zu verlassen. Du hast es nicht gewollt. Ich hatte nicht den Mut, dich weiter zu drängen!»

«Das geschah also deswegen ...» flüsterte Cathy.

«Ja. Und heute gehst du dennoch weg. Aber es ist zu spät.»

Er faßte Cathy bei den Schultern. «Cathy! Vergiß alles, was ich eben gesagt habe und versuch, mir zu verzeihen. Es ist meine Schuld!»

«Vergessen?» rief Cathy. «Das ist unmöglich!» Sie nahm Onathis Hände und legte sie auf ihre Wangen. «Jetzt erst fängt mein Leben an ... Mir ist, als ob ich aus einem langen, sehr langen Schlaf erwachte ...»

«Cathy! Sprich nicht so!» sagte Onathi heftig; mit verzweifeltem Gesicht wandte er sich ab. «Was für ein Idiot bin ich doch gewesen!»

Zögernd streckte Cathy die Hand aus; Onathi spürte, wie ihre Finger seine Schultern streiften.

«Bitte, Onathi, vergiß mich nicht», flehte sie. «Ich wüßte ja nicht, was aus mir werden sollte.»

Onathi atmete tief, er schien sich zu entspannen; mit kurzem Lachen sagte er:

«Nun, wenn es mir gelungen ist, dir etwas Mut zu machen, habe ich weniger Gewissensbisse.»
Wieder nahm er Cathy in die Arme; er küßte ihre Lippen und die tränenfeuchten Wangen.
«Ich werde versuchen, dich in Santa Fé zu treffen. Wir haben uns noch viel zu sagen. Ich werde dir eine Nachricht geben.»
Er schob Cathy langsam von sich und versuchte zu lächeln. «Kopf hoch, Cathy! Wir haben's beide nötig!»
Brüsk wandte er sich ab, um die Hütte zu verlassen, und stieß vor dem Eingang mit Collins zusammen.
«Lassen Sie gefälligst die junge Dame in Ruhe!» zischte der Hilfssheriff argwöhnisch. «Von nun an steht sie unter meinem Schutz!»
«Eine Ehre, die sie bestimmt zu schätzen weiß!» antwortete Onathi bissig und ging an ihm vorbei.
Einen Augenblick später verließ auch Cathy die Hütte; sie sah Collins und prallte erschrocken zurück.
«Los, los, Miß O'Malley», drängte dieser ungeduldig. «Wir müssen vor der Dunkelheit in Santa Fé sein.»
Cathy senkte den Kopf; sie hatte das Gefühl, jedermann müsse an ihrem Gesicht ablesen, was sie gerade erlebt hatte.
«Warten Sie», murmelte sie. Mit schleppenden Schritten ging sie zum Häuptling Nehadschi und seiner Frau, die schweigend abseits standen. Tief verneigte sie sich vor den beiden alten Leuten.
«Möge die allmächtige Göttin dich beschützen», flüsterte der Häuptling. Er hob die Hand. Seine hageren Fingerspitzen berührten zärtlich Cathys Stirn. Melidas Gesicht war ausdruckslos und leer. Sie schwieg, denn eine Häuptlingsfrau muß ihre Gefühle in der Öffentlichkeit verbergen. Cathy kannte die Bräuche und umarmte die In-

dianerin nicht.
Als Cathy von Naitsche Abschied nahm, sah sie voller Erstaunen, daß er betrübt schien. Er schaute auf seine Füße und brachte kein Wort hervor.
Die Art, wie sie mit Collins fertiggeworden war, hatte ihn sehr beeindruckt.
Sarita stand stumm neben ihrem Bruder.
«Weine nicht, Sarita», flüsterte Cathy. «Bitte weine nicht, sonst muß ich auch heulen, und ich möchte nicht, daß diese Kerle dort sehen, wie groß mein Kummer ist...»
Sarita schluckte. «Wann ... wann sehen wir uns wieder?»
«Bald», tröstete sie Cathy, die Augen voller Tränen. «Ich komme wieder. Ich verspreche es dir! Niemand kann mich daran hindern.»
Collins spielte nervös mit seiner Reitpeitsche. Was war dieser Abschied für eine mühsame Angelegenheit! Einer der Polizisten kam vom Corral zurück und führte Buster am Zügel. Cathy ließ Sarita stehen und schaute nach allen Seiten: vergeblich! Onathi war verschwunden. Der Polizist schnürte Cathys Bündel hinter dem Sattel fest und brachte das Pferd.
«Nun, Miß O'Malley, wird es bald?» rief Collins, der vor Ungeduld platzte. Cathy drehte ihm den Rücken zu. Gemächlich stieg sie aufs Pferd, ordnete ruhig die Zügel. Dann hob sie die Hand, winkte den Freunden zu und sprengte im wilden Galopp davon. Fassungslos starrten Collins und seine Männer ihr nach. Wollte sie doch noch fliehen?
«Ihr nach, zum Teufel nochmal!» brüllte Collins. Die Polizisten schwangen sich in den Sattel und jagten ihr nach. Keuchend und japsend gelang es Collins endlich, das Mädchen einzuholen. Cathy schaute ihn mit bösem Lächeln an. Durch den Lärm der Hufe vernahm er ihre

Stimme: «Befürchten Sie, daß ich Ihnen ausreiße?»
«Zügeln Sie gefälligst Ihren Gaul!»
Cathy lachte schallend. Mit der Faust schlug sie auf Busters Hals und rief:
«Schneller, Buster, schneller, schneller!»
«Sie sind verrückt!» brüllte Collins krebsrot, «reiten Sie unverzüglich in unserem Tempo!»
Cathy schnalzte mit der Zunge. Buster verfiel in leichten Trab.
«Sie sehen, Mr. Collins», sagte sie spöttisch. «Ich bin das sanfteste, gelehrigste und bravste Mädchen der Welt...»
Collins platzte beinahe vor Wut. Er hatte genug. «Warten Sie, junge Dame! Wir werden schon mit Ihnen fertig werden! Und jetzt — Ruhe! Ich will keinen Ton mehr von Ihnen hören, bis wir in Santa Fé sind, verstanden?»

17

Collins hatte genug von Cathy. Dieser Wildfang im Haus, das hatte ihm gerade noch gefehlt. Noch am gleichen Abend schlug er seiner Frau vor, Cathy wieder in ihre Farm zurückzubringen, wo die Barkers sich mit ihr abplagen konnten. Doch Mrs. Collins fürchtete, Cathy würde dort bei der ersten Gelegenheit ausreißen.
«Ich werde mich selber um sie kümmern», beharrte sie hartnäckig. Collins polterte und tobte, gab aber schließlich, wie immer, nach.
«Also gut, tu was du willts! Doch sorge um Himmels willen dafür, daß ich diese Person nicht zu oft zu Gesicht bekomme! Sie geht mir auf die Nerven mit ihrer Indianeraufmachung, ihren schlechten Manieren und diesen langen, schmutzigen Haaren. Ich werde bestimmt

eines davon in der Suppe wiederfinden!»
Schon am folgenden Tag wurde Cathy gezwungen, ein Korsett zu tragen.
«Aber — aber — ich werde ja nie damit atmen können!» jammerte sie.
Mrs. Collins schnürte sie unerbittlich.
«Wieso sollst du das nicht können, wenn jedes andere Mädchen es kann? Da — zieh dieses Kleid an!» Das lange, graue Kleid hatte einen gestärkten Kragen und Ärmel bis zu den Handgelenken. Darüber mußte Cathy eine weite, im Rücken bis zum Hals zugeknöpfte Schürze tragen. Bei jedem Schritt wurden ihre Zehen durch die engen Schnürschuhe zusammengepreßt. Ihr Haar wurde in einem straff gebundenen Knoten gebändigt und so stark im Nacken festgesteckt, daß Cathy schien, als könne sie ihre Gesichtsmuskeln nicht mehr bewegen.
Mrs. Collins hatte einen Stundenplan aufgestellt. Um sechs Uhr aufstehen. Der Vormittag wurde in der Küche zugebracht. Mit roten Backen und tränenden Augen kochte und backte Cathy unter der Fuchtel von Mrs. Collins. Die brave Dame verstand einiges davon; denn ihr Gatte legte allergrößten Wert auf gutes Essen. Collins konnte Mittags und Abends unglaubliche Mengen vertilgen. Cathy, die bei Tisch servierte, sah mit Ekel, wie er sich vollstopfte. Später gewöhnte sie sich daran.
Sie selber mußte in der Küche essen, und zwar mit dem schwarzen Dienstmädchen Priscilla. Cathy hatte nie Hunger; erstens vermißte sie die Bewegung in freier Luft, und außerdem vertrieb die stundenlange Vorbereitung der Speisen ihr jeglichen Appetit.
Nachmittags, nach einem nicht endenden Geschirrspülen, erschien Cathy müde und gelangweilt im halbdunklen Salon, wo Mrs. Collins mit der Brille auf der Nase, um-

geben von Nähkorb und Wäsche, auf sie wartete. Zwischen den Fensterladenritzen konnte man einen Streifen blauen Himmels sehen, ein leichter Luftzug bewegte die Vorhänge, jenseits dieses Fensters schien die Sonne, dort war Freiheit, das Leben überhaupt! Cathy seufzte vor Sehnsucht.

«Komm her, mein Kind», säuselte Mrs. Collins. «Für den Anfang werde ich dir das Säumen beibringen.»

Während Cathy voller Unlust arbeitete, fragte Mrs. Collins: «Hast du schon daran gedacht, dir eine Aussteuer anzuschaffen?»

«Nein», brummte Cathy zerstreut, denn sie hatte sich gerade in den Finger gestochen.

«Was wirst du denn an deinem Hochzeitstag anfangen, wenn du keine Aussteuer hast?»

«Ich werde darauf verzichten», murmelte Cathy und lutschte an ihrem Finger. Wie ging ihr diese Näherei auf die Nerven!

Zweimal in der Woche begleitete sie Mrs. Collins ins Krankenhaus. Das gefiel Cathy noch am besten, denn sie sorgte gerne für hilflose Menschen. Sie erfüllte sehr gewissenhaft ihre kleinen Aufgaben und hatte für jeden ein freundliches Wort, einen Scherz oder ein aufmunterndes Lächeln. Bald wurde sie im Krankenhaus sehr beliebt. Eines Tages eregte sie jedoch Mißfallen, als sie unschuldig fragte, ob man nicht bei bestimmten Krankheiten Kräutertee und Schlammbäder anwenden könnte.

Mrs. Collins rümpfte angewidert ihre spitze Nase. «Woher hast du diese Dummheiten? Wohl von deinen Rothäuten!»

«Ich habe gute Erfolge bei dieser Behandlung gesehen!» beharrte Cathy. «Bei uns in der Reservation ...»

«Wir begünstigen hier keinen Aberglauben der Wilden!

Zur Heilung der Kranken vertrauen wir der Wissenschaft und Gott.»

Von da an hütete sich Cathy, weitere Vorschläge zu machen.

Am Sonntag auf dem Weg zur Kirche wurde Cathy wie ein fremdländisches Tier bestaunt. Die biederen Bürger senkten nicht einmal die Stimme, wenn sie ihre Bemerkungen machten! Cathy war es vollkommen gleichgültig, was man über sie redete. Sie ging geradeaus, ohne nach rechts oder links zu schauen. Manchmal mußte sie sich zusammennehmen, um nicht loszuprusten, wenn die Leute tuschelten:

«Sehen Sie — das ist die Kleine, die von den Rothäuten entführt wurde! Sie muß Furchtbares erlebt haben ...»

«Man sagt, daß sie sich bei den Wilden nie wusch und rohes Fleisch essen mußte!»

«Laßt Euch durch ihre Sanftheit nicht täuschen! Haben Sie ihre frechen Augen bemerkt? Wenn ich eine Tochter hätte, würde ich ihr nie erlauben, auch nur ein Wort mit ihr zu sprechen!»

«Sie hat wahrscheinlich Läuse!»

Es nützte nichts, sich darüber zu empören. Freundlich und unbeteiligt bahnte sich Cathy einen Weg durch die Menge. Ein ganz anderer Mensch schien an ihrer Stelle zu sprechen, zu lächeln, mit züchtig niedergeschlagenen Augen «ja» oder «nein» zu hauchen. Ein anderer Mensch überwachte die Gemüsesuppe, bestickte stundenlang Tischdeckchen und Kissenbezüge. Die echte Cathy schien irgendwo zu ruhen, — leblos und starr wie im Winterschlaf.

Wenn sie ihren Mut verlor und nächtelang weinte, dann dachte sie an Onathi und an das, was er ihr beim Abschied versprochen hatte: «Wir sehen uns in Santa Fé.

Ich werde dir eine Nachricht schicken.» Cathy wußte, daß er sein Wort halten würde.

An einem Sonntagmorgen begegnete sie auf dem Weg zur Kirche der Familie Barker. Cathy wollte rasch wegsehen, doch Mrs. Collins kniff sie in den Arm und zischte: «Grüße sie!» Cathy lächelte krampfhaft. Sie war voller Haß gegen diese Leute, die sich auf ihrer Farm breitgemacht hatten und sich betrugen, als wären sie die Besitzer. Bockig und verdrossen musterte sie die Ankömmlinge. Mrs. Barker war noch dicker geworden. Ihr Mann stolzierte in seinem Sonntagsanzug daher, als ob er einen Stock verschluckt hätte. Stuart, der Sohn, war ein baumlanger, kräftiger Bursche geworden; sein strähniges, blondes Haar hing ihm ins Gesicht; er blinzelte in der Sonne. Verlegen trat er von einem Fuß auf den anderen, grinste höflich und rieb sich die sehnigen Hände. «Wie geht's?» fragte er. In ihrer Einsamkeit war Cathy für jede Freundlichkeit dankbar. Sie hatte als Kind Stuart einmal verprügelt. Nun, jetzt war er erwachsen und schien einigermaßen vernünftig. So lächelte sie ihn freundlich an. Er errötete bis zu den Haarwurzeln.

Es wurde zur Gewohnheit: jeden Sonntag trafen sie die Barkers und besuchten gemeinsam den Gottesdienst. Cathy wurde langsam nachsichtiger, die Barkers waren derbe, aber gutmütige Leute. Sie arbeiteten redlich, liebten gutes Essen, viel Trinken, und waren mit sich selbst und der Welt zufrieden. Aber Stuart war der langweiligste Bursche weit und breit! Da stand er herum, hüstelte, drehte seinen Hut in den Händen und wußte nicht, was er reden sollte. Er taute nur auf, wenn ihn Cathy nach der Farm fragte: Viehzucht und Maisanbau waren seine liebsten Gesprächsthemen! Cathy ließ ihn reden, gähnte verstohlen und dachte an etwas anderes. Eines Tages

fragte sie ihn allerdings, ob er die Pferde immer noch schlüge, worauf er knallrot wurde und verwirrt etwas murmelte. Cathy grinste. Halb freundschaftlich, halb ernst drohte sie ihm:
«Daß ich Sie dabei nicht nochmals erwische! Ich habe Sie deswegen schon einmal verprügelt!»
Stuart stotterte, die Pferde seien eben manchmal recht störrisch...
Cathys Gesicht verdüsterte sich.
«Sie werden sich ein Pferd nie zum Freund machen, wenn Sie es schlagen», sagte sie kopfschüttelnd. «Die Navajos...»
Sie stockte, biß sich auf die Lippen. Stuart schluckte und fragte dann töricht:
«Stimmt es wirklich? Haben Sie bei den Wilden gelebt?»
«Ich kenne keine Wilden!» gab Cathy bissig zurück.

18

Da Cathy brav und fügsam schien, gewährte ihr Mrs. Collins etwas mehr Freiheit. So durfte sie zum Beispiel allein Einkäufe in den Drugstores der Umgebung machen. Auch bekam sie die Erlaubnis, sich im Garten zu beschäftigen.
Die Spaziergänger konnten nun, wenn sie an Mrs. Collins Gartenzaun vorbeigingen, ein hageres, braunes Mädchen in Trauerkleidern, das Haar unter ihrem Strohhut im Nacken zusammengefaßt, energisch hacken und jäten sehen. Nichts mehr erinnerte an den perlenbehängten, kleinen Wildfang, den man aus der Reservation in die Stadt geschleppt hatte. Die Leute nickten zufrieden; Mrs. Collins hatte gute Arbeit geleistet: jetzt sah die junge

Dame fast normal aus. Hoffentlich ist das von Dauer!

Als Cathy eines Tages in einem Blumenbeet kniete und schwungvoll Unkraut ausriß, war sie besonders schlechter Laune. Das Korsett ging ihr entsetzlich auf die Nerven. Bei jeder Bewegung stachen ihr die Stäbchen in die Rippen. Wenn sie das Ding nur auf den Abfallhaufen werfen könnte.

Cathy seufzte. Wie heiß es war! Sie wischte sich mit dem Handrücken die Schweißperlen von der Stirn und arbeitete verbissen weiter.

Plötzlich ließ ein Geräusch sie aufschauen. Lässig am Zaun gelehnt stand ein kleiner zerlumpter Mexikaner; er kaute Sonnenblumenkerne und spuckte die leeren Hülsen unbekümmert in den Garten.

«Was machts du da?» rief Cathy entrüstet. Sie sprang auf und eilte zum Zaun. «Willst du wohl verschwinden!»

«He! Bist du die Senorita Cathy?» murmelte der Lausbub und musterte sie frech von Fuß bis Kopf.

«Woher weißt du meinen Namen?» fragte Cathy überrascht. Doch dann begriff sie und wurde erst blaß, dann rot. Ihr Herz schlug zum Zerspringen.

«Ja! Ich bin's!» flüsterte sie. Der kleine Mexikaner legte die Stirn in Falten.

«Ist das auch wahr?» fragte er mißtrauisch.

«Aber natürlich! Nun rede doch endlich!» platzte Cathy los.

Der Junge stopfte sich in aller Ruhe ein paar Sonnenblumenkerne in den Mund.

«Ich hab dir was zu sagen, muß aber wissen, ob du es auch wirklich bist. Der Senor hat zu mir gesagt: wenn du mit der falschen Dame sprichst, packe ich dich am Genick und werfe dich ins Wasser. Ich kann aber nicht schwimmen!»

«Onathi ...» flüsterte Cathy.
Der Junge nickte kauend und war zufrieden.
«Si. So heißt der Senor.»
Er schaute sich rasch um; es war kurz nach Mittag und die Straße menschenleer.
«Höre, der Senor hat gesagt, er wartet bis zum Abend in der Ruine des spanischen Klosters auf dich. Das ist alles. Adios, Senorita!»
Er spuckte einen weiteren Sonnenblumenkern in den Garten und trabte davon.
Cathy blieb am Zaun stehen. Sie war so aufgeregt, daß es in ihren Ohren summte. Onathi war nach Santa Fé gekommen! Vielleicht wartete er schon auf sie? Es war kaum auszuhalten! Nervös spähte sie nach allen Richtungen. Das Gartentor stand offen. Die Versuchung, einfach davon zu rennen, war zu groß. Doch sie mußte sich zusammennehmen: wenn sie jetzt ausriß, würde man sie endgültig ins Haus sperren, und sie hätte nie mehr die Möglichkeit, Onathi zu treffen.
Langsam und beherrscht ging sie ins Haus, nahm ihren Strohhut und ihre Schürze ab. Dann setzte sie in der Küche Wasser für Mrs. Collins Kaffee auf. Als er fertig war, brachte sie ihn auf einem Tablett in den Salon, wo Mrs. Collins Siesta hielt. Cathys Hände zitterten so heftig, daß das Geschirr leise klirrte. Auf der Treppe verfing sich ihr Fuß im Teppich, beinahe wäre sie die Stufen hinaufgestürzt.
Mrs. Collins hatte ihre Mittagsruhe beendet und wartete auf den Kaffee. Cathy bediente sie, goß Milch in die Tasse, rührte den Zucker um. Dann nahm sie ihr Nähkörbchen, setzte sich und holte ihr Strickzeug hervor.
Mrs. Collins schlürfte ihren Kaffee.
«Warum arbeitest du nicht mehr im Garten», fragte sie.

«Es ist zu heiß», flüsterte Cathy. Ein paar Maschen fielen von der Nadel: sie fing sie sofort auf. Mrs. Collins schüttelte den Kopf.

«Nicht so hastig, mein Kind, nicht so hastig, sonst lernst du es nie.»

Cathy zwang sich zu einem Lächeln.

«Ich ... ich wollte diesen Schal so schnell wie möglich fertigmachen, aber ich habe fast keine blaue Wolle mehr. Kann ich welche kaufen gehen?»

«Ja, aber halte dich unterwegs nicht zu lange auf. Und setze deinen Strohhut auf. Ein ordentliches Mädchen geht nie ohne Kopfbedeckung auf die Straße.»

«Ja, Mrs. Collins.»

Cathy legte die Nadeln schön ordentlich ins Körbchen, klappte den Deckel zu und verließ in aller Ruhe den Salon. Kaum war die Tür hinter ihr ins Schloß gefallen, raffte sie ihre Röcke zusammen und sauste lautlos die Treppe hinab. Sie stülpte ihren Strohhut auf und ging würdevoll durch den Garten: sie wußte, daß Mrs. Collins ihr hinter dem Vorhang nachsah. Hinter der nächsten Straßenecke riß sie den Hut vom Kopf und fing an zu laufen, so schnell es mit ihren Schnürschuhen und Röcken ging.

Atemlos erreichte sie die Klostermauern, weiße Mauerreste, von Unkraut überwuchert. Cathy verließ die Straße, irrte klopfenden Herzens in einem weitläufigen Gewirr von Räumen, Wänden, Gängen umher; sie keuchte, ihr Haar war zerzaust; sie stolperte immer wieder über ihre langen Röcke. Ziellos lief sie hin und her: überall Stille. Man vernahm nur den leichten Wiederhall ihrer Schritte.

«Cathy!»

Sie wirbelte herum. Onathi war lautlos hinter ihr aufgetaucht. Beim ersten Blick sah sie, wie sehr er sich verändert hatte: er war älter, ernster geworden. Er trug sein Haar wieder kurzgeschnitten. Er fällt dadurch weniger auf, schoß es Cathy durch den Kopf. Aber mit dem Band um die Stirne gefiel er mir besser!

Töricht fragte sie: «Warum trägst du dein Stirnband nicht mehr?»

Onathis Miene erhellte sich. Er lachte schallend.

«Wirklich, Cathy! Trotz aller Mühe hat man es nicht fertiggebracht, dich zu ändern!»

Er streckte ihr die Hände entgegen. Cathy lachte und schluchzte zugleich. Onathi zog sie an sich. Dann nahm er ihr Gesicht in beide Hände.

«Meine Cathy ...», sagte er leise. «Bist du sehr unglücklich gewesen?»

«Unglücklich?» murmelte Cathy. Sie griff sich an den Kopf. «Ich weiß es nicht — ich weiß nichts mehr! Die Leute konnten sagen, was sie wollten, es ließ mich alles kalt. Ich war sicher, daß du eines Tages kommen würdest, um mich zu holen!»

Onathis Gesicht verdüsterte sich.

«Cathy ... machen wir uns keine Illusionen. Du weißt, daß ich dich nicht mit mir nehmen kann.»

«Jetzt nicht!» stammelte Cathy. «Aber wenn ich großjährig bin, in vier Jahren. Es ist sehr lang, aber ich werde es aushalten ...»

«In vier Jahren», sagte Onathi leise, «wirst du mich vergessen haben.»

«Niemals!»

«Cathy — sei vernünftig! Du kannst nicht in einer Reservation leben.»

«Wieso nicht? Ich tat es doch bis jetzt!»

«Ja», antwortete Onathi nachsichtig. «Aber du warst ein Kind. Wenn du älter wirst, wenn dir die Vorteile der

Zivilisation bewußter geworden sind ...»
«Vorteile der ... Oh! Das geht zu weit!» explodierte Cathy. «Du liebe Zeit! Jetzt fängt er wieder an zu predigen! Vorteile der Zivilisation: sechs Stunden täglich kochen und eine Stunde Geschirr spülen! Sich die Augen mit Kreuzstichstickereien verderben! Und dieses scheußliche Ding zu tragen, das mich nicht atmen läßt!»
Die Augen Onathis blitzten belustigt.
«Ja, es ist mir sofort aufgefallen, daß du ein Korsett trägst. Zumindest hältst du dich aufrecht!»
Mit gespielter Würde entgegnete Cathy: «Ein wohlerzogener junger Mann spricht nicht über Korsetts mit jungen Mädchen!»
«Genau das ist es!» antwortete Onathi schroff. «Ich bin kein wohlerzogener junger Mann.» Ernst fuhr er fort: «Was würden die würdigen und biederen Einwohner von Santa Fé tun, wenn sie mich in deiner Begleitung sähen? Ich kann es dir genau sagen: sie würden nach der Flinte greifen und mir eine Kugel in den Kopf jagen! So etwas verdient ein schmutziger Indianer, der seine Augen zu einem weißen Mädchen zu erheben wagt!»
Cathy sah ihn entsetzt an. Noch nie hatte Onathi in so bitterem Ton zu ihr gesprochen. Sie stieß einen empörten Schrei aus.
«Wenn du das noch einmal sagst ... bekommst du eine Ohrfeige!»
Onathi warf ihr einen raschen Blick zu. Wider Willen mußte er lachen.
«Hm ... Ich werde mich in acht nehmen. Du bist imstande, es zu tun!»
«Warum sagst du so schreckliche Sachen?» stammelte Cathy vorwurfsvoll. «Es nimmt mir jede Lebensfreude, so etwas zu hören ...»

Onathi sah sehr erschöpft aus; er strich sich mit der Hand über die Stirn.
«Verzeih», sagte er halblaut. «Ich weiß nicht mehr, was ich sage.» Zärtlich ergriff er Cathys Hände. «Es ist so schwer eine Entscheidung zu treffen! Seit du aus unserem Dorf verschwunden bist, höre ich nicht auf, mir Gedanken zu machen. Wenn ich dich liebe, bringt es dir Unglück. Wenn ich dich verlasse, bist du ebenso unglücklich. Eines ist so undenkbar wie das andere.» Er schwieg betroffen, dann sagte er achselzuckend: «Es gibt nur eine Möglichkeit: wir müssen Zeit gewinnen. Bevor du nicht ganz sicher bist...»
«Aber ich bin es ja schon lange!» sprudelte Cathy hervor. «Von morgens bis abends denke ich nur an dich...»
Onathi grinste.
«Auf die Gefahr hin, eine Ohrfeige zu erhalten, muß ich feststellen, daß du noch zu jung bist, um derart wichtige Entscheidungen zu treffen.»
«Jetzt redest du wieder wie Mrs. Collins!» fauchte Cathy.
«Wahrscheinlich Gedankenübertragung!» lachte Onathi.
Nach einer Weile fuhr er fort:
«Meine Eltern grüßen dich und senden dir ihren Segen. Sarita ist an deiner Stelle Lehrerin geworden. Sie gibt sich große Mühe, ist aber nicht sehr erfolgreich.»
Cathy dachte ans Indianerdorf, an die einfachen Hütten aus Lehm und Zweigen. Sie seufzte vor Heimweh.
«Wenn ich doch wieder bei euch sein könnte! Es ist so ungerecht, daß man mich nicht bei den Menschen, die ich liebe, leben läßt...»
Ihre Augen blitzten vor Empörung.
«Geht es jemand etwas an, wenn es mir in einer Indianer-Reservation gefällt? Und daß ich einen Navajo liebe, ist doch meine Angelegenheit, nicht? Alle Mädchen haben

einen Freund! Meiner ist ein wenig anders, das ist alles. Er ist übrigens tausend mal besser als diese ganze Bande von jungen Burschen mit roten Ohren und Schuppen im Haar! Nein, danke vielmals, das ist nichts für mich!»
«Was erzählst du da?» fragte Onathi grinsend.
Cathy wurde rot; in ihrer erregten Stimmung hatte sie laut gedacht.
«Ich mache mir Sorgen!» stieß sie verdrossen hervor.
«Das sollst du nicht!» sagte Onathi zärtlich. «Überlaß das mir; es reicht, wenn einer von uns sich sorgt.»
Er strich dem Mädchen durchs Haar und fügte leise hinzu: «Wie gerne würde ich dich glücklich sehen!»
Cathy lächelte; ihre Augen glänzten.
«Ich brauche nur an dich zu denken, dann bin ich es!»
Onathi nahm sie schweigend in die Arme. Cathy schloß die Augen, ihre Wimpern zitterten.
«Jetzt geht es mir gut», seufzte sie. «Jetzt ist es wie damals, als du mich nach dem Standsturm auf dem Pferd nach Hause brachtest. Erinnerst du dich?»
«Wie sollte ich es vergessen?» murmelte Onathi träumerisch. «An jenem Abend, als ich fürchtete, dich tot oder schwerverletzt zu finden — an jenem Abend ist mir klar geworden, daß du mir das liebste auf der Welt bist.»
Eine Weile standen sie schweigend beisammen. Plötzlich riß sich Cathy von Onathi los.
«Himmel! Ich habe Mrs. Collins gesagt, ich müsse Wolle kaufen, nur zwei Straßen weiter...! Ich... ich muß nach Hause, sonst gibt es Krach!»
«Ja», sagte Onathi. «Wir dürfen keinen Verdacht erwekken. Der kleine Mexikaner ist nicht dumm. Ich will versuchen, ihn fürs nächste Mal wieder aufzutreiben...»
Lustlos nahm Cathy ihren Strohhut, setzte ihn auf den Kopf. Der große Rand hing ihr schief über das linke

Auge. Onathi lächelte, drehte den Hut gerade und half ihr, die Bänder unter dem Kinn zu verknoten.
«Dieser Hut ist scheußlich! Hat ihn Mrs. Collins ausgesucht?»
Cathy nickte. Ihre Mundwinkel zitterten, doch sie weinte nicht.
«Sag ihr, sie habe einen schlechten Geschmack!»
Onathi küßte Cathy leicht auf die Stirne.
«Auf bald, Cathy!»
«Auf bald, Onathi!» sagte sie schwach und versuchte vergeblich, zu lächeln.
Onathi sah ihr nach, wie sie zwischen den Ruinen davonstolperte. Auf der Straße drehte sie sich noch einmal um, und winkte; die Tränen liefen ihr übers Gesicht, alles war in einem weißlichen Nebel verschwunden. Onathi hob den Arm. Sein Gesicht war völlig ausdruckslos.
Cathy begann zu laufen; sie entfernte sich immer mehr. Onathi sah nur noch ihr schwarzes Kleid, ihren wieder schief sitzenden Strohhut. Sie verschwand hinter der Kurve. Onathi ging zu seinem Pferd und schwang sich in den Sattel und ritt in entgegengesetzter Richtung davon.

19

Cathys Zimmer war sehr einfach eingerichtet: ein Bett, ein Stuhl, ein altmodischer Schrank. Mrs. Collins war der Meinung, man solle den Waisen gegenüber mildtätig sein, ihnen aber nichts Überflüssiges geben, denn das verderbe den Charakter. Cathy nahm in dem Hause eine etwas eigenartige Stellung ein. Sie war mehr als ein Dienstmädchen, aber weniger als eine Verwandte. Cathy wurde nicht bei Tisch geduldet, doch durfte sie nicht, wie ein Dienstbote, ohne Hut ausgehen. Es gab gewisse Regeln, die Mrs. Collins sehr genau kannte, die bestimmten, was sich ziemte und was nicht.

Cathy verstand nichts von alledem. Sie verbrachte ihre Tage damit, sich höflich und würdevoll zu langweilen. Sie hatte gelernt, ihr ausdrucksvolles Mienenspiel sorgfältig unter Kontrolle zu halten. Je nach Gelegenheit zeigte sie freundliche Sanftmut, Ergebenheit oder reservierte Distanz. Am schwersten fiel ihr, nicht zu gähnen; Mrs. Collins wiederholte ihr immer wieder, wie taktlos es sei, den Leuten ins Gesicht zu gähnen.

Aber ich kann ja nichts dafür, wenn ich mich so schrecklich langweile! dachte Cathy verzweifelt. Am meisten litt sie darunter, daß sie so wenig Bewegung hatte; vor Nervosität kribbelte es in ihr von oben bis unten. War sie allein, so nahm sie drei Stufen der Treppe auf einmal und fegte wie der Wind durch alle Zimmer. Schlimm war es, wenn sie bei diesen Übungen eine Vase oder einen Ziergegenstand umwarf; sie riskierte, den ganzen Tag in ihr Zimmer gesperrt zu werden oder kein Mittagessen zu bekommen!

Endlich, nach langem Bitten erhielt sie von Mrs. Collins die Erlaubnis, von Zeit zu Zeit eine Stunde auszureiten. Priscilla wurde beauftragt, sie dabei zu begleiten. Das gab Probleme, weil die kleine Schwarze vor Pferden höllische Angst hatte. Sie seufzte und jammerte so lange, bis Mrs. Collins ihr ein Maultier besorgte. Priscilla glaubte, wenn man von einem Maultier fiele, täte man sich weniger weh.

Die erste Begegnung mit Buster war für Cathy enttäuschend. Er war in der Poststation untergebracht worden und hatte zu wenig Bewegung. Dick und faul schaute er Cathy an, bewegte gelangweilt die Ohren. Ein Spazier-

ritt schien ihn überhaupt nicht zu locken.
«Oh, zum Donnerwetter!» entrüstete sich Cathy, «das ist ja kein Pferd mehr, das ist ein Hammel! Los, los! Ich werde dafür sorgen, daß du deine überflüssigen Pfunde verlierst!»
Sie bohrte dem Pferd die Fersen in die Flanken und sauste davon. Priscilla schrie vor Entsetzen. Vergeblich versuchte sie, das Tempo Cathys einzuhalten, aber wie soll man ein Maultier zum Galoppieren bringen? Das dicke, rundliche Dienstmädchen hüpfte auf dem Sattel wie ein Gummiball auf und ab. Sie stöhnte, ächzte und beschwörte Cathy vergeblich, auf sie zu warten. Über Busters Hals gebeugt, lachte Cathy schallend und galoppierte davon.

20

An einem Sonntag nach dem Gottesdienst sagte Mrs. Collins zu Cathy:
«Mein Kind, die Barkers haben uns für heute nachmittag auf die Farm eingeladen; wir sollen die Dressur eines wilden Pferdes mit ansehen.»
So! dachte Cathy ironisch. Sie laden mich auf meine eigene Farm ein! Was man sich nicht alles gefallen lassen muß...
Neugierig fragte sie:
«Ein wildes Pferd? Woher stammt es?» Stuart Barker tauchte hinter ihr auf. Er hielt den Hut gegen den Magen gedrückt, als ob er Bauchweh hätte.
«Papa und ich haben den Hengst im Gebirge gefangen», erklärte er aufgeregt. «Er hatte sich in eine Schlucht verirrt. Wir haben ihn mit dem Lasso eingefangen. Eine

harte Arbeit, kann ich Ihnen versichern! Dieses Pferd ist der leibhaftige Teufel! Es hätte Papa beinahe zu Tode getreten!»
«Oh, wirklich?» sagte Cathy spöttisch. «Hat er sich weh getan?»
Stuart wurde rot und starrte auf seine Stiefelspitzen: es fiel ihm keine Antwort ein.
Cathy sah diesem Besuch ohne Begeisterung entgegen. Sie wußte, was die Dressur eines Pferdes bedeutete. Die Barkers hatten nicht gerade den Ruf, besondere Rücksicht auf ihre Tiere zu nehmen.
«Ich kann es nicht ertragen, daß man ein Pferd schlägt!» rief sie angriffslustig. Joe Collins, der gerade dazu kam, hörte diese Worte. Er sagte augenzwinkernd:
«Ein widerspenstiges Pferd braucht eine gute Tracht Prügel. Das ist genau wie bei ungehorsamen Kindern.» Er schaute Cathy bedeutungsvoll an. Das Mädchen blieb ungerührt. Sie dachte an das wilde Pferd, das man gefangen hatte.
Nach einer Stunde Fahrt mit der Kutsche erreichten sie am frühen Nachmittag die Farm. Es war das erste Mal seit ihrer Flucht, daß Cathy ihr Haus wieder sah. Nichts schien sich verändert zu haben! Im nächsten Augenblick würde ihr Vater aus der Türe treten und die Gäste willkommen heißen. Sie würde ins Haus gehen, den Hut an einen Nagel hängen, die Stiefel ausziehen, Feuer anfachen...
Doch an Stelle von Ben O'Malley trat Jonas Barker aus dem Haus. Er stemmte die Fäuste in die Seiten und blinzelte zufrieden in die Sonne. Wie immer war eine Backe durch Kautabak angeschwollen. Von Zeit zu Zeit spuckte er in den Staub. Hinter ihm erschien seine Frau. Sie trug ein rosa Kleid mit Blüten und Spitzen, ein wahrer Blu-

mengarten. Ihr dickes Gesicht glänzte.
Störrisch drückte sich Cathy in die Kutschenecke und verschränkte die Arme: dort wollte sie sitzenbleiben, und sich bis heute abend nicht rühren!
Stuart lief herbei und half Mrs. Collins beim Aussteigen. Er grinste breit und gewichtig. Sicherlich wollte er sich als Reiter aufspielen. Er wollte auch Cathy behilflich sein, doch sie übersah seine Hand und sprang mit einem Satz aus der Kutsche.
«Wo ist das Pferd?» fragte sie trocken und schaute sich nach allen Seiten um.
«Im Corral. Kommen Sie mit!»
«Ich kenne den Weg!» entgegnete Cathy eisig und drehte ihm den Rücken zu. Sie ging mit großen Schritten ums Haus, erreichte den Corral. Da sah sie Ruby und Lord, die Pferde ihres Vaters, die sich ängstlich an den Zaun drückten. Im wilden Trab, mit wogender Mähne raste ein blauschwarzer Hengst im Corral rundherum. Die stolz geblähten Nüstern zogen geräuschvoll die Luft ein. Manchmal blieb er stehen, scharrte angriffslustig mit den Hufen.
«Der ist schön, was?» fragte Stuart stolz. Cathy antwortete nicht. Langsam ging sie zum Corral, legte die Hände auf den Zaun, fasziniert durch den herrlichen Anblick. Plötzlich fuhr sie zusammen: ein Sonnenstrahl fiel schräg auf den Kopf des Pferdes und ließ auf seiner Stirne einen kreisrunden, handtellergroßen, weißen Fleck hervortreten.
«Shadow», flüsterte Cathy mit bebender Stimme. «Oh, nein, das ist nicht möglich!»
Sie wirbelte herum. Stuart starrte in ihr zorniges Gesicht und wich unwillkürlich einen Schritt zurück. So einen Ausdruck hatte er noch nie gesehen.
«Wie konnten Sie so etwas tun?» zischte Cathy. «Ich

kenne dieses Pferd! Es gehört dem — dem Stamm der Navajos! Sie hatten nicht das Recht, es einzufangen! Das ist Diebstahl!»

Stuart trat nervös von einem Fuß auf den anderen. Schließlich zuckte er die Achseln und murmelte gekränkt:

«Einem Indianer ein Pferd wegnehmen ist kein Diebstahl.»

«Nein?!» schrie Cathy. In ihrer Wut fuchtelte sie Stuart vor der Nase herum.

«Wiederholen Sie das nochmal, wenn Sie es wagen! Schämen Sie sich nicht? Sofort werden Sie dieses Pferd freilassen, sonst kriegen Sie es mit mir zu tun ...!»

«Pfui, Miß O'Malley», ertönte hinter ihr eine spöttische Stimme. «Haben Sie wieder einmal einen ihrer unschönen Wutanfälle?»

Joe Collins kam grinsend näher, die Zigarre im Mundwinkel und die Hände in den Westentaschen.

«Stuart hat durchaus das Recht, das eingefangene Pferd zu behalten. Wer sagt uns, daß das Tier wirklich den Indianern gehört?»

«Ich sage es Ihnen!» fauchte Cathy. «Ich habe es gesehen! Ich kenne es! Es heißt Shadow und ...»

Joe Collins schien keineswegs beeindruckt. «Wenn es ein Navajo-Pferd ist, was hat es dann so weit weg von der Reservation zu suchen?»

«Es wird durchgegangen sein ...»

«Ach was, das glaube ich kaum. Übrigens braucht der Besitzer nur herzukommen und sein verschwundenes Pferd zu reklamieren. Dann muß er aber erst einmal beweisen, daß dieses Pferd ihm gehört. Ich habe es genau untersucht: es trägt überhaupt kein Zeichen. Ihre Zeugenschaft, liebes Kind, taugt nicht viel, wie ich fürchte.

Ihre Sympathien sind nur allzu gut bekannt...»
Cathy biß sich vor Verzweiflung in die Finger. Schroff wandte sie sich ab und ging auf den Corral zu; dort setzte sie sich auf den Zaun. Das Pferd erblickte sie und hielt mitten im Lauf inne; seine Augen schauten matt und feindlich.
«Shadow», rief Cathy flehend. «Shadow! komm her! Hab keine Angst! Erkennst du mich nicht?»
Das Pferd zögerte, spitzte die feinen Ohren. Cathy streckte die Hand aus. Shadow zuckte zusammen, sprang zurück und sauste im wilden Galopp bis ans andere Ende des Corrals. Enttäuscht ließ Cathy die Hand sinken.
«O Shadow!» flüsterte sie vorwurfsvoll.
Collins hatte sie mit unbeteiligtem Gesicht beobachtet.
«Sehen Sie, das Tier erkennt Sie nicht», sagte er, und ließ etwas Zigarrenasche in den Staub fallen.
«Ich habe den Eindruck, daß Sie diese Geschichte erfunden haben.»
«Es hat Angst, weil es eingesperrt ist», jammerte Cathy.
«Die Navajos...»
«Lassen Sie die Navajos in Ruhe...!»
«Aber...»
«Ersparen Sie uns Ihre Erklärungen!» unterbrach sie Collins ungeduldig. «Stuart wird noch glauben, er habe ein Verbrechen begangen!»
Er schlug dem jungen Mann, der mit verlegenem Gesicht dastand, aufmunternd auf die Schulter.
«Los, Junge! Wenn es dir gelingt das Pferd zu zähmen, gehört es dir!»
Cathy hieb mit aller Kraft die Faust auf den Zaun, und zuckte zurück: sie hatte sich an einem Holzsplitter verletzt. Collins lachte dröhnend.
Cathy wirft ihm einen bösen Blick zu. Der kleine, spie-

ßige Mann war ihr noch mehr zuwider als Mrs. Collins. Er weiß genau, daß Shadow zur Herde der Reservation gehört, dachte sie niedergeschlagen. Er streitet es nur ab, um mich zu ärgern. Könnte ich wenigstens Onathi benachrichtigen. Aber nein, ich darf ihn nicht in diese Geschichte hineinziehen.

Cathy wußte, daß Onathi fähig wäre, sein Pferd mit dem Revolver in der Hand zurückzuverlangen! Das könnte Joe Collins so passen, ihm Schwierigkeiten zu machen und ihn vielleicht sogar ins Gefängnis zu werfen — wozu war er schließlich Hilfssheriff?

Cathy lutschte an ihrer verletzten Hand und spähte hilflos nach allen Seiten. Stuart war in den Stall gegangen und kam nun mit einem Sattel zurück; ihm folgte sein Vater, der fröhlich grinsend die Jacke auszog und sie seiner Frau zuwarf; dann rollte er sein Lasso und warf es durch die Luft — wie eine Schlange legte es sich um Shadows Hals. Das Pferd blieb zitternd stehen. Seine Muskeln waren zum Zerreißen gespannt. Dann sprang es mit allen vier Beinen auf einmal in die Höhe, bäumte sich wiehernd auf und raste wie toll im Kreis herum. Mit aller Kraft stemmten sich Barker und sein Sohn dem gewaltigen Zug entgegen: die Schlinge zog sich immer enger um den Hals des verängstigten Tieres.

«Es bekommt ja keine Luft mehr!» schrie Cathy aufgeregt, doch niemand achtete auf sie. Ein zweites Lasso wurde um den Hals des Pferdes geworfen, ein drittes fesselte seine Knie. Shadow schwankte, richtete sich, am ganzen Körper zitternd, wieder auf. Sein Rücken wölbte sich, sein dichter Schweif fegte durch die Luft wie eine Peitsche.

Cathy sprang vom Zaun herunter. Verzweifelt lief sie um den Corral herum.

Stuart öffnete das Tor des Corrals und ging mit einer Kandare in der Hand zum Pferd; Shadow verdrehte die Augen. Seine Hufe scharrten auf dem Boden. Stuart streckte vorsichtig den Arm aus. Schnell wie der Blitz wendete Shadow den Kopf; seine Zähne schnappten wenige Zentimeter von Stuarts Fingern in die Luft. Der Junge wich zurück. Joe Barker kam seinem Sohn zu Hilfe. Beide Hände preßte er auf die Nüstern des Pferdes. Halb erstickt öffnete Shadow das Maul, und mit einer raschen Bewegung legte ihm Stuart die Kandare an.
«Das wäre geschafft!» murmelte er und wischte sich den Schweiß von der Stirn.
Shadow biß auf der Kandare herum und versuchte erfolglos, sie auszuspucken. Sein Maul war voller Schaum. Joe Barker ließ ihm keine Zeit, zu sich zu kommen, und stülpte ihm einen Sack über den Kopf. Sofort blieb Shadow stocksteif stehen. Die Dunkelheit machte ihn wie alle Pferde wehrlos.
Während sein Vater das bebende Tier hielt, sattelte es Stuart in aller Eile. Dann setzte er den Fuß in den Steigbügel und sprang in den Sattel, ohne daß Shadow die geringste Bewegung machte. Nur über sein Fell liefen Schauer wie ein feines Geriesel.
«Fertig?» keuchte Baker, während Stuart nach den Zügeln griff.
Mit rascher Bewegung riß Barker den Sack von Shadows Kopf und sprang zur Seite; gleichzeitig schnitt Collins das Lasso durch. Einen Augenblick lang stand Shadow wie versteinert. Dann aber krümmte er sich blitzschnell zusammen und schnellte hoch. In einer Staubwolke wirbelte Stuart wie ein Sack durch die Luft. Mit dumpfem Geräusch landete er auf der Erde; er rappelte sich in aller Eile hoch und rannte zum Tor, verfolgt vom wutent-

brannten Pferd. Im letzten Moment konnte er sich in Sicherheit bringen, während Shadow durch den Corral stürmte. Cathys Augen leuchteten boshaft.
«Bravo, Shadow! Geschieht ihm ganz recht!» fauchte sie triumphierend.
Barker und der Hilfssheriff bemühten sich um Stuart, der benommen seine Stirn abtastete, wo eine große Beule langsam anschwoll.
«Na, reichts dir für heute?» fragte Collins.
Stuart schüttelte den Kopf.
Zum zweiten Mal wurde nun Shadow durch Lassowürfe gefesselt und unbeweglich gemacht; wieder bekam er einen Sack über den Kopf gestülpt, und Stuart setzte sich in den Sattel.
«Aufgepaßt! Gleich fliegt er wieder!» dachte Cathy voller Schadenfreude. In diesem Augenblick fiel ihr Blick auf Stuarts Stiefel. Sie stieß einen Empörungsschrei aus: Stuart trug nämlich lange, mexikanische Sporen mit Zakken. Aufgebracht und kreidebleich beugte sich Cathy über den Zaun und schrie aus Leibeskräften:
«Nein! Nicht so! Stuart, bitte! Hören Sie auf!» Ein durchdringendes Wiehern schnitt ihr das Wort ab; in einer Staubwolke sauste das schwarze Pferd an ihr vorbei. Cathy wich keuchend zurück. Wie eine Rakete flog Shadow durch den Corral. Stuart klammerte sich an die Zügel und hieb mit den Fersen gegen Shadows Flanken. Shadow bäumte sich auf: seine Hufe schlugen in die Luft. Cathy entdeckte Blutspuren auf seinem Körper. Sie stöhnte vor Verzweiflung und Hilflosigkeit. Plötzlich warf sich Shadow auf die Erde, wälzte sich im Staub.
Stuart hatte gerade noch Zeit, die Füße aus den Steigbügeln zu ziehen, um nicht vom gewaltigen Tierkörper zerdrückt zu werden. Taumelnd stand er auf, hinkte zur

Umzäunung. Er keuchte, sein Gesicht war schmerzverzerrt. Sein Vater riß das Tor auf.

«Hast du dich verletzt?»

«Das verfluchte Tier hat mir beinahe das Bein zerquetscht!» jammerte Stuart. Shadow war aufgesprungen. Mit gesenktem Kopf schleppte er sich durch den Corral, und blieb schließlich zitternd, schweiß- und staubbedeckt in einer Ecke stehen. Den Sattel schleifte er hinter sich her.

Cathy ging zu Barker, der brummend und schimpfend seinen Sohn stützte, und zupfte ihn am Ärmel. Er schaute sie mit seinen rotunterlaufenen Augen bissig an.

«Nun, was gibt's?»

«Das Pferd...» sagte Cathy zaghaft. «Es... es kann sich nicht vom Sattel freimachen. Sie müssen ihm helfen, Mr. Barker...»

Der alte Barker glaubte seinen Ohren nicht zu trauen.

«Was?» explodierte er. «Diesem Gaul soll ich helfen? Haben Sie den Verstand verloren? Ich werde ihm eine solche Tracht Prügel versetzen, daß er bis zum Jüngsten Tag daran denkt!»

Er drehte ihr den Rücken zu, ging fluchend und mit großen Schritten zum Stall.

«So ist's recht, Papa!» stöhnte Stuart und rieb sich das Bein. «Gib es dem Vieh tüchtig!»

«Ich will nicht, daß Shadow geschlagen wird!» schluchzte Cathy, am Rande einer Nervenkrise.

«Jetzt hören Sie endlich auf!» schimpfte Collins und packte sie an den Schultern. «Das geht Sie nichts an. Machen Sie, daß Sie wegkommen!»

Mit einer langen Hirtenpeitsche in der Hand, kam Barker aus dem Stall zurück. Cathy schrie vor Entsetzen. Da verpaßte ihr Collins zwei schallende Ohrfeigen. Cathy

hatte den Eindruck, ihr Kopf explodiere. Fassungslos starrte sie den Hilfssheriff an.
«Los! Ins Haus!» donnerte Collins.
Cathy raffte ihre Röcke zusammen und rannte davon. Vor dem Hauseingang blieb sie stehen; alles drehte sich um sie. Sie hörte das Klatschen der Peitsche, das laute, schmerzvolle Wiehern Shadows. Sie hielt sich die Ohren zu, preßte sich schluchzend gegen die Hauswand. In diesem Augenblick erschien Mrs. Collins auf der Türschwelle. Ihre Augen wanderten vom zusammengekauerten Mädchen zum Corral, wo Barker mit aller Kraft auf das wehrlose Pferd einschlug. Ihr Mann stand daneben, zog an seiner Zigarre und hatte sichtlich Spaß daran. Mrs. Collins kniff ihre Augenlider zusammen. Mit energischen Schritten, den Rock im Staub schleifend, ging sie auf den Corral zu.
«Joe Collins!» japste sie empört. «Sag diesem Besessenen, er solle aufhören, das Pferd zu schlagen. Ich mag keine Tierquälerei. Außerdem will ich nicht, daß das Mädchen deswegen einen Anfall bekommt. Wenn Mr. Barker das Pferd unbedingt prügeln muß, soll er warten, bis wir weg sind.»
In dieser Nacht konnte Cathy nicht schlafen. Immer wieder sah sie Shadow zitternd und blutbefleckt im Corral stehen.
Wäre ich nur ein Mann, dachte sie zähneknirschend. Ich würde Stuart ein Lasso um den Hals werfen, seinen Kopf in einen Sack stecken, auf seinen Rücken springen und ihm mexikanische Sporen in den Bauch jagen!
Sie erinnerte sich an jenen Nachmittag, als sie mit Onathi die Herde der Wildpferde besucht hatte. «Ein Pferd ist etwas sehr Empfindliches. Man muß es mit unendlich viel Geduld und Sanftmut zähmen», hatte er gesagt.

Cathy barg ihre heißen Wangen in den Händen. Sanftmut! Geduld! Morgen würde Stuart wieder auf Shadows Rücken steigen und ihm die Sporen in die Flanken hauen, und übermorgen und alle folgenden Tage. Und eines Tages würde Shadow den Kampf aufgeben. Er würde gleichgültig und stumpf werden, ohne eigenen Willen und ohne Schwung, genau wie die Navajos in der Reservation. Genau so.

Niedergeschlagen starrte Cathy in die Dunkelheit. Ach, es war ungerecht! Wie sollte sie das bloß ertragen? Plötzlich richtete sie sich auf: Wie feige war es, hier zu liegen und zu jammern!

Leise stand sie auf, kleidete sich im Dunkeln an. Vorsichtig bewegte sie sich durchs Zimmer, drückte die Türklinke hinunter und schlich ins Treppenhaus. Als eine Stufe knarrte, blieb sie wie erschrocken stehen: ihr Herz klopfte zum Zerspringen. Endlich erreichte sie die Haustür. Sie schob den Riegel so leise es ging zurück, schloß lautlos die Tür hinter sich. Einen Augenblick später lief sie durch die finsteren, menschenleeren Straßen von Santa Fé.

Cathy war noch nie so spät allein in der Stadt gewesen; aufgeregt versuchte sie, sich in der Dunkelheit zurechtzufinden, sie blickte nervös nach allen Richtungen, ob ihr jemand folge. Atemlos rannte sie durch die Nacht. Erst am Stadtrand ging sie etwas langsamer. Sie kannte die Wüste und wußte, daß sie dort in Sicherheit war. Nun hieß es, ihre Kräfte einzuteilen. Es war zu spät, Buster in der Poststation zu holen; auch wäre das zu sehr aufgefallen. So blieb nur der Weg zu Fuß, trotz der großen Entfernung. Cathy kannte eine Abkürzung: ein schmaler Pfad, der sich durch die Berge schlängelte. In einer Stunde würde sie wohl die Farm erreichen. Es war sehr kalt.

Cathy band sich den Schal um den Kopf und begann zwischen Felsen und Geröll den steilen Aufstieg. Große, fahle Wolken wanderten am Himmel. Immer wieder verschwand die dünne Mondsichel. Irgendwo rief klagend ein Tier: ein Koyote.

Als Cathy endlich die Farm erreichte, schienen nicht eine, sondern mehrere Stunden vergangen zu sein. Ihre Knie zitterten vor Erschöpfung. Vorsichtig tastete sie sich bis zum Hof. Glücklicherweise besaßen die Barkers keinen Wachhund. Alles schien zu schlafen. Das Haus lag friedlich und ruhig. Cathy schlich sich zum Corral; Ruby und Lord standen schlafend in einer Ecke, doch Shadow wachte. In der Dunkelheit sah Cathy das Weiße seiner Augen leuchten. Er hob den Kopf und scharrte mit den Hufen.

«Shadow, still, um Himmels willen!» flüsterte Cathy. «Ich bin gekommen, um dich zu befreien. Du mußt verschwinden, so schnell du kannst.»

Mit leisen, vorsichtigen Bewegungen öffnete sie das Tor, es knarrte kaum.

«Lauf! Shadow! Mach, daß du wegkommst! Geh zu Onathi zurück!»

Mißtrauisch und ohne sich zu rühren bewegte das Pferd die Ohren.

«Schnell, schnell!» flüsterte Cathy.

Immer noch verharrte das Tier am gleichen Platz. Cathy bückte sich, hob einen Stein auf und schleuderte ihn dem Pferd entgegen.

«So verschwinde doch endlich, du Dummkopf!» Shadow schnaubte heiser; langsam trabte er auf das offene Tor zu. Er blieb einen Augenblick zögernd stehen, dann schritt er hindurch.

Cathy nahm einen zweiten Stein; er traf Shadows Flanke. Das Pferd zuckte zusammen, setzte sich in Trab. Erleichtert stellte Cathy fest, daß der Sand das Geräusch der Hufe verschluckte. Shadow hatte die Freiheit gewittert: stolz hob er den Kopf. Seine Nüstern blähten sich. Einen Augenblick lang lief er unschlüssig im Kreise herum. Dann verfiel er in Galopp und jagte mit wehender Mähne in Richtung der Berge.

Seufzend strich sich Cathy das Haar aus der Stirn und knüpfte das Tuch fester. Sie hatte ihr Ziel erreicht, aber wie müde war sie! Sie hätte sich bäuchlings in den Sand legen und einschlafen können. Doch sie mußte den Heimweg antreten. Lautlos schloß sie das Tor: ihre Finger waren steif vor Kälte, und sie hatte Mühe, den Riegel vorzuschieben. Ruby und Lord hatten sie erkannt; freundlich schnaubend folgten sie ihr längs der Umzäunung, blieben dann aneinandergedrängt stehen und starrten in die Nacht.

Als es über den Bergen dämmerte, erreichte Cathy die Stadt. Sie schwankte vor Erschöpfung, und ihre Zähne schlugen aufeinander. Benommen wie im Traum ging sie dahin. Ihre Hände zitterten so stark, daß sie minutenlang daran arbeiten mußte, die Haustüre zu öffnen. Dann war sie wieder im warmen, dunklen Treppenhaus. Sie schleppte sich in ihr Zimmer hinauf, riß sich wie eine Schlafwandlerin die Kleider vom Leib und sank kraftlos ins Bett. Die Augen fielen ihr zu; sie schlief sofort ein.

21

Bis anfangs November blieb Cathy ohne Nachricht von Onathi. Sie machte sich große Sorgen, irrte mit leerem Blick und müdem Gesicht durchs Haus. Sie wurde immer

magerer. Sogar Mrs. Collins merkte, daß mit Cathy etwas nicht in Ordnung war.
«Wie nervös du bist! Höre doch auf, an deinen Fingernägeln herumzukauen!»
Cathy verbarg sofort die Hände hinter dem Rücken. Sie ging schweigend ihrer Arbeit nach, versuchte ruhig und gleichgültig auszusehen. Doch so sehr sie sich Mühe gab: alles war ihr zuwider. Nachts warf sie sich im Bett hin und her und fand keinen Schlaf.
Es ist irgend etwas passiert, ich spüre es! Sonst ließe Onathi mich nicht so lange ohne Nachricht, seufzte sie, den Kopf im Kissen vergraben.
Doch eines Morgens, als sie traurig und verlassen aus dem Fenster sah, stand der kleine, zerlumpte Mexikaner am Gartenzaun und biß mit Heißhunger in einen Maisfladen. Das Fenster knarrte beim Öffnen, und der Junge zwinkerte Cathy fröhlich zu.
Am Nachmittag bat Cathy Mrs. Collins um die Erlaubnis, ausreiten zu dürfen.
«Etwas Bewegung wird dir gut tun!» meinte die alte Dame.
Priscilla loszuwerden, war nicht schwer: Cathy ließ eine Kette aus Glasperlen vor ihrer Nase hin und her baumeln. «Sie gehört dir, wenn du mich allein reiten läßt und in der Poststation auf mich wartest. Aber Mrs. Collins darf nichts davon erfahren.»
Priscilla schwärmte für Schmuck und haßte Maultiere: sie versprach alles, wenn sie nur in Ruhe gelassen würde und die Kette behalten durfte.
Triumphierend ritt Cathy davon. Es blies ein kalter Wind; Buster kämpfte sich mit flachgedrückten Ohren gegen den Sturm. Zusammengekauert und schlotternd saß Cathy im Sattel.

Onathi sah sie schon von weitem. Er kam ihr entgegen. Cathy sprengte im Galopp daher. Sie zog heftig an den Zügeln und sprang so eilig zu Boden, daß sie sich durch einen ungeschickten Tritt den Knöchel verstauchte. Mit schmerzverzerrtem Gesicht hinkte sie auf Onathi zu und fiel ihm in die Arme; er drückte sie so fest an sich, daß sie kaum atmen konnte. Der Knöchel schmerzte, sie hatte Mühe, aufrecht zu stehen.

«Au!» stöhnte sie.

«Hast du dich verletzt?» fragte Onathi besorgt. Er half ihr, sich auf einen Stein zu setzen, schnürte ihr den Stiefel auf und massierte wortlos und mit geübter Hand das angeschwollene Gelenk. Plötzlich hob er den Kopf.

«Cathy, ich habe eine schlechte Nachricht. Mein Vater ist vor zwei Wochen gestorben.»

«Gestorben?» Traurig dachte sie an den Greis mit dem friedlichen, gelassenen Gesichtsausdruck. Sie wußte, daß er seit langem krank gewesen war.

«Ach», flüsterte sie niedergeschlagen, «ich spürte die ganze Zeit, daß etwas Schlimmes geschehen ist!»

«Ja, wir haben harte Tage hinter uns», sagte Onathi. Er atmete tief. «Sprechen wir nicht mehr darüber. Wir Indianer ehren unsere Toten durch Schweigen.»

Mit einem kleinen Stich im Herzen vernahm Cathy diese Worte. «Wir Indianer» hatte er gesagt. Und sie, gehörte sie nicht mehr dazu?

«Aber... dann bist du jetzt der Häuptling?» stammelte sie betroffen. Sie betrachtete Onathi von Fuß bis Kopf, um irgendeine Veränderung festzustellen. Sie fand keine.

«Ja», sagte Onathi, und das frühere spöttische Leuchten erschien wieder in seinen Augen. «Bist du enttäuscht, daß ich keine Federkrone trage?»

Cathy mußte wider Willen kichern. Doch dann wurde

sie wieder ernst und fragte:
«Wie fühlst du dich als Häuptling?»
«Schlecht», antwortete Onathi düster. «Die Verantwortung ist zu groß: manchmal frage ich mich, ob ich mich dafür eigne.» Er machte eine müde Handbewegung: «Aber lassen wir das!»
«Erzähl von der Familie!» bat Cathy.
«Mutter und Sarita geht es gut. Auch Naitsche hat Fortschritte gemacht. Ich glaube, es wird noch ein recht brauchbarer Bursche aus ihm ...»
Plötzlich schlug sich Cathy an die Stirn.
«Und Shadow? Hast du Shadow wieder gefunden?»
Onathi runzelte erstaunt die Brauen.
«Woher weißt du, daß ich ihn verloren hatte? Ja, er ist von einem Luchs erschreckt worden; wir fanden die Spuren. Zwei Tage lang habe ich ihn vergebens gesucht, dann ist er von alleine zurückgekommen. Das arme Tier konnte sich kaum aufrecht halten. Wenn ich den Kerl jemals erwische, der ihn so zugerichtet hat...» Er hielt inne: «Doch erzähl du. Was ist passiert?»
Cathy sprudelte die ganze Geschichte heraus. Sie platzte noch nachträglich beinahe vor Wut. Onathi hörte ihr zu, mit zusammengekniffenen Augen und geballten Fäusten. «Kurz und klein schlagen könnte ich die Bande!» zischte er. Langsam glätteten sich seine Gesichtszüge. Er nahm Cathy bei den Schultern:
«Cathy, hast du das wirklich getan? Mitten in der Nacht bist du zu Fuß zur Farm gegangen?»
«Ja», sagte Cathy. «Ich konnte nicht schlafen. Immer mußte ich an Shadow denken...» Sie lächelte. «Aber es war nicht zu schwierig, ich kannte ja den Weg.»
Plötzlich beugte sich Onathi zu ihr hinab und legte seine Wange in ihre Hand.

«Wie kann ich dir je danken!» flüsterte er. Er küßte sanft die warme Hand; dann begann er sehr schnell und mit rauher Stimme zu sprechen:
«Als du bei uns warst, schien alles viel einfacher. Als ob deine Gegenwart uns Glück gebracht hätte. Seit du weg bist, kommt ein Unglück nach dem anderen. Zuerst Vaters Tod... ein paar Tage später verschwindet Shadow... Dann versuche ich den Stamm davon zu überzeugen, daß wir für den Winter Behausungen aus Holz und Steinen bauen müssen — und stoße auf einen Berg von Vorurteilen! Die Kinder langweilt es, lesen zu lernen. Sarita hat nicht deine Autorität. Unsere Felder haben in diesem Jahr wegen der Dürre fast nichts eingebracht. Ich mußte mich mit den Angestellten vom Indianerbüro herumschlagen, damit wir Lebensmittel bekommen...»
Er schüttelte niedergeschlagen den Kopf. «Ohne dich Cathy, habe ich keine Lust an der Arbeit, noch an sonst irgend etwas; Cathy, ich brauche dich.»
«Auch ich brauche dich so sehr, nimm mich mit, bitte.»
«Nein, das geht nicht. Wenn ich dich zu mir nehme, beschuldigt man mich der Entführung, und es gibt den schlimmsten Krach. Außerdem müßte ich zuerst eine halbwegs anständige Wohnung für dich bauen; du kannst nicht in einer Hütte wohnen. Und schließlich — es könnte immerhin möglich sein, daß du deine Meinung änderst... es gibt genug nette, junge Leute in Santa Fé...»
«Jetzt hör auf damit!» rief Cathy ungeduldig. «Ich bin nicht zu Scherzen aufgelegt!»
«Ich scherze nicht», sagte Onathi. «Das ist eine sehr ernste Frage.»
Sie schaute ihn an, bemerkte in seinen Mundwinkeln den ihr so bekannten spöttischen Zug und lachte befreit auf.

«Geht es deinem Fuß besser?» fragte Onathi. Cathy nickte; sie betrachtete Onathi mit großen Augen, ihr wurde plötzlich klar, daß ein Häuptling der Navajos ihr den Stiefel zuschnürte — ein ziemlich ungewöhnlicher Anblick! Onathi erriet ihre Gedanken und grinste.
«Starr mich nicht so entgeistert an!» sagte er, «ich habe mich nicht darum beworben, Häuptling zu werden!»
«Ein Häuptling ist aber eine eindrucksvolle Persönlichkeit!» stammelte Cathy.
«Ich, eindrucksvoll? Sehr erfreut, das zu hören!» Onathi richtete sich auf und umarmte Cathy; seine Augen blitzten mutwillig. Gott sei Dank, war er noch immer der gleiche. Für Cathy hatte sich nichts geändert, und sie wußte, daß es immer so bleiben würde. Mit einem zufriedenen Seufzer lehnte sie den Kopf an seine Schulter.

22

Ende November brachte der Nordwind den ersten Schnee; wenige Tage lang waren die Straßen voller Matsch und Schlamm, dann fror es und wurde richtig Winter.
Traurig und unruhig irrte Cathy durchs Haus. Immerzu dachte sie an die Indianer in der Reservation. Jeden Winter gab es bei ihnen Hunger und Krankheiten; die Indianer durften nicht wie in früheren Zeiten auf die Jagd gehen und waren auf das Wohlwollen der staatlichen Verwaltung angewiesen. Cathy wußte, wie das war: man versprach ihnen Lebensmittel und Medikamente, doch oft vergingen Wochen, bis die ersten Lieferungen eintrafen.
Es wurde ein sehr strenger Winter; der Blizzard wütete tagelang, und im Dezember lag hoher Schnee. Die Post-

wagen verkehrten nicht mehr, und das weite Land war unter einer weißen Decke erstarrt.

Einige Tage nach Weihnachten kam Collins ganz aufgeregt nach Hause und erzählte eine unglaubliche Geschichte. Der alte Matt Robertson, Arzt und gleichzeitig Apotheker von Santa Fé, war in der vergangenen Nacht aus dem Bett geklopft worden. Er hatte sich hastig etwas übergezogen und mürrisch die Tür geöffnet; zu seiner Verblüffung hatte er im Licht seiner Laterne einen Navajo aus der Reservation vor sich gesehen.

«Was soll das? Kannst du nicht lesen? Ich behandle weder Indianer noch Mexikaner noch Schwarze. Wende dich an eure Verwaltung.»

Anstatt zu gehen, drängte sich der Indianer rücksichtslos ins Haus.

«Sind Sie Arzt, ja oder nein? Was geht Sie die Hautfarbe an?»

Matt Robertson traute seinen Ohren kaum.

«Das ist die Höhe!» fauchte er. «Verschwinde sofort! Ich bin einen solchen Ton von Leuten deiner Art nicht gewohnt und werde mich auch nie daran gewöhnen!»

«Und ich bin nicht gewohnt, mich beleidigen zu lassen!» entgegnete der Indianer.

Robertson machte eine Bewegung, um nach dem Gewehr an der Wand zu greifen, doch der Indianer war schneller. Er packte den Arm des Alten und drehte ihn auf den Rücken. Robertson stieß ein Grunzen aus, als er eine scharfe Dolchspitze unter seinem Kinn spürte.

«Es ist nicht sehr rühmlich, einem alten Mann mit einem Messer zu drohen», sagte der Indianer halblaut. «Aber jetzt hören Sie zu! Ich habe heute nacht einen Weg von dreißig Meilen im Schneesturm gemacht. Glauben Sie, Ihre Vorurteile würden mich beeindrucken? Ich heiße

Onathi und bin der Häuptling der Navajo-Reservation. Meine Schwester ist schwer krank. Ich werde Ihnen schildern, was ihr fehlt, und Sie geben mir die notwendige Medizin.»

Robertson schluckte heftig. Im Halbdunkel sah er die entschlossenen Augen des Indianers.

«Was... was fehlt deiner Schwester?» stotterte er. Onathi seufzte leicht auf und ließ den Arzt frei, behielt aber den Dolch in der Hand. Er beschrieb Saritas Krankheit. Robertson wußte sofort Bescheid.

«Deine Schwester hat eine Lungenentzündung. Ich habe hier, was nötig ist.»

Gefolgt von Onathi schlurfte er zu seinem Medikamentenschrank, suchte einige Flaschen und Pulver heraus und reichte sie Onathi, der argwöhnisch die Aufschriften las und seinen Dolch wieder einsteckte.

«Ich danke Ihnen», sagte er müde. «Entschuldigen Sie, daß ich so harte Methoden anwenden mußte. Wieviel bin ich Ihnen schuldig?»

Robertson fiel aus allen Wolken. Zuerst drohte ihm dieser Bursche mit dem Dolch und jetzt entschuldigte er sich wie ein Mann von Welt! Etwas verlegen nannte er einen Preis. Onathi warf einige Münzen auf den Tisch.

«Das wird reichen», sagte er. «Gute Nacht, Herr Doktor, tut mir leid, Sie gestört zu haben.»

Er wandte sich um und verließ das Haus. Entgeistert starrte Robertson ihm nach. Wäre nicht das Geld auf dem Tisch gewesen, er hätte an einen Traum geglaubt. Nervös betastete er seinen Hals, wo er einen Augenblick vorher die Spitze des Dolches gefühlt hatte.

Kopfschüttelnd und empört hatte Mrs. Collins der Schilderung ihres Mannes zugehört. Der arme, gute Robertson, welche Angst mußte er ausgestanden haben! Man sollte diesen Wilden verbieten, die Reservation zu verlassen!

«Nicht alle Indianer sind so», brummte Mr. Collins. «Doch dieser junge Mann, der in Tucson studiert hat und nun glaubt, sich alles erlauben zu können, ist ein schlechtes Beispiel! Er übt auf seinen Stamm einen schlechten Einfluß aus; seit ich Cathy dort herausgeholt habe, ist mir vieles klar geworden. Die beiden hängen irgendwie zusammen, das ist sicher.»

«Du wirst doch nicht behaupten wollen...» Der Hilfssheriff schaute gelassen zur Decke.

«Ich behaupte nicht, ich halte mich nur an Tatsachen.» Während seine Frau betroffen schwieg, zündete er sich bedächtig eine seiner stinkenden Zigarren an.

«Glaube mir: ich traue ihr nicht! Ich kann nicht vergessen, wie sie sich damals mir gegenüber bei den Indianern betragen hat. Es steckt sehr viel hinter diesem unschuldigen Engelsgesicht.»

Mrs. Collins hatte ihre Fassung zurückgewonnen. Ihr Mann war wirklich zu argwöhnisch! Das hing wahrscheinlich mit seinem Beruf zusammen.

«Eine gute Erziehung kann Wunder vollbringen», betonte sie. «Ich bin, offengestanden, zufrieden mit ihr.»

«Hm...» murmelte der Hilfssheriff. «Wie lange soll sie eigentlich noch hier im Hause bleiben?»

Mrs. Collins faltete ihre langen, dünnen Hände. «Ich habe etwas ganz Bestimmtes mit ihr vor.»

Collins grinste. «Sie verheiraten?»

Seine Frau sah ihn überrascht an. «Wieso hast du das erraten?»

«Das liegt nahe!» lachte Collins. «Sie ist schließlich alt genug dafür! Aber ich möchte wissen, welcher Mann bereit ist, ein Mädchen mit dieser... hm... wirren Ver-

gangenheit zu heiraten!»
«Ihre Folgsamkeit und ihr gutes Benehmen in der letzten Zeit entschuldigen vieles», sagte Mrs. Collins und nahm ihre Häkelarbeit hervor. «Selbstverständlich kann sie nicht auf eine glänzende Partie rechnen ...»
«So», grinste Collins. «Hast du schon jemand in Aussicht?»
«Ja», gestand Mrs. Collins. «Ich denke an den jungen Stuart Barker. Er ist ein braver Bursche. Ich habe kürzlich mit seinem Vater darüber gesprochen. Er möchte, daß sein Sohn heiratet. Die Barkers sind ein bißchen gewöhnlich, aber fleißig. Cathy würde die Farm als Mitgift in die Ehe bringen. Was meinst du dazu?»
Collins schmunzelte zufrieden und faltete seine Zeitung auseinander.
«Keine schlechte Idee! Die Barkers haben Energie genug, um zehn solche Wildfänge zu bändigen. Außerdem würden sie sich über die Vergangenheit der Schwiegertochter keine Gedanken machen. Cathy ist robust und fleißig; es hat Arbeit genug auf der Farm. Wann soll die Hochzeit sein?» fügte er nach kurzem Nachdenken hinzu.
«Ich denke, im Frühjahr», meinte Mrs. Collins. «Schließlich muß man den jungen Leuten etwas Gelegenheit geben, sich kennenzulernen.»
«Im Frühjahr, gut», nickte Collins. «Hoffentlich ist Cathy einverstanden. Ich habe keine Lust, einen neuen Wutanfall über mich ergehen zu lassen ...»
«Einen Wutanfall?» staunte Mrs. Collins. «Wie kommst du darauf? Ist Heiraten nicht der Traum jedes Mädchens?»
Mr. Collins verzog zweifelnd das Gesicht. «Du kannst Cathy nicht mit anderen Mädchen vergleichen. Sie hat schon immer ihren Kopf durchzusetzen gewußt. Einen

recht unangenehmen Willen hat das Fräulein!»
«Aber sie wird doch nicht in die Hand beißen, die sie nährt!» rief die Dame dramatisch.
Collins hob die Schultern. «Du merkst es ja selbst. Alles was wir tun und sagen behagt ihr nicht. Von Dankbarkeit keine Spur. Mach dich auf Widerstand gefaßt, und fädle es vor allem vorsichtig ein. Nicht zu voreilig bitte, mit Geduld.»
«Überlaß das ruhig mir», erwiderte Mrs. Collins spitz. «Ich habe viel mehr erreicht, als du vermutest.» Collins blätterte in seiner Zeitung und antwortete nicht. Auch Mrs. Collins schwieg. Ihr war plötzlich etwas unbehaglich zumute, sie wußte nicht, weshalb.
Ich trinke zu viel Kaffee, dachte sie. Das macht mich so nervös.

23

Im Laufe des Winters war Cathy noch mehr gewachsen. Ihre Hagerkeit wurde durch das schwarze, strenge Kleid betont. Auf ihrem Gesicht waren die Sommersprossen verbleicht. Sie wirkte ruhig, etwas kränklich und vor allem abwesend. Kein lautes Lachen mehr, kein fröhlicher, lebhafter Gesichtsausdruck. Irgend etwas in ihr schien gebrochen, sie lebte gefügig wie ein Vogel im Käfig dahin.
Anfangs Januar wurde das Wetter besser. Die grauen, schweren Schneewolken verschwanden. Die weißen Berge funkelten im Sonnenlicht. Es blieb jedoch eisigkalt, und ein trockener Wind fegte heulend durch die Straßen. Als Cathy eines Nachmittags vom Krankenhaus kam, schrie jemand hinter ihr:

«Senorita! Senorita!»

Cathy fuhr herum. Es war der kleine Mexikaner, der in einem zerlumpten roten Poncho atemlos hinter ihr herrannte. Vor Aufregung wäre Cathy beinahe ausgeglitten. Sie packte den Jungen an den Schultern.

«Hast du eine Nachricht für mich?»

«Den ganzen Tag schon suche ich dich», japste der Mexikaner. Der Atem stand in einer weißlichen Wolke vor seinem Mund.

«Der Senor wartet seit heute morgen! Komm gleich, bevor es dunkel wird!»

«Himmel!» dachte Cathy. «In einer Stunde ist es Nacht...»

«Schnell! Schnell!» keuchte der Mexikaner. Cathy überlegte nicht lange, jede Sekunde war kostbar! Den Hut ins Gesicht gedrückt, einen dicken Wollschal um Mund und Nase geknotet, fing sie an zu laufen. Der Junge stolperte ihr pustend nach.

«Der Senor hat gesagt, ich soll dich begleiten. Zu gefährlich für dich, allein im Schnee!»

Onathi denkt an alles, dachte Cathy gerührt. Es war sehr mühsam, im hohen Schnee zu laufen; die Feuchtigkeit drang durch ihre Stiefel, und sie rutschte dauernd aus. Sie schlotterte vor Aufregung und Kälte. Sie dachte an Onathi, der den ganzen Tag in der eisigen Luft auf sie gewartet hatte.

Hoffentlich komme ich nicht zu spät!

Als sie die Ruinen des alten Klosters erreichte, stand die Sonne blutrot am Horizont. Graue Nebelschwaden krochen durch die Dämmerung, und es war so kalt, daß Cathy kaum ihre Finger bewegen konnte. Der kleine Mexikaner, der sie schweigend begleitet hatte, blieb stehen.

«Ich warte hier», sagte er zähneklappernd. Sie nickte zerstreut. Vorsichtig bewegte sie sich auf dem glatten, festgefrorenen Gestein. Im Schutze einer Mauer stand im Halbdunkel ein Pferd. Dann bemerkte sie die Gestalt eines Mannes, der sich langsam erhob. Er trug einen weiten, mexikanischen Poncho, dessen Fransen naß und schneeverklebt auf dem Boden schleiften.

«Onathi!» flüsterte Cathy. Er kam näher, und sie konnte endlich sein Gesicht sehen. Sie erschrak. So bleich und abgezehrt hatte sie ihn noch nie gesehen. Die dunklen, fieberglänzenden Augen lagen tief in den Höhlen. Trotzdem versuchte er zu scherzen: «Immer noch in Trauerkleidern, Cathy? Das steht dir gar nicht!»

«Onathi», stammelte Cathy. «Was ist passiert? Bist du krank?»

Er hob die Schultern.

«Sehe ich so aus? Nun, ich habe etwas kalte Füße bekommen...»

«Es tut mir leid...» stotterte Cathy. «Ich... ich wußte nicht, daß du...»

Er lächelte. «Was tut's? Für dich hätte ich es acht Tage lang hier ausgehalten! Mach dir keine Gedanken darüber. Wir haben andere Probleme...»

Er senkte den Kopf, biß die Zähne zusammen, daß seine Wangenmuskeln hervortraten. Er schien am Ende seiner Kraft zu sein.

«Sarita — Sarita wäre beinahe gestorben.»

Cathy preßte die Hand auf den Mund. Mit weit aufgerissenen Augen starrte sie Onathi an.

«Nein — beruhige dich, es ist vorbei, und es geht ihr wieder besser.»

«Wie... wie ist das passiert?» murmelte Cathy und fühlte, wie die Kälte in ihren Körper drang. Onathi zögerte mit der Antwort. Plötzlich legte er seine Stirn an Cathys Schulter, wie ein hilfesuchendes Kind. Zum ersten Male erlebte ihn Cathy in solchem Zustand. Vor Bestürzung brachte sie keinen Ton hervor. Dann hob Onathi den Kopf und begann mit leiser Stimme zu erzählen:

«Ihr junger Fuchs war ausgerissen. Auf der Suche nach ihm wurde sie von einem Schneesturm überrascht und flüchtete sich in eine Grotte, wo sie die Nacht verbrachte. Am anderen Morgen, als wir sie fanden, war sie halb erfroren. Hustenkrämpfe schüttelten sie. Das Fieber stieg immer höher. Meine Mutter versuchte es mit allen Heilmitteln, die sie kennt. Es war zwecklos. Sarita redete irr: sie kannte niemand mehr von uns. Dann kamen Männer vor die Hütte und schlugen die Trommel, um die bösen Geister zu vertreiben. Ich glaubte, verrückt zu werden! Ich schickte die Trommler zum Teufel, sattelte Shadow und ritt nach Santa Fé; wie ich das in der Dunkelheit, bei dem Schnee fertiggebracht habe, weiß ich nicht mehr. Ich klopfte den Arzt aus dem Bett — und dann sagte er mir, er behandle keine Indianer! Da habe ich die Nerven verloren und ihn mit meinem Dolch bedroht. Das Messer an der Kehle brachte ihn zur Vernunft...»

Mit grimmigem Lächeln sah er Cathy an. «Das erstaunt dich? Mich auch! Ich hätte nie gedacht, daß ich mich eines Tages wie ein Straßenräuber benehmen würde! Ich bekomme in der Stadt einen sehr schlechten Ruf! Bald wird man erzählen, ich würde die Postkutschen überfallen! Und das alles, weil meine Schwester im Sterben lag und weil der Arzt ein Schild 'Nur für Weiße' an der Tür hatte. Als ich meine Medikamente hatte, habe ich ihm das Schild zerschlagen.»

Cathy hörte erschrocken, wie mühsam Onathi atmete.

Plötzlich trat er von ihr weg, vergrub die Hände unter seinem Poncho.
«Geh fort, Cathy. Laß mich allein! Du bist zu zart und fein, nichts für einen Navajo, der alte Männer mit dem Messer bedroht. Geh ...!»
Als Cathy immer noch schwieg, fügte er erbittert hinzu: «Du verachtest mich, nicht wahr? Es geschieht mir recht.»
Cathy biß die aufgesprungenen Lippen zusammen. Sie konnte es nicht ertragen, Onathi so entmutigt zu sehen. Er hatte den Glauben an die andern und, was viel schlimmer war, auch den Glauben an sich selbst verloren. Sie mußte ihm helfen, aber wie? Wie schwach und hilflos sie sich fühlte! Um sie herum war nichts als Einsamkeit, Kälte und Dunkelheit. Und selbst Onathi ...
Sie legte ihre steifen, kalten Finger auf seinen Arm: «Dich verachten?» sagte sie traurig. «Du kennst mich schlecht. Wie kannst du so etwas denken! Ich liebe dich! Ich bewundere deinen Mut. Ich weiß, daß du trotz allem dein Volk liebst und stolz darauf bist, ihm anzugehören. Ich weiß auch, daß du ihm alles opfern würdest ...»
Langsam wandte sich Onathi wieder Cathy zu, nahm sie bei den Schultern und sah sie an. Zu ihrer großen Erleichterung stand wieder das spöttische Lächeln in seinen Mundwinkeln.
«Was für eine Ansprache, Cathy! Bist du wirklich so klug und vernünftig geworden oder tust du nur so ...?»
«Ich weiß nicht ...»
Onathi nahm sie in seine Arme. Nach einer Weile sagte er: «Du hast recht, Cathy: ich liebe mein Volk, wahrscheinlich gerade darum, weil ich seine Fehler und Schwächen sehe. Es gibt keinen Navajo, für den ich mich nicht verantwortlich fühlen würde, und das, Cathy, ist eine sehr harte Last!»

Cathy schluckte mühsam. «Ja... Ich weiß das alles...» Sie zitterte vor Aufregung und Kälte. Onathi nahm ihre Hände und hauchte hinein, um sie zu wärmen. «Ist es jetzt besser?» fragte er. «Komm an die Mauer, dort ist man vor dem Wind geschützt.»
«Ich... ich muß zurück!» stammelte sie. «Mrs. Collins bekommt Zustände, wenn ich unpünktlich bin!»
«Ach, ja! Mrs. Collins!» grinste Onathi. «Wenn du weiterhin ihre Hüte trägst, siehst du ihr bald ähnlich!»
Cathy lachte. Dann wurde sie wieder ernst.
«Sei vorsichtig, Onathi. Ich will nicht, daß dir etwas passiert...»
«In unserer Lage kann nicht viel Schlimmeres mehr passieren», sagte Onathi. «Wir haben seit zwei Wochen kaum noch Vorräte, keine warmen Kleider mehr, keine — ach, es ist zum wahnsinnig werden!»
«Könnte ich euch nur helfen! Aber ich besitze ja selbst nichts! Die Kleider, die ich trage, gehören nicht einmal mir. Von Taschengeld ist überhaupt nicht die Rede... Doch — warte. Etwas habe ich, das mir gehört!» Sie nahm ihren Wollschal ab und reichte ihn Onathi.
«Da — für Sarita! Ich habe ihn selber gestrickt! Sag ihr, daß ich viel an sie denke...!»
«Danke. Aber was wird Mrs. Collins sagen?»
Cathy zuckte gleichgültig die Schultern.
«Ich werde ihr erzählen, ich hätte ihn verloren. Das kann vorkommen!» Sie griff sich an die Stirn und rief verzweifelt: «Ich komme mir so furchtbar egoistisch vor, weil ich warm angezogen bin und mich satt essen kann. Ich kann es kaum ertragen.»
Onathi nahm ihre Hände. «Du bist auf unserer Seite, das ist die Hauptsache», sagte er lächelnd. «Doch mach dir keine übermäßigen Sorgen; ich schwöre dir, daß wir

durchkommen werden — und wenn ich ganz Santa Fé das Messer an die Kehle setzen muß!»

24

Einige Wochen später war es ganz plötzlich Frühling. Eines Morgens öffnete Cathy ihr Fenster, sie sah eine Wolke blauer Schmetterlinge vorbeischaukeln. Sie atmete tief die würzige, noch kühle Luft. Nach diesem langen Winter hatte sie das Gefühl, ihr Blut pulsiere schneller durch die Adern. Sie griff nach der Bürste, strich gedankenversunken und glücklich durch ihre langen, glatten Haare. Als sie in den Spiegel schaute, sah sie ihre geröteten Wangen, ihre glänzenden Augen, in denen das Weiße wie Porzellan leicht bläulich schimmerte. Zum ersten Mal seit langer Zeit lächelte sie ihrem Spiegelbild zu. Freudig beschwingt kleidete sie sich an, ging voller Energie an die Arbeit. Selbst das Kochen fiel ihr heute weniger schwer als sonst, und beim Geschirrspülen pfiff sie. Damit hörte sie aber rasch wieder auf: Mrs. Collins sagte, ein gut erzogenes Mädchen pfeife nicht!

Am Nachmittag bat sie um die Erlaubnis, ausreiten zu dürfen. In Begleitung von Priscilla ging sie zur Poststation und sattelte Buster. Im Galopp ritt sie durch die Straßen; das Maultier trabte träge hinterher. Priscilla schrie aus Leibeskräften, Cathy solle warten, aber das Mädchen tat, als hörte sie nicht; sie war außer sich vor Freude über die reine Luft, den strahlenden Himmel, die Freiheit. Priscilla sah sie im sausenden Tempo verschwinden und nahm es gelassen; stieg ab, setzte sich auf einen Stein am Wegrand und wartete.

Als Cathy eine Stunde später verschwitzt und glücklich

nach Hause kam, sah sie zu ihrer großen Überraschung Stuart Barkers Pferd, einen mageren, braunen Rappen, mit hängendem Kopf am Gartentor stehen.
Was will denn der hier? dachte sie ärgerlich. Der Tag hatte so schön begonnen, und jetzt kommt dieser Waschlappen! Sie wollte schnell in ihr Zimmer verschwinden, doch als sie an der Salontür vorbeihuschte, kam Stuart Barker heraus. Er hatte sie wohl durchs Fenster gesehen.
«Guten Tag», sagte Cathy unfreundlich. Sie verzieh ihm nicht, wie er Shadow behandelt hatte.
«Guten Tag, Miß Cathy», stotterte Stuart verlegen. Er trug seinen Sonntagsanzug. Zögernd verbeugte er sich linkisch vor Cathy und überreichte ihr einen Veilchenstrauß.
«Das — das ist für Sie. Ich habe sie im Gebirge gepflückt...»
«Danke. Ich will sie in eine Vase stellen.»
Sie wollte vorbeigehen, doch Stuart machte einen Schritt nach vorne und versperrte ihr den Weg.
«Miß Cathy...»
Cathy zog die Brauen hoch.
«Ja?»
Stuart schluckte krampfhaft. Sein Adamsapfel bewegte sich auf und ab.
«Ich wollte Ihnen etwas sagen.»
Cathy wartete und musterte ihn schweigend. Sie hatte kaum einen Blick auf die Veilchen geworfen.
Stuart fuhr sich mit der Zunge über die Lippen, brachte jedoch kein Wort hervor.
«Ach nein, es ist nichts!» stammelte er, und zog sich in den Salon zurück.
Eine Stunde später ging Cathy in den Salon, um die Lampe anzuzünden. Stuart war verschwunden. Mrs. Collins

saß mit nachdenklichem Gesicht über ihrer Häkelarbeit. Als Cathy wieder hinausgehen wollte, stieß sie auf der Türschwelle mit dem Hilfssheriff zusammen. Er legte seine dicken Finger auf ihre Schulter und schubste sie wieder ins Zimmer.

«Einen Augenblick, Miß O'Malley! Wir haben Verschiedenes mit Ihnen zu besprechen. Setzen Sie sich!»

Cathy schaute zu Mrs. Collins, doch diese rührte sich nicht. Ihr Gesicht war unbeweglich, doch die Nasenspitze etwas gerötet. Zögernd und mit steifen Knien setzte sich Cathy auf den nächstbesten Stuhl. Sie blickte die Collins fragend an. Was wollen die bloß von mir?

Collins räusperte sich. Er begann mit seiner lauten Stimme: «Nur keine Aufregung! Wir haben eine sehr angenehme Nachricht für Sie: Stuart Barker hat um Ihre Hand angehalten.»

Cathy sah ihn empört an. «Was? Ich soll diese Schnecke heiraten!?»

Mrs. Collins ließ die Häkelarbeit fallen. «Cathy! Etwas Haltung, bitte! Ich verstehe, daß diese Nachricht dich überrascht, aber das ist kein Grund, solche Ausdrücke zu gebrauchen. Du bist kein Kind mehr. In deinem Alter war ich schon verheiratet. Aus diesem und anderen Gründen haben wir beschlossen, daß es Zeit ist, einen Mann für dich zu finden, der für dich sorgen wird und dem du eine liebende und ergebene Gattin sein darfst.»

«Aber nicht Stuart Barker!» Cathy schüttelte den Kopf. Mrs. Collins schaute zur Decke hinauf.

«Und warum nicht? Er ist ein liebenswerter junger Mann, ehrlich, fleißig...»

Cathy ballte die Fäuste. «Niemals werde ich Stuart Barker heiraten», stieß sie hervor. «Und wenn er mich auf den Knien darum bäte!»

«Mein liebes Kind», sagte Joe Collins, «genau das Gegenteil wäre angebracht.»
Cathy starrte ihn verständnislos an. Collins ließ sich Zeit und zog gedankenvoll an seinem Schnurrbart.
«Sie vergessen immer wieder, daß Ihre Lage als Waise und Ihre nicht ganz gewöhnliche Vergangenheit es Ihnen verbieten, besondere Ansprüche zu stellen. Die Barkers erweisen Ihnen die Ehre, Sie in ihre Familie aufzunehmen. Sie sind sogar bereit, Ihr damaliges Verschwinden zu vergessen. Dank dieser großzügigen Haltung haben Sie die Möglichkeit, ein würdiges Mitglied der Gesellschaft zu werden. Sie schulden den Barkers also Dankbarkeit und Anerkennung.»
Cathy warf den Kopf zurück. Sie war sehr blaß.
«Nein, ich schulde ihnen überhaupt nichts. Weder ihnen noch sonst jemand.»
Collins seufzte. Er warf seiner Frau einen bedeutungsvollen Blick zu.
«Habe ich es dir nicht gesagt? Nichts von Sanftmut und Ergebenheit! Damals in der Reservation habe ich unser Fräulein ein für alle Mal kennengelernt!»
«Cathy, du hast den Verstand verloren!» schalt Mrs. Collins mit bebender Stimme.
«Mrs. Collins», flehte sie, «verstehen Sie doch, bitte...»
Mrs. Collins drehte den Kopf weg.
«Schweig! Du weißt nicht, wovon du redest. Jedes Mädchen ist glücklich, wenn ein anständiger junger Mann um seine Hand anhält.»
«Aber mich interessiert Barker gar nicht!»
«Genug davon!» befahl Mrs. Collins. Ihre knochigen Finger zerknüllten nervös die Häkelarbeit. «Am nächsten Sonntag wird Stuart Barker offiziell um deine Hand anhalten. Ich erwarte, daß du ihn mit Freundschaft und

Respekt empfängst.»
Freundschaft! Respekt! So ein Unsinn! Cathy sah sich verzweifelt um. Auf dem Sofatisch stand eine kleine Porzellanfigur. Cathy juckte es in den Fingern. Mit welcher Wonne hätte sie dieses Figürchen an die Wand geschmettert! Sie preßte die Hände ineinander, kämpfte um einen Rest von Fassung und Haltung.
«Geh in dein Zimmer hinauf», befahl Mrs. Collins weiter. «Zur Strafe bekommst du kein Abendessen. Ich werde nachher hinaufkommen, um zu sehen, ob du Reue und Einsicht zeigst.»
Cathy senkte den Kopf. Sie öffnete den Mund, um etwas zu sagen, brachte jedoch keinen Ton hervor. Sie drehte sich um und rannte aus dem Zimmer. Die Tür schlug hinter ihr zu.
Joe Collins ging zu seinem Ebenholzkasten und suchte sich mit aller Sorgfalt eine Zigarre aus. Gemächlich sagte er: «Nun weißt du, wie sie wirklich ist: unbelehrbar und starrköpfig. Stuart Barker kann sich freuen. Ich würde so etwas nie heiraten!»
Die alte Dame machte eine abwesende Handbewegung. «Lassen wir das!» antwortete sie leise. Sie sah plötzlich sehr müde aus.

25

Cathy stürzte die Treppe hinauf und schloß die Zimmertür mit einem lauten Knall. Atemlos lehnte sie sich dagegen. Entgeistert starrte sie ins Leere. Plötzlich brach sie in ein nervöses Gelächter aus. Sie sollte verheiratet werden! Und noch dazu mit Stuart Barker!
«Nein, unmöglich!» sagte sie laut, zwischen den Lach-

anfällen. «Das ist ja ein Albtraum!» Ihre Augen füllten sich mit Tränen. Sie lief durchs Zimmer, ließ sich aufs Bett fallen. Mit hängenden Schultern saß sie da. Verzweifelt kaute sie an ihren Fingernägeln. Dann stieß sie einen Wutschrei aus. Nein und nein, so einfach ging es nicht. Sie würde fliehen! Sofort! Noch heute abend. Zurück in die Reservation. Hier hatte sie nichts mehr zu gewinnen und nichts zu verlieren. Onathi allein konnte sie aus dieser verzwickten Lage retten.

Cathy ging zum Fenster, öffnete es und beugte sich hinaus. Das Zimmer lag im ersten Stock. Mit ein wenig Glück könnte sie, ohne sich die Knochen zu brechen, in den Garten springen. Hastig riß sie die Schranktüre auf, nahm ihre Habseligkeiten heraus und packte sie in einem Bündel zusammen. Dann wickelte sie sich einen warmen Wollschal um und setzte sich aufs Fensterbrett. Sie wollte gerade die Beine hinausschwingen, als sie auf der Treppe Schritte hörte.

Sofort riß sie den Schal herunter, versteckte ihr Bündel unter dem Bett und schloß eilig das Fenster. Als Mrs. Collins das Zimmer betrat, saß sie ganz ruhig und teilnahmslos da.

In der Dämmerung erschienen die Gesichtszüge der alten Dame verschwommen und wächsern.

«Nun? Hast du es dir überlegt?» fragte sie kühl.

Cathy wußte, daß es nur noch eine Möglichkeit gab: alles zu versprechen, was von ihr verlangt wurde, um ja keinen Verdacht zu erwecken. Mrs. Collins wollte eine reuige und demütige Cathy. Gut, konnte sie haben.

«Ja, Mrs. Collins», hauchte sie. «Ich bitte um Verzeihung, daß ich unhöflich war.»

Das strenge Gesicht der alten Dame entspannte sich etwas. Sie setzte sich neben Cathy aufs Bett. Das Mädchen

rührte sich nicht.
«Warum lehnst du Stuart Barker ab?» fuhr Mrs. Collins freundlich fort. «Junge Männer sind öfters linkisch. Als ich Joe kennenlernte, war er auch etwas unbeholfen... und im Grunde ist er es geblieben. Solche Burschen geben gute Ehemänner ab.» Sie biß sich auf die Lippen, als hätte sie zuviel gesagt, und fügte trocken hinzu: «Du solltest dankbar und zufrieden sein. Wir wollen ja nur dein Bestes.»
Cathy antwortete nicht.
«Welches Mädchen könnte es wagen, sich der heiligen Pflicht der Ehe zu entziehen?» sagte Mrs. Collins dramatisch.
Kommt darauf an, mit wem! dachte Cathy. Sich still verhalten, war noch immer die beste Methode gewesen, so hatte man später nichts zu bereuen.
Mrs. Collins betrachtete ihr verschlossenes Gesicht und seufzte halblaut.
«Nun, Cathy, zeig etwas guten Willen! Du wirst sehen, es ist sehr schön, verheiratet zu sein.»
Hartnäckig schaute Cathy zu Boden. Mrs. Collins seufzte wieder, erhob sich schwerfällig: heute abend war von dem Mädchen nichts mehr zu wollen. Ein Wunder, daß sie um Verzeihung gebeten hatte.
«Morgen beginnen wir mit der Arbeit an deiner Wäscheaussteuer», sagte sie. «Wir werden sie ganz einfach und praktisch halten. Ein Spitzenbändchen um Kopfkissen und Nachthemdkragen wird genügen. Um Monogramme zu sticken, bleibt ohnehin keine Zeit.»
Kaum hatte Mrs. Collins das Zimmer verlassen, atmete Cathy erleichtert auf. Sie horchte auf die Schritte der alten Dame, die sich auf der Treppe entfernten. Als nichts mehr zu hören war, nahm sie ihr Bündel, wickelte den

Schal um ihre Schultern und öffnete das Fenster. Inzwischen war es Nacht geworden: der Garten lag im Dunkeln. Cathy schwang sich aufs Fensterbrett, hielt sich an der Brüstung fest und ließ sich langsam hinabgleiten. Als sie einen Blick über die Schultern warf, erschrak sie: es war noch verflixt hoch! Doch es gab kein Zurück mehr: sie nahm ihren Mut zusammen und ließ sich fallen. Hart prallte sie auf den Boden auf. «Au!» murmelte sie betroffen. Mühsam rappelte sie sich auf: glücklicherweise hatte sie sich nicht verletzt. Sie lief geduckt bis zum Gartentor, öffnete es und schlüpfte hinaus. Einen Augenblick später rannte sie in Richtung der Poststation. Ihre Absätze hämmerten auf den Holztrottoirs, die Leute drehten sich verblüfft nach ihr um. Mit verbissenem Gesicht, ohne nach rechts oder links zu schauen, lief Cathy weiter. Nur fort aus dieser Stadt!

In der Poststation herrschte Ruhe; nur aus dem beleuchteten Gastzimmer tönten vereinzelt Stimmen. Atemlos erreichte Cathy die Stallungen. Alles war dunkel und still. Die Stalltüre war schon geschlossen. Leise schob Cathy den Riegel zurück. Im warmen Stall roch es vertraut nach Pferden. Hier fühlte sie sich geborgen. Sie wußte, wo Buster untergebracht war, und tastete sich im Dunkeln zu ihm. Buster schnaubte leise, als das Mädchen ihm das Zaumzeug anlegte; ihn zu satteln wagte sie nicht, man hätte sie hören können. Vorsichtig führte sie das Pferd zum Stall hinaus, seine Hufe klangen erschreckend laut auf dem harten Boden. Cathys Herz klopfte. Als sie gerade am Riegel der Stalltüre herumzerrte, trat plötzlich ein Mann aus der Gaststätte; ein Lichtstrahl fiel auf den Hof. Der Mann blieb stehen.

«Wer ist da?» rief er argwöhnisch.

Cathy klammerte sich an Busters Mähne fest und

schwang sich auf seinen Rücken.
«Was zum Teufel ist da los!» brüllte der Mann und rannte auf sie zu. Aber schon hatte Cathy die Zügel erwischt, und Buster fegte los; der Mann konnte gerade noch zur Seite springen. Mit hämmernden Hufen verschwand das Pferd in der Dunkelheit.
Die Nacht war kalt und hell, am Himmel funkelten Sterne. Cathy ritt in schnellem Trab durch den dicht bewachsenen Wald. Sie beugte sich tief auf Busters Hals, um nicht von den Zweigen gepeitscht zu werden. Endlich erreichte sie die alte Poststraße. Dort gab sie Buster die Zügel frei und galoppierte durch die Nacht, den Blick auf die helle, gewundene Straße gerichtet. Um Busters Kräfte zu schonen, ließ sie ihn abwechselnd wieder in Schritt oder Trab fallen; er durfte nicht zu schnell ermüden, denn der Weg war lang.
Gegen Mitternacht begann Cathy die Erschöpfung zu spüren. Es war sehr kalt. Ihr Wollschal schützte sie kaum. Starr und fast gefühllos krampften sich ihre Finger um die Zügel. Doch was tat's? Sie mußte durchhalten!
Stunde um Stunde verging; Buster hatte die Poststraße verlassen. Mit hängendem Kopf stolperte er durchs Geroll. Trotz der Kälte war sein Fell naß vor Schweiß.
Ein schmaler weißer Streifen zeigte sich am Horizont, ging langsam in ein zartes Grün, dann in Rosa über. Die Sterne verblaßten. Als Cathy das Indianerdorf erreichte, dämmerte es. Eine dichte Nebeldecke lag über den Hütten. Im Corral wieherte ein Pferd, ein Hund bellte, ein anderer antwortete ihm. Nur mit größter Anstrengung hielt sich Cathy auf dem Rücken ihres Pferdes. Die Augen fielen ihr immer wieder zu. Sie empfand nichts als völlige Erschöpfung. Buster blieb plötzlich stehen; ein Zittern lief durch seinen Körper.

Cathy hob langsam den Kopf, strich sich die wirren Haare aus dem Gesicht. Ein Indianer stand mit ausdrucklosem Gesicht vor ihr und versperrte ihr den Weg. Cathy hätte ihn kennen, grüßen müssen, aber sie stammelte nur: «Da bin ich wieder», und glitt vom Pferd. Der Indianer fing sie in seinen Armen auf und trug sie zu den Hütten.

26

Als Cathy die Augen aufschlug, lag sie auf einer bunten Decke in der Hütte. Melida und Sarita saßen neben ihr. Die Gesichter der beiden Indianerinnen schienen blaß und ausgemergelt. Sie bewegten sich kaum. Alles Leben schien sich in ihre großen, dunklen Augen zurückgezogen zu haben. Selbst bei Sarita war kaum mehr etwas von ihrer früheren Lebhaftigkeit zu spüren. Sie wirkte kraftlos und erloschen.
«Ich — ich bitte um Entschuldigung, daß ich so plötzlich gekommen bin», seufzte Cathy. «Es blieb mir aber nichts anderes mehr übrig!»
«Wir sind glücklich, daß du da bist», sagte Melida mit sanfter, etwas brüchiger Stimme. Auch Sarita lächelte — es war aber nur ein Abglanz ihres früheren, strahlenden Lachens. — Sie legte einen Arm um Cathy's Schulter und preßte ihre Wange an ihr Gesicht.
«Ich hatte solche Angst, dich nie wiederzusehen! Wie hast du es angestellt, zurückzukommen?»
«Ich bin durchs Fenster geflohen!» Cathy schaute Melida zu, wie sie ruhig und geschickt Zweige brach und ein Feuer entfachte. Wie vertraut ihr alles war!
«Erzähle, du mußt alles erzählen», bat Sarita. Sie schien

nur noch aus Haut und Knochen zu bestehen.
«Man will mich verheiraten», sagte sie düster.
Sarita runzelte verblüfft die Brauen. «Man will dich verheiraten? Mit wem?»
Cathy erzählte die ganze Geschichte. Sarita hörte ihr voller Spannung zu. Hie und da prustete sie vor Vergnügen. Es ist fast so wie früher! dachte Cathy.
«Wo ist Onathi?» fragte sie.
«Er war hier. Du hast geschlafen», sagte Sarita. «Er kommt bald wieder.» Sie senkte traurig den Kopf. «Onathi hat große Sorgen. Er ist nicht mehr wie vorher...»
«Ich weiß», flüsterte Cathy, und wurde rot. Sarita schüttelte heftig den Kopf.
«Es ist viel schlimmer, als du dir vorstellen kannst! Onathi hat alles getan, um den Navajos zu helfen. Ihm verdanken wir, daß wir überhaupt noch am Leben sind. Doch schau dir die Männer unseres Stammes an! Sie stehen herum, untätig und wie gebrochen. Sie träumen mit offenen Augen. Sie können sich nicht umstellen, sie wollen nicht einsehen, daß die Vergangenheit tot ist und nur noch die Zukunft uns helfen kann...»
Sie schwieg niedergeschlagen. Ihre Lippen zitterten. Cathy nahm ihre Hand, drückte sie fest.
«Bitte, weine nicht», flehte sie mit rauher Stimme. «Wenn du weinst, muß ich auch weinen, und dann habe ich überhaupt keine Kraft mehr!»
Saritas Augen glänzten matt im Halbdunkel. «Bitte, bleib bei uns! Ich glaube, nur du könntest ihm helfen!»
«Wie gerne möchte ich das!»
«So bleib doch hier!»
Cathy ließ den Kopf hängen. Sie hatte Angst. Sie war ausgerissen und hatte geglaubt, so Stuart Barker aus dem Weg gehen zu können. Aber jetzt begannen neue Sor-

gen! Wenn Collins sie wieder mit Polizeigewalt aus dem Dorf holte, konnte Onathi nicht das Geringste für sie tun! Nur noch zusätzliche Scherereien hatte sie ihm gebracht. «Hab keine Angst», tröstete sie Sarita, als hätte sie ihre Gedanken erraten, «Onathi wird dich nicht im Stich lassen!»

Cathy ging zum Bach, der durch die Schneeschmelze über die Steine rauschte. Sie zog Schuhe und Strümpfe aus, krempelte die Ärmel hoch und stieg ins eiskalte Wasser. Sie wusch sich Gesicht und Hände. Das prickelnde Bergwasser vertrieb die letzte Müdigkeit: sie fühlte sich erfrischt und wie neugeboren. Als sie ihr Haarband zusammenknotete, hörte sie Hufgetrappel. Langsam richtete sie sich auf. Onathi galoppierte zwischen Bäumen und Gestrüpp den Berghang hinunter. Als er näher kam, zügelte er sein Pferd. Wortlos stand Cathy da und ließ die Arme hängen. Onathi stieg aus dem Sattel. Auch er schwieg. Mit ruhigen Schritten ging er zu dem Mädchen, hob die Hand, berührte ihre Schulter, ihr Gesicht. Dann zog er sie an sich. Cathy schloß die Augen. Sie war glücklich und zufrieden wie noch nie in ihrem Leben.

Onathi sprach zuerst: «Was ist das für eine Geschichte, Cathy? Man will dich verheiraten? Wer ist der Auserwählte?» Cathy lachte nervös, strich sich die feuchten Haare zurück.

«Stuart Barker, stell dir vor! Morgen, nein heute schon sollte ich beginnen, meine Aussteuer zu nähen! Es war Zeit, daß ich ausriß.»

Onathi verzog das Gesicht.

«Die Collins haben alles eingefädelt!» erklärte Cathy aufgebracht. «Sie sagten, ich müsse Barker auf den Knien danken, daß er bereit sei, mich zu heiraten.»

Onathi zuckte zusammen; in seinen Augen flammte die

Wut. Doch gleich wurde sein Gesicht wieder ausdruckslos und gelassen. Wozu sich auflehnen? Cathy war wieder zurück, und alles andere war unwichtig.
Cathy schien seine Gedanken zu erraten.
«Wenn ich in der Reservation bleibe, müssen wir jeden Tag damit rechnen, daß Collins mit der Polizei ankommt!» seufzte sie mutlos.
«Ja», brummte Onathi.
Gedankenversunken starrte er vor sich hin. Sein Gesicht wirkte düster und verschlossen. Schüchtern fragte Cathy:
«Was sollen wir tun?»
Er warf ihr einen schnellen, funkelnden Blick zu. Plötzlich, zu ihrer größten Überraschung, lachte er laut auf. Cathy starrte ihn an. Wie lange schon hatte sie ihn nicht mehr so lachen gehört!
«Hast du eine Idee?»
«Hm, du überschätzst mich», grinste Onathi. Er zog Cathy zärtlich an sich und fuhr mit der Hand durch ihr feuchtes Haar.
«Morgen reiten wir weg.»
«Wohin?» fragte Cathy verblüfft.
«Zur Kirche natürlich, wir heiraten!»
Cathy glaubte, nicht recht gehört zu haben.
«Was?» stotterte sie. Onathis Augen blitzten schelmisch.
«Hast du eine bessere Lösung vorzuschlagen?» Cathy trat einen Schritt zurück, stieß an einen Fels und setzte sich wortlos darauf. Onathi beugte sich zu ihr. Er hatte aufgehört zu scherzen. Sein Gesicht war ernst und bewegt. Schweigend schauten sie einander an. Dann sagte Onathi sanft:
«Früher, wenn ein Navajo ein Mädchen, das er liebte, heiraten wollte, legte er am Abend vor ihrer Hütte Geschenke nieder. Mein Stamm ist heute sehr arm, und was

ich dir geben kann, ist sehr bescheiden.»
Er hob die Arme und löste Cathys Haar, daß es ihr seidig glänzend auf die Schultern fiel. Dann nahm er sein buntes Band mit dem Türkis ab und befestigte es um Cathys Stirn.
«Nur die Frau des Häuptlings hat das Recht, einen Türkis zu tragen. Nimm diesen, als Zeichen meiner Dankbarkeit und Zuneigung.»
Er nahm Cathy in die Arme. «Ich habe Tag und Nacht gekämpft. Ich wollte Zeit gewinnen. Warum, wofür? Auch in zehn Jahren wird sich noch nichts an unserer Lage geändert haben. In fünfzig Jahren vielleicht, aber dann ist es zu spät. Warum also warten? Was gehen uns die Menschen an? Nur wir zählen, Cathy, wir allein und unsere Liebe.»
Er spürte, daß Cathys Wangen feucht waren.
«Du weinst?»
Cathy schüttelte heftig den Kopf. Tränen rollten über ihre Wangen.
«Nein, doch — ja ...»
Sie hob die Hand und tastete nach dem Türkis auf ihrer Stirne. Ihre Augen strahlten.
«Dann darf ich hierbleiben? Niemand wird das Recht haben, mich wegzuholen?»
«Niemand», versicherte Onathi. «Morgen reiten wir nach Santa Fé zur Spanischen Mission. Dort wohnt ein Priester, Pater Santiago, den ich gut kenne. Er wird uns trauen. Danach ...» Er machte eine Pause und fügte hinzu: «Danach gehst du zur Familie Collins ...»
«Aber sicher nicht!»
«Doch, um ihnen unseren Trauschein zu zeigen. Dann können sie nichts mehr gegen uns unternehmen.»
Cathy hob seufzend die Augen zum Himmel.

«Also gut, wenn das sein muß, gehe ich hin — aber zum letzten Mal in meinem Leben!»
«Ich hoffe sehr!» grinste Onathi.
Cathy lachte. Dann griff sie nach Onathis Händen und legte ihr Gesicht hinein.
«Ich kann es kaum glauben! Ich darf bei dir, bei euch allen bleiben! Ich darf reiten so viel ich will und im Fluß schwimmen — und ich brauche kein Korsett mehr zu tragen ...!»
«Und auch keine Hüte mehr.»
«Du wirst mich brauchen können», fuhr das Mädchen eifrig fort. «Ich kann Holz hacken, das Feld bestellen ... Ich werde die Kinder lesen und schreiben lehren. Auch von Krankenpflege verstehe ich etwas! Sogar kochen kann ich ...»
Sie stockte atemlos. Plötzlich wurde ihr Gesicht wieder ernst.
«Onathi ...» flüsterte sie. «Schwör mir, daß du mich nie wieder verlassen wirst.»
«Ich schwöre es», sagte er, und legte beide Hände auf ihre Schulter. «Und du wirst nicht mehr in einer Hütte wohnen. Ich habe begonnen, ein Haus zu bauen. Wir werden es gemeinsam beenden.»

27

Früh am folgenden Morgen brachen sie auf. Sie ritten ohne Eile, rasteten immer wieder und waren gegen Mittag in Santa Fé. Sonntäglich gekleidete Leute bummelten in den Straßen und blickten ihnen neugierig nach. Die beiden achteten nicht darauf.
Vor der Spanischen Mission hielten sie an. Onathi half

dem Mädchen vom Pferd. Mit ihren langen, dunklen Haaren sah Cathy aus wie eine Indianerin.

Der Sakristan erschien und fragte, was sie wollten.

«Heiraten», sagte Onathi und blickte den verdutzten Mann fest an. Die Messe war eben aus, und so warteten sie gleich in der Kapelle auf Pater Santiago. Er war ein großer, stattlicher Mann mit einem strengen Gesicht. Doch seine Augen strahlten Wärme und Güte aus. Als er Cathy sah, musterte er sie mißtrauisch.

«Mädchen», sagte er dann, «behaupte nicht, du seist Indianerin.»

Cathy zuckte zusammen. Was geschah, wenn er sich weigerte, sie zu verheiraten, nur weil sie weiß war?

«Doch», rief sie aus. «Natürlich bin ich es.»

Pater Santiago runzelte die Stirn.

«Hören Sie gut zu, Fräulein», sagte er. «Dies ist nicht der richtige Augenblick, um zu lügen.»

Cathy wurde rot bis hinter die Ohren. Verzweifelt schaute sie Onathi an. Der junge Indianer preßte die Lippen zusammen. «Ist das überhaupt wichtig, Herr Pater?»

«Natürlich ist es wichtig», erwiderte der Priester. Er wandte sich wieder Cathy zu. Ängstlich umklammerte sie Onathis Hand. «Zuerst möchte ich allerdings wissen, wer Sie sind. Wie heißen Sie? Wo sind Ihre Eltern?»

«Meine Eltern sind gestorben. Ich habe im Reservat gelebt und ...»

Pater Santiago beobachtete sie mit wachsendem Interesse. «Vielleicht ist es das beste, wenn Sie mir alles erzählen. Fangen Sie ganz vorne an!» meinte er.

Dies ermutigte Cathy, und sie erzählte dem Pater, zuerst zögernd, dann immer sicherer, die ganze, lange Geschichte. Als sie Onathi erwähnte, schaute der Pater erstaunt auf.

«Sie sind also der junge Chef Navajo? Ich habe schon von Ihnen gehört.»

«Offensichtlich ist mir mein Ruf vorangegangen», lächelte Onathi.

«Ja. Aber er ist nicht gerade schmeichelhaft», gestand der Pater. «Man sagt, Sie seien disziplinlos, aufrührerisch...»

«Ich weiß, Herr Pater. Aber allein verantwortlich bin ich nicht dafür.»

Der Priester lächelte.

«Das kann ich mir denken, und ich mache Ihnen auch keine Vorwürfe. Ich mag die Indianer gern», sagte er nach einem kurzen Schweigen. «Ihr ungerechtes Los beschäftigt mich sehr. Das Leben in diesen Reservaten hat die Indianer verdorben. Männer wie Sie müssen diese armen Menschen aus ihrer Gleichgültigkeit herausreißen und ihnen zeigen, daß das Leben noch einen Sinn hat.»

«Das ist eine schwierige Aufgabe, und ich vermag auch nicht viel», sagte Onathi düster. «Wie kämpft man zum Beispiel gegen diese Trägheit?»

«Mit dem Willen, der Ausdauer und der Begeisterung der Jugend», antwortete Pater Santiago. «Das sind die besten Waffen.»

Der Priester blickte vom jungen Mann zum Mädchen hinüber. Wie rührend die beiden aussehen, dachte er. Sie wollen nur das Beste, und doch stoßen sie auf so viele Widerstände.

«Habt ihr an die Schwierigkeiten gedacht, die eure Heirat mit sich bringen kann?» fragte er.

«Ja, Pater», sagte Onathi und hielt dem strengen Blick des Priesters stand.

Cathy und Onathi traten aus der Kapelle. Auf der Schwelle blieben sie stehen, geblendet von der hellen Frühlingssonne. Cathy atmete tief. «Ich glaube, ich träume», rief sie plötzlich aus. «Es kann einfach nicht wahr sein! In ein paar Minuten wache ich bei Mrs. Collins auf, und dann ... scheußlich!» Schnell kniff sie sich in den Arm.

«Du bist wirklich eine mißtrauische Person», lachte Onathi. «Nein. Aber ich weiß schon gar nicht mehr, wie es ist, glücklich zu sein.»

Cathy drehte sich um und schaute zu Onathi auf. Da legte er behutsam seinen Arm um ihre Schultern, und für eine lange Weile standen sie so da, schweigend und glücklich. Dann gingen sie langsam zu den Pferden.

«Und jetzt auf zur letzten Hürde!» rief Onathi und half Cathy in den Sattel.

Sie ritten zum Haus von Mrs. Collins. Sie redeten kein Wort, nur ab und zu drückten sie einander kurz die Hand.

«Ich warte vor dem Haus», entschied Onathi.

«Vor dem Haus?» fragte Cathy ganz entgeistert. «Aber ... wenn man dich sieht?»

«So sieht man mich eben. Sind wir verheiratet? Ja oder nein?» Als sie in Sichtweite des Hauses kamen, zügelte Cathy plötzlich ihr Pferd. Ihre Augen wurden groß und ängstlich.

«Um Gottes willen», stammelte sie. «Die Barkers sind da. Ihr Wagen steht vor dem Haus. Was machen wir jetzt?»

«Dann haben wir die ganze Gesellschaft ja beisammen», sagte Onathi. «Das hat auch sein Gutes. Es tut mir leid, Cathy, aber du mußt in den sauren Apfel beißen.»

Cathy nickte. Krampfhaft hielt sie den Trauschein in der Hand, der ihr die Freiheit garantierte. Und doch stiegen die beiden zögernd von den Pferden.

«Sei vorsichtig, Cathy», bat Onathi. «Rufe mich, wenn sie dir Schwierigkeiten machen.»

Cathy nickte wieder. Schnell verbarg sie ihr Gesicht an seiner Brust.

«Ich liebe dich ...» flüsterte sie.

Dann wandte sie sich ab und eilte auf das Haus zu. Sie durchquerte den Garten und stieg schnell die Treppe hoch. Vor der Tür zum Salon hielt sie an. Ihr Herz hämmerte zum Zerspringen. Mit zusammengebissenen Zähnen klopfte sie an. Dann stieß sie die Tür auf.

Alle waren da: Mrs. Collins steif wie ein Stock auf dem Sofa, ihr Mann mit einer stinkenden Zigarre im Mund, das Ehepaar Barker in engen altmodischen Sonntagskleidern und daneben ihr Sohn, der sich eben nervös in den fettigen Haaren kratzte. Mit offenen Mündern starrten sie das Mädchen an. Mrs. Collins fand als erste die Sprache wieder.

«Cathy O'Malley», schrie sie außer sich. «Woher kommst du? Du siehst ja aus wie ...» Ihre Stimme überschlug sich.

«Mrs. Collins», sagte Cathy mit leiser, zitternder Stimme. «Ich kann Stuart Barker nicht heiraten. Ich habe mich eben vermählt. Hier ist die Urkunde.»

Sie ging durch das Zimmer auf Mrs. Collins zu und streckte ihr den von Pater Santiago unterzeichneten Ausweis entgegen. Mrs. Collins nahm ihn, setzte ihre Brille auf und hielt ihn dicht an die kurzsichtigen Augen. Es war totenstill im Zimmer. Dann ließ sie den Arm sinken und starrte wortlos von einem zum andern.

«Sie hat diesen Indianer geheiratet!» sagte sie tonlos. Un-

gläubiges Entsetzen lähmte für einige Sekunden die beiden Familien. Dann schrie Geraldine Barker: «Sie ist verrückt... das Mädchen ist verrückt!»
Endlich schien auch Stuart zu begreifen, was vor sich ging. Schwerfällig stand er von seinem Stuhl auf und ging auf das Mädchen zu. Sein Gesicht war aschfahl geworden. War das wirklich Stuart? Cathy zweifelte.
In diesem Moment sprang Joe Collins auf und stürzte auf sie zu. «Du schamloses Mädchen», schrie er und versetzte ihr zwei so schallende Ohrfeigen, daß Cathy taumelte und gegen die Wand flog. Doch sie stand sofort wieder auf. Mit einem Mal war sie ganz ruhig und gefaßt.
«Das hätten Sie nicht tun sollen, Mr. Collins», sagte sie nur. Dann ging sie auf die alte Dame zu, die reglos zugesehen hatte und nahm ihr die Urkunde aus der Hand.
«Auf Wiedersehen, Mrs. Collins», sagte Cathy und höflich fügte sie hinzu: «Ich danke Ihnen für alles, was Sie für mich getan haben.»
Sie ging zur Tür, öffnete sie. Niemand hielt sie zurück, nicht einmal Collins. Draußen rannte Cathy die Treppe hinunter. Da hörte sie plötzlich ein Geschrei hinter sich, jemand folgte ihr. Keuchend stürzte sie in den Garten. Ein Glück, dort stand Onathi und wartete.
«Schnell! Sie sind hinter mir her!»
Doch als Cathy sich in den Sattel schwingen wollte — ihre Hand umklammerte schon den Sattelknopf, der linke Fuß stand im Steigbügel — da rief eine scharfe, zornige Stimme hinter ihr:
«Halt!»
Cathy drehte den Kopf und erblickte Stuart Barker. Er hielt sein Gewehr im Anschlag und zielte auf sie.
«Rührt euch nicht vom Fleck!»
Langsam und drohend kam er näher. War dies der

schüchterne, hilflose Junge, der ihr Veilchen gebracht und eine Liebeserklärung zu stottern versucht hatte? Haß und Eifersucht verzerrten sein Gesicht. «Ich werde es nie zulassen, daß eine dreckige Rothaut ein weißes Mädchen berührt!» schrie er. «Ich lege dich um! Ich leg euch beide um!»

Er war jetzt ganz nahe. Gegen ihren Willen wich Cathy zurück. Da spürte sie Onathis Hand auf ihrer Schulter.

«Ich leg dich um!» wiederholte Stuart.

Entsetzt schaute Cathy um sich. Mrs. Collins und die Barkers kamen aus dem Haus und standen feindselig hinter Stuart. Neugierige Nachbarn spähten aus den Fenstern, unzählige Kinder, wie aus dem Boden geschossen, waren plötzlich da.

«Kommt schnell! Hier gibt's was!» schrien sie.

Stuart stand breitbeinig vor Onathi und starrte ihn unschlüssig an. Die Hand des jungen Indianers glitt langsam zu seinem Dolch. Das ist das dümmste, was ich machen kann, durchfuhr es ihn. Solange ich ruhig bleibe, wagt er nicht zu schießen.

«Ich werde dich töten», murmelte Stuart, seine Stimme war kaum mehr hörbar. Onathi bewegte sich nicht. Sein Gesicht war hart und unbeweglich wie Stein.

In diesem Augenblick begegnete Cathy dem Blick von Mrs. Collins. In den Augen der alten Dame las sie Abscheu und Verachtung, aber auch unendlichen Schmerz. Ganz automatisch ging Cathy einen Schritt auf sie zu, dann noch einen. Plötzlich fühlte sie Mitleid mit diesem müden, traurigen Gesicht, das sie zum erstenmal ohne die Maske von Dünkel und Selbstgefälligkeit sah. Mrs. Collins war nur noch eine alte, verbrauchte und traurige Frau.

«Mrs. Collins», stotterte Cathy, und ihre Stimme tönte

schwach und klein wie die eines Kindes. «Mrs. Collins, Sie waren gut zu mir. Vielleicht hätte ich Sie sogar lieben können, wenn Sie mich ein einziges Mal so angeschaut hätten, wie eben jetzt.»
Bittend schaute Cathy die alte Frau an.
«Mrs. Collins, wenn Sie ein Herz haben, so sagen Sie Stuart, er solle sein Gewehr herunternehmen. Lassen Sie mich gehen ... bitte! Ich möchte so gerne glücklich sein. Es gibt doch nichts Schlimmeres auf der Welt als einen Menschen zu heiraten, den man nicht liebt!»
Mrs. Collins antwortete nicht. Hatte sie überhaupt zugehört? Nichts verriet, daß sie verstanden hätte. Ihre Augen blieben starr auf Cathy gerichtet. Lange sagte sie nichts. Dann unvermittelt:
«Nehmen Sie das Gewehr herunter, Stuart Barker!»
Stuart fuhr zusammen. Die Waffe zitterte in seinen Händen. «Nein», stammelte er. «Nein, Mrs. Collins. Das kann ich nicht.»
«Nehmen Sie das Gewehr herunter», wiederholte die alte Dame leise aber bestimmt.
Stuart verzog seinen Mund, es sah aus, als breche er gleich in Tränen aus. Langsam senkte er sein Gewehr. Mit einem verzweifelten Schluchzen stellte er es ab, lehnte sich gegen den Wagen und verbarg sein Gesicht in den Armen.
«Vielen Dank, Mrs. Collins», sagte Cathy lächelnd. Dann wandte sie sich um und eilte zu Onathi.
Sie schwangen sich auf ihre Pferde, und niemand versuchte, sie aufzuhalten. Sie wendeten, und im Galopp ließen sie die letzten Häuser von Santa Fé hinter sich. Vor ihnen lag die weiße, staubige Landstraße. Weit am Horizont verlor sie sich im Gebirge.

Das Geheimnis der goldenen Vögel

Aus dem Französischen übertragen von Anne Weight

1. Kapitel

Sarah Hawkins trat auf die Schwelle ihrer Küche und blinzelte in die Sonne.

«Jess!» rief sie und trocknete die Hände an ihrer Schürze.

«Ja, Mutter?» antwortete eine helle Mädchenstimme. Jess war im Stall und fütterte die Ferkel. Sie schob den großen Eimer zur Seite und richtete sich auf.

«Ist Tom immer noch auf den Feldern?» fragte Sarah.

«Ich glaube ja, Mutter!» Jess rümpfte die Nase und strich sich ein paar Haarsträhnen hinter die Ohren! Sie haßte es, die Ferkel zu füttern!

Sarah runzelte die Brauen. Sie kam, die Hand über den Augen, über den Hof. Die Sonne näherte sich dem Horizont.

«Dein Vater wird ungehalten sein, wenn die Kartoffeln heute abend nicht im Boden sind», sagte sie.

Jess stolperte über die Ferkel, die sich quiekend und schmatzend um den Futtertrog drängten.

«Es ist nicht Toms Schuld!» entgegnete sie. Sie wußte jedoch genau, daß Tom vergessen hatte, die Mauleselin Becky anzubinden. Becky hatte den Zaun durchbrochen und das Weite gesucht. Tom und Jess waren stundenlang durch den Wald gelaufen, bis sie das Tier endlich entdeckten. Becky hatte sich am Rande des Sumpfes in Dornenranken verfangen. Schrill wiehernd, vor Schmerz außer sich, hatte sie schweißbedeckt an dem Gestrüpp gezerrt. Es war ein Kunststück gewesen, sie aus den Dornen zu befreien, ohne von den Hufen getroffen zu werden.

Müde und verstimmt hatte sich Tom darangemacht, den Zaun auszubessern: Nathaniel Hawkins duldete keine Nachlässigkeit! Zu allem Unglück mußten heute auch noch die Süßkartoffeln in den Boden; denn das Wetter schlug um.

«Ich werde nachsehen, ob Tom fertig ist!» sagte Jess, froh, den Stall verlassen zu können.

Schnell schüttelte sie den Rest des Futters in die Tröge und lief zum Brunnen, um den Eimer auszuspülen. Sie tauchte die Häde in das kühle Wasser und schlenkerte die Arme, während sie sich auf den

Weg machte. Sarah blickte ihrer Tochter nach.

Sarah Hawkins war eine schlanke, verhärmte Frau, die sich kerzengerade hielt. Ihr braunes Haar, von grauen Strähnen durchzogen, war im Nacken zu einem Knoten geschlungen.

Sie war ein hübsches Mädchen gewesen, sah aber jetzt mit sechsundreißig Jahren wie fünfzig aus.

Sie schaute Jess nach, bis sie hinter den Büschen verschwunden war. Dann ging sie langsam in die Küche zurück, um das Essen herzurichten.

Jess beeilte sich. Der Weg führte an hohen blaugrünen Kiefern vorbei und schlängelte sich zwischen blühenden Hibiskus-, Magnolien- und Rosenlorbeerbüschen hindurch. Schwärme durchsichtiger Mücken tanzten im Schatten des Unterholzes.

Nach wenigen Minuten erreichte Jess eine Lichtung: Die ausgedehnten Felder lagen vor ihr. Das Korn stand dicht und kräftig, und das blaßgrüne Zuckerrohr hatte schon jetzt, Ende Mai, die Hälfte seiner Höhe erreicht. Das Kartoffelfeld zog sich am Waldrand entlang. Die schlanken Stämme der Palmen, die mit ihren schaukelnden Fächerkronen sich hoch am Himmel abzeichneten, überragten den üppigen Laubwald.

Jess erblickte Tom von weitem. Sein Schatten schien riesig auf der braunen Erde. Vor Mitternacht, das wußte sie, würde er nicht fertig sein.

Sie hatte den Zaun erreicht, der die Felder umgrenzte.
«Tom»! rief sie.
Der Junge richtete sich langsam auf und stützte sich auf die Schaufel. Jess winkte. Geschmeidig glitt sie unter dem Zaun hindurch und eilte von Furche zu Furche. Außer Atem stand sie vor ihm.
«Tom», sagte sie niedergeschlagen, «es tut mir sehr leid, ich hätte dir helfen müssen.»
Er lächelte.
«Hast du zu Hause nicht Arbeit genug?»
«Heute hätte ich Zeit gehabt», entgegnete Jess ehrlich. «Ich habe mit Mutter Brotteig geknetet, und mich danach in die Schaukel gesetzt und den Himmel betrachtet ...»
Sie unterbrach sich und lachte vergnügt.
«Hast du das noch nie bemerkt? Wenn man sehr lange in den Himmel sieht, scheinen die Wolken so nahe, daß man glaubt, sie mit den Händen greifen zu können ...»
Sie hob den Kopf und blinzelte in die Sonne. Tom wußte nie, ob sie selbst glaubte, was sie sagte oder sich über ihn lustig machte. Er fuhr mit dem Handrücken über die Stirn und überlegte sich eine Antwort.
Reden war seine schwache Seite.
Aber Jess dachte schon wieder an andere Dinge.

«Tom, ich werde Mutter überreden, Vater nichts von Becky zu erzählen, wenn er heute abend nach Hause kommt. Bis morgen hat sie sich wieder erholt, und der Zaun ist so gut ausgebessert, daß Vater nichts merken wird.»

Tom schüttelte den Kopf. «Ich hätte das verwünschte Vieh anbinden müssen! Geschieht mir recht, wenn ich eine Strafe bekomme.»

Er arbeitete gleichmäßig und geschickt. Sein Hemd klebte feucht auf dem Rücken. Es war sehr heiß. Dichter violetter Nebel, der Regen anzeigte, hing über dem Wald. In der Ferne sang eine Drossel.

Tom lauschte ... und eine seltsame Traurigkeit überfiel ihn.

Warum nur, zum Teufel, fragte er sich verwundert, verdirbt mir der Gesang dieses Vogels immer die Stimmung?

Tom war etwa siebzehn Jahre alt. Niemand wußte es genau. Und niemand kannte seinen Geburtsort! Die Hawkins hatten ihn unter sehr merkwürdigen Umständen zu sich genommen.

Das war noch, bevor Jess auf die Welt gekommen war.

Es war Frühling.

Der Fluß war über die Ufer getreten und hatte riesige Waldgebiete überschwemmt.

Eines Morgens, als Nathaniel ein paar Wildschweine verfolgte, die in der Nacht sein Süßkartoffelfeld verwüstet hatten, war er tiefer als gewöhnlich in den sumpfigen Wald eingedrungen. Gelblich glänzendes Wasser stand zwischen den dichten Bäumen. Die Stämme waren mit Schlamm bedeckt. Von den Ästen und Zweigen hing verfaultes strähniges Moos herab. Ein herber Geruch von Verwesung hing in der feuchtwarmen Luft. Die Vögel schwiegen. Kein Laut war zu hören, nur manchmal das leise Plätschern des Wassers.

Immer tiefer geriet Nathaniel in das versumpfte Gebiet, bis er nicht mehr weiter konnte. Er mußte zurück und schimpfte vor sich hin, weil er die Spur der Wildschweine verloren hatte. Plötzlich hörte er ganz deutlich ein Geräusch, das dem Wimmern eines Kindes sehr ähnlich war. Er lauschte. War es Täuschung? Aber das Wimmern war schon wieder zu vernehmen. Vorsichtig bahnte er sich einen Weg zwischen Lianen und Dornengestrüpp, watete bis zu den Knien im schlammigen Wasser.

Eine Schlange glitt zwischen den verschlungenen Wurzeln der Mangroven hindurch.

Plötzlich entdeckte Nathaniel ein Kanu, das auf angeschwemmten, faulen Grasbüscheln gestrandet war. Er zögerte. Das Wasser reichte ihm jetzt schon bis an die Hüften.

In der Nähe des Bootes lag etwas, das wie ein Baumstumpf aussah, es konnte aber auch ein Alligator sein.

Nathaniel nahm sein Messer, schnitt zwei Lianen ab, verknotete sie miteinander und knüpfte eine Schlinge ans Ende. Er rollte sein behelfsmäßiges Seil ein und schleuderte es wie ein Lasso gegen das Boot. Zweimal verfehlte er das Boot. Beim drittenmal verfing sich die Liane in der Bugspitze und behutsam zog Nathaniel das Kanu zu sich heran. Kein Zweifel: Es lag etwas darin! Ein Kind! Ein ungefähr zwei bis drei Jahre alter Junge mit blonden Haaren. Er war mit einem Gurt am Boden festgeschnallt. Sein Gesichtchen war mager. Er lag still, fast leblos vor Erschöpfung. Nathaniel band ihn los und wickelte ihn in seine Lederjacke. Hastig machte er sich auf den Heimweg.

Sarah war erschüttert. Sie entkleidete das Kind und hüllte es in warme Tücher. Sie nahm es in die Arme und versuchte ihm warme Milch einzulöffeln, die es aber sofort wieder erbrach.

«Der Junge muß sehr kräftig sein», meinte Nathaniel, «sonst hätte er dieses Abenteuer nicht überlebt.»

Ab und zu hustete er und endlich schlief er ein. Er hatte leichtes Fieber, aber die Hawkins waren der Ansicht, daß der Kleine bald wieder zu Kräften

kommen würde.
Wenig später fuhr Nathaniel mit dem Lieferwagen ins Dorf, um den Sheriff zu benachrichtigen.
Gemeinsam suchten sie nach den Eltern des Kindes. Ohne Erfolg! Die Eltern mußten das Opfer eines Unfalles geworden sein.
Bei näherer Untersuchung des Bootes, hatte Nathaniel festgestellt, daß das Innere feucht war.
«Kinder sind lebhaft», hatte der Sheriff gebrummt und sich, um seine Rührung zu verbergen, ein Glas Whisky eingegossen. «Die Eltern müssen den Kleinen angebunden haben, damit er sich ruhig verhält!»
Er wollte auch Nathaniel einen Whisky einschenken, aber dieser wehrte ab: Er trank nie Alkohol.
Sie hatten sich überlegt, wie es zu dem Unglück hatte kommen können. Die starken Regenfälle hatten den Fluß plötzlich ansteigen lassen und zu Überschwemmungen in den Everglades geführt. «Das Kanu muß in einen Strudel geraten sein und sich überschlagen haben», meinte Nathaniel. «Die Insassen fielen hinaus, aber das Kind war festgebunden. Irgendwie hat sich das Boot wieder aufgerichtet. Dann muß es in den Sumpf abgetrieben worden sein, wo es strandete.»
«Und was machen wir jetzt mit Moses?» fragte der Sheriff.

Nathaniel hatte verlegen seinen Hut aus der Stirn geschoben.

«Meine Frau und ich haben eine kleine Farm, nahe am Walde. Wir sind nicht reich, aber wir haben unser Auskommen. Der Junge kann bei uns bleiben.»

Und so geschah es. Die Hawkins ließen das Kind in der Dorfkirche taufen und gaben ihm den Namen Thomas Ephraim.

Jessica wurde im folgenden Herbst geboren. Die Kinder wuchsen zusammen auf. Tom war ruhig und nachdenklich, Jess lebhaft und ausgelassen. Selbst Nathaniel mußte über ihre Scherze lachen.

Er liebte seine kleine Tochter und verzieh ihr trotz seiner strengen Grundsätze viel.

Tom war ungefähr sechzehn Jahre alt, als Nathaniel und Sarah beschlossen, ihm die Wahrheit über seine Herkunft zu sagen.

Tom nahm das Geständnis mit großer Fassung auf. Er war immer ein stiller, in sich gekehrter Junge gewesen, der seine Gefühle nicht zeigte. Als Kind hatte er sich versteckt, wenn er weinte. Sarah war die einzige, die seine Verwirrung bemerkte.

Nachdem die erste Überraschung vorüber war, hatte Jess diese Geschichte sehr aufregend und spannend gefunden. Und da sie nie eine Gelegenheit versäumte, zu scherzen, nannte sie Tom eine Zeitlang «Moses».

Tom ließ sich die Neckereien geduldig gefallen.
Er war fleißig, gewissenhaft und sprach wenig. Selbst dann, wenn er lachte, behielten seine Augen einen nachdenklichen, versonnenen Ausdruck. Er war groß, schlank, kräftig und braungebrannt. Seine dichten Haare waren noch so blond, wie an dem Tage, als Nathaniel ihn aus den Sümpfen gerettet hatte.
Während Jess zuschaute, hatte er ununterbrochen, mit gleichmäßigen Bewegungen gearbeitet.
«Jetzt muß ich gehen!» sagte Jess. «Wirst du fertig werden, bevor es Nacht ist?»
Tom überblickte das Feld, das vor ihm lag und seufzte.
«Ich will es versuchen!»
Sie hob die Hand zum Abschied, wandte sich um und lief davon. Tom sah ihr nach.
Sie bückte sich und huschte unter dem Zaun hindurch. Die Strahlen der Sonne streiften das Spanische Moos, das an den Magnolien hing. Tom sah das Mädchen hinter den dichten Lorbeersträuchern verschwinden.

2. Kapitel

Die kleine Farm der Hawkins lag am Rande des großen Sumpfgebietes im Süden Floridas, den Everglades. Sie war auf den äußersten überhaupt noch bebaubaren Morgen Lands errichtet worden.

Das Wohnhaus aus Nußbaum und Tanne war mit grauen Schiefern bedeckt. Es wirkte schwer und gedrungen zwischen den uralten Eichen, deren Stämme mit Flechten bedeckt waren.

Die Küche und das Schlafzimmer der Eltern lagen im Erdgeschoß. Im oberen Stockwerk, das mit einer Leiter zu erreichen war, befanden sich die Schlafkammern von Tom und Jess, die durch eine Bretterwand, die auch das einzige Fenster aufteilte, voneinander getrennt waren.

Jess überquerte schnell die Lichtung vor dem Haus.

Mit größter Mühe hatte Nathaniels Vater hier den Wald aus schwarzen Kiefern und wilden Senfbäumen gerodet.

Der Brunnen, den er gebohrt hatte, lieferte im Frühling und den ganzen Winter hindurch klares Trinkwasser; versiegte aber im Sommer. So mußte das Wasser aus dem Wald geholt werden, von dort, wo die Sümpfe anfingen.

Das war die Aufgabe von Jess. Sie legte diesen Weg jeden Tag auf dem Rücken der Mauleselin zurück.

Jess betrat die Küche. Der Geruch von Rauch und warmem Brotteig schlug ihr entgegen. Sarah beugte sich über die Feuerstelle. Der rötliche Schein der Flammen zuckte über ihr schmales Gesicht.

«Tom ist noch nicht fertig», sagte Jess enttäuscht.

Sarah wischte mit der Hand über die gerötete Stirn, die von Schweiß glänzte.

«Ich dachte mir, daß es so kommen würde», murmelte sie. «Tom hat sich in letzter Zeit sehr verändert, er ist zerstreut und nachlässig.»

Jess kaute nervös an den Fingernägeln. «Mutter», sagte sie und lächelte einschmeichelnd, «ist es unbedingt nötig, daß du Vater ... die Sache mit Becky erzählst?»

Die sanften, blauen Augen Sarahs wurden hart.

«Du willst deinem Vater etwas verheimlichen?»

Jess ließ den Kopf hängen. Sie wußte, es war

zwecklos, sie überreden zu wollen.
«Ich ... will nicht, daß Tom bestraft wird ...»
«Dein Vater entscheidet», sagte Sarah trocken. Und fügte hinzu: «Du kannst den Tisch decken.»
Jess gehorchte. Vor jeden Platz stellte sie einen Teller und eine Schale aus Steingut, legte ein Messer und einen Holzlöffel dazu.
Neben den Teller ihres Vaters stellte sie einen schweren spanischen Silberbecher, den einer seiner Vorfahren aus Mexiko mitgebracht hatte.
Als der Tisch gedeckt war, ging Jess hinaus und setzte sich auf die Stufen vor dem Haus. Sie streckte die Beine aus. Eine kleine rotbraune Katze strich vorbei. Jess neckte sie mit Strohhalmen. Dann nahm sie das Kätzchen auf den Schoß und streichelte es.
Die Sonne war untergegangen. Der Himmel schimmerte blaßrosa, der Wald wirkte schwarz. Mit ausgebreiteten Flügeln glitt eine große Fledermaus über die Lichtung. Jess lächelte. Fledermäuse, selbst die allergrößten, ängstigten sie nicht. Sie wußte, daß es harmlose Tiere sind.
Ein wenig später hörte sie ein Motorengeräusch. Ihr Vater kam aus der Stadt zurück. Der Wagen näherte sich auf dem holprigen Weg. Jess setzte das Kätzchen auf den Boden und stand auf, um dem Vater entgegen zu gehen. Nathaniel fuhr auf die Lichtung, stellte den Motor ab und stieg schwerfällig aus dem

Wagen. Dann schritt er auf das Haus zu.
Nathaniel Hawkins war groß und schlank. In seinem ausgeprägten, eckigen Gesicht war kein weicher Zug zu entdecken. Ein grauer, struppiger Bart bedeckte sein Kinn. Seine langen, dünnen Arme waren zäh wie Lianen. Die großen, schwieligen Hände, konnten manchmal seltsam weich und zart wirken, wenn sie ein Buch hielten oder ein Kätzchen streichelten.
Sarah stellte einen Topf mit Suppe auf den Tisch. Ein angenehmer Duft von Gemüse und Speck stieg Jess in die Nase. Sie merkte erst jetzt, wie hungrig sie war, und sie dachte an Tom, der auch einen leeren Magen hatte: Ich werde versuchen, ihm Suppe zu bringen!
Sie stand hinter dem Hocker und wartete, bis ihr Vater sich gesetzt hatte.
«Wo ist denn Tom?» fragte Nathaniel, während er sich erschöpft niederließ.
Jess sah ihre Mutter flehend an, aber Sarahs Gesicht blieb undurchdringlich.
«Er ist auf dem Feld und pflanzt noch Kartoffeln», erwiderte sie ruhig.
«Die Erde muß aufgelockert werden, bevor es regnet», sagte Nathaniel und runzelte die Brauen. «Ich hatte angeordnet, daß er bei Tagesanbruch beginnen sollte!»

Sarah zündete die Lampe an und stellte sie auf den Tisch. Durch das offene Fenster drang das Quaken der Frösche und Kröten aus den Sümpfen.
«Becky hat den Zaun niedergerissen», fuhr Sarah fort. «Tom und Jess haben sie in den Dornen wiedergefunden. Du solltest nachher einmal ihr Bein untersuchen.»
Jess atmete auf. Mutter hatte keine Einzelheiten erzählt. Es konnte ja gut möglich sein, daß Becky sich selbst losgerissen hatte.
Aber Nathaniel fragte streng: «War sie denn nicht angebunden?»
Sarah hatte die Antwort schon auf den Lippen. Jess reagierte blitzschnell. Sie beugte sich vor und sagte: «Ich war es! ... Ich habe vergessen Becky anzubinden!»
Kaum war es ausgesprochen, als sie sich auf die Lippen biß. Himmel! Was war ihr eingefallen? In der Absicht, Tom vor dem Zorn ihres Vaters zu schützen, hatte sie sich selbst ganz schön in die Nesseln gesetzt!
Aus dem Augenwinkel sah sie das erstaunte Gesicht ihrer Mutter. Dann drehte Sarah sich um und rührte geräuschvoller als sonst in den Töpfen.
Jess starrte vor sich hin. Ihr Vater schwieg. Sie schaute auf. Nathaniels Gesicht war ernst, aber ohne den Ausdruck von Zorn, den sie fürchtete.

Er sagte: «Du weißt, Jess, wir brauchen das Maultier auf den Feldern und um Wasser zu holen. Eine Strafe mußt du bekommen.»

«Ja Vater», antwortete das Mädchen. Sie wußte, was folgte und tröstete sich, indem sie dachte, daß es schnell vorüber sein würde.

Nathaniel stützte sich auf den Tisch und erhob sich. Er schritt durch die Küche und nahm eine dünne Rute vom Brett, wo auch die Bibel lag. Jess stand auf und stellte sich vor ihren Vater.

Nathaniel schien unschlüssig. Er betrachtete die geneigten Schultern seiner Tochter, und seine grauen Augen blickten zweifelnd. Er war der Überzeugung, daß Prügel die einzig wirksame Strafe für Kinder sei. Aber Jess war kein kleines Mädchen mehr . . .

Das Schwächegefühl verdrängend, hob Nathaniel den Arm. Jess zuckte zusammen, aber die Schläge waren nicht so schmerzhaft wie früher. Als sie ein Kind war, hatte der Vater heftiger zugeschlagen. Heute schien sein Arm merkwürdig kraftlos zu sein.

Endlich legte er die Rute auf das Bord zurück. Sarah, die schweigend dabeigestanden hatte, seufzte erleichtert. Jess drehte sich um und rieb mit der Hand die Schultern.

Nathaniel setzte sich wieder zu Tisch und sagte zu Jess:

«Komm, setze dich!»

Jess gehorchte. Auch Sarah setzte sich. Sie falteten die Hände und senkten den Kopf. Nach dem Gebet füllte Sarah den Teller ihres Mannes, dann den ihrer Tochter. Jess biß herzhaft in das Brot. Die Strafe hatte ihr den Appetit nicht genommen. Trotz ihres bescheidenen Lebens litten die Hawkins keine Not. Ihre Nahrung war einfach, aber reichlich.

Nach beendeter Mahlzeit erhob sich Nathaniel, stieß seinen Hocker zurück und erklärte, nach dem Maultier sehen zu wollen. Sarah löschte das Licht, nahm eine Taschenlampe und begleitete ihn.

Jess blieb zurück. Sie tastete in der Dunkelheit nach einer Schüssel, füllte sie hastig mit Suppe und stülpte einen Teller darüber. Dann nahm sie ein Stück Brot. Als sie um den Tisch ging, stieß sie mit dem Schienbein an eine Stuhlkante.

«Au . . .!»

Sie humpelte aus der Küche und bemühte sich, die Schüssel ruhig zu halten.

Es war Nacht geworden. Ununterbrochen quakten die Frösche und Kröten in den Sümpfen. Eine Eule schrie. Jess eilte barfuß durch die Finsternis. Ihre Füße versanken im warmen Moos wie in einem Teppich.

Als Jess den Zaun erreicht hatte, pfiff sie durch die Finger. Der gleiche Pfiff antwortete aus der Dunkel-

heit und wenig später erblickte sie Tom.
«Jess! Was machst du denn hier?»
«Ich bringe dir das Nachtessen» antwortete das Mädchen.
Sie beugte sich über den Zaun und reichte ihm die Schüssel und das Stück Brot.
«Danke, Jess!» sagte er und fügte lachend hinzu: «Wahrhaftig, mein Magen knurrte wie ein Kettenhund!» Mit vollem Mund fragte er:
«Und was hat dein Vater gesagt?»
Jess legte die Hand auf den rauhen Zaunpfahl. Sie lächelte, aber Tom konnte es nicht sehen.
«Ich habe ihm gesagt, es war meine Schuld.»
Tom blieb der Bissen im Halse stecken.
«Was . . . was hast du gesagt – ?»
Jess zuckte die Schultern.
«Och, . . . es war meine Schuld. Ich hatte vergessen, Becky anzubinden!»
Vor Schreck hätte Tom beinahe die Suppe verschüttet.
«Jess», sagte er, «bist du verrückt geworden?»
Sie kicherte in der Dunkelheit.
«Ist das alles, was du zu sagen hast? Schon gut! Das ist also der Dank . . .»
«Hat er dich geschlagen?»
«Ja!»
Tom spürte, wie Zorn in ihm hochstieg:

«Er hat es gewagt . . .!»
Jess lehnte sich gegen den Zaun. Toms Empörung belustigte sie ein wenig. Es war ja nicht das erste Mal.
«Mach' keine Geschichten», sagte sie leichthin. «Vater schlägt nicht fest. Es war nur fünfmal. Dir hätte er das Doppelte gegeben, weil du ein Junge bist.»
«Aber . . . aber warum nur hast du das gesagt?» fragte Tom verzweifelt.
Jess neigte den Kopf und blickte auf den Zaun, als hätte sie dort etwas entdeckt, obgleich in der Dunkelheit nicht das geringste zu sehen war. Angestrengt überlegte sie, was wohl der Grund ihres Verhaltens gewesen sein mochte. Was hatte sie veranlaßt, sich an Toms Stelle zu beschuldigen? Leicht war es nicht, diese Frage zu beantworten! Sie hatte den Eindruck, daß Tom sie nicht verstehen würde, aber sie wollte es trotzdem versuchen.
«Ich . . . ich will nicht, daß Vater dich schlägt. Es ist für dich so demütigend! Du bist so groß und stark wie er selbst, und kannst dich nicht wehren. Bei mir ist es nicht dasselbe . . .»
Sie wollte hinzufügen: Ich bin seine Tochter! Aber irgend etwas ließ sie verstummen.
Seltsam, Tom fühlte, wie er errötete. Zum Glück konnte Jess es nicht sehen. Seine Gedanken waren voller Widersprüche und sein Zorn beherrschte alles.

Er wiederholte eigensinnig:
«Du hättest das nicht sagen sollen!»
«Hör endlich auf!» sagte Jess beschwichtigend. «Sprechen wir nicht mehr davon!»
«Im Gegenteil!» brummte Tom. «Morgen sage ich deinem Vater, daß ich der Schuldige bin!»
Jetzt aber hatte Jess genug. Die Geschichte mit dem Maultier wurde langweilig.
«Wenn du dir auch noch die Schuld gibst, hält Vater uns beide für Lügner, und das ist viel schlimmer!»
Tom seufzte. Natürlich hatte sie recht.
«Das nächste Mal», brummte er, «tue mir den Gefallen und halte dich aus meinen Angelegenheiten heraus!»
Jess konnte ihr Lachen nicht verbeißen.
«Wenn du es vorziehst, verprügelt zu werden, meinen Segen hast du!»
Schwungvoll drehte sie sich um.
«Also dann, gute Nacht! Ich hoffe, du hast noch Arbeit bis morgen früh!»
Ohne Tom Zeit für eine Antwort zu lassen, verschwand sie im Wald.

Später, als Jess in ihrem Bett lag, lauschte sie den vertrauten Geräuschen der Nacht: Ein Käuzchen rief im Unterholz, das Zuckerrohr knisterte. Und immer noch war das helle Quaken der Frösche, ver-

mischt mit den rauhen, dumpfen Stimmen der Kröten zu hören.
Gegen Mitternacht ging ein Rauschen durch den Wald. Ein Wind hatte sich erhoben. Die ersten schweren Regentropfen fielen. Ein herber, frischer Geruch nach feuchter Erde verbreitete sich.
Jess schlug die Decke zurück. Sie legte ein Umhängetuch um. Auf dem Bett kniend lehnte sie sich ans offene Fenster. Ein Windstoß fegte ihr ins Gesicht. Der Sturm rauschte in den Bäumen. Die Kronen der Palmen zitterten heftig. Der Wind wirbelte die weißen Magnolienblätter über die Lichtung. In den Sümpfen war es still geworden.
Plötzlich tauchte Tom beim Schuppen auf. Er verschwand kurz, wahrscheinlich um das Werkzeug zu verstauen, und kam wieder zum Vorschein. Der Regen prasselte auf die Lichtung hernieder. Jess konnte sehen, wie Tom unbeweglich stehenblieb und in die Wolken blickte. Seine bloßen Füße versanken im schlammigen Boden. Regen strömte über sein Gesicht. So war es immer schon gewesen: Tom ließ sich gerne bis auf die Haut durchnässen. Jess dagegen verabscheute Regen. Nach einer Weile ging Tom ins Haus, und Jess verließ das Fenster.
Sie lächelte zufrieden, legte sich ins Bett und zog die Decke über sich. Einen Augenblick später knarrte die Leiter. Jess hörte, wie Tom in sein Zimmer ging.

Zufrieden drehte sie sich zur Seite und schloß die Augen. Sie schlief sofort.

3. Kapitel

Jess setzte die Pumpe in Bewegung. Für die schlanken Arme schien der Schwengel viel zu schwer; aber Jess besaß mehr Energie und Kraft als man ihr zutraute. Dank des Regens hatte sich der Brunnen reichlich mit klarem und frischem Wasser gefüllt.

Die feuchten Blätter glänzten in der Sonne. Regentropfen glitzerten in den langen Moossträhnen, die von den Ästen der Eichen herabhingen. Fast schwarz hoben sich die Kiefern und Zypressen vom blauen Himmel ab.

Jess hatte die Eimer gefüllt, als Tom herbeikam. Er schob den großen Strohhut in den Nacken.

«Ich verdurste . . .!»

Er nahm den Zinnbecher, der neben der Pumpe stand, füllte ihn und trank hastig. Mit der Hand

wischte er über den Mund.
«Das Getreide steht gut», sagte er. «Aber die Rehe sind in der vergangenen Nacht wieder dagewesen. Wir müssen den Zaun erhöhen oder ein Drahtgitter anbringen.»
«Das wird viel Arbeit geben», meinte Jess.
Tom schlug nach einer Fliege.
«Das schon. Aber wir müssen die verfluchten Rehe daran hindern, unser Korn zu fressen.»
Er setzte den Hut gerade auf und entfernt sich in Richtung der Felder. Kein Wort hatte er über den Vorfall von gestern abend verloren. Es war anzunehmen, daß er nicht mehr daran dachte. Aber Tom vergaß nie etwas. Wochenlang konnte er über etwas brüten und niemand, Jess vielleicht ausgenommen, wußte, was er dachte.
Jess hob die schweren Eimer hoch und wandte sich gegen das Haus. Bei jedem Schritt stießen die Eimer gegen ihre Beine.
In der rauchgeschwärzten Küche knetete Sarah einen Biskuitteig. Sie sagte ohne aufzusehen:
«Hast du das Kleid ausgebessert, das du anziehst, wenn wir zu Tante Mary gehen?»
Jess stellte die Eimer auf den Boden. «Wie konnte ich das nur vergessen!» sagte sie verstört.
Um bei der Wahrheit zu bleiben, sie hatte es nicht ganz ohne Absicht vergessen. Es war aus hellblauer

Baumwolle, mit langen Ärmeln. Sie haßte es, dieses Kleid zu tragen. Schon mehrmals hatten sie das Kleid geändert und den Saum verlängert. Wenn sie eine heftige Bewegung machte, krachten die Nähte verdächtig. Weil der Stoff aber noch sehr gut war, weigerte sich Sarah, ihr ein neues Sonntagskleid zu kaufen.

Am vergangenen Sonntag war Jess aus dem fahrenden Lieferwagen gesprungen und mit dem Kleid an der Tür hängengeblieben. Krack! Ein langer Riß ... Sie hatte gejubelt:

«Endlich! Den Fetzen ziehe ich jetzt nicht mehr an!»

Unglücklicherweise hatte Sarah das gehört. Die Strafpredigt blieb nicht aus.

«Wann hörst du auf, dich wie ein Junge zu betragen? Man springt nicht vom fahrenden Wagen. Arme und Beine hättest du dir brechen können!»

Nachdem sie sich den Riß angesehen hatte, meinte sie:

«Das ist leicht auszubessern. Wenn du es geschickt anfängst, sieht man nichts.»

Es blieb Jess nichts weiter übrig, als ihren Ärger herunterzuschlucken.

Jess stieg die Leiter empor und stieß die Klapptür auf, die in ihr Zimmer führte. Ihre Kleider, einige selbstgestrickte Pullover, Blue Jeans und Blusen, waren in einer großen Holztruhe verstaut. Sie knie-

te auf den Boden, öffnete die Truhe und wühlte mit finsterer Miene darin herum.
Wenig später stieg sie die Leiter hinunter, das Kleid nachlässig über die Schulter geworfen. Aus dem Nähkorb ihrer Mutter nahm sie Nadel und Faden. Sie verließ das Haus und suchte ihren Lieblingsplatz auf: die Schaukel, die am untersten Ast einer Eiche hing, gleich hinter dem Brunnen.
Mit den Fußspitzen leicht auf dem Boden stoßend, schaukelte sie sich an die Arbeit und dachte an viele Dinge. Gerne hätte sie das Kleid auf den Müll geworfen. Überhaupt, Nähen war langweilig. Aber sie konnte unmöglich am Sonntag mit einem Riß im Kleid zu Tante Mary gehen.
Tante Mary war Sarahs älteste Schwester. In der Familie war man der Ansicht, daß sie sich sehr gut verheiratet hatte, denn ihr Mann war Postbeamter. Sarah hingegen hatte nur einen armen Farmer geheiratet. Bei einem Autounglück war Tante Marys Mann ums Leben gekommen. Sie hatte zwei Söhne, Randy und Joachim. Von der Versicherung erhielt sie eine Rente ausbezahlt, die ihr materielle Sorgen ersparte. Ihre Achtung vor den Hawkins war mit Geringschätzung gemischt. In der Meinung, die arme Schwester und ihren arbeitsamen Mann zu unterstützen, wurden die Hawkins Sonntag für Sonntag eingeladen. So ärgerlich und aufgebracht Natha-

niel anfangs war, so hatte er sich mit der Zeit gefügt, um seiner Frau den Gefallen zu tun. Für Tom und Jess war es eine Abwechslung. Dazu kam, daß Tante Mary immer sehr gut und reichlich kochte.

Die einzige Schattenseite war, daß sie größten Wert auf gutes Benehmen legte. Bei Tisch mußte gerade gesessen werden, die Ellbogen an den Körper gelegt. Es hieß: Ja, Tante Mary; bitte, Tante Mary; danke, Tante Mary.

Von Tante Marys Haus am Dorfrand war Jess begeistert. Es gab fließendes Wasser, einen Kühlschrank und ein Radio. Das schönste war das gekachelte Badezimmer. Jess fürchtete immer, auf den Fliesen auszurutschen. Sie ging mit kleinen Schritten und fast so steif, als hätte sie einen Stock verschluckt. Tom wagte sich nicht zu rühren und wußte nicht wohin mit den langen Armen. Er fürchtete ständig, eine der vielen Vasen oder einen anderen zerbrechlichen Gegenstand herunterzustoßen. Schön, dachte er, aber ohne jeden praktischen Zweck.

Joachim, Tante Marys jüngster Sohn, war zehn Jahre alt. Er war unerträglich: er schrie ständig, war frech und hatte ewig klebrige Finger. Tante Mary zeigte sich ihm gegenüber blind wie ein Maulwurf. Sie verwöhnte ihn maßlos und erlaubte ihm alles. Er hatte einmal Ziegenpeter gehabt und seitdem war seine Mutter überzeugt, daß ihr Jüngster eine zarte Gesundheit habe und für Krankheiten anfällig sei.

Randy, der ältere Bruder, lebte bei Verwandten in Fort Myers, im Norden der Everglades. Tante Mary war sehr stolz auf ihn, weil er der erste in der Familie war, der mit Erfolg die Prüfungen am Gymnasium bestanden hatte. Jess hatte ihn jahrelang nicht gesehen, aber sie erinnerte sich undeutlich an einen schlanken Jungen mit braunen Haaren und einem ansteckenden Lachen. Ganz das Gegenteil von Joachim.

4. Kapitel

Jess zerriß den Faden mit den Zähnen. Sie betrachtete die Naht und rümpfte die Nase: schön war sie nicht! Aber der Riß war geflickt und wer nicht zu genau schaute, konnte nichts entdecken. Zufrieden sprang Jess von der Schaukel und lief über den Hof, die Hühner aufscheuchend, die gackernd auseinanderstoben.

Plötzlich bewegte sich hinter den Magnolien etwas. Jess blieb stehen.

«Ist da jemand?»

Die Zweige wurden auseinandergebogen und ein kleines, braunes Gesicht zeigte sich zwischen den milchweißen Blüten. Jess lachte.

«Haoko! Wie kommst du denn hierher?»

«Über den Fluß!»

Haoko war klein für einen Elfjährigen, geschmeidig und behende. Schwarzes, glattes Haar umrahmte sein lächelndes Gesicht. Er hatte mandelförmige Augen mit langen Wimpern, ein ovales Kinn und kleine weiße Zähne.
Haoko lebte mit seiner Mutter in einer Hütte, am Rande der Sümpfe, ein wenig außerhalb der Seminolen-Reservation. Seine Mutter Kiotse war eine große, auffallende Frau mit langsamen, würdevollen Bewegungen. Sie hatte den Ruf einer «bruja», einer Zauberin, weil sie sich auf allerlei Heilkünste verstand. Indianer, die zu arm waren, einen Arzt aufzusuchen, oder zu mißtrauisch, um in ein Krankenhaus zu gehen, holten sich bei ihr Rat. In Vollmondnächten durchstreifte sie den Wald und suchte nach jenen geheimnisvollen Kräutern, aus denen sie ihre Heiltränke zusammenbraute.
Jess hatte Haoko an einem Sommermorgen beim Himbeerenpflücken am Flußufer getroffen. Zuerst war sie auf ein leichtes Plätschern hinter den Zypressen aufmerksam geworden. Dann war ein Kanu langsam über das mit Seerosen bedeckte Wasser geglitten. Ein fremdartiges Kind, mit rotem Hemd und schwarzer Hose bekleidet, stand rudernd im Heck des Bootes. Jess hatte gewinkt. Das Kind hatte zurückgewinkt und war ihr entgegengerudert.
Von diesem Tag an liebte Jess den kleinen Haoko.

Anfangs waren die Eltern nicht besonders erfreut gewesen über die Freundschaft mit einem Indianer, dessen Mutter in der Gegend als «Zauberin» bekannt war. Doch Haoko hatte ihre Zuneigung rasch gewonnen.

Er verließ den Wald nie. Wenn er bisweilen in die Nähe der Lichtung kam, so lehnte er es stets ab, über den Zaun zu kommen oder gar das Haus zu betreten.

«Ich wollte dir etwas zeigen», sagte Haoko und legte ihr die Hand auf den Arm. «Bewege dich nicht.»

«Was hast du denn?» flüsterte Jess.

Haoko lächelte.

«Das wirst du gleich sehen!»

In klangvollen, melodischen Kehllauten rief er einige Worte. Eine Weile rührte sich nichts. Dann ... die Blätter des Rosenlorbeers zitterten leicht und ein kleines Rehkitz kam hervor, ängstlich, noch feucht vom Morgentau. Seine großen Augen richteten sich vertrauensvoll-zaghaft auf das Mädchen.

«Es ist schon fast zahm und bald wirst du es streicheln können.»

Er blickte das junge Mädchen mit seinen dunklen Augen an.

«Ich habe dir noch ein Geschenk mitgebracht!»

Er hielt die Hand hin und öffnete langsam die Finger. Ein winziges Büschel goldfarbener Federn

schimmerte in seiner braunen Handfläche.
Jess machte große Augen.
«Das sind Federn von einem Kolibri!» erklärte Haoko mit ernster Stimme. «Mein Volk nennt diesen Vogel ‹Goldvogel›. Junge Mädchen flechten an Festtagen seine Federn in ihre Zöpfe. Mit einem kleinen, vergifteten Pfeil, den sie durch ein dünnes Rohr blasen, töten sie ihn.»
Jess sah Haoko bestürzt an.
«Hast du diesen Vogel getötet?»
«Ich? Oh, nein! Wie könnte ich? Wenn ich ein Geschöpf des Waldes töte, wird der Geruch des Blutes an meinen Händen haftenbleiben, und alle Tiere werden vor mir fliehen.»
«Wer hat dir das gesagt?» fragte Jess beeindruckt.
«Mutter. Sie weiß alles!»
Er deutete auf das kleine Federbüschel.
«Dieser Vogel war schon tot, als ich ihn fand. Er hatte sich in einem Dornengestrüpp verfangen und konnte sich nicht mehr befreien.»
Jess streichelte mit den Fingerspitzen den schimmernden Goldflaum. Niemals hatte sie etwas Zarteres, Feineres berührt.
«Kennst du die Geschichte vom Baum der goldenen Vögel?» fuhr Haoko fort. Jess schüttelte den Kopf, ihre Augen glänzten erwartungsvoll. Sie liebte Geschichten.

«Erzähle!»
Das Kind sprach mit verträumter Stimme:
«Tief im Innern des Waldes, dort, wohin noch nie ein Mensch gekommen ist, steht ein wunderschöner Baum, der dichte, rote Blüten trägt. Wenn die Sonne auf die Blüten scheint duften sie süßer als Honig. Dann fliegen aus allen Richtungen des Waldes die Goldvögel auf ihn zu. Sie schwirren um ihn herum und trinken den Nektar aus den Blütenkelchen ...»
Die braunen Augen schlossen sich und öffneten sich langsam.
«Man sagt ... man sagt, wer diesen Baum gesehen hat, findet ewige Glückseligkeit.»
«Du ... hast du diesen Baum schon gesehen?» fragte Jess nicht sehr überzeugt.
«Nein, aber ich bin sicher, es gibt ihn! Wenn du willst, werden wir ihn gemeinsam suchen.»
Jess dachte nach. Weshalb sollte es nicht im Herzen der Sümpfe einen unbekannten Baum geben, dessen Duft die Kolibris anzulocken vermochten? Der Gedanke, den Wald zu durchstreifen, begeisterte sie und weckte ihre Abenteuerlust. Aber wie konnte sie der langweiligen täglichen Arbeit entfliehen? Tom mußte ihr helfen. Jess lächelte – sie würde schon einen Ausweg finden.
«Ich werde dich begleiten», versprach sie.
«Wann?»

Jess zögerte nur einen Augenblick.
«Morgen früh, wenn die Sonne aufgeht, komme ich dir am Fluß entgegen.»
Haoko nickte.
«Ich werde auf dich warten.»

5. Kapitel

Nachdenklich ging Jess ins Haus.

Sarah verscheuchte die quiekenden Ferkel, die im Boden vor der Küchentüre wühlten.

«Wo warst du denn so lange?» fragte sie.

«Haoko war hier», antwortete Jess. «Sieh mal, was er mir gegeben hat!»

Sie öffnete die Hand und zeigte die schillernden Federn.

Sarah blickte nur flüchtig hin. Sie hob den Besen auf, den eines der Ferkel umgeworfen hatte.

«Du verträumst die Zeit, während wir eine Menge zu tun haben! Hast du wenigstens dein Kleid genäht?»

«Ja, Mutter!» sagte Jess und hielt ihr die Arbeit hin. Sarah betrachtete flüchtig die Naht.

«Wann wirst du sorgfältig nähen lernen?» sagte sie enttäuscht. «Man könnte meinen, du hättest noch nie eine Nadel in der Hand gehabt!»
Jess senkte den Kopf. Sarah wandte sich um und nahm einen großen Weidenkorb vom Haken.
«Ich werde Gemüse holen. Die Biskuits sind fast fertig. Du kannst sie dann aus dem Ofen nehmen und die Küche aufräumen.»
Jess rührte sich nicht; in Gedanken versunken stand sie vor der Tür in der Sonne. Nach einer Weile drehte sie sich um, lief durch die Küche und kletterte eilig die Leiter empor, die in ihr Zimmer führte. Sie warf das Kleid in die Truhe. Mit gekreuzten Beinen setzte sie sich auf den Boden und betrachtete das Federbüschel in ihrer Hand.
Plötzlich hob sie den Kopf und rümpfte die Nase: es roch verbrannt! Schnell wickelte sie die Federn in ein Taschentuch und legte es in die Truhe. Dann hastete sie die Leiter hinunter und öffnete den Backofen. Sie seufzte erleichtert. Die Biskuits waren goldbraun und schienen durchgebacken zu sein! Vorsichtig zog sie das Kuchenblech aus dem Ofen. Die Hitze schlug ihr entgegen. Mit dem Ärmel wischte sie sich über die Stirn.
Nachdem die Küche aufgeräumt war, ging sie nach draußen und setzte sich auf die Türschwelle. Sie stützte die Ellbogen auf die Knie. Jess dachte an ihr

Versprechen, das sie Haoko gegeben hatte und überlegte, wie sie den Plan am besten ausführen konnte. Sie hörte im Schuppen Axtschläge. Tom mußte beim Holzhacken sein.

Sie sprang auf und lief zum Schuppen. Tom drehte ihr den Rücken zu. Auf den Zehenspitzen trat sie ein und lehnte sich gegen die Wand, ein Lächeln auf den Lippen. Tom bemerkte den Schatten des jungen Mädchens. Er sagte, ohne sich umzudrehen:

«Was gibt's, daß du mich so anblickst?»

Jess lachte. Sie hob einen Strohhalm vom Boden auf und zerriß ihn zwischen den Zähnen.

«Tom», sagte sie, «hast du schon einmal etwas vom Baum der goldenen Vögel gehört?»

Er schlug die Axt in den Holzbock und sah sie verblüfft an.

«Der Baum der goldenen Vögel? Davon erzählt eine alte Sage der Indianer! Wer hat dir denn davon berichtet?»

«Haoko.»

Tom stützte die Hände in die Hüften.

«Haoko? Wann hast du ihn denn gesehen?»

«Vorhin, ich habe auf der Schaukel genäht!»

«Der Junge taucht immer unverhofft auf», bemerkte Tom. Er nahm einen Holzklotz vom Boden auf, stellte ihn auf den Bock und hob die Axt.

«Haoko hat mir vorgeschlagen, mit ihm den Baum

zu suchen», sagte Jess. Tom warf ihr einen mißtrauischen Blick zu.
«Ich nehme an», sagte er, «du hast Gescheiteres zu tun, als einem Märchen nachzujagen!»
«Haoko glaubt, daß es diesen Baum gibt.»
«Es ist gut möglich, daß Haoko das glaubt», sagte Tom. «Er ist ein braver, kleiner Junge, aber seine Mutter ist etwas wunderlich. Und er selbst ist auch nicht wie andere Kinder.»
«Dich zwingt niemand, daran zu glauben! Die Wahrheit ist, daß ich es satt habe zu Hause Schweine und Hühner zu füttern, Wasser zu tragen, alte Kleider zu flicken und mir am Ofen die Finger zu verbrennen.»
Tom leget die Axt hin und blickte das junge Mädchen mit schwachem Lächeln an. Er konnte sie verstehen. Ja, gewiß, dieses Leben war hart für ein junges Mädchen. Erst ein einziges Mal in ihrem Leben war sie im Kino gewesen, und wie oft sie Eiscrème im Dorfladen gegessen hatte, konnte sie an einer Hand abzählen.
«Also gut», sagte er, «wir begleiten Haoko. Auch mir wird etwas Abwechslung guttun.»
Jess war begeistert.
«Ist das wahr? Du begleitest mich?»
«Nicht um den Baum der goldenen Vögel zu suchen, natürlich nicht», sagte Tom, «sondern um Fische zu

fangen. Morgen ist Freitag! Das ist der Tag, der und kein anderer, um fischen zu gehen!»

6. Kapitel

Jess steckte die Hände in die Ärmel ihres Pullovers. Ihre Zähne klapperten. Weißer, dichter Nebel bettete den Wald ein und verlieh der Landschaft gespenstisches Aussehen. Keine drei Schritte weit konnte man sehen. Nicht der leiseste Wind wehte. Die grauen Bäume schienen leblos. Der Gesang einer Amsel durchbrach die Stille. Tom erzitterte. Eine Traurigkeit, die er nicht ergründen konnte, übermannte ihn wie schon so oft.

Er schritt auf dem schmalen Pfad voraus, bog Lianen und grüne Zweige beiseite. In der Hand trug er sein Angelzeug, Jess hatte einen großen Korb über den Arm gehängt.

Sie wußten, die Sümpfe waren nahe; sie spürten den Boden unter ihren bloßen Füßen nachgeben. Moor-

wasser quoll zwischen den Zehen hervor. Tom schritt noch immer voraus, mit ruhigen, gleichmäßigen Bewegungen. Einmal hielt er an und wartete, bis Jess herangekommen war.
«Wo willst du dich mit Haoko treffen?»
«Er wartet auf mich in der Bucht, da, wo das Boot liegt.»
Tom nickte und setzte den Weg fort. Ein Frosch hopste vor ihren Füßen über den Weg.
Der Nebel hob sich plötzlich. Wie Rauchschwaden löste er sich wirbelnd auf und ein leichter Wind erhob sich. Jess wandte den Kopf. Sie Sonne funkelte zwischen den Bäumen. Die Wipfel der Palmen vergoldeten sich zuerst. Leuchtende Pinselstriche glitten an den hohen Stämmen herab. Unter der wärmenden Sonne belebte sich der Wald mit Vogelstimmen: Krametsvögel, Lerchen, Rotkehlchen zwitscherten. Ein Kranich stieg aus dem Schilf empor. Flamingos standen im niedrigen Wasser.
Sie erreichten die Bucht, die von einem Streifen weißen Sandes eingefaßt war. Das smaragdgrüne, stille Wasser schillerte. Toms Boot lag unter einer Trauerweide. Ganz in der Nähe entdeckte Jess ein Kanu und im gleichen Augenblick das Leuchten einer roten Bluse. Haoko tauchte im Schilf auf. Er hielt das verängstigte Reh an seine Brust gedrückt. Toms Gegenwart schien ihn nicht zu verwundern.

Er beschränkte sich darauf, den jungen Mann mit seinen schwarzen Augen aufmerksam anzusehen.
Tom sagte, indem er seine Angelrute zusammensteckte:
«Während ihr nach dem Wunderbaum sucht, werde ich mich mit Fischen beschäftigen.»
«Welchen Weg nehmen wir, Haoko?» fragte Jess.
Mit Kopfnicken wies Haoko auf das Sumpfgebiet.
«Mutter sagt, daß wir gegen Osten gehen müssen, in Richtung des Meeres.»
Tom grinste.
«Wenn ihr vorhabt, ganz Florida zu durchqueren, so vergeßt nicht, daß wir zum Mittagessen zu Hause sein müssen!»
Sie gingen über den weißen Sand. Tom legte sein Angelgerät in das größere Boot, während Haoko durch das Wasser watete und in sein Kanu stieg. Das Rehkitz stand schon mit gekrümmtem Rücken mittendrin. Es zitterte, machte aber keinen Versuch, ans Ufer zu springen.
Tom löste sein Boot.
«Hast du das Reh immer bei dir?» fragte er Haoko.
Dieser nickte strahlend.
«Es ist mein Freund!»
Jess neigte sich vor, stieß das Kanu vom Ufer und stieg in Toms Boot. Haoko paddelte im Heck des Kanus stehend. Sein Haar schimmerte bläulich in

der Morgensonne. Geräuschlos teilten die Boote das Wasser.

Sie ruderten eine gute Stunde lang. Die Sonne stieg zwischen den Bäumen hoch. Die Luft schwirrte von Insekten. Eine blauschillernde Libelle schnellte über das Wasser.

«Hierher sind wir noch nie gekommen!» sagte Jess.

«Vielleicht ist dein Baum jetzt ganz in der Nähe!» scherzte Tom.

Haoko, der vorausfuhr, hielt das Kanu an. Er streckte den Arm aus und hielt sich an einem Zweig fest. Die Boote lagen leicht schaukelnd zwischen den Seerosen. Das Kitz bewegte hin und wieder ein Ohr.

Haoko blickte Tom an und sagte lächelnd:

«Den Baum der goldenen Vögel werden wir heute nicht finden.»

«Sieh mal an!» antwortete Tom. «Und warum nicht?»

Haoko betrachtete ihn, ohne sein Lächeln zu verlieren. Grüne Schatten spielten auf seinem Gesicht.

«Wer den Baum der goldenen Vögel finden will, muß an ihn glauben.»

Tom lachte. Er legte das Ruder aus der Hand und fing an, seine Angel herzurichten.

Sie sahen ihm zu, wie er sorgfältig einen Haken auswählte und ihn an der Leine befestigte.

Jess und Haoko gingen an Land und verschwanden im Wald. Tom hockte sich auf einen flachen Stein. Das Kinn in der Hand, beobachtete er die Angelschnur und ließ die Gedanken schweifen.

Die Sonne stieg immer höher und eine feuchte Hitze breitete sich aus. Tom erwachte plötzlich aus seinen Träumereien. Er hob den Kopf und blinzelte. Es war höchste Zeit heimzufahren, aber Jess und Haoko waren verschwunden. Tom war nicht unruhig. In Haokos Begleitung bestand keine Gefahr, sich zu verlaufen. Der kleine Seminole fand mit blinder Sicherheit die schmalsten, kaum sichtbaren Pfade.

Tom erhob sich, führte die hohle Hand vor den Mund und stieß einen modulierten Ton aus. Er hörte eine Antwort. Zufrieden widmete er sich wieder seinen Fischen.

Minuten später klang helles Lachen zwischen den Bäumen. Jess eilte ihrem Adoptivbruder entgegen. Sie hielt das Rehkitz in den Armen. Haoko folgte ihr wie ein schmaler, brauner Schatten.

«Sieh doch nur!» sagte Jess triumphierend. «Es hat keine Angst mehr vor mir!»

Tom schüttelte den Kopf, spöttisch fragte er:

«Na, und? Hast du ihn gefunden, deinen Wunderbaum?»

Jess schüttelte den Kopf.

«Haoko behauptet, es sei deine Schuld!»

«Tut mir leid. Aber guck dir mal die Fische an, die wir nach Hause bringen!»

In diesem Augenblick ertönte die klare Stimme des kleinen Indianers:

«Rührt euch nicht!»

Verblüfft drehten Tom und Jess den Kopf. Haoko stand nahe bei ihnen, die Augen starr auf einen Punkt am Boden gerichtet. Sie folgten seinem Blick. Jess unterdrückte einen Schrei.

Eine bräunliche Schlange richtete sich in den hohen Gräsern auf. Man sah die kleine, gespaltene Zunge. Es war eine giftige Sumpfschlange.

«Rührt euch nicht», wiederholte Haoko.

Langsam setzte er einen Fuß vor den andern. Plötzlich ließ er einen kurzen, schrillen Pfiff ertönen. Die Schlange zuckte zusammen und wandte ihren Kopf blitzschnell Haoko zu.

Tom legte seine Hand auf die Schultern von Jess. Haoko hatte sich nicht gerührt.

Jetzt zog er langsam ein Blasröhrchen aus seiner Hemdtasche und hob es an die Lippen. Außer seinem Arm bewegte sich nichts an ihm. Haoko blies kurz und kaum sichtbar. Die Schlange zuckte und ihr Kopf fiel auf den Boden. Haoko stieß einen Seufzer aus. Er entspannte sich.

«Das ist vorüber», murmelte er, «jetzt besteht keine Gefahr mehr.»

Tom und Jess schwiegen. Jess zitterte von Kopf bis Fuß und umklammerte das Reh. Tom rührte sich endlich und benetzte mit der Zunge seine trockenen Lippen.

«Ist sie tot?»

«Nein, nur betäubt. Ich töte keine Tiere», sagte Haoko und zog den winzigen Pfeil, der zwischen den Augen der Schlange steckte, heraus.

Tom trat zu Haoko und drückte ihn kurz an sich.

«Danke, Haoko! Sag, wer hat dich das gelehrt?»

«Meine Mutter.»

7. Kapitel

Der Lieferwagen ratterte über den mit tiefen Fahrspuren durchzogenen Weg. Nathaniel, im Sonntagsanzug, saß hinter dem Steuer, Sarah neben ihm, das sanfte Gesicht leicht zur Seite geneigt.

Tom und Jess auf dem hinteren Sitz hatten zwischen zwei Säcken Süßkartoffeln kaum Platz.

Auf beiden Seiten war blaugrüner, dichter Wald. Die Zweige bildeten ein grünes Dach über dem Karrenweg. Die Sonne malte große, helle Flecken auf den schattigen Boden.

Jess war unzufrieden; in dem blauen Kleid fühlte sie sich nicht wohl. Es spannte über dem Rücken, und die Ärmel waren zu kurz.

Tom trug einen dunklen Anzug und ein Hemd mit steifem Kragen. Mißmutig betrachtete er seine Schu-

he, die blitzblank geputzt waren. Die braunen Wollsocken kratzten an den Knöcheln.
Jess trug Schuhe mit flachen Absätzen, die man ihr vor zwei Jahren gekauft hatte.
«Die Schuhe drücken . . .» jammerte sie verzweifelt.
«Versuche, dich daran zu gewöhnen», murmelte Tom. «Wenn du sie jetzt ausziehst, drücken sie dich nachher nur umsomehr. Oder, du kommst gar nicht mehr hinein, dann wird dein Vater ein schönes Theater machen!»
Seit einiger Zeit sagte Tom immer «dein Vater» und «deine Mutter» und nicht mehr Vater und Mutter. Es berührte Jess seltsam, und sie nahm sich vor, bald mit ihm darüber zu sprechen.
«Siehst du Haoko heute nachmittag?» fragte Tom. Jess nickte.
«Wenn Tante Mary dich bei den Indianern erwischt, wird sie dir eine Szene machen! Du weißt, sie kann die Seminolen nicht leiden.»
Jess hob unbekümmert die Schultern.
«Ist mir egal!»
«So, mir aber nicht. Ich möchte einen friedlichen Sonntag verbringen.»
Jess dachte schon wieder an etwas anderes.
«Was mag das wohl für eine Überraschung sein, die uns Tante Mary versprochen hat?»
«Wahrscheinlich ein Schokoladekuchen!»

Der Mittelpunkt des Dorfes war die kleine, alte Kirche, die einem von der Sonne gebleichten Würfel glich und von portugiesischen Mönchen errichtet worden war. Es gab eine einzige Hauptstraße, wo der Super-Markt, die Tankstelle, einige Drugstores, zwei Kneipen und das Kino waren.

Die Häuser waren aus Holz oder Standstein gebaut und mit Gärten umgeben.

Die Dächer waren mit Kaminen und Fernsehantennen verziert.

Als die Hawkins das Dorf erreichten, war niemand auf der Straße zu sehen. Der Gottesdienst hatte schon angefangen.

Nathaniel stellte den Lieferwagen neben die andern Autos auf dem Kirchplatz. Auf Zehenspitzen traten sie in die Kirche ein. In der letzten Reihe waren noch einige freie Plätze. Sarah berührte den Arm ihres Mannes, sie knieten nieder.

Zwischen Tom und ihrer Mutter kniend, die Hände gefaltet, schaute Jess sich vorsichtig um. Von den Seitenbänken her machte ihr Debbie Tracker auffällig Zeichen.

Debbie, deren Eltern einen Drugstore besaßen, war die einzige Freundin, die Jess im Dorf hatte. Debbie war sechzehn Jahre alt, lebhaft, hübsch und immer zum Lachen und Scherzen aufgelegt.

Sie benutzte Lippenstift und sonntags tuschte sie

sich die Wimpern. Sie gab sich viel Mühe mit ihrer Frisur und hatte eine Unmenge von Kleidern. Jess, deren Eltern ihr weder Nagellack noch Lippenstift gestatteten, bewunderte sie sehr. Debbie ging jeden Samstagabend ins Kino. Schon öfters war sie zum Tanzen eingeladen worden. Sie vertraute Jess, unter Kichern und Lachanfällen, ihre «Erfahrungen» an. Jess, die von niemandem eingeladen wurde, machte große Augen und kam sich ganz entsetzlich schlecht behandelt vor.

An diesem Sonntag trug Debbie einen roten Rock, ein blau-rot gemustertes kurzärmeliges Blüschen und Sandaletten. Jess fand sie sehr elegant. Sie blickte auf ihr verwaschenes blaues Kleid, oben zu eng, unten zu lang, und sie dachte mit Bitterkeit, daß sie wirklich zerlumpt aussah.

Weil Debbie nicht aufhörte, zu gestikulieren, ihr augenzwinkernd ein Einverständnis abverlangte, wagte Jess, die Brauen fragend hochzuziehen. Ein leichter Rippenstoß Sarahs rief sie zur Ordnung.

Jess steckte die Nase in ihr Gebetbuch und rührte sich nicht mehr. Nach Schluß des Gottesdienstes, während die Kirche sich langsam leerte, drängte Debbie sich durch die Leute und holte ihre Freundin ein.

«Ich muß dich unbedingt sprechen!»

«Sofort?» fragte Jess und warf einen Blick auf ihren

Vater. Nathaniel musterte Debbie kritisch. Er hielt sie für leichtsinnig und eingebildet. «Guten Tag, Mister Hawkins», lispelte Debbie. Nathaniel nickte ihr ziemlich unfreundlich zu, dann begrüßte er einen Farmer.

Sarah war mit Tom zurückgeblieben, um auf Tante Mary zu warten, deren großer, blumengeschmückter Hut über den Köpfen der andern Frauen wogte. Debbie faßte ihre Freundin am Arm und zog sie aus der Kirche.

Auf dem Platz ging es lebhaft zu und her. Die Autos fuhren in Staubwolken davon.

Kinder verfolgten sich schreiend und ausgelassen, wie wenn sie alles nachholen müßten, was sie während einer Stunde stillsitzen verpaßt hatten. Die Schuhe und Sonntagskleider hinderten sie nur wenig.

Auch Debbie war ganz aufgeregt.

«Ich muß dir eine phantastische Neuigkeit erzählen!»

«So», meinte Jess. «Hast du das große Los gewonnen?»

«Es handelt sich um dich und nicht um mich!»

«Um mich?» fragte Jess verblüfft.

Debbie nickte. Sie nahm einen tiefen Atemzug und sprach mit feierlicher Stimme:

«Dein Vetter aus Fort Myers ist zurück!»

«Randy? Aber wo ist er denn?»
«Ich weiß es nicht. Er war nicht in der Kirche. Ich sah ihn aber gestern abend mit seinem Koffer aus dem Bus steigen. Er hat sich sehr verändert, aber ich habe ihn sofort wiedererkannt. Oh, Jess!» seufzte sie und hob die Augen schwärmerisch zum Himmel. «Ich habe die ganze Nacht nicht geschlafen!»
Jess lachte.
«Dann ist das also Tante Marys Überraschung!»
Sie wollte davonlaufen, um ihrer Familie die Neuigkeit zu berichten, aber Debbie hielt sie zurück.
«Nicht so schnell! Du mußt mir etwas versprechen! Sonst lasse ich dich nicht fort.»
«Was denn?»
«Du mußt ihn mir vorstellen! Sonst sterbe ich!»
«So schnell stirbt man nicht!»
«Doch!» versicherte Debbie mit Grabesstimme. «Er ist der tollste Junge, den ich je gesehen habe! Er ist tausendmal besser als all die kleinen Dummköpfe, die . . .»
Sie unterbrach sich. Ihre Augen schlossen sich zu einer schmalen Spalte, und sie brummte:
«Was Dummköpfe anbetrifft . . .»
Jess drehte den Kopf.
Ned Jones, die Hände in den Taschen, lehnte am Kotflügel des Lieferwagens. Er war Mechanikerlehrling, und die meisten der Jungen respektierten ihn,

einmal weil er sich in Autos auskannte, und dann, fürchteten sie seine Fäuste.
Er wollte Rennfahrer werden. Eine entsprechende Uhr mit Stoppvorrichtung hatte er bereits.
Jeder wußte, daß er in Debbie verliebt war, die ihn aber immer abblitzen ließ.
«Schau ihn dir an», sagte sie zu Jess und hob ihre Stimme, «das ist er, der zukünftige Sieger von Indianapolis.»
Ned grinste und kratzte sich am Kopf.
Schlagfertig war er nicht.
Ein kleiner Negerjunge, etwa zwölf Jahre alt, ging vorüber. An einem Riemen trug er ein Tablett vor sich her, das mit einer weißen Serviette bedeckt war. Darauf lagen Honigkuchen, die er mit hoher, singender Stimme anbot. Geschickt schlängelte er sich zwischen den vor der Kirche versammelten Leuten hindurch. Plötzlich, sicherlich in dem Glauben, gerufen worden zu sein, wandte er den Kopf und stieß heftig mit Ned zusammen.
«Oh! Verzeihung, Mister!»
«Schmutzige, kleine Rotznase!»
Ned schlug unter das Tablett, daß die Kuchen in die Luft flogen und in den Staub rollten.
Eine Weile stand der Kleine wie erstarrt, als wenn er nicht begreifen könnte, was geschehen war. Dann kniete er nieder, hob einen Kuchen nach dem andern

auf und legte sie, nachdem er sie an seiner Hose abgewischt hatte, aufs Tablett zurück. Dicke Tränen liefen ihm über die Wangen.

«Nichts zu machen, Kleiner! Diese Kuchen da, kein Schwein frißt sie mehr! Du kannst . . .»

Erstaunt hob er den Kopf. Ein blauer Wirbel stürzte auf ihn zu. Klatsch! Klatsch! Zwei kräftige Ohrfeigen trafen auf seine Wangen.

Verblüfft wich er zurück . . .

«Schämst du dich nicht!» fauchte Jess mit zornfunkelnden Augen, «diesem Kind so etwas anzutun?»

Ned wurde rot. Er hob trotzig sein Kinn . . .

«Was geht dich das an, Jess Hawkins; die Schwarzen, die züchtigt man, nicht?»

Entschlossen richtete er sich gegen den Jungen, der noch immer am Boden kniete. Erschreckt hob das Kind schützend beide Arme.

«Ekel!» keuchte Jess.

Ihr Blick fiel auf das glänzende Uhrenarmband. Sie streckte die Hand aus und zog daran. Selber verblüfft hielt Jess die Uhr in der Hand.

Gute fünf Sekunden blieb Ned reglos stehen.

«Meine Uhr . . .», stotterte er schließlich.

Seine Augen wurden schmal. Er stieß einen knurrenden Laut aus, stürzte sich auf das junge Mädchen und versetzte ihr einen derartigen Stoß, daß sie zu Boden fiel.

Debbie schrie und wich zurück. Sie wagte nicht, Ned Jones mit bloßen Händen entgegenzutreten.
Burschen und Mädchen standen um die Streitenden herum, aber niemand getraute sich einzugreifen.
In dem Augenblick tippte ein Junge Ned von hinten auf die Schulter.
«Du gestattest doch?»
Ned drehte sich verblüfft um.
«He . . .?»
Es folgte ein dumpfer Aufschlag, Ned glaubte, sein Kiefer würde brechen. Er fand sich am Boden wieder, sein Kopf brummte wie ein Wespennest.
Ein Murmeln der Anerkennung lief durch die Gruppe der Jungen.
Ohne einen Blick auf Ned Jones zu werfen, beugte sich der Neuangekommene zu Jess, und half ihr, aufzustehen.
«Hast du dir weh getan, Jess?»
Beim Klang dieser Stimme horchte Jess auf. Sie strich sich die Haare zurück, die ihr über die Augen gefallen waren und erkannte ihren Vetter Randy.
«Oh!» sagte sie und wurde knallrot.
«Wahrhaftig», sagte Randy, «dieser Ned hat sich nicht verändert. Immer noch der gleiche unflätige Raufbold!»
Sie suchte den kleinen Kuchenverkäufer, aber der hatte sich in der allgemeinen Verwirrung aus dem

Staub gemacht.
Jess betrachtete Randy.
Er mußte inzwischen etwa achtzehn Jahre alt sein. Er hatte braunes, gelocktes Haar und dunkle Augen, die spöttisch funkelten. Er trug eine graue Hose und eine Lederjacke, die sehr teuer gewesen sein mußte.
Debbie hatte recht, er war wirklich ein bemerkenswert gut aussehender junger Mann! Und dieses Wunder war ihr Vetter.
Ned Jones stand torkelnd auf und nahm seine Uhr wieder an sich.
Er warf Randy einen gehässigen Blick zu und machte sich brummend davon.
Jess biß sich auf die Lippen: Oh, Himmel! Hatten die Eltern gesehen, wie sie an einem Sonntagmorgen auf den Rowdy des Dorfes losgegangen war ... und das vor der Kirche!
Sie blickte sich nervös um. Aber der Platz leerte sich immer mehr, und sie konnte weder die Familie Hawkins, noch Tante Mary entdecken.
«Deine Mutter hat mich gebeten, dich nach Hause zu begleiten», sagte Randy, der scheinbar ihre Gedanken erriet. «Beruhige dich», fügte er augenzwinkernd hinzu, «niemand hat etwas gesehen!»
«Hoffentlich!»
Sie entdeckte Debbie, die betont unbeteiligt immer

noch dastand, und ihr mit ihren grünen Augen vielsagende Blicke zuwarf.

Ach ja, natürlich!

«Debbie, darf ich dir meinen Vetter Randy vorstellen. Randy, das ist meine Freundin Debbie Tracker.»

«Nett, dich kennenzulernen!» sagte Randy, mit sichtbarem Vergnügen die hübschen Beine Debbies musternd. Debbie ging gleich zum Angriff über:

«Wie stark Sie sind!» zwitscherte sie. «Ned Jones ist sehr kräftig, und Sie haben ihn mit einem Schlag kampfunfähig gemacht!»

«Hm!» sagte Randy, bescheiden lächelnd. «Ich habe im Gymnasium ein wenig geboxt.»

In dem Augenblick erschien Debbies Bruder Billy auf der anderen Seite des Platzes.

Die Hände vor den Mund gelegt schrie er:

«Deeeebie! Nach Hause kommeeen!»

«Oh, wie dumm. Ich muß leider gehen. Mein Vater hat nicht gerne, wenn ich zu spät zum Essen komme.»

Sie lächelte Randy zu, zeigte ihre Grübchen und lief davon.

«Warst du nicht in der Kirche?» fragte Jess.

«Nein, natürlich nicht. Ich war noch im Bett und schlief wie ein Murmeltier. Nach acht Stunden Busfahrt war ich vollkommen erledigt. Mama hat mir übrigens ein Auto versprochen.»

Er sah Jess lachend an.

«Gehen wir! Alle warten auf uns, wahrscheinlich mit knurrendem Magen! Ich selbst sterbe vor Hunger. Du nicht?»

«Ich auch!»

Wie gräßlich muß ich aussehen, in diesem geflickten, verwaschenen Kleid, dachte Jess.

«Als ich dich das letzte Mal sah», fuhr Randy in dem lässigen Ton fort, den er sich anscheinend angewöhnt hatte, «warst du vielleicht acht Jahre alt. Du hast wegen irgend etwas fürchterlich geschrien. Von da an war ich der Meinung, daß du einen unmöglichen Charakter hättest!»

«Das kann man wohl sagen.»

«Was kann man sagen?»

«Daß ich einen unmöglichen Charakter habe. Denk nur an vorhin. Wie ein aufgescheuchtes Huhn bin ich auf Ned Jones losgegangen!»

«Du hattest einen guten Grund. Wenn es auch nur ein Negerjunge war . . .»

Er zog die Schultern hoch. Jess sah ihn entrüstet an.

«Du hättest den Kleinen nicht verteidigt?»

Randy sah die gerunzelte Stirn seiner Cousine.

Er biß sich auf die Lippen.

«Ja, selbstverständlich», beschwichtigte er, «wie ein wütender Löwe!»

Jetzt lachte Jess. Sie hat sehr schöne Zähne, dachte Randy, und ist keine Landpomeranze.
Einige Zeit schritten sie schweigend durch die verlassene Straße. Vom Fluß klang eine Schiffsglocke herüber.
«Bist du für immer zurückgekommen?»
«Um Gottes willen, wo denkst du hin!» antwortete Randy entsetzt.
«Ich habe mich nur in dieses einsame Nest gewagt, um meiner Mutter zu beweisen, daß ich noch am Leben bin. Auch, weil ich schwach bei Kasse bin. Es ist ärgerlich, in Briefen nach Geld zu fragen.»
Er rümpfte die Nase und blickte sich mit Abscheu um.
«Dieser Ort bedrückt mich. Man glaubt sich um hundert Jahre zurückversetzt. Wie kannst du es nur aushalten, hier zu leben?»
«Ich habe den Wald gern», sagte Jess.
«Natürlich, das verstehst du nicht», erwiderte Randy unwirsch. «Du bist wie im Mittelalter erzogen worden. Warum hat Tante Sarah nur diesen überspannten Puritaner geheiratet?»
Jess blickte ihn verständnislos und mißbilligend an. Verflucht, dachte er, ich hätte besser geschwiegen.
«Ich wollte sagen», verbesserte er sich, «daß die Strenge deines Vaters altmodisch ist. Es ist nicht richtig, dich und Tom mit Prügel und frommen

Sprüchen zu erziehen. Jeder moderne Pädagoge wäre entsetzt.»

«Was ist das, ein Pädagoge?» fragte Jess.

Randy seufzte.

Sie war reizend, gewiß, aber man konnte mit ihr keine ernsthafte Diskussion führen.

Er versuchte, das Thema zu wechseln.

«Beeilen wir uns! Das Essen wird kalt und Onkel Nathaniel wird in den Bart des Propheten brummen.»

Jess sagte mit dunkler Stimme:

«Du hast kein Recht, dich über meinen Vater lustig zu machen.»

Randy begriff, daß er zu weit gegangen war.

«Habe ich dich gekränkt?»

Jess zögerte. Dann hellte sich ihr Gesicht auf und nahm den gewohnten, heiteren Ausdruck an.

«Nein», sagte sie freundlich. «Aber ich verbiete dir, über meinen Vater häßlich zu reden.

Alle halten ihn für unerbittlich und streng, aber ich weiß, im Grunde ist er weichherzig und gut.»

8. Kapitel

Auch Tante Marys Haus war aus Holz, und zwar aus schönem dunklem Nußbaum. Das rote Ziegeldach und die grün gestrichenen Fensterläden gaben ihm ein freundliches Aussehen.

Rundherum zog sich eine breite Veranda. Auf dem Geländer standen Töpfe mit Geranien und Nelken. An einem Pfeiler kletterte eine Rebe hoch und stieg an einem Faden bis unter das Dach. In einer Ecke saß auf einer Stange der große grün-rote Papagei. Im ausgedehnten Garten standen Mandelbäume und Pfirsichsträucher zwischen Hibiskusstauden und Bongainvillas. Myrthenbüsche wuchsen an der weißen Umzäunung entlang und eine üppig blühende Gliginie rankte sich in einem Bogen über der Gartentüre.

Jess und Randy betraten den Garten. Sie liefen über den schmalen, sandigen Weg auf das Haus zu. Tom saß auf dem Geländer der Veranda und streichelte den Papagei, der behaglich krächzte. Tom schaute ihnen entgegen. Als Jess ihn so erblickte, war sie irgendwie betroffen. Sie wußte nicht, weshalb. Er schien in letzter Zeit immer weit entfernt, wie durch eine unsichtbare Wand von den andern getrennt.
«Tom!» rief Jess und nahm zwei Stufen auf einmal. «Was machst du denn hier?»
«Frische Luft schöpfen.»
«Ich dachte», sagte Randy, «ihr würdet bereits essen!»
Jess betrachtete die beiden ungleichen Jungen. Randy war zwar freundlich, aber sie glaubte in seinem Verhalten Tom gegenüber eine leichte Herablassung, fast Geringschätzigkeit zu spüren. Schon als Kinder hatten sie sich nicht gemocht, auch wenn sie sich niemals gestritten hatten.
Randy sagte lebhaft:
«Jess, ich werde dir eine Limonade zubereiten, die beste, die du je getrunken hast!»
Er ging pfeifend ins Haus. Tom streichelte noch immer den Papagei.
«Woran denkst du?» fragte Jess plötzlich.
Tom zuckte die Schultern. Er sagte undeutlich lächelnd:

«Was hältst du von Randy?»
«Ein großartiger Junge!» sprudelte Jess hervor. «Mit einem einzigen Kinnhaken hat er Ned Jones niedergeschlagen.»
Tom runzelte die Stirn.
«Er hatte mit Ned eine Schlägerei?»
Jess biß sich auf die Lippen. Sie hatte sich verraten!
«Ach!» meinte sie verlegen, «die Wahrheit ist, ich war ... ich war es, die angefangen hat!»
Tom glaubte, nicht richtig gehört zu haben.
«Du hast dich mit dem Rüpel eingelassen?»
«Es war nicht meine Schuld, sicher nicht», beteuerte Jess, rot bis über die Ohren.
In diesem Augenblick kam Randy mit zwei Gläsern Limonade zurück. Eines reichte er Jess, die glücklich über die Ablenkung war, und bot das andere Tom an, der kopfschüttelnd ablehnte. Randy nahm selbst einen Schluck und zog eine Grimasse.
«Zu süß! Mit einem Schluck Gin wird das besser sein! Ich hole ihn rasch.»
«Aber wir dürfen keinen Alkohol trinken!» sagte Jess eilig.
«Ach ja, ich entsinne mich!» spöttelte Randy; er blinzelte Tom zu.
«Du müßtest mal in die Stadt kommen. Da würdest du endlich zu leben anfangen!»
Tom verzog keine Miene.

«Ja, eines Tages vielleicht», sagte er gelassen. Er wandte sich Jess zu, die den Papagei neckte.

«Aber warum, zum Teufel, hast du dich mit Ned Jones eingelassen?»

Randy erstickte fast vor Lachen.

«Sie hat sich mit ausgestreckten Krallen auf ihn gestürzt! Und weißt du warum? Der Dummkopf hatte sich über einen kleinen Neger lustig gemacht! Entrüstet hat sich das Fräulein dazwischen geworfen!»

Jess fügte triumphierend hinzu: «Die Uhr habe ich ihm abgerissen!»

Tom mußte unwillkürlich lachen.

Tante Mary kam über die Veranda.

Im Gegensatz zu Sarah war Tante Mary eine imposante Erscheinung. Sie machte einen würdigen, bedächtigen Eindruck. Trotz der Hitze trug sie ein hochgeschlossenes Kleid; und es schien, als ob sie keinen Hals hätte.

«Guten Tag, Tante Mary», grüßte Jess beinahe flüsternd.

Tante Mary legte die Hände auf die Schultern des jungen Mädchens, beugte sich leicht vor und streifte ihre Wange mit einem Kuß.

«Guten Tag, Jessica. Warum bist du nach dem Gottesdienst so schnell verschwunden? Ich hatte Randy geschickt, um dich zu suchen!»

Jess, auf diese Frage nicht vorbereitet, blickte Randy bittend an. Er kam ihr zur Hilfe.

«Ich habe meine Cousine in lebhafter Unterhaltung mit ihrer Freundin angetroffen, einer reizenden jungen Dame!»

Er hob sein Limonadenglas, als würde er einen Toast auf sie anbringen. «Ich hätte mir niemals träumen lassen, daß es so viele hübsche Mädchen in diesem langweiligen Nest gibt!»

«Dieser Junge denkt nur an Mädchen! Oh, Gott! In was für Zeiten leben wir! Als ich jung war . . .»

Joachim steckte den struppigen Kopf durch die Tür und schrie:

«Mama! Wann essen wir?»

«Sofort, mein Schatz, Tante Sarah schmeckt nur noch die Soße ab.» Sie strich mit der Hand über das Haar des Kindes: «Geh schnell ins Haus, du bist naß geschwitzt. Und hier draußen zieht es, mein Küken!»

Randy seufzte.

«Mein Bruder ist auf dem besten Weg, eine Memme zu werden», bemerkte er. «Mama, weißt du, wie ich in Fort Myers schwimmen gelernt habe? Man hat mich am Hosenbund gepackt und ins Becken geworfen! Beinahe wäre ich ertrunken, aber als ich wieder herauskam, konnte ich schwimmen!»

«Wenn du die zarte Konstitution von Joachim hättest, würdest du anders sprechen», tadelte Tante Mary.

Jess hatte Lust zu sagen, daß Joachim robuster als ein Pferd war, wenn es darum ging, die riesigen Mengen von Süßigkeiten zu verdauen, die er täglich verschlang; aber sie schwieg.

Wenig später begab sich die Familie zu Tisch. Eilig hatte sich Jess gekämmt. Nathaniel musterte sie von Kopf bis Fuß.

«Und die Hände?!»

Jess zeigte ihr Hände vor. Gott sei Dank, sie hatte daran gedacht, die Nägel zu reinigen!

Zufrieden, ohne ein Wort zu verlieren, wandte Nathaniel sich um. Sein Blick fiel auf Tom.

«Deine Krawatte sitzt schief!»

Tom errötete leicht und brachte seine Kleidung in Ordnung. Endlich setzte man sich. Tante Mary schwenkte eine kleine, silberne Glocke und Rita, die schwarze Hausangstellte, trug die Suppe auf.

Jess hatte ihren Platz zwischen Randy und Tom. Während sie mit großem Appetit aß, beobachtete sie ihren Vetter. Neben ihm fühlte sie sich unbeholfen und linkisch. Sie wagte kaum zu reden, weil sie immer das Gefühl hatte, etwas Falsches zu sagen. Randy plauderte die ganze Zeit, war witzig und geistreich. Selbst Nathaniel konnte ein nachsichtiges Lächeln nicht zurückhalten. Tante Mary betrachtete

ihren Ältesten voller Stolz, während Joachim sich schweigend satt aß.
«Der Junge wird sich den Magen verderben!» rief Randy, als sein jüngerer Bruder ein zweites Stück Karameltorte verlangte.
Joachim streckte ihm die Zunge heraus. Tante Mary schien entsetzt.
«Joachim, Lieber! Man streckt bei Tisch nicht die Zunge heraus!»
«Man streckt überhaupt nicht die Zunge heraus!» entfuhr es Jess.
Ein Blick ihres Vaters brachte sie zum Schweigen. Nathaniel war der Meinung, daß Tante Marys Erziehungsmethoden niemanden etwas angingen. Als Jess etwas beschämt aufblickte, lächelte ihr Randy verständnisvoll zu. Sie lächelte zurück und ohne zu wissen warum, wurde sie rot bis über die Ohren.
Nach dem Essen gingen Nathaniel und Tom zu einer Besprechung zum Sheriff. Sarah und Tante Mary plauderten im Salon, und Joachim, mit Karameltorte überfüttert, schlief. Alles war still. Nur die Insekten summten im Garten.
Jess schlich aus dem Haus und huschte über die Veranda. Der Papagei saß schläfrig auf der Stange. Er öffnete ein Auge, warf einen Blick auf das Mädchen, und schloß es sogleich wieder.
Jess setzte sich auf die Treppe, zog die Schuhe aus

und bewegte erleichtert die Zehen.
«Willst du ein Sonnenbad nehmen?» fragte hinter ihrem Rücken eine spöttische Stimme.
Jess sprang auf. Sie drehte sich herum, in jeder Hand einen Schuh.
«Ich . . . ich habe meine Schuhe ausgezogen, das ist alles. Sie stören mich beim Gehen!»
«Das wundert mich nicht», entgegnete Randy. «Die Sohlen sind durchgelaufen und die Absätze schief. Bitte doch deinen Vater, der ja so gut und freundlich ist, er soll dir ein neues Paar kaufen!»
Jess wurde rot.
«Warum neue Schuhe kaufen? Ich ziehe sie doch nur sonntags an.»
«Das ist allerdings ein Grund». Er setzte sich auf die Stufe und streckte seine langen Beine aus.
«Ich müßte Briefe schreiben, aber es ist zu warm, und ich habe zu viel gegessen! Ich sah dich über die Veranda schleichen. Hast du eine Verabredung?»
«Ich gehe zu meinem Freund.»
«Ei, sieh da! Ist denn der liebe Vater unterrichtet?»
«Das ist ganz gleich», sagte Jess. «Mein Freund ist zwölf Jahre alt.»
Randy warf ihr einen erstaunten Blick zu.
«Ich dachte, daß du über das Alter hinaus bist, wo man auf Bäume klettert!»
«Ich werde in einigen Monaten fünfzehn und klette-

re nicht mehr auf Bäume.»
«Natürlich nicht», sagte Randy, «in deinem Alter fängt man im allgemeinen an, sich für anderes zu interessieren.»
Er ergriff die Hand des Mädchens und drückte sie. Jess zuckte zusammen. Noch niemals hatte ein Junge ihre Hand so lange und mit solcher Zudringlichkeit gehalten. Sie erinnerte sich an alles, was ihr Debbie Tracker erzählt hatte. Leicht verwirrt entzog sie ihm ihre Finger. Randy beobachtete sie. Sie schlug die Augen nieder.
«Ich ... ich muß jetzt gehen.»
«Kann ich dich begleiten?»
Jess schüttelte den Kopf.
«Nein, es würde ihm nicht recht sein».
«Wem würde es nicht recht sein?» fragte Randy verblüfft.
«Meinem Freund! Und zudem würde sich das Rehkitz ängstigen.»
«So, so ...!»
Randy zog ein Päckchen Lucki Strikes aus seiner Hosentasche, zündete eine Zigarette an und rauchte verdrießlich.
Jess spielte mit ihren Zehen im Sand.
Sie hatte ihn gekränkt! Aber Haoko mochte Fremde nicht. Er hatte Monate gebraucht, sich an Tom zu gewöhnen.

«Es tut mir leid ...»
«Ich werde ins Dorf gehen», murmelte er, «das wird mich auf andere Gedanken bringen.»
Jess seufzte. Die Schuhe über die Schulter gehängt, durchquerte sie den Garten, öffnete das Tor und lief eilig über die Straße.

9. Kapitel

Jess bog von der Straße ab und drang entschlossen in das Unterholz ein. Sie bahnte sich einen Weg durch das dichte Farnkraut. Im Schatten der Steineichen und Magnolien war die Luft voller süßlicher Düfte. Inmitten von Lianen und Brombeerranken glänzten gelbe Orchideen auf bemoosten Ästen. Als sie dem Sumpfgebiet näher kam, das sich bis an den Fluß ausdehnte, überwucherten Bambusstauden und Schilf das Unterholz. Hyazinthen, Narzissen und blaue Iris wuchsen hier im feuchten Boden. Ein Wasserhuhn verschwand im Schilf.

Jess erreichte den Fluß, der wie ein schmales, silbernes Band zwischen den Blättern hindurch schimmerte. Sie folgte ihm eine Weile, die Lianen beiseite schiebend. Endlich erreichte sie eine kleine Lichtung.

Hier stand eine Hütte unter moosbehangenen Zweigen. Sie war auf Eichenpfähle gebaut worden. Das Dach war mit Palmenwedeln bedeckt.
Alles schien leblos in der Nachmittagshitze. Eine kleine Eidechse sonnte sich auf einem umgestürzten Baumstamm. Jess konnte die feinen Punkte auf ihrem Körper, und am Hals den Pulsschlag erkennen. Als sie sich näherte, verschwand die Echse blitzschnell.
Jess ging zur Hütte und blickte ringsum. Plötzlich stand sie still und lächelte.
Haoko lag neben der Hütte im Schatten und schlief. Den einen Arm über dem Gesicht, umschlang er mit dem andern den seidigen Hals des kleinen Rehs. Gleichmäßig hob und senkte sich unter dem roten Hemd die schmale Brust. Die Lippen waren leicht geöffnet.
Geräuschlos näherte sich Jess, hockte sich neben dem schlafenden Kind nieder und betrachtete es. Eine Mücke tanzte über dem braunen Gesicht. Jess verscheuchte sie. Diese Handbewegung schien das Reh erschreckt zu haben, das sich bis jetzt ruhig verhalten hatte. Es hob den Kopf und versuchte, sich aus Haokos Umarmung zu befreien. Haoko erwachte. Er setzte sich blinzelnd auf.
«Hast du gut geschlafen?» fragte Jess.
«Warum hast du mich nicht geweckt?»

«Du hast im Schlaf gelächelt, ich wollte dich nicht stören! Wovon hast du geträumt?»
Haoko schüttelte den Kopf.
«Ich weiß es nicht mehr.»

Das Rehkitz hatte sich entfernt. Ein blauer Schmetterling gaukelte vor seiner Nase. Es erschrak. Der Schmetterling flatterte zur Seite, und das Reh sah ihm mit seinen großen Augen erstaunt nach.
Jess und Haoko brachen in Gelächter aus. Das junge Mädchen legte sich ins Moos, die Arme im Nacken verschränkt. Sie schloß die Augen.
«Bist du allein?» fragte sie. «Wo ist deine Mutter?»
«Sie ist ins Seminolen-Dorf gegangen, um eine kranke Frau zu pflegen.»
Plötzlich richtete er sich auf und schaute Jess mit glänzenden Augen an.
«Vergangene Nacht habe ich eine Herde Hirsche gesehen. Einer von ihnen, der größte, war weiß wie das Mondlicht. Meine Mutter sagte, er sei der König des Waldes, man müsse ihm eine Gabe überreichen. Sie löste ein Medaillon aus ihrer Halskette und legte es ins Moos. Der Hirsch kam langsam näher, so dicht zu uns heran, daß ich ihn hätte berühren können. Mutter verneigte sich vor ihm. Eine ganze Weile hat er uns angeblickt. Dann entfernte er sich . . .»
Die Augen halb geschlossen, hörte Jess der sanften,

melodischen Stimme zu. Große Ruhe erfüllte sie. Es war ihr, als könne sie ewig so liegenbleiben, ohne sich zu bewegen, ohne etwas zu wünschen ...

10. Kapitel

Jess saß noch im Nachthemd auf dem Bett und bürstete ihr Haar. Sie band es zusammen. Der Morgen graute und ein frischer Wind wehte durch das schmale Fenster. Jess sprang auf, nahm ihre Sachen und zog sich hastig an.

In der Küche bereitete Sarah das Frühstück zu. Ein angenehmer Duft von Kaffee wehte dem Mädchen engegen.

«Jess, beeile dich!»

«Komme schon, Mama!»

Sie öffnete die Klapptür und stieg in die Küche hinunter. Nathaniel saß auf dem Hocker und trank den heißen Kaffee in kleinen, schnellen Schlücken.

Jess umarmte ihre Eltern. Sie setzte sich und tauchte ihr Brot in die Schale mit Milchkaffee.

Wenig später erhob sich Nathaniel, nahm die Tasche, die seine Frau mit Proviant gefüllt hatte und verließ die Küche. Er stieg in den Lieferwagen, Tom setzte sich an seine Seite. Der Wagen fuhr an, wendete vor dem Haus und entfernte sich in Richtung des Waldes.

Der Nebel war so dicht, daß man die Wipfel der Palmen nicht sehen konnte. Der Himmel hatte eine unbestimmte rosagoldene Färbung angenommen. Mit einem Schlag kam die Sonne durch und zerriß den Dunst. Warmes Licht überflutete die Bäume. Ein neuer Tag hatte begonnen.

Während die Mutter in der Küche hantierte, ging Jess die Hühner füttern und füllte die Futtertröge der Ferkel. Danach brachte sie ihr Zimmer in Ordnung und half ihrer Mutter das Geschirr abtrocknen.

Gegen zehn Uhr machte sich Jess auf den Weg zum Fluß, ein Waschbrett in der Hand und einen Korb schmutziger Wäsche auf der Hüfte tragend.

Im Schatten der Bäume eilte das junge Mädchen mit schnellen Schritten vorwärts. Bald hatte es den Fluß erreicht, der zwischen den moosbedeckten Ufern kupferfarbene Töne annahm. Eine leichte Strömung kräuselte die Oberfläche.

Jess kniete nieder und begann mit der Arbeit. Sie seifte die Wäsche ein und schlug sie energisch auf

das Waschbrett. Der weiße Schaum spritzte ins Schilf. Wenn sie ein Wäschestück in den Fluß tauchte, blähte es sich auf wie ein Segel.
Sie war von der Arbeit ganz in Anspruch genommen. Ihre Mutter hatte sie gebeten, sich zu beeilen. Manchmal hielt sie an, um Atem zu schöpfen. Mit dem Unterarm wischte sie über die Stirn, um einige widerspenstige Haare zurückzustreichen.
Plötzlich raschelte es im Gras. Jess zuckte zusammen und blickte sich um.
«Randy!» rief sie erschrocken.
«In Person!»
Er trug Blue Jeans und Gummistiefel und hatte ein Gewehr über die Schultern gehängt.
«Habe ich dir Angst eingejagt?»
«Ich ... nein ... eigentlich, ja!» stotterte Jess verwirrt. «Nie kommt jemand hierher. Ist es einer von der Familie, erkenne ich ihn am Schritt. Wenn es ein Fremder ist, weiß ich es sofort.»
«Nun hör aber auf! Heute bin ich also ein Fremder, das fängt ja gut an!»
Jess biß sich auf die Lippen. Sie hatte ihn wieder einmal gekränkt. Sie verwünschte ihre Ungeschicklichkeit.
«Wie bist du bis hierher gekommen?» fragte sie.
«Ich habe mir von einem Farmer ein Pferd geliehen – wie in guter alter Zeit. Es scheint, daß es das geeig-

netste Fortbewegungsmittel ist, um sich in den Busch zu wagen.»
«Da hast du recht», sagte Jess. «Selbst Papa hat oft Schwierigkeiten mit dem Lieferwagen. Die Räder bleiben im Schlamm stecken und müssen mit der Schaufel ausgegraben werden.»
«Ein schönes Land!»
Randy ließ das Gewehr von der Schulter gleiten, legte es auf den Boden, und setzte sich mit gekreuzten Beinen in die Nähe des jungen Mädchens.
«Ich habe mein Pferd in der Farm gelassen. Tante Sarah schien erfreut, mich zu sehen; sie sagte mir, daß ich dich am Fluß finden würde.»
«Warum hast du das da mitgenommen?» fragte Jess, indem sie mit Abscheu auf das Gewehr deutete.
«Das? Ich möchte auf die Jagd gehen. Ich werde Tom vorschlagen, mich in die Sümpfe zu begleiten. Vorhin habe ich vom Pferderücken aus eine Ente erlegt. Sie flog genau vor der Nase meines Pferdes hoch! Mama wird glücklich sein über den Braten. Das gibt ein Festessen!»
Jess erinnerte sich an die Worte Haokos: Wenn ich ein Geschöpf des Waldes töte, wird der Geruch des Blutes an meinen Händen haften bleiben, und alle Tiere werden vor mir fliehen . . .
«Nein», sagte sie mit dunkler Stimme, «das ist nicht gut.»

«Was ist nicht gut?»
«Die Tiere des Waldes zu töten.»
«Ach! Was macht das schon aus, ein Tier mehr oder weniger? Beruhige dich», fügte er schnell hinzu, als er sah wie Jess auffuhr, «ich bin nicht gekommen, um mit dir über die Jagd zu sprechen, sondern um dich zu einer Party einzuladen.»
«Zu einer Party?» wiederholte Jess verdutzt. «Ich war noch nie an einer.»
Er lachte.
«Ein Grund mehr, die Einladung anzunehmen.»
Jess tauchte die Hände ins Wasser und spielte mit den schwimmenden Gräsern.
«Es ist . . . ich . . . ich kann nicht tanzen!»
«Das ist wirklich nicht schwer», sagte Randy. «Man muß nur auf die Musik achten und Sinn für Rhythmus haben. Du wirst es schnell lernen!»
Jess biß sich auf die Lippen. Verlegen gestand sie schließlich:
«Papa wird mir niemals erlauben hinzugehen. Er sagt . . . er sagt, in Tanzlokalen verliert man seinen guten Ruf!»
«So! Das hat er gesagt? Mama wird beleidigt sein, wenn sie hört, daß man in ihrem Haus seinen guten Ruf verliert. Sie ist es, die die Party gibt!»
Jess machte große Augen.
«Tante Mary?»

«Ja, so ist es!» sagte Randy. «Ich habe sie überredet, ein kleines Tanzfest zu Ehren, hm ... meiner Rückkehr in den Schoß der Familie zu veranstalten. Gewiß, sie hat sich ein wenig bitten lassen, aber schließlich hat sie eingewilligt. «Du weißt», fügte er selbstgefällig hinzu, «daß sie mir nichts abschlagen kann!»

Jess war zufrieden. Trotz seiner Prinzipien würde ihr Vater nicht so unhöflich zu seiner Schwägerin sein, indem er seiner Tochter verbot, an einer Pary in ihrem Haus teilzunehmen.

«Also?» fragte Randy übermütig. «Was sagst du nun?»

«Großartig ...!»

Randy stützte sich auf die Ellbogen und kaute an einem Grashalm. Er betrachtete das Mädchen von der Seite und kniff die Augen ein wenig zusammen, weil ihn die Sonne blendete.

«Unter uns gesagt, die Idee mit der Party war nur ein Vorwand. Ich wollte mit dir in Ruhe reden, ohne befürchten zu müssen, daß du die Schuhe ausziehst und davonläufst.»

Jess hielt den Atem an. Machte er ihr den Hof?

«Du bist ein sonderbares Mädchen», fuhr Randy nachdenklich fort. «Einmal handelst du wie ein Kind, dann wieder ...»

Mit entschlossener Bewegung beugte er sich vor und

ergriff ihre Hand. Jess hob den Kopf und schaute ihn mit großen leuchtenden Augen an.

Ein leichtes Knistern im Schilf schreckte sie auf. Jess zog ihre Hand zurück und wandte den Kopf. Tom stand hinter ihnen. Unter dem Strohhut schien sein Gesicht völlig ausdruckslos. Jess errötete bis an die Haarwurzeln.

Randy hatte die Stirn gerunzelt.

«Was, zum Teufel, schleichst du in den Büschen herum wie eine Rothaut?»

Tom beachtete ihn nicht. Er sagte zu Jess:

«Deine Mutter schickt mich, um euch zum Essen zu holen. Wenn Randy bleiben will . . .»

«Ich sage nicht nein! Dieser Ausritt hat mich hungrig gemacht!» Randy stand auf und hängte das Gewehr über die Schultern.

Er wandte sich an Tom:

«Hast du mein Pferd versorgt?»

«Schon längst erledigt.»

Jess bemerkte den unangenehmen, herrischen Ton, in dem Randy mit Tom sprach. Unter anderen Umständen wäre sie vor Empörung hochgefahren. Aber jetzt grollte sie Tom. Sie fragte sich, wie lange er hinter ihnen gestanden war. Hatte er zugehört?

Sie raffte die Wäsche zusammen und legte sie in den Korb. Die drei jungen Leute gingen zur Farm zurück.

Randy sagte zu Tom, während er an seiner Waffe herumfingerte:
«Ich habe Lust, in die Sümpfe zu gehen und zu jagen. Kommst du mit?»
«Heute habe ich keine Zeit. Nächste Woche vielleicht. Zuerst müssen die Felder bestellt sein.»
Randy warf einen spöttischen Blick auf das junge Mädchen.
«Schade, Jess, daß du Angst vor Gewehren hast! Sonst könnten wir beide auf die Jagd gehen.»
«Ich will nicht, daß man Tiere tötet.»
«Ein oder zwei Schüsse nur . . .!»
Er glich einem kleinen Jungen, der um eine Süßigkeit bettelte. Jess konnte ein Lächeln nicht unterdrücken.
«Ich werde es mir überlegen!» sagte sie.

11. Kapitel

Randy machte sich erst bei Sonnenuntergang auf den Heimweg. Er verabschiedete sich von Jess und ihrer Mutter, während Tom sein Pferd sattelte. Sarah hatte keine Bedenken gehabt, Jess die Teilnahme an der Party zu erlauben. Diese wurde ja von ihrer Schwester veranstaltet.

«Es wird ein wenig Geschick brauchen, meinen Mann zu überzeugen», hatte sie lächelnd hinzugefügt, «aber es wird mir schon gelingen.»

«Wir haben völliges Vertrauen zu dir!» sagte Randy.

Tom kam aus dem Stall und führte das Pferd am Zügel. Randy stieg in den Sattel.

«Bis Sonntag!» rief er und sprengte davon.

Gegen den Zaun gelehnt, sahen ihm Tom und Jess nach.

Jess schwang sich auf den Zaun, wo sie mit den Beinen baumelnd balancierte.

«Kannst du dir das vorstellen, Tom! Ich bin zu einer Party eingeladen worden! Oh ...! Es ist wundervoll! Ich bin noch nie so glücklich gewesen. Und Randy hat mir versprochen, zu zeigen wie man tanzt!»

Es überraschte Jess, daß Tom beharrlich schwieg.

«Tom, was hast du? Freust du dich nicht über die Einladung?»

«Ich, ich werde nicht tanzen gehen.»

Jess blickte ihn verdutzt und ratlos an.

«Du wirst nicht gehen? Warum nicht?»

Er zog die Schultern hoch.

«Ich vertue meine Zeit nicht mit hüpfen!»

Er sprach mit rauher Stimme, ohne Jess anzusehen. Warum ist er so merkwürdig, dachte sie bekümmert. Hat es ihm nicht gepaßt, daß Randy mit mir am Flußufer war?

«Tom, sagte sie niedergeschlagen, wenn du nicht mitkommst, ich ... ich werde dann keinen Spaß daran haben.

«Du legst Wert darauf, daß ich mitkomme?»

«Ja», versicherte Jess und legte ihre Hand auf seinen Arm, «allergrößten!»

Er war unentschlossen und sah verdrossen zu Boden. Schließlich steckte er die Hände in die Taschen,

hob den Kopf und sah Jess lange an:
«Gut! Wenn es so ist, begleite ich dich.»
«Wie nett du sein kannst, wenn du willst», sagte Jess, und sprang vom Zaun herunter. Sie lachte ihn strahlend an:
«Wir werden zusammen tanzen lernen!»
Sie wollte sich entfernen, als er sie zurückhielt.
«Jess, es ist nicht meine Sache ... aber vertraue Randy nicht zu sehr.»
Wieder fühlte Jess, wie sie rot wurde.
«Weshalb nicht?»
Tom war bemüht, sich verständlich zu machen und Worte zu finden, die das ausdrückten was ihn bewegte.
«Ich weiß nicht warum, Jess, aber ich bin mißtrauisch ... Ich finde, er ist so selbstbewußt, so ... überheblich.»
«Aber er ist doch so liebenswert!»
Tom dachte bei sich, daß diese Bezeichnung nicht gerade das war, was zu Randy am besten paßte.
«Auch sein Verhalten dir gegenüber, gefällt mir nicht», fuhr er hastig fort. «Er macht dir den Hof, und man sieht, daß er Übung darin hat. Wenn er sich daneben auch für andere Mädchen interessiert, so will ich, daß er dich in Frieden läßt. Er hat kein Recht, sich über deine ... deine Gefühle lustig zu machen!»

«Du redest Dummheiten!» entgegnete Jess verdrießlich. «Ich weiß nicht, was in deinem Kopf vor sich geht, aber ich will nicht, daß du häßlich über Randy sprichst!»

Sie hob beleidigt ihr Kinn und lief auf das Haus zu. Tom blieb zurück und schaute ihr nach. Er schalt sich einen Dummkopf und fragte sich, warum, zum Teufel, er so wütend auf sich selbst war.

12. Kapitel

Ungeduldig fieberte Jess dem Wochenende entgegen. Freude und Niedergeschlagenheit wechselten wie Wolken am Himmel. Die Anzeichen täuschten nicht: Jess war in Randy verliebt! Wenn sie nur seinen Namen hörte, wurde sie verwirrt und errötete.

Während Jess von morgens bis abends mit Arbeit beschäftigt war, ließ sie ihre Gedanken schweifen. Sie baute die tollsten Luftschlösser: Randy heiratet sie, und sie zogen zusammen in die Stadt. Sie hatten ein großes Haus, ähnlich wie das von Tante Mary, mit Fernsehapparat und Kühlschrank. Selbstverständlich mußte sie sich von Tom trennen und von ihren Eltern . . ., auch von Haoko. Aber sie war bei Randy. War das nicht die Hauptsache? Gewiß, Debbie hatte ihr gesagt, daß es Jungen gibt, die den

Mädchen alles mögliche erzählen, nur um ihr Vertrauen zu gewinnen, nur um Vorteile daraus zu ziehen. Aber was Randy betraf, da war sie sicher. Wenn er nicht aufrichtig wäre, würde ich es fühlen, dachte sie.
Auch Toms Verhalten beschäftigte sie. Seit ihrer Auseinandersetzung war er verschlossener denn je und öffnete kaum noch den Mund. Jess kannte sich nicht mehr aus: Er beträgt sich, wie wenn er eifersüchtig wäre. Bei dem Gedanken mußte sie lachen. Im Grunde genommen gefiel ihr die Situation. Außerdem – und es war das erste Mal, daß Jess bewußt daran dachte – war Tom nur ihr Adoptivbruder. Sie konnte ihn heiraten, wenn sie wollte ... Über diese Vorstellung war sie einen Augenblick betroffen, aber sie vergaß sie sogleich wieder. Sie hatte andere Sorgen: Würde sie bei Tante Mary mit dem ewigen, blauen Kleid erscheinen müssen? Jess hatte lange gezögert, bevor sie mit ihrer Mutter darüber sprach. Sie wußte schon, daß diese verwünschte Kleiderfrage ihr die ganze Freude verderben würde.
Am Freitagmorgen war Sarah damit beschäftigt, Möhren zu reiben. Jess nahm ein Messer und setzte sich zu ihr. Sie fuhr vervös mit der Zunge über die Lippen.
«Mama!»

«Ja?»
Jess nahm ihren ganzen Mut zusammen.
«Ich ... ich wollte dich etwas fragen. Du hast mir erlaubt, zu der Party zu gehen. Alle Mädchen werden hübsch angezogen sein und ich ... ich schäme mich fürchterlich in meinem alten, ausgebesserten Kleid. Wenn ich beim Tanzen die Arme hebe, werden alle Nähte reißen, und ich stehe im Unterrock da!»
Sarah rieb ihre Möhren weiter. Siewußte, wie wichtig diese Einladung für Jess war. Sie machte sich Sorgen über die Zukunft ihrer Tochter. Gewiß, Jess war noch ein Kind, aber in ihrer Familie hatte man sich immer sehr jung verheiratet. Randy war eine gute Partie. Aber irgendwas gefiel Sarah nicht an ihm. Am besten war, wenn Jess noch andere junge Leute kennenlernte. Das war der Grund, weshalb sie dem jungen Mädchen erlaubt hatte, die Einladung anzunehmen. An jenem Abend, als Nathaniel angefangen hatte, im Namen der Heiligen Schrift loszudonnern, hatte Sarah in scharfem Ton geantwortet: «Willst du, ja oder nein, daß deine Tochter einen Mann findet?»
Jess hat recht, dachte Sarah. Dieses blaue Kleid ist wirklich schäbig.
Sie legte ihr Messer hin und ohne ein Wort zu sagen stand sie auf. Sie trocknete die Hände an ihrer

Schürze und verschwand im Schlafzimmer. Jess hörte sie herumkramen. Als Sarah einen Augenblick später wieder erschien, konnte das junge Mädchen einen Ausruf der Verwunderung nicht zurückhalten.
«Ich habe dieses Kleid an dem Tage getragen, als ich mich mit deinem Vater verlobte», sagte Sarah. «Es ist schon lange her. Sicher, das Kleid ist nicht mehr modern. Aber wenn es ein wenig geändert wird . . .»
Sie schien seltsam verändert.
«Ich habe es immer aufbewahrt . . .»
Jess umarmte ihre Mutter.
«Du bist so lieb!» sagte sie.
Sarah stieß einen Seufzer aus. Sie befreite sich und fügte mit gewohnter Stimme hinzu, indem sie das Kleid aufmerksam betrachtete:
«Die Farbe ist nicht verblaßt. Die Ärmel müssen geändert und der Saum gekürzt werden. Ich mache das heute abend.»

13. Kapitel

Der Lieferwagen stand vor dem Haus. Nathaniel wartete hinter dem Steuer, Sarah setzte sich zu ihm. Tom, der das Maultier getränkt hatte, kam aus dem Stall und zog hastig seine Jacke an.

«Wo bleibt denn Jess?» brummte Nathaniel. «Wir werden zu spät zur Kirche kommen!»

«Sie wird gleich fertig sein», antwortete Sarah.

In dem Augenblick öffnete sich die Küchentür, und Jess trat über die Schwelle. Tom blieb wie gebannt stehen. Er glaubte seinen Augen nicht zu trauen.

Jess trug ein leichtes, gelbes Kleid. Das schmale Oberteil und die langen, bestickten Ärmel unterstrichen ihre schlanke Gestalt. Die aufgesteckten Haare ließen sie größer erscheinen. Sie lächelte – es war ein zaghaftes, glückliches Lächeln.

Tom stand wie benommen da und betrachtete Jess, als sähe er sie zum ersten Mal. Er merkte plötzlich, daß er sich miserabel fühlte.
Jess sagte etwas, und Tom stellte erleichtert fest, daß wenigstens ihre Stimme unverändert war.
«Wie gefalle ich euch?»
Nathaniel trommelte ungeduldig auf dem Steuerrad herum.
«Jessica», sagte er, «hör' auf mit der Ziererei und steig ein. Wir sind schon verspätet!»

Haoko saß im Schatten der Hütte und knüpfte ein Tragnetz.
Als Jess eintrat, unterbrach der kleine Seminole die Arbeit. Er hob die Augen und lächelte.
Das junge Mädchen trat aus den Büschen. Die Wangen waren vom Laufen gerötet, und die Augen leuchteten.
«Ich kann nur einen Augenblick bleiben, Haoko! Ich wollte dich rasch sehen ... Ich bin so glücklich, wenn du wüßtest!»
Sie hockte sich neben dem Kind nieder, legte einen Arm um seine Schultern und schmiegte ihre Wange gegen die seine. Haokos Hand war zart und seidig und duftete leicht nach Harz.
«Ich gehe auf eine Party!» sagte Jess. «Stell' dir vor!»

Haoko machte große Augen.
«Auf eine Party?»
«Mein Vetter Randy hat mich eingeladen, ich werde Tanzen lernen! Oh, Haoko! Ich bin so glücklich. Ich muß es überall erzählen!»
Das Reh, das hinter einem Pfahl gelegen hatte, näherte sich zaghaft. Es reckte seinen kleinen Kopf dem Mädchen entgegen. Jess langte nach ihm und berührte das warme Mäulchen, so seidig wie Samt.
«Mama hat mir ihr Verlobungskleid geschenkt... Guck' mal.» Mit der Hand strich sie über den feinen Stoff, fuhr mit verträumter Stimme fort: «Als ich vor der Kirche aus dem Wagen stieg, hat mich Randy sehr lange angesehen...! Er sagte mir etwas sehr, sehr Hübsches...»
Sie errötete und sagte leise:
«Er sagte mir: Du bist wie eine Mimose!»
Haoko schwieg. Sein Gesicht hatte einen abwesenden Ausdruck.
«Was hast du?»
Er murmelte und sprach wie zu sich selbst:
«Als du den jungen Mann erwähnt hast, war es wie wenn eine Wolke die Sonne verdeckt hätte.»
«Was willst du damit sagen?»
Haoko sprach so leise, daß Jess ihn kaum verstand. «Es ist etwas... tief in mir. Ich empfinde es sehr deutlich.»

Er hob den Kopf.

«Irgend etwas wird in dein Leben treten ... Sei vorsichtig, ich sehe ein Unglück ..., und ich sehe auch den Tod. Aber der Tod wird für dich wie der Frühling sein, wenn sich die Bäume mit Blüten bedecken ... So wie der Tod die Tränen bringt, für dich bringt er das Glück ...»

Haoko verstummte. Sein Stirn war mit Schweißtropfen bedeckt.

«Haoko!» rief Jess verstört, «was hast du gesagt?»

Das Kind sah sie verständnislos an, verwirrt.

«Ich weiß es nicht mehr!»

«Du hast vom Tod gesprochen!» drängte Jess. «Muß ich sterben»?

«Nein ...» antwortete Haoko nach kurzem Schweigen. «Nein, du nicht ...»

«Wer denn? Randy, meine Eltern. Oder Tom.»

Haoko schüttelte den Kopf.

«Ich weiß es nicht ... Aber ich habe den Tod gefühlt. Es war ... es war wie ein eisiger Wind ...»

Ein Zittern lief durch seinen Körper. Er kreuzte die Arme, wie um sich zu wärmen. Aber die Hitze in der Lichtung war niemals größer gewesen.

Jess blickte ihn bestürzt an. Sie verstand nicht, was geschehen war. Umsonst bemühte sie sich, die Angst abzuschütteln, die sie ergriffen hatte. Die beschwörende Stimme des kleinen Indianers, die geheimnisvollen Worte, die er ausgesprochen hatte, ließen in ihr ein tiefes Unbehagen zurück. Sie dachte an seine Mutter. – Nannte man sie nicht eine Zauberin?

Mit geschlossenen Augen lehnte sich Haoko gegen einen Pfeiler. Er war sehr blaß. Wieder hatte Jess den Eindruck, daß er innerlich litt. Sie neigte sich zu ihm und vergaß ihre eigene Angst.

«Bist du krank?»

Er schüttelte den Kopf.

«Jess ... erinnerst du dich an den Baum der goldenen Vögel?»

Sie nickte. Er stieß einen leichten Seufzer aus und entspannte sich. Er schien jetzt sehr ruhig und friedlich zu sein.

«Du ... du wirst ihn finden, den Baum der goldenen Vögel ... Ja, du wirst ihn finden!»

14. Kapitel

Auf dem Rasen war ein großes Feuer angezündet worden, und Tante Mary hatte bunte Lampions um die Veranda herum aufhängen lassen. Während die Jungen tanzten, saßen die älteren Leute unter den Bäumen und plauderten. Auf einem riesigen Tisch gab es Obstkuchen, gebratenes Huhn, kaltes Fleisch und Salate und Limonade.

Jess war überrascht, so viele Leute anzutreffen. Das ganze Dorf schien eingeladen worden zu sein. Aber Feste wurden hier so selten abgehalten, daß alles von der Gelegenheit profitierte.

Als Randy Jess zum Tanzen aufforderte, antwortete sie von Panik ergriffen:

«Ich kann einfach nicht . . . Es ist unmöglich!»

Er lächelte geduldig.

«Es ist doch so leicht, Jess! Nur etwas Mut! Er fehlte dir am letzten Sonntag nicht, als du auf Ned Jones losgegangen bist!»

Jess prustete vor Lachen. Sie fühlte sich ein wenig besser.

«Komm!» sagte Randy. Es wurde eine alte abgedroschene Walzermelodie gespielt. Jess ließ sich von Randy führen. Er umfaßte sie sicher und beruhigend. Nach und nach verlor sie ihre Hemmungen.

«Laß dich führen», sagte Randy leise. «Sei nicht so steif! So ... langsam! Mach' nicht zu große Schritte! Gib acht! So ist es richtig! Du siehst, es ist ganz leicht!»

Jess nickte lächelnd. Sie achtete auf den Rhythmus der Musik. Sie strahlte vor Freude. Ich tanze! dachte sie. Ich habe Tanzen gelernt!

Sie hob den Kopf. Die Bäume hoben sich vom etwas helleren Himmel ab. Das Feuer knisterte, wenn ein Scheit barst, sprühten Funken. Der Duft der Blumen mischte sich mit dem scharfen Geruch von Harz und verbranntem Laub. Ein großer, rötlicher Mond stand zwischen den Eichen.

Randy flüsterte:

«Findest du nicht, daß der Mond einer von Mamas Lampions sein könnte, nur viel größer?»

Jess lachte hell. Alles, was er sagte, fand sie geistreich.

Sie hatten sich zu lange im Kreise gedreht. Ein leichtes Schwindelgefühl erfaßte sie, und sie klammerte sich an Randys Arm. Sie betrachtete sein schönes ausdrucksvolles Gesicht, seine großen, glänzenden Augen. Sie glaubte auf Wolken zu schweben. Selbst die Erinnerung an Haoko und seine seltsamen Worte konnten ihr Glück nicht trüben.

Debbie Tracker, in einem langen, grünen Kleid tanzte mit Harry Timber. Sie schielte über die Schulter ihres Tänzers hinweg zu Randy und Jess hinüber und zischelte:

«Da ist Jess und ihr Vetter Randy, sie scheinen sich großartig miteinander zu verstehen.»

Harry wandte den Kopf. Er kam aus dem Takt und trat Debbie auf den Fuß.

«Oh! Pardon! Randy ist ein faszinierender Typ! Ich habe ihn vor ein paar Tagen im ‹Blue Moon› gesehen!»

«Wo? Ja hatte er denn die Erlaubnis, dorthin zu gehen?» fragte Debbie verwundert.

Harry zuckte die Schultern.

«Ist wohl anzunehmen! Er spielte Karten mit Jack Slutter und trank sogar Whisky.»

Debbie riß die Augen auf.

Der «Blue Moon» war der Treffpunkt von Billard- und Pokerspielern. Jugendlichen unter achtzehn Jahren war der Zutritt verboten. Was Jack Slutter betraf, so wußte jedermann, daß er wegen Drogen im Gefängnis gesessen hatte. Er hatte einen schlechten Ruf, und keiner der Jugendlichen im Dorf würde sich getrauen, mit ihm Karten zu spielen oder gar Whisky zu trinken. Das hätte ein schönes Donnerwetter abgesetzt. Plötzlich blickte Debbie ihren Partner mißtrauisch an.

«Und du ...? Was hattest du im «Blue Moon» zu suchen?»

Harry wurde knallrot.

«Hm! Ich ... nichts! Ich ... ich kam ganz zufällig da vorbei. Die Tür stand offen ...»

Debbie schüttelte verständnislos den Kopf.

«Freundchen, wenn dich dein Vater in der Nähe des «Blue Moon» erwischt, kannst du was erleben. Sei unbesorgt», fügte sie beruhigend hinzu, als sie das erschreckte Gesicht des Jungen sah, «ich verrate dich nicht!»

Sie beobachtete Jess. «Dieser Randy ist ein Taugenichts, und Jess ist natürlich viel zu unerfahren, um es zu merken. Ich muß sie warnen!»

Plötzlich erblickte sie Tom, der gegen einen Pfeiler der Veranda gelehnt, mit finsterer Miene die tanzenden Paare beobachtete. Er schien weit entfernt, teilnahmslos. Im Widerschein des Feuers leuchteten seine blonden Haare auf. Debbie lächelte zufrieden. Sie hatte eine Idee.

«Debbie«, fragte Harry Timber, «versprichst du mir den nächsten Tanz?»
«Den nächsten nicht!» sagte Debbie entschieden. «Muß mich um etwas kümmern!»
Und weil Harry ein langes, enttäuschtes Gesicht machte, fügte sie hinzu:
«Ich verspreche dir den übernächsten!»
Sobald die Musik verstummte, ließ Debbie ihren Tänzer stehen und lief zu Tom, der noch immer auf der Veranda stand.
«Tom, ich muß mit dir reden!»
Entschlossen ergriff sie seine Hand und zog ihn in die Ecke.
«Es handelt sich um Jess und Randy.»
Tom blickte das junge Mädchen überrascht an und merkte an ihrem bekümmerten Gesichtsausdruck, daß er ihr vertrauen konnte.
«Auch ich bin besorgt.»
Debbie erzählte ihm, was sie von Harry erfahren hatte.
Tom schüttelte verzweifelt den Kopf.
«Habe schon versucht, Jess zu warnen ... Aber sie will nichts davon wissen.»
«Laß Jess da ganz heraus!» erwiderte Debbie. «Verliebte Mädchen sind eigensinniger als Esel. Mit Randy mußt du sprechen!»
«Was soll ich denn sagen?»

Debbie schlug die Augen zum Himmel auf.
«Nein! Zu blöde! Euch Jungen fehlt jeglicher praktische Verstand! Du sagst ihm ganz einfach: Randy, wenn du nicht aufhörst, mit meiner Schwester zu flirten, bekommst du es mit mir zu tun!»
Anschaulich hielt sie ihm die Faust unter die Nase.
«Du kannst sicher sein, daß er das versteht!»
Tom zweifelte nicht daran. Er betrachtete seine Schuhspitzen und sagte nachdenklich:
«Jess ist nicht meine Schwester!»
Debbie hielt diese Bemerkung für völlig überflüssig. Jeder im Dorf kannte Toms Geschichte.
«Na und?» sagte sie und hob erstaunt eine Augenbraue. «Ist doch gleich! Nicht?»
Wieder diese verfluchte Schwäche. Tom fühlte sich wie ausgehöhlt. Er strich sich über die Stirn, und es gelang ihm endlich, mit normaler Stimme zu antworten:
«Gut! Ich werde mit Randy sprechen.»

Tante Mary trug ein schwarzes Seidenkleid. Eine große Brosche schimmerte auf ihrer stattlichen Brust. Sie hielt Joachim auf den Knien, der mit Süßigkeiten vollgestopft, eingeschlafen war. Sarah saß neben ihr und pickte zerstreut mit ihrer Gabel in einem Teller herum. Nathaniel unterhielt sich einige Schritte weiter mit einer Gruppe Männer.

Tante Mary bemerkte anzüglich:
«Jess und Randy waren den ganzen Abend lang zusammen.»
«Jess war überglücklich, Tanzen zu lernen», erwiderte Sarah ausweichend.
Tante Mary schüttelte ärgerlich den Kopf. Sie wollte auf keinen Fall, daß Sarah sich Illusionen machte. Randy war viel zu vernünftig, als daß er dieses kleine Farmermädchen heiraten würde. Sicher, reizend war sie, aber sie besaß keinen Pfennig Geld und dazu nur wenig Bildung. Tante Mary erträumte für ihren Sohn eine glänzende Partie.
«Randy denkt noch nicht an eine Heirat», erklärte sie entschlossen. «Er hat sein Studium eben begonnen und wird es ohne Verzögerung beenden. Ich nehme an, daß du das verstehst!»
«Ja», antwortete Sarah.
Plötzlich wurde Tante Mary unruhig.
«Wo sind die jetzt hingegangen?»
Seit ein paar Minuten waren Randy und Jess verschwunden.

15. Kapitel

Randy hatte Jess in den dunklen Schatten der Bäume geführt. Gleich hinter dem Haus fing der Wald an.

Mit leicht nervösem Lächeln sagte Jess:

«Wohin gehen wir?»

Randy wandte den Kopf und Jess konnte in der Dunkelheit nur den Glanz seiner Augen sehen.

«Diese Leute sind alle unerträglich! Ich ziehe es vor, mit dir allein zu sein.» Er fügte spöttisch hinzu: «Hast du Angst?»

«Nein», sagte Jess mit zusammengeschnürter Kehle, «ich habe keine Angst.»

Randy hielt ihre Hand, während sein freier Arm die Zweige zurückschob. Jess folgte ihm schweigend. Sie fühlte, wie ihr Herz klopfte und ihre Wangen

glühten.
Randy stand plötzlich still und zog sie an sich. Jess drückte ihr Gesicht an Randys Schulter.
«Du zitterst», flüsterte er, «ist es dir kalt?»
«Ich ... ich weiß es nicht», antwortete Jess bedrückt.
Sie schmiegte sich enger an ihn, als wenn sie fürchtete, losgerissen zu werden.
Plötzlich vernahm sie ein Knistern und einen dumpfen Aufschlag.
Jess zuckte zusammen und wich zurück.
«Was ist das?»
Randy hatte es auch gehört. Er warf einen verwunderten Blick um sich.
«Ich weiß es nicht!»
«Da», flüsterte Jess, indem sie den Arm ausstreckte. Durch eine Lücke in den Zweigen war der sandige Weg sichtbar. Dort lag jemand am Boden.
Randy drückte den Arm seiner Begleiterin.
«Es ist nichts!» sagte er. «Jemand, der ein Glas zuviel getrunken hat. Verschwinden wir hier!»
Aber Jess konnte ihre Augen nicht von der Gestalt, die unbeweglich am Boden lag, abwenden.
«Es ist eine Frau!» rief sie aufgeregt. «Oh! Randy, wir müssen nach ihr sehen! Sie ist vielleicht krank!»
Randy nickte. Er deutete dem Mädchen an, auf ihn zu warten und bahnte sich einen Weg durch das Ge-

strüpp. Er überstieg den Zaun, überquerte eilig den Weg und beugte sich über die Frau.
Er richtete sich sofort wieder auf.
«Es ist nur eine Indianerin!»
«Eine Indianerin?»
Sie tastete sich durch das Buschwerk vorwärts und strich nervös die Zweige zur Seite, die ihre Wangen streiften. Der Zaun war nicht sehr hoch. Sie raffte ihren Rock und stieg darüber. Außer Atem lief sie über den Weg. Randy kam ihr entgegen.
«Bleib' nur! Es ist nur eine Rothaut aus der Reservation!»
Jess warf ihm einen erstaunten Blick zu. Sein Gesicht drückte tiefen Widerwillen aus. In ihrer Aufregung achtete Jess nicht weiter darauf.
«Ich muß sie sehen!»
Sie kniete neben der Frau nieder und hob vorsichtig ihren Kopf. Das Licht des Mondes fiel auf das Gesicht der Indianerin, und Jess erkannte verwirrt, daß es Kiotsee war, Haokos Mutter.
Jess hatte sie erst zwei- oder dreimal gesehen, einmal in der Nähe der Hütte und eines Tages in den Sümpfen, als sie Blätter von den Nußbäumen pflückte. Aber auch wenn sie ihr niemals begegnet wäre, sie hätte sie auf den ersten Blick erkannt, so auffallend war die Ähnlichkeit mit ihrem Sohn.
«Kiotsee!» flüsterte Jess mit besorgter Stimme.

Sie wandte sich ihrem Vetter zu.
«Hol' Hilfe! Schnell, benachrichtige Tante Mary, schnell!»
«Mama belästigen, für diese Bettlerin», protestierte Randy. «Das kann doch nicht dein Ernst sein?»
Jess blickte ihn ungläubig an. Sie öffnete den Mund um etwas zu sagen. In diesem Augenblick stöhnte Kiotsee leicht. Sie öffnete langsam die Augen. Eine Weile war ihr Blick unsicher, dann wurde er klar.
«Fühlen Sie sich besser?» fragte Jess besorgt. «Was ist passiert?»
Kiotsee strich mit der Hand über die Stirn.
«Ich hatte einen Schwindelanfall.»
«Ich werde Ihnen etwas zu trinken holen», schlug Jess vor.
Kiotsee schüttelte den Kopf. Ein feines Lächeln erschien auf ihren Lippen.
«Nein, Jessica, danke, ich fühle mich jetzt viel wohler. Es überkommt mich manchmal, dieses Übel ... Ich werde jetzt gehen.»
Mit Hilfe des jungen Mädchens richtete sie sich langsam auf. Randy war von ihrer Größe überrascht. Er hatte sich die Indianerin nicht so stattlich vorgestellt. Kiotsee trug eine Tunika, mit einem breiten Ledergürtel um die Taille, um die Schultern einen dunklen Schal. Vom Hals fiel ihr eine lange Kette mit glänzenden Silbermünzen.

Behutsam legte sie Jess die Hand auf die Schulter. Sie wandte leicht den Kopf, und ihre Augen begegneten denen von Randy. Randy wollte eine Bewegung machen, aber etwas lähmte ihn; steif stand er da. Die Hand der Indianerin lag noch immer wie beschützend auf Jess' Schulter. In seiner Machtlosigkeit wurde der Junge zornig. Er sagte mit heiserer Stimme:
«Hol' dich der Teufel!»
Jess zuckte zusammen ... Kiotsee beugte sich vor und streichelte zart die Wangen des jungen Mädchens. Sie murmelte einige Worte in fremder Sprache. Dann wandte sie sich um und entfernte sich. Randy knirschte zwischen den Zähnen:
«Die ist verrückt, die Alte! Hast du den Blick gesehen, den sie mir zuwarf?»
«Ich begreife es nicht», sagte Jess. «Kiotsee ist sehr gut! Sie pflegt die Kranken und Schwachen.»
«Ja, mit Pflastern aus faulen Blättern und Salben aus Schlangenfett!» höhnte der junge Mann angeekelt. «Ich kenne diese Sorte Kurpfuscher!»
Jess blickte ihn vorwurfsvoll an.
Randy bemühte sich, seine Gelassenheit wiederzufinden. Plötzlich kam ihm die ganze Geschichte widersinnig vor, und er hielt nur mit größter Mühe ein hysterisches Gelächter zurück. Ich habe mich wie ein Idiot benommen. Die Hauptsache war, das Ver-

trauen von Jess wieder zu gewinnen. Randy wußte, daß ihm das schnell gelingen würde.

«Hör' mal, Jess», sagte er mit besänftigender Stimme und legte seinen Arm um ihre Schulter, «mache doch nicht so ein beleidigtes Gesicht! Wir werden uns doch nicht streiten, nicht wahr? Ich bin ein wenig heftig gewesen, ich gebe es zu. Aber die meisten der Indianer taugen nichts, sind die meiste Zeit betrunken und stehlen. Man kann kein Vertrauen zu ihnen haben.»

Jess öffnete den Mund, um zu widersprechen:

«Pst! Diese Frau ist vielleicht eine Ausnahme unter ihnen ... Wenn ich dich gekränkt habe, entschuldige bitte.»

Er zog sie an sich. Seine Lippen berührten das Haar des jungen Mädchens.

«Ich will nicht, daß du Unannehmlichkeiten hast ...»

Jess lehnte sich ruhig an ihn und schwieg. Sie erinnerte sich an die Auseinandersetzung mit Tom und auch die eigenartige Warnung Haokos. Sie wußte nicht, was sie sagen oder denken sollte. Nach und nach beschwichtigte die sanfte und überzeugende Stimme des jungen Mannes ihren Argwohn. Sie wünschte sich ja nichts mehr, als sich überzeugen zu lassen. Sie bemühte sich sogar, eine Entschuldigung für sein Verhalten zu finden. Beruhte Randys Verärgerung nicht darauf, daß er um ihre Sicherheit besorgt war? Viele Indianer waren Diebe und strolchten umher.

«Verzeihst du mir?» wiederholte Randy mit einschmeichelnder Stimme.

Jess lächelte.

«Auch ich muß dich um Verzeihung bitten ... Ich habe dich nicht verstanden.»

16. Kapitel

Am folgenden Morgen schlief Jess länger als gewöhnlich. Sarah weckte sie nicht und kümmerte sich selbst um das Frühstück. Als Jess endlich herunterkam, war die Sonne schon aufgegangen.

Sarah rührte einen Pfannkuchenteig an. Sie sagte:

«Da siehst du, was dabei herauskommt, wenn man tanzen geht! Man wird nicht wach und die Arbeit bleibt liegen.»

Sie hob lächelnd den Kopf und Jess sah, daß sie nicht ärgerlich war.

Das junge Mädchen setzte sich und füllte eine Tasse mit Milchkaffee. Sie unterdrückte ein Gähnen.

Sarah fragte unvermittelt:

«Wo bist du mit Randy gestern abend hingegangen? Tom und ich haben dich überall gesucht.»

Jess fühlte, wie sie rot wurde. Sie brach ein Stück Brot ab und tauchte es in den Milchkaffee.
«Ich . . . wir . . . wir haben miteinander geredet.»
«Schon gut», antwortete Sarah.
Sie wandte sich um, goß einen Löffel Teig in die Pfanne und sagte:
«Wenn du gefrühstückt hast, holst du bitte Wasser!»
Einen Augenblick später stand Jess vor der Küchentür, in jeder Hand einen großen Eimer. Sie blinzelte. Grelles Sonnenlicht überflutete den Hof.
Tom saß beim Brunnen auf einem Baumstumpf und hielt das Zaumzeug der Mauleselin zwischen den Knien.
«Was machst du denn hier?» rief Jess.
Er hob den Kopf. Was hatte er nur, daß er so ein böses Gesicht machte?
«Der verfluchte Riemen hat sich gelöst.»
Jess stellte die Eimer hin.
«Pfff! Ich bin wie zerschlagen. Habe zuviel getanzt, gestern abend!»
Tom senkte den Kopf.
«Allerdings», begann er, «und wenn ich du wäre, würde ich nicht so leichtgläubig sein, wie du es bist.»
«Was willst du damit sagen?»
«Dein Randy ist im «Blue Moon» gesehen worden, wie er mit Jack Slutter Karten spielte!» sagte Tom,

ohne von seiner Arbeit aufzublicken.
«Ich wette, daß es Debbie war, die dir das erzählt hat. Sie hat eine spitze Zunge! Gleich zu Anfang war sie in Randy verliebt, und sie ist wütend, daß er mich vorzieht!»
Sie setzte die Pumpe energisch in Bewegung. Ihr Verhalten zeigte deutlich, daß sie keinen Wert darauf legte, die Unterhaltung fortzusetzen.
Tom hatte den Riemen inzwischen geflickt. Er warf das Zaumzeug über die Schulter und entfernte sich. Er war nicht nur verwirrt, sondern von unbändiger, hilfloser Wut erfaßt.
Nie würde er vergessen, wie alles gekommen war. Das leise Knarren der Tür lag ihm noch in den Ohren. Und Jess war die Treppe heruntergekommen in diesem zart-gelben Kleid, zwischen Selbstvertrauen und Schüchternheit lächelnd. Irgend etwas hatte sich geändert an ihr. In dem Augenblick war ihm bewußt geworden, daß er seine Adoptivschwester liebte.
Während er in den Stall trat, dachte Tom, daß das Leben nie mehr so sein würde, wie es gewesen war. Selbst wenn Jess Randy eines Tages durchschaute, würde sie dann ihr Vertrauen zu ihm wiederfinden? Toms Kummer, zuerst verschwommen, verwandelte sich nach und nach in einen bitteren, anhaltenden Schmerz. Randy würde ihm Rede und Antwort ste-

hen müssen. «Was willst du eigentlich wirklich?» würde er ihn fragen. Und wenn er Jess tatsächlich lieben sollte ... Gut! Er, er mußte sich dann damit abfinden. Aber wehe, wenn er nur mit Jess gespielt hatte ...

17. Kapitel

Drei Tage später – Jess stand in der Küche und bügelte Wäsche – hörte sie Hufgeklapper. Sie hob den Kopf. Ihr Herz klopfte stürmisch. Hastig stellte sie das Bügeleisen ab und stürzte zur Tür.
Das Pferd, ein großer Fuchs, näherte sich auf dem Waldweg. Plötzlich verließ der Reiter den Weg, nahm eine Abkürzung und lenkte sein Pferd geradewegs auf die Einfriedigung zu, die den Besitz abgrenzte. Halb lachend, halb entsetzt sah Jess, wie sich der Hengst zu einem gewaltigen Sprung über den Zaun erhob und auf das Haus zugaloppierte. Die erschreckten Hühner jagten auseinander, Ferkel ergriffen quiekend die Flucht.
Randy hielt sein Pferd vor dem jungen Mädchen an.

«Kein Zweifel! Ich verbreite Panik bei euch im Hof!»
Er stieg aus dem Sattel und band sein Pferd an einem Baum fest. Der Hengst schien nicht erschöpft zu sein, aber sein Fell glänzte vor Schweiß.
Randy sagte, während er den Hals des Tieres klopfte:
«Er muß versorgt werden.»
Er dachte natürlich nicht daran, es selbst zu tun.
Randy wandte sich dem jungen Mädchen zu und nahm übertrieben höflich den Hut ab. Jess bemerkte das Gewehr an seiner Schulter.
«Guten Tag, liebe Kusine!» Er faßte sie an den Schultern und küßte sie feierlich auf die Wangen. «Wie ist es dir ergangen, seit jener denkwürdigen Ballnacht?»
«Sehr gut», stotterte Jess verlegen.
Sie fühlte sich unbehaglich. Ihre Wangen waren von der Hitze gerötet, und das Haar fiel ihr ungeordnet ins Gesicht. Sie strich es mit gewohnter Geste zurück.
«Komm herein, Randy. Mama ist im Garten. Sie wird sofort kommen.»
Als sie auf die Seite trat, um ihn hereinzulassen, ergriff er ihr Handgelenk aber sie entzog es ihm hastig.
Ihre Mutter mußte das Pferd gehört haben. Einige

Augenblicke später kam Sarah zurück, einen großen Korb am Arm. Sie begrüßte Randy sehr liebenswürdig und bot ihm Apfelsaft und Biskuits an.

«Ich habe mein Gewehr mitgebracht», verkündete Randy. «Tom wollte mich in die Sümpfe begleiten, er hat es mir versprochen. Ich möchte etwas jagen.» Er legte lachend seine Hand auf Jess' Arm, deren Gesicht sich plötzlich verfinstert hatte.

«Nun stell' dich doch nicht so an!»

«Warum willst du unbedingt Wild töten?» wandte Jess mit erregter Stimme ein. «Wenn es zu deiner Ernährung nötig wäre, könnte ich es verstehen. Aber nur zu deinem Vergnügen ... Nein, das geht über meine Begriffe ...»

Auch Sarah mißbilligte die Jagd. Aber sie sagte zu Jess:

«Laß doch deinen Vetter in Ruhe! Die meisten jungen Leute lieben die Jagd. Daran kannst du nichts ändern.» Und sie fügte hinzu, während sie sich erhob: «Tom ist auf den Feldern. Ich werde ihn rufen.»

Einen Augenblick später trat Tom in die Küche. Er begrüßte den Gast mit einem Kopfnicken.

«Ich habe gedacht, wir könnten einen Ausflug in Richtung Sümpfe machen», sagte Randy.

«Ich bin bereit!» erwiderte Tom.

Jess sprang auf.

«Ich begleite euch!»
«Aber Jess ...» begann Tom. «Ich dachte, du willst das nicht sehen ...»
«Ihr glaubt doch wohl nicht, daß ich Lust habe, zu Hause zu bleiben, während ihr spazierengeht!» rief das junge Mädchen und warf einen bittenden Blick auf ihre Mutter.
Tatsache war, sie wollte Randy am Schießen hindern. Ich werde ihn bestimmt überreden können, nicht zu schießen, dachte sie. Und wenn er es trotzdem versucht, werde ich so viel Lärm machen, daß sich kein einziges Tier hervorwagt.
Vielleicht hatte Sarah ihre Gedanken erraten, denn sie gab schweigend ihre Zustimmung.
Tom unterdrückte seinen Unwillen. Er hatte auf eine Aussprache mit Randy gehofft. Während Jess eilig etwas zu essen herrichtete, wandte Randy sich an Tom:
«Was ich sagen wollte ... Würdest du wohl mein Pferd versorgen und ihm etwas Hafer geben?»
Tom warf ihm einen verächtlichen Blick zu. Er öffnete den Mund, um etwas zu sagen. Aber er besann sich anders und ging schweigend hinaus. Er band den Fuchs los und führte ihn in den Stall.
Bald danach machten sich die jungen Leute auf den Weg.

Es war noch ziemlich früh am Morgen, und ein frischer Wind strich durch den Wald.
Tom ging voran. Den Kopf unter seinem großen Strohhut geneigt, schritt er leichtfüßig auf der kaum sichtbaren Wegspur vorwärts. Randy folgte ihm. Jess am Schluß trug einen kleinen Korb mit dem Proviant am Arm.
Als sie den Sümpfen näher kamen, lichtete sich der Wald. Der Fluß wurde zwischen den schilfbedeckten Ufern sichtbar. Sein Wasser schien unbeweglich unter den grünen Blättern der Seerosen.
Das Boot war unter den Trauerweiden angekettet. Jess erinnerte sich an den Tag, als sie zusammen mit Haoko nach dem Baum der goldenen Vögel gesucht hatte. Wie lange schien das her!
Und der Baum der goldenen Vögel war nur eine Illusion, ein Wunschbild ... Bestürzt und voller Wehmut erkannte Jess, daß sie nicht mehr daran glaubte.
Randy stand am Ufer und beobachtete mit halbgeschlossenen Augen junge Gänse, die über die Gipfel der Palmen zogen. Er bedauerte, daß sie zu hoch flogen, um einen Schuß abfeuern zu können.
«Steigt ein», sagte Tom und zog das Boot ans Ufer. «Ich werde rudern!»
Jess und Randy setzten sich auf die hintere Bootsbank und Tom nahm das Ruder. Das Fahrzeug glitt

in die Mitte des Flußbettes. Das Wasser schimmerte in der Morgensonne, gefleckt wie die Haut einer Schlange. Manchmal versperrten dicke, schwarze Wurzeln, zur Hälfte im Schlamm steckend, die Fahrrinne.

Tom umging sie geschickt. Randy beobachtete ihn eine Weile. Da Tom vollkommen abwesend schien, ergriff er die Hand des jungen Mädchens. Jess wandte den Kopf und lächelte ihm zu.

Tom hatte, unter seinem großen Strohhut verborgen, die Geste gesehen. Verbissen ruderte er weiter, ohne sich etwas anmerken zu lassen.

Gegen Mittag hielten sie in einer kleinen Bucht mit durchsichtigem Wasser. Jess verteilte die Verpflegung. Randy aß mit großem Appetit. Er redete ununterbrochen, und Jess amüsierte sich köstlich.

Tom lag ein wenig abseits im Sand. Er schien in sich selbst zurückgezogen. Sein ernstes, trauriges Gesicht brachte Jess auf den Gedanken, ihn zum Lachen zu bringen. Sie knickte einen Grashalm, kroch zu ihm hin und kitzelte ihn damit an der Nase.

Er lächelte und wehrte sie mit dem Handrücken ab. Jess sagte sich, daß er ganz entschieden schlechter Laune war.

Sie richtete sich auf, setzte sich an die Böschung und tauchte ihre Füße in das kühle Wasser. Sie war glücklich. Jess betrachtete den türkisblauen Himmel.

Die Palmen schaukelten im leichten Wind.
Randys Stimme riß sie aus ihrer Versunkenheit.
«Hallo! Woran denkst du?»
«An nichts!»
«Das ist aber erstaunlich!» meinte Randy vergnügt. «Hast du schon einmal ein Mädchen gesehen, das an nichts denkt?»
Er sprach mit heller, klarer Stimme. Unwillkürlich legte Jess einen Finger an die Lippen.
«Pst!»
«Nanu?» sagte Randy. «Was hast du?»
Er blickte nach allen Seiten, als erwartete er, etwas aus den Büschen hervortreten zu sehen.
Jess zögerte.
«Es ist nichts ... Aber man soll im Wald nicht so laut sprechen. Haoko sagt, daß ...»
Sie unterbrach sich und biß sich auf die Lippen.
Randy ließ sich neben ihr nieder.
«Wer ist Haoko?»
Jess antwortete nicht sogleich.
«Haoko ist mein Freund. Aber er ist noch viel mehr als das. Er ist ...»
Sie unterbrach sich, sie war nicht sicher, ob Randy sie verstehen würde.
«Nun?» sagte Randy und zog die Brauen hoch.
Plötzlich lachte Jess. Sie sprang auf und strich das Haar zurück. «Ich werde es dir ein andermal sagen!»

Später schritten sie langsam auf einem schmalen Pfad durch dichtes Buschwerk. An dieser Stelle erreichten die riesigen Farne eine Höhe von mehr als einem Meter.

Sie kamen auf eine Lichtung, die mit frischem, weichem Moos bedeckt war.

Jetzt war es Randy, der die Führung übernahm. Er bemühte sich, seine schlechte Laune zu verbergen. Da waren sie nun stundenlang unterwegs, und er hatte noch nicht einen Schuß getan!

Einmal, nahe beim Fluß, hatte er auf eine Ente gezielt, aber unter Jess' Fuß hatte sich ein Stein gelöst und war ins Wasser geplumpst, und das Tier war erschreckt entflogen.

Jess hatte sich gefreut, und Randy mußte sich beherrschen, um seinem Ärger nicht Luft zu machen. Die Kleine war reizend, gewiß, aber ein wenig überspannt!

Vor sich, in geringer Entfernung, bemerkte Randy eine leichte Bewegung in den Büschen. Ein kleines Rehkitz hielt sich furchtsam hinter den Blättern verborgen. Randy riß sein Gewehr hoch und zielte. Jess stürzte sich vorwärts und schrie:

«Nicht schießen!» Ihr Schrei vermischte sich mit dem Schuß.

Etwas Rotes stürzte aus den Büschen und sank lautlos im Farnkraut nieder.

Sekundenlang regte sich nichts. Dann brach ein unheimlicher Lärm los. Hunderte von Vögeln verließen die Bäume, wirbelten verstört hoch und zogen in großen Kreisen am Himmel hinweg. Die Luft schwirrte von Flügelschlägen, krächzenden Rufen und schrillen Pfiffen. Randy kam es vor, als ob sich der ganze Wald drohend auf ihn stürzte.

Jess eilte auf den Busch zu, wo sich einen Augenblick vorher das Reh bewegt hatte. Randy folgte ihr mechanisch.

Entgeistert blieb er stehen. Ein Kind lag im Farn. Auf seiner Brust breitete sich langsam ein dunkler Fleck aus.

«Aber ... ich ... ich habe es nicht gesehen ... Ich schwöre dir, daß ...»

Jess hörte nichts. Sie fiel neben Haoko auf die Knie und hob ihn behutsam in die Höhe. Der kleine Indianer lag regungslos in ihren Armen.

Jess sagte mit tonloser Stimme:

«Er hat sich vor das Reh geworfen ... um es zu beschützen.»

Tom beugte sich über Haoko und fühlte seinen Puls.

«Er lebt noch. Wir müssen ihn zu seiner Mutter bringen.»

Er nahm den kleinen Indianer auf seine Arme und machte sich mit schnellen, sicheren Schritten auf den Weg.

Das Rehkitz war verschwunden.
Verstört folgte Jess ihrem Adoptivbruder. Randy holte sie ein und legte die Hand auf ihre Schulter. Er versuchte, sich zu beherrschen.
«Es tut mir leid ... Es ist ... es ist ein dummer Unglücksfall. Das Kind ist plötzlich aufgetaucht. Ich konnte es vorher nicht sehen ...»
«Rühr mich nicht an!» sagte Jess.
Endlich erreichten sie das Boot. Jess nahm Haoko auf ihren Schoß. Tom ruderte, während Randy nervös eine Zigarette anzündete.
Jess schloß das Kind in ihre Arme. Sie weinte nicht. «Mein Gott!» betete sie, «laß ihn nicht sterben! Ich bitte dich darum!»
Plötzlich erinnerte sie sich an Haokos Worte, die ihr so ohne Sinn vorgekommen waren: Ich habe den Tod gefühlt, wie einen eisigen Wind in der Nacht ...
Hatte er seinen Tod geahnt? In seinem Wesen lag so viel Unbegreifliches! Erschüttert schmiegte Jess ihr Gesicht an die Wange des Kindes. Wenn Haoko starb – Jess wußte es – würde der Wald niemals mehr derselbe sein. Von jetzt an würde sie Angst haben, unter den schattigen, dunklen Bäumen. Der Sumpf würde ihr Furcht und Grauen einflößen.
Haoko, der die Augen geschlossen hielt, schien zu schlafen. Der dunkle Fleck auf seiner Bluse vergrö-

ßerte sich mehr und mehr. Erschreckt hob Jess den Kopf.

«Tom! bitte ...! Er ... er wird sterben!»

Das Ruder teilte gleichmäßig mit langen, kräftigen Stößen das Wasser. Tom sagte: «Bleib ruhig, Jess. Ich tue, was ich kann.»

Randy fügte hastig hinzu: «Man wird ihn retten, Jess. Sei unbesorgt.»

Er spürte sogleich, wie hohl seine Worte klangen. Über seine Angst hinaus, erfaßte ihn plötzlicher Zorn, zuerst gegen sich selbst, dann gegen das junge Mädchen. Wenn sie nur nicht so geschrien hätte! Vielleicht hätte ich dann gar nicht geschossen!

Der Fluß verengte sich. Tom ruderte gegen das Ufer und befestigte das Boot. Dann half er Jess beim Aussteigen und nahm den kleinen Indianer in die Arme. Sogleich vergrößerte sich der Blutfleck. Tom spürte, wie ihm eiskalter Schweiß über den Rücken lief. Seine Mutter wird ihn retten, dachte er verwirrt. Sie kennt eine Menge Heilmittel.

Als sie die Lichtung erreichten, zündete Kiotsee vor der Hütte ein Feuer an. Sie wandte den Kopf, als die jungen Leute aus den Büschen traten. Langsam erhob sie sich. Ihr offenes Haar bedeckte ihre Schultern.

Randy zuckte zusammen als er sie erkannte.

Er kämpfte gegen den unwiderstehlichen Drang, davonzulaufen. Mit aller Gewalt zwang er sich zur Ruhe. Schließlich war sie nur eine Rothaut. Und dann, dieses Unglück konnte jedem passieren. Dieser verdammte Junge hätte sich nicht vor das Reh zu werfen brauchen.
Tom sagte mit heiserer Stimme:
«Ich bin sehr traurig ... Es ist ein Unglück geschehen. Ich ... Wir ...»
Kiotsee trat langsam näher, und er legte das Kind in ihre Arme. Die Augen der Indianerin verschleierten sich.
Tom sagte:
«Er hat sich vor das Reh geworfen ... Es ist alles so schnell gegangen ...»
Kiotsee schaute zu Randy hinüber, der abseits stand, das Gewehr an der Schulter. Der Junge senkte den Kopf. Er wollte etwas sagen, aber er brachte keinen Laut über seine Lippen.
Kiotsee wandte sich um und schritt auf die Hütte zu. Sie hatte kein Wort gesagt. Tom machte eine Bewegung, um ihr zu folgen. Er zögerte, besann sich anders und setzte sich schwerfällig auf einen Baumstumpf. Er sah, wie Jess der Frau nachlief und mit ihr in der Hütte verschwand.
Tom blieb regungslos sitzen, den Kopf in die Hände gestützt. Randy lief auf der Lichtung hin und her,

rauchte Zigarette um Zigarette. Sein Gesicht war grau.

18. Kapitel

Als Jess in die Hütte trat, konnte sie zuerst nichts erkennen. Ein merkwürdiger, aber nicht unangenehmer Geruch nach Leder, Rauch und Kräutern, hing in der Luft. Nach und nach gewöhnten sich ihre Augen an das Dunkel. Der Raum enthielt nicht viel: zwei oder drei gestreifte Decken, einige Tonkrüge und ein paar Geräte, von denen Jess nicht wußte, wozu sie gebraucht wurden. Sie hockte sich neben der Pritsche nieder, auf die Kiotsee ihr Kind gelegt hatte. Die Frau beugte sich vor und legte ihr Gesicht gegen Haokos Wange. Dann richtete sie sich auf und öffnete behutsam das Hemd. Die Wunde wurde sichtbar. Jess zitterte.

Kiotsee nahm eine kleine, mit Wasser gefüllte Schale und ein Tuch. Schweigend stillte sie das Blut.

«Ist es ... können Sie ihn retten?»
Kiotsee antwortete nicht sogleich. Man hätte meinen können, daß sie über die Worte des jungen Mädchens nachdachte. Schließlich antwortete sie mit tonloser Stimme:
«Er wird wohl sterben müssen.»
Jess war erschüttert. Sie beugte sich vor mit halb geöffneten Lippen.
Kiotsee schüttelte unmerklich den Kopf. Ihre Ruhe hatte etwas Erschreckendes.
«Ich wußte es. Es stand in den Sternen geschrieben, und der Wind hat es gesagt.»
Ein Zittern durchlief den Körper des jungen Mädchens. Sie preßte die Hände vors Gesicht.
«Es ist meine Schuld!» stöhnte sie. «Es ist meine Schuld!»
In den dunklen Augen der Indianerin lag unendlicher Schmerz, aber auch große Zärtlichkeit. Man spürte, wie sie sich ohne Haß fügte und sich ihrem Schicksal beugte.
«Nein, du bist nicht schuld.»
Jess faltete die Hände in ihrem Schoß. Sie fragte:
«Hat er Schmerzen?»
«Ich werde sie lindern.»
Ein Schatten glitt durch das Zimmer. Jess wandte den Kopf. Das Reh! Es muß uns am Fluß entlang gefolgt sein. Zaghaft schritt das kleine Tier durch

den Raum und blickte mit seinen feuchten, ängstlichen Augen nach allen Seiten. Mit der Nase berührte es Haokos Schulter. Es schien zu zögern. Dann legte es sich neben das Kind.
Haoko bewegte sich. Seine Lider zitterten, Kiotsee beugte sich über ihn. Unmöglich zu sagen, ob er sie erkannte. Seine Augen, matt und glänzend zugleich, waren ins Leere gerichtet.
Nach einer Weile jedoch kehrte ein Schimmer des Erkennens zurück. Er stieß einen leichten Seufzer aus. Sein Gesicht verzog sich und ein wenig Blut rann aus den Mundwinkeln. Kiotsee erhob sich geräuschlos und füllte eine weiße Flüssigkeit in einen Becher. Sie hob behutsam den Kopf ihres Sohnes und führte den Becher an seine Lippen. Haoko beruhigte sich. Zögernd glitt seine Hand über den seidigen Rücken des Rehs. Er lächelte. Dann entdeckte er Jess. Sie sah, daß er mit ihr sprechen wollte. Sie beugte sich über ihn. Sie spürte seinen leichten Atem. Haoko wollte ihr etwas sagen. Plötzlich lief ein Schauer durch seinen Körper. Jess hob den Kopf und schaute Kiotsee bestürzt an, wie um Hilfe flehend. Die Indianerin beugte sich über ihren Sohn und betrachtete ihn lange mit einem seltsamen Gesichtsausdruck. Sie hob die Hand und machte ein geheimnisvolles Zeichen über seiner Stirn und Brust.

Haoko atmete tief. Dann neigte sein Kopf sich zur Seite.

Die Frau stöhnte auf. Sie schien zusammenzubrechen. Zwischen den schwarzen Haarsträhnen erschien ein mageres Gesicht, erstarrt und ausdruckslos.

«Ist er ... ist er tot?»

Die Indianerin wandte den Kopf, ohne zu antworten, und Jess konnte ihr Gesicht nicht mehr sehen. Ihr Blick fiel auf Haoko. Im Dämmerlicht hatten seine stillen, friedlichen Züge den Schimmer von Kupfer. Das kleine Reh lag immer noch neben ihm.

Jess richtete sich langsam auf. Sie empfand keinen Schmerz, nur eine seltsame Betäubung. Sie spürte das Blut in ihren Ohren sausen, und ihre Kehle war wie zugeschnürt.

Sie wandte sich um, stürzte aus der Hütte und lief blindlings über die Lichtung. Tom tauchte vor ihr auf.

«Jess! Was ist geschehen?»

«Laß mich! Laß mich!» Er wollte sie festhalten. Sie entwand sich ihm und lief den schmalen Pfad zum Fluß hinab.

«Jess!» schrie Tom. «Warte doch auf mich!»

Sein Blick fiel auf Randy. Der Junge schien erstarrt. Sein Gesicht war ungläubig bestürzt, wie unfähig begreifen zu können, was vorgefallen war. Plötzlich zuckten seine Lippen, und er sagte mit tonloser

Stimme:
«Aber es war nur ein Indianer!»
Tom trat langsam näher. Zorn wallte in ihm auf. Seine Fäuste waren geballt.
Da sah er, daß Randy weinte. Tränen liefen ihm über die Wangen, und er schluchzte wie ein Kind. Er riß das Gewehr von der Schulter und schleuderte es weit von sich auf den Boden. Er wandte sich um, lehnte den Kopf gegen einen Baum.
Tom blieb stehen, die Arme fielen ihm herunter. Seine Spannung löste sich. Er spürte keinen Zorn, keinen Haß, keine Verachtung, kein Mitleid; nichts, nur eine tödliche Mattigkeit.
Er sagte mit ruhiger Stimme:
«Komm, gehen wir nach Hause.»
Er kehrte ihm den Rücken und schritt eilig auf das Wasser zu. Randy folgte ihm. Als sie an den Fluß kamen, war das Boot verschwunden.

19. Kapitel

Tom und Randy kamen erst gegen Abend erschöpft auf die Farm zurück. Sie hatten gedacht, daß Jess das Boot genommen hatte, um heimzukehren. Aber als Sarah in der Küchentür erschien, sahen sie sofort an ihrem erstaunten Gesicht, daß das junge Mädchen noch nicht zurück war.

«Wo ist Jess?» fragte sie.

«Aber ... ich glaubte, daß ...» stammelte Tom erschrocken.

Er stockte. Sarah starrte entsetzt auf sein blutverschmiertes Hemd.

«Haoko ist tot», antwortete Tom.

«Es ist nicht meine Schuld!» schrie Randy. «Ich wollte auf ein Reh schießen! Und habe das Kind getroffen ... Ich konnte es nicht wissen!»

«Allmächtiger Gott!» sagte Sarah.
«Ich konnte es nicht wissen!» wiederholte Randy mit heiserer Stimme. «Ich habe diesen Indianer nicht gesehen ... Begreift ihr?»
Niemand antwortete. Sarah lehnte stumm an der Wand. Tom schien merkwürdig ruhig. Seine Augen schienen durch Randy hindurchzusehen.
«Ein Unglück, wie dieses ... kann jedem passieren!» fuhr Randy fort.
Aber was nützte es, sich zu rechtfertigen? Er wußte, daß ihn sein Leben lang der Gedanke verfolgen würde, ein Kind getötet zu haben.
Bei Sonnenuntergang kehrte Nathaniel von den Feldern zurück. Sarah berichtete ihm von dem Unglück. Randy hockte auf einer Bank im dunkelsten Winkel der Küche. Nathaniel wollte wissen, wie sich alles zugetragen hatte. Obwohl es ihm widerstrebte, mußte Randy auf seine Fragen antworten.
«Hätte Jess nicht geschrien, würde ich den Schuß vielleicht nicht abgefeuert haben! Es war ... es war ein Reflex!»
«Ein Reflex deiner Wut, ja!» warf Tom ein, der sich bis jetzt zurückgehalten hatte. Er durchquerte die Küche und trat auf den Jungen zu. Seine Stimme war sehr ruhig.
«Du warst wütend, weil du noch nichts geschossen hattest. Jess hinderte dich daran. Also hast du ge-

dacht: Dieses Mal gelingt es mir, koste es, was es wolle! Und du hast geschossen!»

«Das ist nicht wahr!» brüllte Randy und richtete sich plötzlich auf.

Tom wich keinen Schritt zurück. Eine Weile maßen sich die beiden Jungen mit den Blicken. Es war Randy, der zuerst die Augen senkte. Er setzte sich schwerfällig wieder hin und wandte den Kopf ab.

Ein langes Schweigen folgte.

Dann sagte Nathaniel:

«Wir müssen Jess suchen!»

«Ich komme mit», sagte Tom sofort.

Vor Randy tauchte das Bild des Mädchens auf. Ihre Lebhaftigkeit und Anmut hatte ihn bezaubert. Jetzt war es zu Ende. Sie würde ihm nie verzeihen. Spontan richtete er sich auf.

«Ich begleite euch!»

Nathaniel stand schon unter der Tür. Er sagte in einem Ton, der keinen Widerspruch duldete:

«Tom und ich, wir gehen allein.»

«Aber . . . ich will euch helfen!»

Tom entgegnete gelassen:

«Glaubst du, Jess wäre erfreut dich zu sehen!»

Tom und Nathaniel entfernten sich in Richtung des Waldes. Nathaniel betrachtete den Himmel, der grau zwischen den dunkelgrünen Zweigen hindurch schimmerte.

«In der Nacht wird es Regen geben!»
«Jess kann nicht weit sein. Sie wird sich versteckt haben, um zu weinen.»
Die beiden Männer trennten sich. Sie schritten, jeder für sich, in eine andere Richtung und riefen den Namen des jungen Mädchens. Hin und wieder antwortete eine Vogelstimme. Es wurde schnell dunkel, Wolken zogen auf.
Nathaniel und Tom trafen sich, wie verabredet, in der Bucht unter den Trauerweiden. Nicht der leiseste Windhauch regte sich. Das Wasser erinnerte an einen blinden, fleckigen Spiegel. Manchmal hörte man ein leises Rascheln im Gras und ein leichtes Aufklatschen im Wasser.
Nathaniel sagte:
«Sie kann nicht die Nacht im Wald verbringen. Es wird regnen. Wir müssen die Männer aus dem Dorf zusammenrufen und alles absuchen.»
Er sprach sehr langsam. In der Dunkelheit konnte Tom sein Gesicht nicht sehen. Jedoch lag etwas in seiner Stimme und in seinem Verhalten, das den Jungen erzittern ließ. Die Kehle war ihm wie zugeschnürt, und er suchte nach Worten.
«Du glaubst doch nicht, daß sie ... daß ihr etwas passiert ist?»
«Schweig!»
Nathaniel wandte sich um und schlug den Weg nach

Hause ein. Tom folgte ihm. Er war beinahe krank vor Angst und Sorge.
Als sie die Lichtung erreichten, war es vollkommen Nacht geworden. Die dunkle Masse der Bäume und der finstere Himmel verflossen ineinander. Eine feuchte Hitze steckte im Unterholz, in dem Stechmücken schwirrten.
Sarah hatte eine Lampe angezündet. Das kleine Licht durchbrach die Dunkelheit mit sanftem Schimmer. Sie öffnete die Küchentüre als sie die beiden Männer hörte.
Nathaniel und Tom betrachteten Sarah eine Weile. Dann wandte sie sich ab. Als Tom näher kam, sah er, daß sie weinte. Verwirrt blieb er stehen.
«Mama ...» sagte er, «ich bitte dich, weine nicht. Wir werden sie finden!»
Er hatte sie Mama genannt, ganz von selbst und ohne Mühe. Ungeachtet der gespannten Situation, empfand er eine unbeschreibliche Erleichterung. Die Einsamkeit, die ihn bis dahin umgeben hatte, verflüchtigte sich plötzlich. Er spürte, daß er zu dieser Familie gehörte. Er trat auf seine Pflegemutter zu und legte ihr den Arm um die Schultern. Sie lehnte sich gegen ihn und weinte lautlos. Hilflos streichelte er die bebenden Schultern.
«Weine nicht, Mama ... weine doch nicht! Ich schwöre dir, daß wir sie finden werden.»

Nathaniel trat in die Küche. Randy saß noch immer in der Ecke. Er rauchte. Manchmal lief ein Zucken durch seinen Körper. Als sein Onkel eintrat, blickte er auf. Die Zigarette zitterte in seiner Hand.
«Randy, reite ins Dorf und alarmiere die Leute. Wir müssen den Wald absuchen.»
Randy richtete sich auf. Sein Blick fiel auf Tom und Sarah, und er öffnete den Mund, um etwas zu sagen. Aber schließlich ging er ohne ein Wort hinaus. Er begab sich in den Stall, um das Pferd zu satteln.
Die Männer, von Randy alarmiert, machten sich auf den Weg zur Farm. Einige kamen im Auto, andere zu Pferd. Wieder andere durchquerten den Sumpf mit dem Boot. Sie waren mit Taschenlampen ausgerüstet, deren Lichter sich im schwarzen Wasser spiegelten.
Als die Männer auf der Farm eintrafen, sah Tom zu seiner Überraschung Randy unter ihnen. Er ist also doch gekommen. Ich dachte, daß er sich drücken würde!
Die Männer drangen zu zweit oder dritt in den Wald und den Sumpf ein.
Gegen Mitternacht begann es zu regnen. Der Wind erhob sich und die Bäume knarrten. Der Regen wurde immer dichter. Bald konnte man keine zwei Schritte weit mehr sehen. Widerstrebend mußten die Männer die Suche aufgeben und zur Farm zurück-

kehren.
Schweigend und mit geröteten Augen verteilte Sarah heißen Kaffee, Brot und gerösteten Speck. Sie blieb einen Augenblick bei Randy stehen, um ihm Kaffee einzugießen, aber sie blickte ihn nicht an.
Regungslos vor dem Herd stehend, lauschte Nathaniel in die Nacht hinaus.
Sarah stellte die Kaffeekanne auf den Tisch. Sie strich sich mit der Hand über die Stirn und schwankte. Einer der Männer stürzte vor und schob ihr einen Stuhl hin.
«Nur keine Angst, Frau Hawkins!» sagte er mit vollem Mund und bemühte sich, seine Rührung zu verbergen. «Man wird Jess wiederfinden. Sobald der Regen aufhört, machen wir uns wieder auf den Weg, alle, die wir hier sind!»
Sarah nickte unmerklich mit dem Kopf.
Erst später bemerkte man, daß Tom fehlte. Er war weder in der Küche, noch bei den Männern, die sich in der Scheune aufhielten. Tom war nicht mit den anderen zurückgekehrt. Trotz Regen und Sturm hatte er die Suche fortgesetzt.

20. Kapitel

Jess hatte das Boot von der Kette gelöst und war einfach losgerudert, ohne eine Richtung zu wählen. Es war gleichgültig, wohin sie fuhr. Sie wollte allein sein.

Sie hatte lange Zeit gerudert, ohne aufzusehen, fast ohne etwas zu denken. Die gleichmäßigen Bewegungen ermüdeten sie wohltuend. Das Boot glitt zwischen Bäumen hindurch, überall hingen Lianen ins Wasser. Der Fluß schlängelte sich in vielen Windungen durch den Wald, überall zweigten Nebenflüsse ab. Die Everglades bildeten einen unentwirrbaren wässrigen Dschungel, der sich über mehrere tausend Kilometer ausdehnte.

Ermattet hielt Jess schließlich mit zitternden Armen an und ließ das Boot ziellos treiben. Schwindel erfaßte sie plötzlich; sie brach erschöpft zusammen. Sie weinte herzzerbrechend, das Gesicht gegen das rauhe Holz des Bootes gedrückt. Noch nie vorher hatte sie eine derartige Verzweiflung gekannt. Haoko war tot, und mit ihm war auch etwas in ihr gestorben.

Ihre Gedanken verwirrten sich und sie schlief mit tränennassen Wangen ein.

Als sie erwachte, schaukelte das Boot auf einer Masse angeschwemmter Zweige. Ein Lichtschein flutete über die Fächerpalmen.

Jess blickte verstört um sich und versuchte, ihre Gedanken zu ordnen. Dann erinnerte sie sich: Randy ... der Schuß ... Haoko, das Hemd mit Blut befleckt. Voller Grauen verbarg sie ihr Gesicht in den Händen. Ihr Kopf war schwer und schmerzte, die Ohren sausten.

Langsam richtete Jess sich auf. Ein unbekanntes Angstgefühl umklammerte ihr Herz. Niemals vorher hatte sie sich in der Einsamkeit des Waldes gefürchtet. Warum nur erschreckte sie plötzlich die Dunkelheit? Sie bemühte sich, ihre Ruhe wiederzufinden. Die Angst saß in ihr.

Sie nahm das Ruder, stieß das Boot ab und versuchte zu wenden. Das Ruder tauchte in Schlamm, stieß an Wurzeln. Jess versuchte, aus diesem Labyrinth herauszukommen, aber das Boot blieb zwischen

Grasbüscheln und verfaulten Baumstämmen stecken. Ein gedämpfter Schrei, genau über ihrem Kopf, ließ sie erzittern. Lautlos stieß ein Vogel aus den Büschen hervor und berührte fast das Haar des Mädchens. Es war nur ein Käuzchen gewesen. Ihre Nerven versagten. Sie ließ sich auf den Boden sinken und schluchzte wie ein kleines Kind.

Der Wald erwachte plötzlich. Ein heftiger Wind schüttelte die Bäume. In den Büschen knisterte und ächzte es. Jess kreuzte fröstelnd die Arme. Der Wald schien von Raserei erfaßt zu sein. Die Lianen bewegten sich wie Schlangen, und ein Wirbel von Blättern fegte über das Wasser.

Die ersten Tropfen zerplatzten dicht und schwer. Die Frösche schwiegen; man hörte nur noch das Prasseln des Regens. Vom Sturmwind gejagt, fegte ein grauer, beweglicher Vorhang über den Wald hinweg. In wenigen Sekunden war Jess bis auf die Haut durchnäßt. Sie versuchte, das Ufer zu erreichen. Als sie auf die Böschung trat, rutschte sie aus und fiel der Länge nach ins flache Wasser. Sie erhob sich schlammbedeckt, zitternd vor Anstrengung. Endlich gelang es ihr, festen Boden zu erreichen. Sie kettete das Boot an einen niedrigen Ast und hockte sich frierend unter einen Baum. Jess klapperten die Zähne. Die nassen Kleider klebten ihr am Körper. Den größten Teil der Nacht hindurch regnete es. Jess versank schließlich in einen unruhigen Schlaf, aus dem sie gegen Morgen erwachte. Jess richtete sich tastend hoch und bahnte sich einen Weg durch die im Wasser stehenden Büsche, um zu ihrem Boot zu kommen. Sie fand es nicht. Der nächtliche Regen hatte den Fluß anschwellen lassen, und das Boot wurde mitgerissen.

Einige Augnblicke lang war Jess wie versteinert. Ihr wurde bewußt, in welch gefährlicher Lage sie war. Sie zwang sich zu handeln. Da das Boot verschwunden war, mußte sie zu Fuß gehen!

Sie machte sich vor Kälte zitternd auf den Weg, und ihre nackten Füße rutschten über den glitschigen Boden. Manchmal sank sie bis über die Knöchel im Schlamm ein, aus dem sie sich nur mit großer Mühe befreien konnte. Sie taumelte von einem dunklen Instinkt getrieben weiter.

Die Sonne erhob sich endlich und löste den Nebel, aber ihre Strahlen drangen nur zögernd durch die Zweige. Auf einer Lichtung ließ Jess ihre erstarrten Glieder von der Sonne wärmen. Sie schritt nun sicherer vorwärts, sich nach der Sonne und dem Moos der Bäume orientierend. Sie befand sich in einem Teil des Waldes, der ihr vollkommen fremd war, und sie wußte, daß sie viel Zeit brauchen würde, um nach Hause zu finden.

Einmal hörte sie Schüsse in der Ferne. Sie dachte

mechanisch: man wird nach mir suchen, aber sie fühlte sich zu erschöpft, um schneller zu gehen oder zu rufen. Außerdem hätte sie auf diese Entfernung niemand gehört. Da sie Hunger hatte, aß sie Beeren und pflückte einige wilde Orangen, die sauer schmeckten.

Ihre Schritte wurden immer langsamer. Sie zitterte, und rote Lichter tanzten vor ihren Augen. Sie kniff die Augen zusammen um sich davon freizumachen, aber es gelang ihr nicht. Gegen Mittag fühlte sie sich so elend, daß sie sich unter einem Baum ausruhen mußte. Ein stechender Schmerz pochte in ihren Schläfen, ihr Kopf war glühend heiß. Ich habe Fieber, dachte sie.

Am Nachmittag machte sie sich wieder auf den Weg. Manchmal stolperte sie über eine Wurzel, fiel hin, stand wieder auf und setzte ihren Weg fort.

So vergingen Stunden. Die Sonne ging langsam unter. Die Schatten verlängerten sich. Panik ergriff Jess, bei dem Gedanken, eine weitere Nacht im Walde verbringen zu müssen. Voller Angst und Fieber begann sie zu laufen. Wie Giganten standen die Bäume ringsum und reckten ihre Äste dem Himmel entgegen. Rote und weiße Lianen rankten sich um die moosbedeckten Stämme. Jess lief blindlings vorwärts, die Arme ausgestreckt, um ihr Gesicht zu schützen. Brombeeren verfingen sich an ihrem Kleid,

in ihren Haaren. Ein Paar blauer Häher flog fast unter ihren Füßen auf.
Der Himmel schien wie ein Flammenmeer. Blutrot ging die Sonne zwischen Kiefern und Zedern unter. Verzweifelt riß Jess an den Lianen, die ihr wie ein Vorhang den Weg versperrten. Erschöpft schluchzte sie. Die Hände waren blutig. Von allen Seiten war sie eingeschlossen. Endlich gelang es ihr, sich zu befreien. Außer Atem hielt sie an. Sie war schweißbedeckt und zitterte vor Kälte. Gerne hätte sie einen Augenblick ausgeruht, aber irgend etwas trieb sie unaufhaltsam vorwärts. Sie machte einen Schritt, dann noch einen und stolperte.
Da erblickte sie ihn ... den Baum! Haokos Baum der goldenen Vögel. Er stand inmitten einer Lichtung. Er war nicht groß, eher eine Art Busch. Die Strahlen der untergehenden Sonne tauchten die Zweige in goldenes Licht. Rings um den Baum schwirrten die Kolibri. Sie schillerten in allen Farben.
Jess trat langsam, mit großen Augen näher. Sie fühlte keine Ermüdung, keinen Schmerz mehr.
Ich habe ihn gefunden! Den Baum, dachte sie. Den Baum der goldenen Vögel!
Mit leichtem Stöhnen brach Jess im hohen Gras zusammen.
An dieser Stelle fand sie Tom am nächsten Morgen.

Schon am Abend hatte er die Spur ihrer Füße im schwarzen Schlamm entdeckt. Er war ihnen gefolgt. Er hätte Jess noch am Abend einholen können, wenn er nicht im buschigen Gestrüpp die Spur mehrmals verloren hätte. Kostbare Zeit verging, bis er sie jeweils wieder fand. In der Dunkelheit mußte er die Suche aufgeben. Er verbrachte die Nacht halb schlafend, halb träumend unter einem Baum. Sobald der Morgen graute, machte er sich wieder auf den Weg. Im dichten Nebel, der über dem Boden hing, wäre er beinahe über den leblosen Körper des Mädchens gestolpert.

Sie lag mit dem Gesicht zur Erde und ihr langes, offenes Haar bedeckte das Gesicht. Tote Blütenblätter bedeckten sie und den umliegenden Boden. Als Tom den Kopf hob, erblickte er einen kleinen Baum – eine seltene Art der Poinsettia – der seine entblößten Zweige zum Himmel richtete. Seine Blüten waren in einer einzigen Nacht verwelkt und man hätte glauben können, daß er niemals welche getragen hatte. Und dennoch, der Boden war mit Blumenblättern übersät, und der Tau glänzte.

Tom nahm Jess auf seine Arme. Sie zitterte mit geschlossenen Augen. Er merkte, daß sie hohes Fieber hatte. Mit Hilfe einiger trockener Zweige gelang es ihm, ein Feuer anzuzünden. Um Jess zu erwärmen, zog er ihr sein Hemd und seine Jacke an. Dann um-

schloß er sie mit beiden Armen und drückte sie eng an sich. Nach einer Weile öffnete sie die Augen, aber ihr Blick blieb starr und abwesend, und Tom war nicht sicher, ob sie ihn erkannt hatte.
«Ich habe den Baum der goldenen Vögel gefunden.»
Krampfhaftes Zucken durchfuhr ihren schmalen Körper. Tom wiegte sie sanft wie ein Kind. Endlich beruhigte sie sich und schlief ein. Bewegungslos blieb Tom sitzen und beobachtete sie.
Sie lächelte im Schlaf und lag entspannt in seinen Armen. Langsam fiel auch er in einen Halbschlaf. Er fühlte sich ausgeglichen und zuversichtlich. Er wußte, daß Jess zu ihm zurückgekehrt war.

Pablo und die Cowboys

Aus dem Französischen übertragen von Bruno Berger

I

Es war eine recht schwierige Arbeit, die mir Don Soltero auf seiner Hazienda an der Straße nach Puebla angeboten hatte: wir sollten eine Ochsenherde von etwa zwölfhundert Köpfen quer durch die Sierra treiben, nach Vera-Cruz, und vierzehn Tage waren dafür vorgesehen. Vierzehn Tage Hitze und Staub und zwei Wochen lang Durst.
Aber Don Soltero zahlte gut, sehr gut, und so hatte er seine Leute bald beisammen. Wir waren zu siebt: Dan und Stone, zwei zähe Yankees, aber von der schwerfälligen Art. Der Holländer Pieter, ein magerer blonder Hering, der nie den Mund auftat. Dann Rob aus Kanada, die zwei Mexikaner Luiz und Juan und schließlich als siebter ich, Mickel Kent. Über mich ist nicht viel auszusagen, fürchte ich; höchstens dies: ich bin zweiunddreißig Jahre alt und stamme aus Kentucky; in allen möglichen Berufen habe ich schon gearbeitet, um mein tägliches Brot zu verdienen. Wie es halt so ein jeder macht.
Aber beinahe hätte ich vergessen, daß auch noch eine Frau zu unserer Mannschaft gehörte: sie hieß Margarita und war die Frau des Mexikaners Luiz; sie sollte für uns kochen. Sie stammte aus Oaxa in Mexiko, war dürr und braun wie eine getrocknete Pflaume und weder schön noch häßlich.
Am Abend vor dem Abmarsch saßen wir alle in der Wirtschaft, im ‚Saloon'; Don Soltero hatte uns eine Runde gestiftet. Wir verhandelten darüber, welchen Weg wir einschlagen wollten. Rob kannte das Land wie seine Hosentasche, er lebte schon fünf Jahre in Mexiko. Er war groß und schlank und seine seltsam blauen Augen schienen immer ins Leere zu blikken. In Wirklichkeit sah er aber alles, und er sah alles viel genauer als irgendein anderer.
Mitten im Gespräch sagte plötzlich einer der Männer:
«He, ihr – was machen wir mit dem Jungen?»
Stone nahm einen Schluck Whisky und brummte:

«Zum Teufel mit der Rotznase. Die bleibt hier.»
Rob sah mit seinem durchdringenden Blick zu ihm hin.
«Das kommt nicht in Frage», sagte er.
«Warum denn nicht?» fragte Stone herausfordernd.
«Muß ich dir das erklären?» fragte Rob deutlich, doch ohne die Stimme zu erheben.
Stone zuckte mit den Achseln und machte ein verdrossenes Gesicht. Er war ein stiernackiger Kerl, sonnverbrannt, und war einmal Holzfäller in Alaska gewesen. An der rechten Hand fehlten ihm der Daumen und der Zeigefinger und er konnte deshalb nicht schießen. Nach einer Weile maulte er vor sich hin, man könne sich doch wirklich nicht mit so einem Jungen belasten. Es sei schon mit der Frau genug.
«Er stört uns nicht», warf Luiz ein. «Außerdem kann er Margarita helfen.»
«Und wenn er schlapp macht, haben wir ihn auf dem Hals», sagte Dan und gähnte. «Wie soll er überhaupt mit? Er hat ja kein Pferd!»
Rob sagte, er werde ihm einen Gaul verschaffen. Da packte aber Stone, der zu tief ins Glas geschaut hatte, mit seinen klobigen Händen die Tischplatte, als ob er sich festhalten müsse und schlug plötzlich mit der Faust so heftig auf den Tisch, daß die Gläser tanzten; dazu brüllte er:
«Der Rotzkerl macht mich noch wahnsinnig! Ich kann ihn nicht mehr sehen! Nie wieder, versteht ihr mich? Ich... ihr... er muß weg! Habt ihr mich verstanden? Ich kann ihn nicht leiden!»
Ganz gelassen fragte Rob:
«Hast du nun genug geschwätzt?»
Verblüfft blickte Stone ihn mit stieren Augen an. Rob aber steckte sich in aller Ruhe eine Zigarre an und blies den Rauch von sich. Stones Gesicht entspannte sich, er zog den Kopf ein, machte eine Bewegung, als ob er protestieren wollte, drückte sich aber dann wortlos in seine Ecke.
Verlegenes Schweigen herrschte am Tisch; Dan reinigte mit unbeteiligtem Gesicht seine Fingernägel; die beiden Mexikaner machten undurchdringliche Gesichter.
Ich verstand von all dem überhaupt nichts. Wahrscheinlich

SALOON

war es lächerlich, sich mit einem Jungen zu belasten, aber als Neuling in diesem Kreis hatte ich nichts zu melden. Es schien mir vernünftiger, den Mund zu halten, damit es keinen Ärger gab.

Als wir etwas später den Saloon verließen, sprang ein Bub von vielleicht zwölf Jahren auf und ging hinter uns her. Er hatte an der Hauswand auf dem Boden gehockt. Langsam, aber bestimmt folgte er uns in kleinem Abstand. Seine Haltung drückte deutlich aus: ‚Ich weiß genau, daß ich euch lästig bin, aber ich bleibe doch bei euch.'

Es war ein kleiner Indio, schmal und schmächtig; mit seiner schwarzen Mähne und den unruhigen dunklen Augen sah er einem kleinen wilden Tier erstaunlich ähnlich. Er trug mexikanische Kleider: ein helles Hemd und eine leinene Hose und über der Schulter mit unbewußter Eleganz den zusammengefalteten rot und grau gestreiften ‚Sarape', die mexikanische Wolldecke. Er ging barfuß.

Schweigend trabte er hinter uns her, ein kleiner bleicher Schatten im Nachtdunkel. Stone schwankte leicht betrunken und fragte lallend in die Stille:

«Ist er da?»

«Ja», antwortete Rob geduldig.

Stone brummte etwas vor sich hin und machte eine Bewegung, als wolle er eine Fliege wegscheuchen; dabei stolperte er über einen Stein und hatte Mühe, sich im Gleichgewicht zu halten.

Zum Schlafen rollten wir uns in unsere Decken und legten die Köpfe auf die Sättel. Der Bub wickelte seinen Sarape um sich und streckte sich in der Nähe des Pferchs auf dem Boden aus. Hin und wieder klang ein schläfriges Muhen durch die Nacht.

In der ersten Morgenfrühe richteten wir uns zum Abmarsch. Die Viehhirten, die man hierzulande Peones nennt, hockten rittlings auf der Umzäunung des Corrals und warteten auf das Zeichen, die Gatter zu öffnen. Durch die geschäftig hin und her gehenden Männer schritt Rob auf den Jungen zu, der mit seinen schwarzen Augen alles lebhaft beobachtete. Cow-

boy Rob führte ein struppiges, nervöses Pferdchen mit langer heller Mähne am Zügel.
«Hier nimm», sagte er einfach, «sorge gut für es.»
Der Bub betrachtete abwechselnd Mann und Pferd, als ob er keinen Zusammenhang sähe. Endlich konnte er herausbringen:
«Ist es... für mich?»
«Für mich selbst habe ich diese Mähre jedenfalls nicht gekauft!» knurrte Rob; sein gewollt rauher Ton konnte nicht verbergen, wie freundlich er es meinte. Er warf dem Jungen die Zügel zu und ging weiter.
Das Pferd tänzelte: trotz seiner kleinen Gestalt sah es mit seinem gebogenen Hals und dem langen flatternden Schweif wirklich recht stolz aus. Der kleine Indio betrachtete es wie gebannt: schließlich streckte er zögernd eine Hand aus und strich dem Pferd über die Nüstern. Ich kam gerade mit dem Sattel auf der Schulter vorbei, und als der Kleine mich sah, lächelte er mir zu. Er war ein hübscher Bursche, mit zarten Wangen und rundem Kinn; das Weiße seiner Augen hatte bläulichen Glanz. Ich sagte lächelnd zu ihm:
«Da hast du aber ein schönes Pferd!»
«O gewiß, Señor!» antwortete er strahlend.
Beim Weitergehen überlegte ich mir, was in aller Welt dieser Bub unter den ‚Vaqueros', diesen Viehtreibern, zu suchen hatte. Das war keine Gesellschaft für einen Jungen; besonders der alte Stone schien ihn zu hassen, und den anderen war er gleichgültig oder lästig. Allein Rob zeigte sich freundlich. Es war aber doch seltsam; hatte der Bub denn keine Eltern, keine Angehörigen? Es gibt in Mexiko wohl eine Menge Kinder ohne Verwandte, aber immer kümmert sich irgend jemand um sie. An all dies mußte ich denken, während ich die Sattelriemen meines Pferdes zusammenzog. Dann aber schüttelte ich diese Gedanken ab; ich war nicht angestellt worden, um mir Gedanken über das Schicksal mexikanischer Waisenkinder zu machen, sondern um mich mit dem Vieh zu beschäftigen.
Gerade in diesem Augenblick winkte Don Soltero von der Terrasse seines Hauses mit einem roten Taschentuch. Die Peo-

nes sprangen mit einem Satz auf die Erde und stießen blitzschnell die Gattertore auf: mit wildem Muhen und unter dumpfen Hufgetrappel stob die Herde hinaus in die weite Ebene. Es waren schöne braune Tiere, wohlgenährt, mit breiter Brust und kräftigen Beinen. Ihre Hörner funkelten im Licht der aufgehenden Sonne. Die Peones waren wieder auf die Zäune geklettert, warfen ihre breiten Hüte in die Luft und stießen die herkömmlichen Freudenschreie aus. Wir Männer galoppierten entlang der Herde und ließen unsere langen Vaquero-Peitschen knallen. Kaum konnten unsere Rufe und Befehle das Dröhnen der unzähligen Hufe und das Gemuhe durchdringen.

Eine riesige Staubwolke erhob sich um die Herde und verdüsterte die morgendliche Klarheit mit bläulichem Dunst. In immer dichteren Schwaden legte er sich um unseren Zug, und wir mußten ihn einatmen; er roch nach warmer Erde.

Der Himmel, hoch über der von den Hufen unserer Tiere aufgewirbelten Staubwolke, wurde, je höher die Sonne stieg, immer strahlender und schließlich glühte er weiß wie Stahl. Schon waren unsere Hemden schweißnaß.

Wie ein Meer aus braunen Rücken, mit Hörnern gespickt, wogte unsere Herde die weiten Abhänge hinab und ließ in der Grassteppe eine breite, wie mit der Walze eingedrückte Spur hinter sich. Wich ein Tier aus der Reihe, so trieben klatschende und drohende Peitschenschläge es sofort wieder an seinen Platz. Mein Pferd Jess umrundete in leichtem Galopp hohe Felsbrocken und wich großen, tiefgrünen Kakteenansammlungen aus. Fern am Horizont wuchsen die Berge der Sierra in den Himmel.

Als ich einmal den Kopf wandte, sah ich, daß der Junge hinter mir ritt. Er blickte zu mir auf und lächelte. Aufrecht und mit einem kindlichen Stolz, der mir Freude machte, ritt er ohne Sattel auf seiner Mähre. Ich zog leicht am Zügel und wartete, bis er auf meiner Höhe war.

«Wie heißt du?» rief ich ihm zu.

«Pablo, Señor.»

«Begleitest du zum ersten Mal eine Herde?»

Er nickte mit strahlendem Gesicht.

«Hast du keine Angst?»
«O nein, Señor! Auch Prezioso hat keine Angst.»
Ich wollte wissen, wer Prezioso sei.
«Mein Pferd!» erwiderte er stolz. Ich mußte lachen.
«Das ist ein schöner Name für ein so schönes Pferd!»
Seite an Seite ritten wir weiter; Prezioso schien Staub und Getrappel schlecht zu ertragen; er schüttelte nervös den Kopf und hatte die Ohren flach angelegt, als ob er ausbrechen wollte. Ich riet Pablo, die Zügel kürzer zu nehmen.
«Woher kommst du?» fragte ich ihn.
«Von Ixtaclan.»
Ixtaclan – das war eine kleine Siedlung im Süden von Puebla. Zehn Hütten um eine alte Kirche herum. Maisfelder. Nichts Interessantes.
«Hast du keine Eltern mehr?»
Das Gesicht des Jungen verdüsterte sich. Nervös zuckten seine Lider und widerstrebend antwortete er:
«Mein Vater... er ist tot.»
«Und deine Mutter?»
«Sie ist auch tot – schon sehr lange.»
«So haben Rob und die anderen dich zu sich genommen?» fragte ich.
Halblaut sagte er:
«Mein Vater hat gesagt: du mußt bei ihnen bleiben...»
Sieh mal an, dachte ich erstaunt, Rob hat den Vater des Jungen gekannt. Ich wollte ihn noch mehr fragen, aber er machte ein so unglückliches Gesicht, daß ich nicht weiter in ihn dringen mochte. Nach einer Weile nahm ich meine Feldflasche und trank ein paar Schlucke von dem lauwarmen, faden Wasser; dann reichte ich Pablo die Flasche.
«Willst du?»
Er nickte, nahm sie und während er trank, blickte er unsicher zu mir auf. Als er dann aber die Flasche zurückgab, lächelte er wieder und schien heiter und guter Dinge.

Ohne Unterbrechung ritten wir bis zum Abend. Nach und nach hatten wir uns an das unablässige Gehämmer der Hufe gewöhnt und schließlich hörten wir es gar nicht mehr. Dies

dumpfe und tiefe Dröhnen schien uns aus der Erde selbst zu dringen. Unsere Gesichter waren gegen Abend mit einer dikken Staub- und Schmutzschicht bedeckt.
Bei Sonnenuntergang kamen wir an den Fluß. Nun brauchten wir unsere Herde nicht mehr anzutreiben. Die Tiere witterten das Wasser und stürmten voran, als wäre Feuer auf ihren Fersen. Obwohl wir Gefahr liefen, an die Felswände gequetscht zu werden, ritten wir im Galopp längs der Herde dahin; wir mußten vermeiden, daß sie auseinanderschwärmte. Durch das unaufhörliche Schreien und Rufen war meine Stimme ganz heiser geworden, und ich krächzte wie eine Krähe.
Endlich kam die Herde am Wasserlauf an; die Tiere stießen und drängten einander, breiteten sich stromauf und stromab am Ufer aus und schritten bis fast an den Leib in das erfrischende Wasser. Rob kam zu mir hergeritten, und während er den Schweiß abwischte, der helle Linien durch die Staubschichten seines Gesichtes zog, meinte er spöttisch:
«Glaubst du, sie lassen uns auch nur einen Tropfen übrig?»
«Keine Ahnung», krächzte ich verdrossen.
Langsam senkte sich die Staubwolke auf die plattgestampfte Erde.
Stille herrschte über der Berglandschaft. Nur manchmal wurde sie durch ein vereinzeltes Brüllen unterbrochen, das unvermittelt aus der ruhenden Herde aufstieg. Wir hatten uns alle auf den Boden geworfen, erschöpft und ausgepumpt. Die abgesattelten Pferde standen müde herum und ließen die Köpfe hängen. Später hörten wir von ferne Rumpeln und Klappern: es war der Wagen mit Margarita, den Lebensmitteln und den Küchengeräten. Kaum angekommen machte sie sofort Feuer und setzte Wasser auf. Wenn sie sich mit ihrem schwarzen Kopftuch über ihren Kochtopf beugte und darin herumrührte, sah sie im Feuerschein wie eine Märchenhexe aus, die geheimnisvolle Zaubertränke braut. Plötzlich richtete sie sich auf und rief mit schriller Stimme nach Pablo; sie befahl ihm, Holz beizuschaffen. Später mußte er Fleisch zerteilen und uns die vollen Kochgeschirre bringen. Einmal stolperte er über eine Wurzel und verschüttete den Inhalt des Geschirrs; schon hatte

Margarita ihm eine Ohrfeige versetzt. Instinktiv riß Pablo den Ellbogen hoch zum Schutz, wie es Kinder tun, die oft geschlagen werden. Ich ärgerte mich so, daß ich nicht weiteressen konnte; nie habe ich zusehen können, wenn Kinder geschlagen werden.

«Laß den Jungen schlafen gehen! Du siehst doch, daß er sich nicht mehr aufrecht halten kann!»

«Wenn er fressen will, soll er auch arbeiten», gab die Alte erbarmungslos zurück

«Er hat genau so geschuftet wie wir», sagte ich. «Laß ihn in Ruhe, er kann dir nichts helfen.»

Ohne auf Margaritas Antwort zu warten, schubste ich Pablo weg.

«Los, verschwinde!»

Er warf mir einen dankbaren Blick zu und sprang davon.

Margarita maulte etwas vor sich hin, wandte mir den Rücken und begann ihren Kessel zu putzen. Das Holzfeuer verglühte. Ich ging wieder an meinen Platz, wickelte mich in meine Decke und versuchte, es mir bequem zu machen. Am Himmel glänzten Sterne mit kaltem Licht. Eines der Pferde schnaubte geräuschvoll, dann war wieder Stille. Ich schlief schnell ein.

2

Blauer verschwimmender Dunst lagerte über der Prärie; an den Felswänden hingen Nebelwolken. Es war sehr frisch. Ich schwang mich in den Sattel, und die Herde setzte sich in Bewegung. Erst als wir eine Stunde lang dahingezogen waren, ging endlich die Sonne auf.

Wir hatten an diesem Tag nur eine kürzere Strecke Wegs vor uns, aber sie war sehr anstrengend. Wir näherten uns nämlich dem Gebiet der ‚Cañons', der tief eingeschnittenen Felsschluchten. Ein einziger falscher Tritt, und man stürzt in den Abgrund. Wir brauchten starke Nerven. Allerdings, mein Vater sagte einmal, ein Mann dürfe keine Nerven haben – Gehirn und Muskeln müßten genügen. Und er fügte hinzu, das Gehirn allein sei nützlicher als alle Muskeln zusammen. Und ob er recht hatte!

«Hooooo! Willst du wohl zurück! Zurück!»

Ein junger Stier war im Galopp über das Gestein gesprungen; mit geschwungener Peitsche sauste ich auf meinem Pferd ihm nach. Der Toro rannte wie toll; plötzlich bremste er, machte kehrt und stand zum Angriff gerüstet vor mir. Er war größer als alle anderen Tiere, tiefbraun, fast schwarz; seine blutunterlaufenen Augen versprachen nichts Gutes.

«Hoooh! Wirst du wohl abhauen!»

Der Toro wich ein wenig zur Seite, setzte aber sofort mit gesenkten Hörnern wieder zum Angriff an. Zweimal zischte meine Peitsche über ihn hin und fiel klatschend auf seinen muskulösen Rücken. Er warf den Kopf zurück und stieß ein mächtiges Muhen aus; seine Hufe scharrten die Erde.

«Gib's ihm, gib's ihm, dem Biest!»

Es war Rob, der mit knallenden Peitschenschlägen zu Hilfe kam.

«Zurück!»

Langsam wich der Stier zurück, aber er schüttelte weiterhin wild den Kopf; dann bäumte er sich auf und gliederte sich unwillig in die Herde ein. Aber immer wieder hob er den Kopf und brüllte dumpf und grollend auf; es klang wie eine Drohung. Bald aber schritt er ruhig und brav, als wäre nie etwas geschehen, unauffällig in der Herde weiter. Ich ließ mein Pferd in Schritt fallen und hängte die Peitsche an den Sattelknopf.

«Mit dem da wirst du noch deinen Ärger haben!» sagte Rob mit verdrossenem Gesicht. Er lenkte sein Pferd mit den Knien, suchte nach seiner Zigarrentasche und bot mir eine Cubana an. Bei einer Wegbiegung sah ich Pablo, der ganz allein abseits dahinritt; seinen großen Sombrero hatte er in den Nakken geschoben.

«Rob», fragte ich, «woher kommt der Junge?»

Rob steckte umständlich seine Zigarre an; unter seinem verbeulten Hut hervor warf er mir einen raschen, prüfenden Blick zu.

«Wer? Pablo?»

«Natürlich – einen anderen Jungen haben wir nicht.»

«Ja, ja», brummte Rob; er zog an der Zigarre und sagte eine Weile nichts; dann antwortete er:

«Er ist ein Huichole-Indio.»

«Du hast wohl seinen Vater gekannt?»

Wieder schoß ein schneller Blick zu mir her.

«Wer hat dir das gesagt?»

«Der Junge.»

«Er redet zuviel», sagte Rob.

Er blickte ausdruckslos vor sich hin und schien nicht in der Laune, mehr zu sagen. Aus langer Erfahrung weiß ich, daß man seine Nase besser nicht in die Angelegenheiten der Kameraden steckt, und deshalb schwieg ich. Rob ritt gemächlich neben mir her und kaute an seiner Zigarre. Die Piste schlängelte sich um steil aufragende, turmhohe Felsen, die ‚Mesas', führte an roten Gesteinswänden vorbei und glitt in Serpentinen an steilen Abhängen in die Tiefe. Nur im Schritt konnten die Pferde den abschüssigen Weg zurücklegen. An den Abhängen wuchsen Yuccapalmen, und ihre spitzen, lanzenförmigen Blätter zitterten unaufhörlich im Luftzug, der aus dem tief eingeschnittenen Cañon heraufwehte.

Gegen Abend machten wir in einer weiten Talmulde Halt. Ein winziger Wasserlauf perlte über das Gestein. Stundenlang drängte sich unsere Herde an diesem Bach, um zu saufen. Stone lehnte müde an einem Felsen und kaute mit ausdruckslosem Gesicht, wie ein wiederkäuender Stier, seinen Tabak. Der immer schweigsame Holländer Pieter flickte an seinem Sattelriemen herum, und die zwei Mexikaner dösten. Rob fächelte sich gelangweilt mit dem Hut Kühlung zu. Dan hatte Feuer gemacht, denn der Wagen mit Margarita und den Lebensmitteln war noch nicht da; unterdessen sollte es Kaffee geben. Pablo war wohl bei ihr zurückgeblieben.
Als später der Kaffee aufgegossen war und wir ihn gierig tranken, ging die Sonne blutrot am Horizont unter. Kaum war sie verschwunden, flatterten im Zickzack gespenstisch Fledermäuse vor dem verglühenden Abendhimmel auf und nieder.
Es herrschte völlige Stille. Warum hatte ich plötzlich ein so ungutes, unangenehmes Gefühl? Mit angespannter Aufmerksamkeit suchte ich es zu ergründen, lange... Und ganz unvermittelt wurde mir klar: auf uns allen lastete, unbewußt wie ein Fluch, ein unausgesprochenes Mißtrauen. Jeder dieser Männer war auf den andern angewiesen – aber jeder stand schweigend für sich allein! Sie sahen alle wie verprügelte, bissige Hunde aus.
Die ersten Sterne begannen zu funkeln, als Margarita erschien; rumpelnd und polternd rollte der Wagen heran. Eine schlanke helle Gestalt sprang heraus; im zuckenden Lichtschein unseres Feuers spannte Pablo die Pferde aus und führte sie zum Wasser. Als er an mir vorbeiging sagte ich:
«Buenas noches, chiquito!» – «Gute Nacht, Kleiner!»
Er wandte den Kopf, sah mich an und sagte im Weitergehen mit einem Schatten seines reizenden Lächelns:
«Buenas noches, señor!» – «Gute Nacht, Herr!»

3

Am anderen Tag begann nachmittags ein heftiger Wind über das Gebirge zu fegen, und in den folgenden Tagen nahm seine Stärke immer zu. Die Luft war zum Ersticken, wir glaubten, in einem Backofen zu stecken. Die Felswände verschwanden hinter rötlichem Dunst. Nur langsam schritten die Gäule voran; schnaubend ließen sie die Köpfe hängen, und Schaum stand ihnen vor dem Maul. Die rote Staubmaske auf meinem Gesicht krachte und splitterte, wenn ich den Mund öffnete oder die Stirn runzelte. Rob ritt neben mir und kaute an seiner ewigen Zigarre. Er blickte zum Himmel auf, an dem langsam seltsam weiße Wolken dahinzogen, leicht und durchsichtig wie Flaumfedern. Ich folgte seinen Blicken.
«Siehst du die Wolken?» fragte Rob. «Das letzte Mal habe ich solche Formationen vor vier Jahren gesehen. In jenem Sommer hättest du dein Beefsteak im Sand braten können.»
Er spuckte in großem Bogen aus.
«Wir sind dieses Jahr zu spät fort. – Heee! Was gibt's dort?»
Er spornte seinen Gaul und verschwand in einer Staubwolke.

Gegen Mittag gelangten wir in eine Ebene, deren Gras rostrot verdorrt war. Ich drehte mir gerade in aller Ruhe eine Zigarette, als hinter mir ein heller Ruf aufklang:
«Señor, Achtung!»
Schnell wandte ich mich um: wie eine tollgewordene Lokomotive stürmte eine schwarze Masse auf mich zu: ein Stier mit blutunterlaufenen Augen, die Hörner zum Angriff gesenkt. Ich riß Jess herum – zu spät. Mein Pferd wurde mitten in die Seite getroffen, schwankte und stürzte zur Erde. Ich hatte gerade noch die Füße aus den Steigbügeln reißen können und flog im Bogen in den Staub. Mit dem Kopf schlug ich an einem Felsen auf und blieb einen Augenblick lang gelähmt und benommen. Der Stier ließ von meinem Pferde ab, da ich auf der Erde lag, und blieb mit gesenktem Kopf schnaubend

stehen. Mühsam rappelte ich mich hoch, in die Knie; mein Schädel brummte wie ein ganzer Hornissenschwarm. Da vernahm ich Pferdegetrappel, und als ich mich umsah, galoppierte Prezioso geradewegs auf den wütenden Stier zu. Ich schrie Pablo zu, wegzubleiben, aber meine Stimme drang nicht durch. Der Junge hielt sich an der Mähne seines Pferdes fest und ließ sich an dessen Seite auf die Erde herabgleiten, wo er im Flug meine Peitsche aufnahm, die mir beim Sturz entfallen war. In diesem Augenblick griff der Stier an; wie ein Sturmwind brauste Prezioso los, um ihm den Weg zu mir abzuschneiden; einmal, zweimal sauste die Peitsche auf seinen Rücken. Wild aufbrüllend sprang nun der Stier das Pferd an, den Schwanz steil in die Luft gereckt – aber er verfehlte Prezioso, der mit einem Satz beiseite sprang. Gleich darauf wendete Pablo das Pferd und galoppierte davon, verfolgt vom Stier, quer über die Prärie. Das flinke, bewegliche Pferdchen schlüpfte zwischen Felsen hindurch, und bald konnte der Stier ihm nicht mehr folgen; er blieb schließlich blöde stehen, und nur sein Schwanz schlug heftig gegen seine Flanken.
Dan hatte aus der Ferne beobachtet, was geschehen war und kam zur Hilfe herbeigeprescht; er versetzte dem Stier so kräftige Schläge, daß dieser zusammenschrak und plötzlich kläglich muhend den Weg zur Herde zurückfand.
Mein Pferd hatte sich wieder aufgerichtet, stand aber nun an allen Gliedern zitternd da; ich nahm ihm den Sattel ab und untersuchte die glücklicherweise nur oberflächliche Hautwunde; das Horn war durch das Sattelleder aufgehalten worden und hatte nicht tief eindringen können. Ich klopfte meinem Jess beruhigend den Hals und sprach ihm ermunternd zu.
Im Galopp kam Pablo wieder aus dem Felsengewirr zurück; er keuchte und war mit Staub bedeckt. Der Schweiß floß ihm über das Gesicht. Mit der Zunge fuhr er über die Lippen, sah auf die Peitsche in seiner Hand, als überlege er, was er damit tun solle, und reichte sie mir schließlich wortlos.
«Danke, Pablo», sagte ich bewegt. «Ohne dich wäre ich erledigt.»
Er lächelte flüchtig, fast spitzbübisch, dann sah er still vor sich hin. Ich stand ziemlich blöde mit hängenden Armen da und

hätte ihm gerne eine Menge gesagt. Aber unsereins, der nicht viel Unterricht gehabt hat, kann kaum ausdrücken, was er denkt. Ich hatte ‚danke' gesagt und das Wort klang so hohl, als hätte ich auf einen alten Kochtopf geschlagen.
Nun kam Dan im Trott hergeritten.
«Wenn es nach mir ginge,» schalt er, «würde ich dem Biest eine Kugel in die Rippen jagen!»
«Du kannst unsere Ware ja nicht kaputtmachen», brummte ich. Mechanisch nahm ich meinen Hut vom Boden und staubte ihn ab. Pablo stand immer noch da und sah mich an. Mit einem Mal sagte er:
«Du hast den Stier beleidigt – er wollte dich töten.»
Maßlos erstaunt hob ich den Kopf.
«Was – was habe ich?»
«Du hast ihn beleidigt. Erinnerst du dich nicht? Du hast ihn mit der Peitsche geschlagen. Ein Toro vergißt nie. Er rächt sich.»
«Herrjemine!» rief ich. «Wenn man das Vieh nicht prügelt, geht es ja nie voran!»
Pablo schüttelte den Kopf. Er war ganz überzeugt von der Richtigkeit seiner Worte.
«Wenn du die Peitsche knallen läßt, gehorcht er. Wenn du ihn schlägst, wird er wild. Der Toro ist stolz.»
Dieser Unterricht in Tierbehandlung verschlug mir beinahe die Sprache. Ich sagte fast ohne es zu wollen:
«Aber du hast ihn doch auch geschlagen!»
Er ließ den Kopf hängen und antwortete bekümmert:
«Ja, ich weiß. Es war schlecht. Aber ich mußte doch, um dich zu retten.»
Das sind Sachen! dachte ich. Ich beleidige einen Stier, und der wirft mich dafür aus Rache in den Sand! Nun, warum auch nicht?
«Na schön», sagte ich scherzend, «ich nehme an, ich muß mich nun bei ihm entschuldigen?»
Pablo schien meinen Scherz nicht zu bemerken; ganz ernst antwortete er:
«Nein... das ist zu spät. Jetzt ist er dein Feind.»

4

In den folgenden Tagen wurde der Sturmwind immer heftiger. Es war, als ob sich die Berge in roten Staub auflösten. Die Herde gelangte nur langsam voran; mit gesenkten Köpfen kämpften die Tiere gegen den Wind an. Wir selbst sahen schon längst kaum mehr wie menschliche Wesen aus. Von Kopf bis Fuß waren wir in einen Staubpanzer gehüllt, der bei der geringsten Bewegung krachte. Meine Augen waren gereizt und entzündet; ich war sehr behindert.

Als wir am Abend des achten Tages an die Stelle kamen, wo wir einen Wasserlauf zu finden hofften, sahen wir nur einen ausgetrockneten ‚Arroyo', ein steiniges Bachbett, zwischen den gelben Steinwänden. Die durstige Herde muhte im Chor und streckte enttäuscht die Köpfe zum Himmel. Uns allen war klar, wir hätten das Schlimmste zu befürchten, wenn auch die kommende Wasserstelle vertrocknet sei. Stone gab Margarita den Auftrag, die Wasserrationen für uns auszugeben; einzeln füllte sie jedem die Feldflasche. Stone wischte über sein schmutziges Gesicht und sagte ernst:

«Ich rate euch, keinen einzigen Tropfen zu vergeuden. Wir wissen nicht, ob wir morgen Wasser finden.»

Wir alle waren ausgetrocknet vor Durst, aber keiner wagte es, mehr als einen Schluck zu trinken.

«Paßt gut auf das Vieh auf», fuhr Stone weiter, «man weiß nie, was in diesen Köpfen vor sich geht. Wenn es Streit gibt, treibt die Anführer weg.»

Am anderen Tag kamen wir in der Abenddämmerung zur nächsten Wasserstelle. Sie war staubtrocken.

Margarita teilte uns die letzte Wasserportion zu. Die ganze Nacht hindurch vernahmen wir das verzweifelte Gebrüll der Herde, und da gleichzeitig unabläßig der Wind heulte, klang es wie ein schauerliches Klagelied. In aller Morgenfrühe zogen wir weiter und kämpften wie die Verzweifelten, um unsere Herde auf der Piste zu halten.

Der Erdboden schien wie in einem gigantischen Feuer verbrannt. Kein Grashalm mehr, kein Busch, nur vertrocknete, rot überstäubte Kakteen. Wenn einer unserer Reiter unvermittelt in einer Staubwolke auftauchte, sah er wie eines der Berggespenster aus, von denen die alten Vaqueros abends am Lagerfeuer Schauergeschichten erzählen. Dunkel erinnerte ich mich an eine solche Geschichte, die von ganzen Herden berichteten, die samt ihren Cowboys in der Einsamkeit der Sierra umkamen, ohne daß man je die geringste Spur von ihnen aufgefunden hätte – doch in wilden Sturmnächten erklinge der ganze Himmel vom Schreien und Rufen, vom Peitschenknallen der Vaqueros und vom wilden Brüllen der verendenden Tiere...

Mit brennenden Augen, den Mund voller Sand, hing ich über dem Hals meines Pferdes. Wenn ich hier jemals lebendig herauskomme, dachte ich, fange ich etwas anderes an, ich werde Käsehändler oder Holzfäller oder Postkutscher, ganz gleichgültig was! Lieber alles andere, als weiterhin meine Hosen auf einem Sattel durchwetzen! Und wenn ich noch so viele Dollars weniger verdiene!

Da mußte ich plötzlich scharf am Zügel reißen: eine kleine helle Gestalt rannte vor mir her und stolperte über einen Stein. Mit einem Kraftausdruck sprang ich vom Gaul, war in zwei Sätzen bei dem Jungen und riß ihn am Kragen hoch:

«Pablo! Was ist mit dir los? Wo ist dein Pferd?»

Er hob den Kopf und ich sah in ein angstverzerrtes Gesicht. Er stammelte:

«Prezioso... er ist verrückt geworden! Er – er hat mich abgeworfen und – und ist davon!»

Das hat ja gerade noch gefehlt! dachte ich.

«Komm», sagte ich und zog ihn mit mir.

Er wehrte sich und wollte sich freimachen.

«Nein! Ich will Prezioso wiederfinden! Laß mich!»

«Dazu haben wir keine Zeit!»

Mit dem Jungen an der Hand ging ich zu Jess zurück, schwang mich in den Sattel und hieß Pablo hinter mich auf die Kruppe steigen. Zu seinem Trost sagte ich:

«Mach dir keine Gedanken, ich kaufe dir ein anderes Pferd.»

Mit angstvoller Stimme fragte er:
«Glaubst du, Prezioso kommt um?»
«Sicher nicht», sagte ich und gab mir Mühe, möglichst überzeugend zu sprechen. «Der schlägt sich durch.»

Bei Sonnenuntergang flammte der ganze Himmel über den Bergzinnen schwefelgelb auf – aber ganz schnell wurde alles wieder farblos und düster.
An einer zerklüfteten Felswand machten wir Halt. Eng aneinander drängten sich die Tiere; dumpfes Schweigen lagerte über ihnen, sie hatten nicht einmal mehr die Kraft zu brüllen. Abseits standen unsere Pferde, auch sie erschöpft und matt.
Die Männer lagerten unter Felsvorsprüngen, hatten die Köpfe unter ihre Decken gesteckt und sahen im Dämmerlicht wie unförmige Larven aus. In meiner Erschöpfung war ich sehr bald eingeschlafen, vernahm aber in meiner schlaftrunkenen Benommenheit unbewußt ein seltsames, fernes Geräusch; ich glaubte, es donnere, aber bald wachte ich an Rufen und Flüchen auf. Ich fuhr hoch – die Tiere waren losgebrochen!
Wie eine ungeheuerliche schwarze Sturmwoge preschte die Herde in die Nacht hinaus. Der Boden dröhnte unter den hämmernden Hufen. Stone brüllte Befehle: wir rannten zu den Pferden, sprangen in die Sättel und stürmten hinter der in wilder Panik entfesselten Herde her. Seite an Seite, eng aneinandergepreßt tobten die Tiere mit dumpfem Gebrüll dahin. Einer von uns schrie auf:
«Zum Teufel! Sie rasen direkt in die Schlucht!»
Ich spornte mein Pferd und stürmte mitten in die Unordnung hinein; unaufhörlich klatschte meine Peitsche auf die Tierrükken. Ich geriet bald ins Gedränge; Jess stolperte und wäre fast von den einherstürmenden Tieren überrannt worden. Erschrocken bäumte er sich auf, ich hatte Mühe, mich zu halten. Unaufhaltsam wie ein Hochwasser führender Fluß drängte die Herde voran. Von irgendwoher vernahm ich Stones Gebrüll, konnte aber kein Wort verstehen. Hinter mir kam Dan angeritten, gefolgt von Piet, den ich an seinem hellen Hut erkannte. Beide winkten mir zu, ihnen zu folgen. Ich verstand, was gemeint war: wir mußten die Herde überholen und ihr

an der Spitze den Weg abschneiden. Das war zwar der sicherste Weg, unter den Hufen der entfesselten Tiere zertrampelt zu werden, aber wir hatten keine andere Wahl. Ich stürmte den beiden nach.

Von den hohen Felswänden kam das Brüllen der Tiere als verstärktes Echo wieder: es dröhnte wie in einem ungeheuren Blechkessel. Nur meterweise konnten wir vorankommen, aber die Herde war schließlich doch weniger schnell als wir. Einmal brach ein Stier aus der Reihe und ging Pieter an; er konnte gerade noch sein Pferd beiseite reißen, dann schlug das Pferd wild aus und traf mit dem Huf genau den massigen Stierkopf. Betäubt blieb das Tier stehen. Wir aber preschten weiter, und bald sahen wir im Dunkel die Spitze unserer stürmenden Herde. Mit verhängtem Zügel sausten wir nach vorne und bogen, nicht mehr weit vom Abgrund, vor den Tieren ein. Es war gefährlich – der geringste Fehltritt eines Pferdes konnte für den Reiter den sicheren Tod bedeuten. Ich verließ mich auf Jess; hoffentlich würde er mich nicht kopfüber in die Schlucht schleudern!

Nun galoppierten wir in breiter Reihe vor der Herde her; der Abstand vergrößerte sich immer mehr. Fünfzig Meter – hundert Meter – hundertfünfzig Meter: und da schien, direkt vor uns, die Erde sich aufzutun! Eine tiefe Schlucht, steil abfallend – und jenseits ahnten wir im fahlen Nachtlicht aufsteigende Berge! Wir waren in der Klemme: vor uns der Cañon, hinter uns die entfesselte Herde, und wir paar Männer in der Mitte. Wir sprangen ab und stellten uns in Linie auf; nun war der Abgrund hinter uns, und vor uns stürmte die wahnsinnige Herde heran, näher, immer näher.

«Revolver 'raus!» brüllte Stone. «Bei drei – in die Luft schießen!»

Wir machten uns fertig.

«Eins – zwei – drei!!»

Der Knall ließ gleichsam die Felswände erbeben; vielfältig rollend kam das Echo wieder. Aber die schwarze wogende Masse vor uns galoppierte weiter auf uns zu – nichts schien sie aufhalten zu können. Wie eine Lawine rollte sie heran. Unsere Pferde wichen trippelnd und zitternd bis an den Rand des Abgrunds zurück. Da, plötzlich, ging es wie ein Zucken

und Beben durch die gerade noch so gleichmäßig galoppierende Masse – die Leittiere wurden unsicher.
«Achtung!» brüllte Stone.
Wir hoben die Waffen.
«Feuer!»
Donnernd krachte die Salve – und nun hielt die Herde und trat ängstlich auf der Stelle. Von hinten schienen noch Tiere nachzudrängen – aber allmählich wurde es stiller. Das Getrappel ebbte ab, und schließlich hörte man nur noch das Scharren und Schlurfen der zahllosen Hufe auf dem steinigen Grund. Mit hängenden Köpfen keuchte und schnaubte das erschöpfte und müde gewordene Vieh.
Wie angenagelt standen wir und sahen wartend und unsicher im fahlen Nachtlicht auf die gespenstische schwarze Schar. Würde sie still halten? Oder würde sie noch einmal unberechenbar losbrechen und uns mit sich ins Verderben reißen? – Es blieb still.
Langsam löste ich meine Finger von der Waffe – jetzt erst merkte ich, wie festgekrampft ich sie gehalten hatte; ich schob sie in die Tasche. Und erst jetzt spürte ich auch, daß mir der Schweiß vom Hals den Rücken herablief, und daß ich naß war, als habe man einen Kübel Wasser über mir ausgegossen.
Ich blickte nach der Seite, zu meinem Nebenmann, es war Rob. Er sah mich an, und ich ihn. Mit dem Handrücken fuhr er übers Gesicht und sagte, während er seinen Colt wegsteckte: «Was man nicht alles anstellen muß, um das bißchen Cornedbeef zu retten!»

5

Es war überraschend, mit welcher Fügsamkeit sich die Herde in der Morgenfrühe auf den Marsch bringen ließ. Sie war wohl zu erschöpft, um überhaupt noch etwas zu unternehmen. Manchmal brach eines der kraftlos gewordenen Tiere in die Knie und fiel dann auf die Seite. War die Herde weitergezogen, so blieb nur ein heller, unbeweglicher Fleck zwischen dem Gestein. Bald danach erschienen hoch am Himmel einzelne Geier, flogen in immer kleineren und engeren Kreisen und stießen dann blitzschnell herab. Diese Raubvögel lassen sich nie eine Gelegenheit entgehen. Wie oft stieß Jess beim Ritt durch den Sand an ausgebleichte, elfenbeinweiße Tierskelette...

Gegen Mittag waren wir unfähig, weiterzureiten; wir machten Halt und legten uns in den Schatten von Margaritas Karren. Der Wüstensand glühte wie ein Backofen; man hätte wirklich ein Beefsteak im Sande braten können! Meine Feldflasche war leer; die letzten warmen und faden Wassertropfen hatten mich nur noch durstiger gemacht.

Die beiden Mexikaner lagen lang ausgestreckt im Sand und starrten mit undurchdringlichem Gesicht in die Ferne; wie aus Stein gemeißelt sahen ihre Gesichter unter den breitrandigen Hüten aus. Stone hatte einen Stoppelbart bis hinter die Ohren bekommen und schnarchte; Dans Augen waren seltsam blutunterlaufen und gerötet. Der Holländer streckte seine Heuschreckenbeine weit in den Sand und hielt krampfhaft seine Feldflasche an den Leib gedrückt; es war noch etwas Wasser drin und er fürchtete wohl, sie würde ihm im Schlaf gestohlen. Rob allein sah wie immer unbewegt und unbeteiligt aus, aber er rauchte nicht mehr. Seine Augen schienen blauer denn je. Margarita war unsichtbar in ihrem Karren unter der Plane, und Pablo lehnte sitzend an einem Rad; er hatte die Augen geschlossen.

Trotz meiner Erschöpfung war ich so klar im Kopf wie selten.

Ich erinnerte mich an Begebenheiten aus meiner Kinderzeit, die ich längst vergessen gehabt hatte. Ich dachte an meine Eltern und meine acht Geschwister, ich sah sie so deutlich, als stünden sie neben mir. Auch die Wälder von Kentucky sah ich, die bis an den Horizont reichenden Steppen und die im Frühling blühenden Bäume. Ich versuchte, diese Visionen zu verscheuchen. Es war nicht möglich. In meinem Kopf drehten sich immer die gleichen Bilder, wie ein Karussel: Wälder – Wiesen – Bäume – ein Bach mit klarem Wasser, und nochmals Wasser, und immer wieder Wasser! Es war zum Verrücktwerden! In der Wüste sollen Menschen schon den Verstand verloren haben. Ich habe nie recht begreifen können, wieso. Jetzt wußte ich es.
Plötzlich hörte ich ein ungewohntes Geräusch, riss meine Augen auf und sah mich um: da rang doch dieser Dreckskerl Dan mit Pablo und versuchte, ihm die Feldflasche zu entreißen! Man hörte nur das Keuchen von Dan und die dumpfen Schläge, die er gegen Pablo führte. Der Junge hockte gebeugt an das Rad gepreßt, versuchte mit erhobenem Arm sich gegen die Schläge zu schützen und drückte mit der anderen Hand die Flasche an die Brust.
Ich nahm meine letzte Kraft zusammen und zog mich langsam hoch; alles um mich zitterte in rotem Nebel, als ich stand, und nur schwankend konnte ich auf Dan zugehen. Ich packte ihn am Hemd und riß ihn von Pablo weg. Mit böse und wahnsinnig funkelnden Augen starrte er mich an und wollte aufspringen; ich versetzte ihm einen Kinnhaken. Er sprang in die Höhe und griff nach seinem Revolver. Aber ich versetzte ihm einen zweiten Schlag, und er ging in die Knie. Ein Fußtritt warf ihn in den Sand, wo er bewegungslos liegen blieb.
Mit stumpfen Gesichtern hatten die Männer zugesehen. Pablo lehnte bewegungslos am Wagenrad, mit schreckgeöffneten Augen. An seiner Wange lief fadendünn Blut herab. Ich machte einen Schritt über den kampfunfähigen Dan hinweg zu Pablo, zog ihn am Arm hoch, und er stand wortlos auf. Schweigend folgte er mir. Ich wies auf meinen Sattel; dort sollte er sich hinsetzen. Er gehorchte. Dann setzte ich mich neben ihn und zog mir den Hut über die Augen.

Plötzlich begann der Junge zu weinen. Zuerst ließ er die Tränen fließen und blieb bewegungslos; dann aber legte er den Kopf auf die Knie; sein ganzer Körper war von lautlosem Schluchzen geschüttelt. Ich mußte mich nervös räuspern; ich wußte nicht, was ich tun sollte, denn nichts bringt mich so durcheinander, wie ein weinendes Kind. Ungeschickt legte ich ihm einen Arm um die Schulter. Er lehnte den Kopf gegen mich und ich hörte sein Schluchzen ganz nah. Ich spürte eine seltsame, mir unbekannte Rührung im Herzen. Ich dachte an Gott und sagte mir: Er ist gut und gerecht. Dieses Kind wird er nicht verlassen. Wenn wir Männer umkommen sollen, dann soll es Sein Wille sein. Aber dieses Kind muß am Leben bleiben. Es ist rein.

6

An diesem Abend hatte sich Rob in meiner Nähe zum Schlafen in den Sand gelegt; ganz plötzlich stieß er einen Fluch aus und fuhr hoch. Er griff nach einem Stein und zerschlug irgend etwas auf dem Boden mit großer Gewalt. Dann riß er heftig seinen Hemdärmel hoch und zerfetzte ihn, um den Ellbogen frei zu bekommen: da sah man neben dem Gelenk im Fleisch eine kleine violette Stelle. Ich wußte, was es war: Der Stich eines Skorpions! Damit ist wirklich nicht zu spaßen.

Rob riß seinen Dolch aus dem Gürtel und machte einen tiefen kreuzweisen Schnitt in die Stichstelle; das Blut spritzte. Schnell saugte Rob die Wunde aus und spuckte das Blut in den Sand. Unvermutet kam Margarita herbei; sie schlug die Hände über dem Kopf zusammen, riß aber schnell entschlossen von ihrem Kopftuch eine Stoffbahn ab und schnürte Rob zur Stillung des Blutes den Oberarm ab. Rob war ganz bleich und biß die Zähne aufeinander. Ich fragte:

«Glaubst du, es wird schlimm?»

«Wenn ich Glück habe, nein.»

Zwischen den Zähnen fluchte er; sein Gesicht war schweißüberflossen.

«Habt ihr nicht etwas Chinin?»

Pieter hatte ein paar Tabletten in seinem Sattelsack; er war immer mit dergleichen Dingen versehen.

Besorgt schüttelte Margarita den Kopf und erklärte:

«Er wird nicht reiten können; wir müssen ihn auf meinen Wagen legen.»

«Dummes Zeug!» brummte Rob. «Ich kann ausgezeichnet reiten!»

Aber sein Gesicht verzerrte sich vor Schmerz und er ließ sich nach hinten fallen. Ich rollte meine Decke zusammen und schob sie ihm unter den Nacken.

Später in der Nacht wachte ich von Robs Stöhnen auf. Ich beugte mich zu ihm hin; mit stockender Stimme bat er um

Wasser. Wenn so ein hartgesottener Kerl wie Rob um etwas bat, mußte es schlimm um ihn stehen. Ich schraubte seine Feldflasche auf, aber er schüttelte den Kopf. Er wußte, sie war leer. Zur Beruhigung meines Gewissens schraubte ich auch meine auf – es war kein Tropfen mehr darin. Rob versuchte zu lächeln.
«Ich habe kein Glück...»
Ein leichtes Geräusch ließ mich aufschauen – Pablo stand hinter mir. Ohne ein Wort zu sagen, ging er zu Rob hin, der ihn verblüfft anstarrte. Pablo kniete neben ihn hin, hielt ihm die Feldflasche an die Lippen und stützte sanft seinen Kopf. Gierig trank Rob. Etwas Wasser lief ihm am Kinn herunter und Pablo fing die Tropfen in der hohlen Hand auf. Nach einer Weile zog er die Feldflasche zurück und schüttelte sie. Sie war leer. Pablo warf mir einen schnellen Blick zu, als wolle er sich entschuldigen, weil er nicht mehr geben konnte. Dann legte er seine nasse Hand auf die fieberheiße Stirn Robs. Schweigend betrachtete der Cowboy ihn; seine blauen Augen hatten jenen seltsamen, jetzt im blassen Mondlicht noch erstaunlicheren Blick, der durch alles hindurchzugehen schien. Dann lächelte er schwach, hob seinen gesunden Arm und griff nach Pablos Hand; er drückte sie lange.
«Bist ein guter kleiner Kerl.»
Dann schloß er die Augen und sein Kopf sank zur Seite.

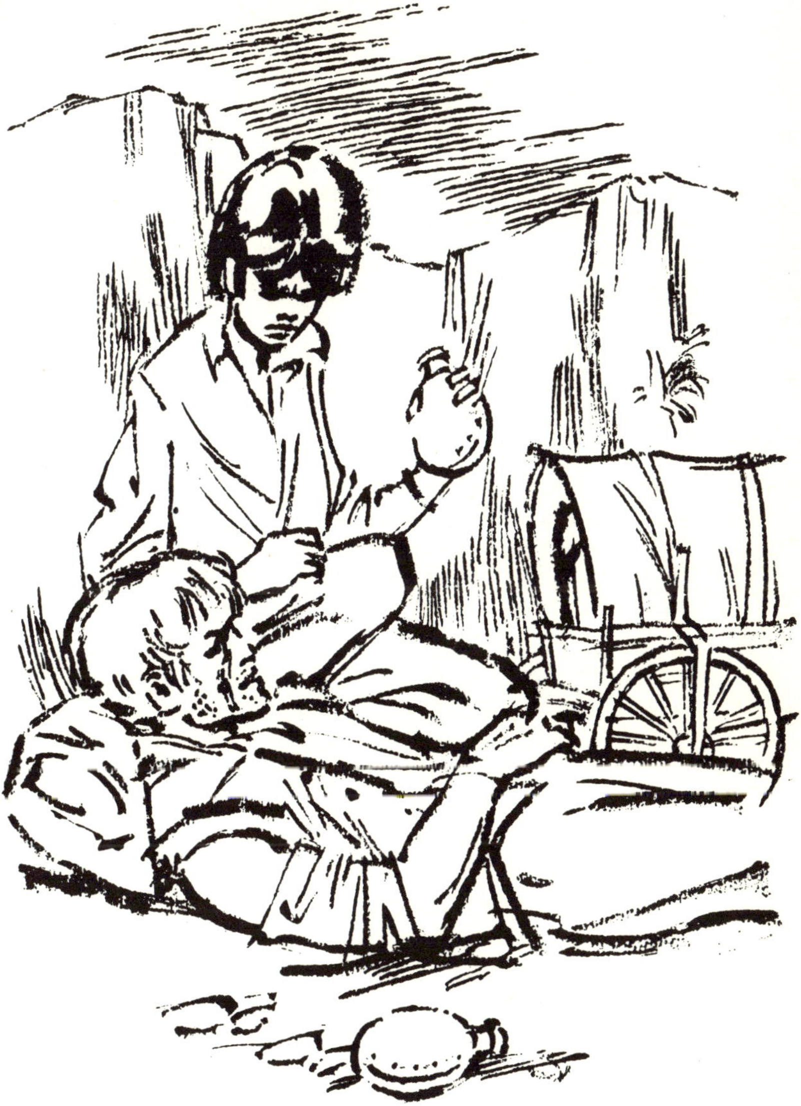

7

Robs Zustand hatte sich gegen Morgen verschlimmert; er sprach irr. Wir mußten ihn in den Wagen legen, aber er weigerte sich und wollte unbedingt aufs Pferd steigen. Wir hatten sehr viel Mühe, ihn zu beruhigen.
Der Wind hatte sich gelegt. Die Ebene lag wie ein ungeheurer grauer Ozean vor uns, in dem gelbe, kleine Felseninseln aufragten. Unsere Herde war in wenigen Tagen fast bis auf die Knochen abgemagert; das Fell hing den Tieren wie ein leerer Sack am Körper. Sie schritten gehorsam und apathisch gleichmäßig voran; immer wieder aber legte sich ein Tier ganz einfach in den Sand und wartete auf den Tod. Stone hatte es längst aufgegeben, die Verluste zu zählen.
Um Mittag winkte mir Margarita von ihrem Kutschbock.
«Es geht ihm sehr schlecht...»
Ich ritt zum Wagen hin, sprang hinüber und kletterte unter die Plane; Jess' Zügel befestigte ich am Wagen. Erdrückende, dumpfe Luft benahm mir den Atem; ich überlegte, daß Rob hier ersticken müsse und schlug das Verdeck in die Höhe. Ein Lichtstrahl fiel nun auf Robs Gesicht und ich erschrak. Es war wachsgelb und seine Nase war ganz spitz geworden. Untrügliches Zeichen; ich wußte nun sicher, daß er verurteilt war. Als ich mich über ihn beugte, lächelte er schwach.
«Geht's besser?» fragte ich in ermunterndem Ton.
Mit rauher Stimme sagte er:
«Hast du nicht etwas Wasser?»
Ich konnte nur eine verzweifelte Bewegung machen.
«Gut. Hat nichts zu bedeuten. Auf alle Fälle – ich bin erledigt.»
Er sprach sehr langsam; immer wieder hielt er inne, um Luft zu holen.
«Ich hab's gewußt... eines Tages mußte es so kommen. Immer wieder hab' ich mir gesagt: Rob, der Himmel wird dich strafen, weil du das getan hast. Aber – ich konnte es ja nicht wissen. Es war nur ein Mexikaner, verstehst du?»
«Ja», sagte ich, «das kann ich verstehen.»

Ich verstand gar nichts.
Rob fuhr mit der Zunge über die Lippen.
«Wie der Junge mir zu trinken gab, heute Nacht – da ist mir klar geworden, daß ich erledigt bin... ja, gerade in dem Augenblick. Warum? Warum?»
Er blickte mich an, als könnte ich allein ihm eine Antwort geben. Ich schüttelte den Kopf.
«Sprich nicht so viel. Du mußt ruhen. Morgen geht es besser.»
Ich war neben ihn unter die niedere Wölbung der Plane gekniet; jetzt richtete ich mich auf, um wegzugehen. Er aber streckte vorsichtig den Arm aus und griff nach mir.
«Warte... du mußt es erfahren. Wenn du's weißt, ich glaube, dann kann ich ruhig sterben.»
Er keuchte. Ich wischte ihm die mit Schweißtropfen bedeckte Stirn trocken; ein Handtuch von Margarita lag neben ihm. Er begann zu sprechen; seine Stimme war so leise, daß ich mich ganz zu ihm hinabbeugen mußte, um ihn zu verstehen. Manches Wort ging mir verloren; der Wagen rumpelte und quietschte.

«Wir waren zu dritt – Stone, Dan und ich. Wir hatten getrunken, im Dorf. Durch den Wald sind wir ins Lager zurück. Spät. Es war dunkel. Nacht. Plötzlich gab's ein Geräusch. Ein Jaguar, er war auf dem Baum, gerade über uns. Auf Stone war er gesprungen. Ich habe geschossen. Aber ich war betrunken, hab' ihn verfehlt. Dan hat einen Witz gerissen. Hat nicht gewußt, was los ist; hat gemeint, wir machen Theater. Und plötzlich war der Indio da; keiner hat nachher gewußt, woher er kam. Mit dem Dolch ist er auf den Jaguar los. Der Jaguar hat von Stone abgelassen und ist auf den Indio gesprungen. Beide haben sich auf dem Boden gewälzt. Wir haben gedacht, er sei erledigt. Aber er hat dem Jaguar den Dolch in die Kehle stechen können. War sofort tot. Dan und ich waren nüchtern geworden und Stone auch, kannst es dir denken! Er hatte eine Lederweste an, die hatte ihn geschützt. Nur ein wenig angekratzt war er. Aber der Indio war voller Blut. Man hat nicht gewußt, ob sein eigenes, oder das vom Jaguar. Aber wie er nicht aufgestanden ist, haben wir gemerkt: es war sein

eigenes. Wir haben ihn ins Dorf getragen, in eine Hütte, und haben gefragt, ob ein Arzt da sei. Es war keiner da. Drei Stunden zu Pferd bis zum nächsten Dorf. Dann habe ich gesagt: ‚Die Indios sind dickfellig. Der kommt ganz allein durch.' Wir haben etwas Geld dagelassen und sind schlafen gegangen.»
Rob hielt inne; er war erschöpft. Als er wieder weitersprach, verstand ich ihn kaum.
«Am Morgen hat uns ein Bauer geholt: ‚Señor, kommen Sie schnell.' Wie wir in die Hütte kommen, liegt der Indio im Sterben. Irgendeine schwere Infektion. Neben ihm hockte auf dem Boden ein kleiner Junge. Der Indio legte ihm die Hand auf die Schulter und sagte: ‚Señor, das ist mein Sohn. Señor, ich bitte Sie: lassen Sie meinen Sohn nicht allein! Wir konnten nichts sagen. Waren wie vor den Kopf geschlagen. Wir konnten uns nicht einmal in die Augen sehen. Haben ein verdammt schlechtes Gewissen gehabt.
Und dann ist der Indio gestorben. Der Junge hat geweint. Stone hat zuerst gesprochen; er hat gesagt: ‚Wir können uns mit dem Kind nicht belasten. Der muß doch Familie haben, hier im Dorf.' Wir haben herumgefragt. Aber der Indio stammte nicht aus diesem Dorf. Er kam von weiter her, von der Küste. Mehr haben die Leute auch nicht gewußt.
Und so haben wir also den Jungen auf dem Hals gehabt. Es war uns nicht wohl dabei. Jedesmal, wenn wir ihn ansehen, müssen wir an den Jaguar denken... und an den blutigen Indio... und halt an alles andere. So etwas kann man nicht vergessen. Deswegen sind Stone, Dan und ich... ja, wir sind alle etwas verrückt geworden in der letzten Zeit. Wir haben nicht...»

Er hielt inne und röchelte. Ich legte ihm die Hand auf die Schulter.
«In Ordnung, Rob. Ich hab's verstanden. Nun ruh dich aus. Ich komm nachher wieder.»
Er schüttelte heftig den Kopf und machte mir Zeichen, zu warten. Im Halbdunkel hatten seine hellblauen Augen einen eigenartigen Glanz.
«Du siehst», konnte er endlich mit rauher Stimme sagen, «ich

fühle mich für das Kind verantwortlich. Denn meinetwegen – ich war schuld, daß man keinen Arzt geholt hat.»
«Sei ganz ruhig», sagte ich.
Wieder krallte sich seine Hand in mein Hemd.
«Mickel...», flüsterte er, «Mickel, kümmere dich um den Jungen. Man darf ihn nicht allein lassen. Er ist... er ist ein braver Bub. Er ist gut.»
«Ja», sagte ich, «beruhige dich nur.»
Rob seufzte tief auf und seine Züge entspannten sich. Seine Hand löste sich aus meinem Hemd.
«Danke», flüsterte er.
Ich kletterte aus dem Karren. Die Sonne brannte auf meinen Kopf, schnell setzte ich meinen Hut auf. Margarita warf mir einen fragenden Blick zu. Ich zuckte mit den Schultern.

8

Als es Abend wurde, begann Rob zu phantasieren. Im Verlauf der Nacht starb er; er kam vorher nicht mehr zu Bewußtsein. Wahrscheinlich ist der Zeitpunkt seiner vertraulichen Erzählung die letzte klare Stunde seines Lebens gewesen.
Wir nutzten die verhältnismäßig kühle Stunde vor Sonnenaufgang aus, ihm ein Grab zu schaufeln. Als wir ihn hineinlegten, sprach Dan ein Gebet. Seltsam klang seine Stimme in der einsamen Stille. Er endete ganz plötzlich, er war erschöpft. Mit halbgeschlossenen Augen schwankte er, als ob er Mühe habe, sich auf den Beinen zu halten. Klatschend fuhr der Wind in die Wagenplane.
Mein Kopf war seltsam leer. Ich hatte einen Freund verloren, ja, aber ich war mir kaum bewußt, eben ein Grab geschaufelt zu haben. Und woher kamen denn diese ausgemergelten, schweigenden und schmutzigen Männer? Mir wurde klar: wir waren noch nicht recht gestorben, aber wir waren auch nicht mehr ganz am Leben. Wir befanden uns, wie schwebend, in einem Zwischenstadium.
Ich sah zu Pablo hin. Er kniete im Sand und betete mit gefalteten Händen; sein Gesicht war undurchdringlich verschlossen, aber in seinen Augen saß Trauer. Ich ging zu ihm hin und legte ihm die Hand auf die Schulter; nur kurz blickte er auf und schlug die Augen sofort wieder nieder. Sein Gesicht verzerrte sich, aber er weinte nicht. Ganz innen im Dunkeln mußte sein Schmerz sitzen. Plötzlich konnte ich mir vorstellen, wie er auf gleiche Art neben seinem toten Vater in der Hütte gekniet haben mochte. Ich sah auch Dan, Stone und Rob, wie sie damals bestürzt betrachteten, was sie angerichtet hatten und sich sagten: ‚Ja, wir haben wirklich eine schreckliche Dummheit begangen!‘ Und da sie nicht bleiben konnten, sagten sie zu dem Kind: ‚Los, komm!‘ Dann war er wohl aufgestanden, gehorsam, hatte nicht die geringste Frage ge-

stellt. Hatte den Sarape über die Schulter geschwungen und war diesen Männern gefolgt, die am Tode seines Vaters Schuld trugen. Ob er es wohl wußte? So ein Junge ist klug. Er muß alles verstanden haben! Warum aber hat er dann nie versucht, seinen Vater zu rächen? Warum hat er nicht Böses mit Bösem vergolten? Warum? Warum?
Ich fuhr mit der Hand über die Stirne. Ich bin nicht besonders intelligent. Es ist qualvoll, nachzudenken und zu grübeln, und doch gar nichts zu verstehen.
Wir brachen auf und zogen weiter. Aus einer gewissen Entfernung konnte man das Grab noch sehen; bald würde es ganz unter Sand vergraben sein und nur noch das Kreuz würde vor dem glühenden Himmel stehen.
Mit hängenden Köpfen ritten wir an den Flanken unserer Herde entlang; sie schleppte sich nur noch so durch den Sand dahin. Unser Verpflegungswagen kroch wie ein schwerfälliges Insekt hinter uns her. Margarita war hart und zäh, aber Müdigkeit und Entbehrungen hatten tiefe Falten in ihr ziegelrotes Gesicht gegraben. Nie hörte man von ihr ein klagendes Wort.
Stone hatte in seinem Gepäck eine Flasche Whisky gefunden. Er trank und meinte wohl, er könnte hierdurch Wasser ersetzen. Schnell wurde er betrunken, aber nicht lärmend, sondern benommen und wie gelähmt. Er hing nur noch in seinem Sattel, schwankte hin und her und sah gereizt aus.
Als wir um Mittag Halt machten, verlor er die Steigbügel und fiel so lange er war in den Staub. Pablo ritt Robs Pferd; er sprang ab und betrachtete Stone neugierig, aber auch voller Mitleid. Ich winkte ihm, er solle in meiner Nähe bleiben. Das Sprechen fiel mir schwer, und meine entzündeten Augen machten mir zu schaffen.
Plötzlich begann Stone sinnlos und unzusammenhängend zu reden. Die Hälfte seiner Worte verschluckte er, und so verstand ich anfänglich überhaupt nichts. Dann aber vernahm ich mehrere Male den Namen Robs; plötzlich brüllte er ‚Drecksmexikaner‘ und ‚Ich will nicht verrecken wie er‘.
Dan hockte auf der Erde und hatte den Kopf auf den hochgezogenen Knien liegen; mit argwöhnischem Blick betrachtete

er seinen Gesellen, der immer noch im Sand lag. Endlich gelang es Stone mit Mühe, sich auf seinen Armen aufzustützen. Langsam wanderte sein stierer Blick von einem zum anderen und blieb an Pablo hängen. Er betrachtete ihn lange, als ob er ihn zum ersten Mal im Leben sähe. Nun streckte er mühsam eine Hand aus und stotterte mit hohler Stimme:
«Du – ja, du – du Rotznase – hau ab!»
Pablo warf mir einen verzweifelten Blick zu; er biß sich auf die Lippen.
«Ja klar», griff nun auch Dan ein und sagte mit bösem Gesicht: «Er soll sich fortscheren!»
Vom Boden nahm er einen Stein auf und zielte nach dem Jungen. Pablo riß den Arm hoch, um sein Gesicht zu schützen.
«Seid ihr bald fertig?» rief ich angeekelt.
Die schwarzen Augen der beiden Mexikaner gingen schnell von einem zum anderen; sonst war ihnen nichts anzumerken. Pieter hob langsam den Kopf und schob seinen Hut in den Nacken; mit abwesendem Gesicht kaute er ein Stück Kaktusfleisch.
Stone starrte mich an; in seinem schmutzverkrusteten Gesicht glühten die Augen wie Kohlen.
«Auch du – dich haben wir schon lange genug gesehen! Schmutzkerl du, Indiokumpan!»
Mit kalter Stimme fragte ich, ob das alles sei. Schwankend erhob sich Stone, und nun stand auch ich auf. Ohne Pablos Hand loszulassen, schob ich ihn sachte hinter mich.
«Stone», sagte ich, «ich will keinen Ärger.»
«Der Lausbub muß weg!» brüllte Stone. «Ist mir gleich, wohin. Aber fort muß er! Er hat uns Unglück gebracht, uns allen! Es ist seine Schuld, wenn...»
«Wirst du bald den Mund halten?» rief ich.
Schwankend kam Stone auf mich zu, und nun stand auch noch Dan auf. Ich mußte auf der Hut sein, Stones Augen behagten mir nicht.
«Er muß verschwinden», grölte Stone. «Ich sage dir, daß er verschwinden muß!»
«Rühr dich nicht!» sagte ich.
Er lachte spöttisch auf und machte einen Schritt voran, und

dann noch einen. Als er ganz nahe war, zog ich meinen Colt und hielt ihn ihm vor die Nase. Er blieb wie angenagelt stehen und schielte auf meine Waffe. Spöttisch zog er die Oberlippe hoch.

«Wenn du dich für so schlau hältst, Bürschchen, dann werde ich dir mal zeigen wie...»

Er hielt inne, denn in dieser Sekunde hatte Margarita von ihrem Kutschbock herunter einen schrillen Schrei ausgestoßen – es klang wie ein Raubvogelruf.

«Schaut doch!»

Mit weit ausgestrecktem Arm wies sie an den Rand des Horizontes, und wir alle rissen die Köpfe herum. Zuerst sah ich überhaupt nichts, meine Augen schmerzten. Doch plötzlich erkannte ich, was Margarita meinte: gerade auf der Horizontlinie, zwischen zwei Berggipfeln, stand eine weiße Wolke. Sie war noch sehr klein, wuchs aber zusehends, und der Wind blies auf uns zu. Eine Wolke – das bedeutete Regen, bedeutete Wasser! Wir waren gerettet!

Wie Besessene begannen die Männer zu brüllen und ihre Hüte in die Höhe zu werfen. Vor einem Augenblick noch waren wir gewillt, einander die Köpfe einzuschlagen – jetzt war alles vergessen. Wir schlugen einander auf die Schultern, wir gratulierten uns, wir boxten uns in die Rippen. Luiz schoß vor lauter Begeisterung das volle Magazin seines Revolvers in die Luft.

Auch das Vieh hatte etwas gemerkt. Ein Stier muhte mit hochgestrecktem Kopf tief auf, ein anderer antwortete ihm, und bald klang es da und dort im Chor. Die Pferde wurden unruhig.

Die Wolke wurde überraschend schnell größer und größer. Bald erschienen andere Wolken daneben und dahinter, weiß und grau, gelblich und fahl angestrahlt. Der Wind veränderte sich: er ließ plötzlich lauter Sandwirbel vom Boden emporwachsen. Und schon vernahm man in der Ferne das Grollen des Donners. Zwischen Wolken und Gebirge zuckte ein Wetterleuchten auf. Der Wind wurde immer stärker; nun wirbelte er mächtige Sandhosen in die Höhe. Die Wolken stürmten mit übergroßer Schnelligkeit näher und verdunkelten die

Sonne: über der weiten Landschaft lag ein schwefliges Zwielicht. Und ganz plötzlich legte sich der Wind. Man vernahm nicht das geringste Geräusch mehr. Unbewegt und wie in Erwartung des Gewitters erstarrt lag die Wüste.

Dann begann der Regen zu fallen. Vereinzelte dicke Tropfen klatschten auf den Sand und wurden verschluckt. Bald waren es mehr und mehr, ein bläulicher ungeheurer Blitz riß den Himmel auf, und betäubender Donner prasselte durch die Luft, die nach feuchtem Sand, nassem Leder und Schweiß roch. Mit einem Male fiel der Regen dicht und eisig, er stand wie ein grauer unendlicher Vorhang um uns. Mit ausgestreckten Händen und offenem Mund ließen wir uns von der Feuchtigkeit laben und durchdringen. Margarita kletterte aus ihrem Karren und stellte alle Blechschüsseln auf, die sie hatte; sie füllten sich im Nu, mit prasselndem, metallischen Klingen, das uns schöner schien als jede Musik. Unaufhörlich knatterten nun direkt über uns die Blitze, und der Donner ließ die Wüste weithin erzittern. Wildjagende Wolken zogen über den Himmel. Der Regen wurde stärker und war mit Hagelkörnern vermischt.

Die beiden Mexikaner tanzten wie wild umher; Stone schlug sich vor Freude auf die Schenkel, und der blonde Holländer Pieter schrie vor Vergnügen etwas Unverständliches in seiner Muttersprache. Pablo hatte die Hagelkörner mit beiden Händen aufgefangen und schob sie sich lachend in den Mund.

Auch ich hatte begeistert und erlöst gelacht, mußte aber plötzlich schweigen. Ich dachte an das Grab, das wir hinter uns gelassen hatten. Nachdenklich ließ ich den Kopf hängen und wischte mir das Wasser über Hals und Gesicht; ich dachte, der Regen hätte zwar Rob wohl auch nicht mehr retten können, ihm aber sein Leiden doch um ein weniges erleichtert.

So unerwartet und plötzlich das Gewitter gekommen war, so schnell verzog es sich wieder. Blendend brach die Sonne durch die Wolken. Aber das Wasser war da; es brach schäumend und plätschernd von den Felswänden herab und wir ließen uns übersprühen; wie Kinder patschten wir im Schlamm und betrachteten glücklich unsere vollen Schüsseln.

Am Abend noch plauderten und lachten wir. Luiz spielte Har-

monika, aller Zwist war vergessen, wir hatten Lust, ein Fest zu feiern. Aber einer sprach Robs Namen aus. Plötzlich waren wir alle still und Luiz packte verlegen seine Harmonika in Margaritas Karren.
Mit aufgestütztem Kopf sah Stone mißmutig auf Pablo. Schon dachte ich daran, meinen Colt bereit zu halten, aber es geschah nichts. Stone stand schwerfällig auf, holte seine Decke und legte sich schlafen. Einer nach dem anderen folgte ihm. Margarita legte noch ein paar Scheite Holz ins Feuer, bevor sie in ihren Wagen unter die Plane kroch. Im Flammenschein sah das Gesicht Pablos traurig und gespannt aus. Ich lächelte ihm zu, und scheu lächelte auch er ein wenig, aber seine Augen starrten sofort wieder mit bitterem und enttäuschtem Ausdruck ins Leere.

9

Der Himmel war durchsichtig, klar und blau. Nachts war der Sand trocken geworden; die Kakteen glänzten frischgewaschen im Morgenlicht. Die Herde trottete recht lebendig voran und wenn sie auf diese Weise durchhielte, könnten wir in vier Tagen in Vera-Cruz sein.
Pablo ritt neben mir; ich fragte ihn, was er in Vera-Cruz tun wolle. Er sah weg und tätschelte den Hals seines Pferdes; dann machte er eine Kopfbewegung zu Stone und Dan hin, die an der Spitze der Herde ritten, und sagte:
«Ich muß bei ihnen bleiben, Señor.»
Er sah bei dieser Auskunft nicht begeistert aus. Ich fragte:
«Würdest du gerne bei mir bleiben?»
Überrascht blickte er mich an; Staunen und Freude standen in seinem Gesicht, aber sofort wurde es traurig.
«Nein», stammelte er, «ich kann nicht.»
Ich steckte mir eine Zigarre an.
«Wieso kannst du nicht?»
Er sah mir direkt ins Gesicht und sagte ernst:
«Mein Vater hat mir befohlen, ich soll bei ihnen bleiben. Ich muß ihm gehorchen.»
Vor Staunen hätte ich beinahe meine Zigarre fallen lassen.
«Ja, ist dir denn nicht klar, daß sie dich nicht ausstehen können?»
Er antwortete nicht gleich; seine Stirne bekam Falten, weil er so ernsthaft nachdenken mußte. Endlich sagte er:
«Mein Vater hat gesagt, die Männer machen manchmal seltsame Sachen, wenn sie in der Wüste nichts zu trinken haben.»
«Was soll das heißen? Da sehe ich keinen Zusammenhang!»
«Señor», sagte nun Pablo sanft, «sie sind nicht wirklich böse!»
Nun geriet ich doch in Zorn!
«Aber weißt du denn nicht, daß sie am Tod deines Vaters schuld sind?»
«Meines Vaters?» fragte Pablo ganz verblüfft. «O nein, nein, Señor! Er ist von einem Jaguar getötet worden!»

«Ja, ja», sagte ich bissig, weil mich diese naive Gutgläubigkeit erbitterte, «aber wenn Stone und seine Bande einen Arzt geholt hätten, wäre dein Vater gerettet worden.»
Pablo schüttelte den Kopf.
«Der Doktor wohnte sehr weit weg!»
«So weit war es nun auch wieder nicht», schalt ich zornig. «Drei Wegstunden sind keine Entfernung. Aber statt ein Pferd zu satteln, haben sie sich ins Bett gelegt, um ihren Rausch auszuschlafen. Und unterdessen ist dein Vater gestorben!»
Bei jedem Wort wuchs mein Zorn; voller Wut zog ich an meinem Zügel und Jess blieb stehen. Pablo starrte mich erschreckt und ungläubig an.
«Señor», sagte er nach einer Weile und bekam einen ganz roten Kopf, «das ist schlecht, was du da sagst. So etwas würde nie jemand tun.»
Eine solche Unschuld! Mir verschlug es die Sprache. Dann hatte ich Lust, laut zu lachen. Donnerwetter! Was für ein Idiot war ich, wenn ich meinte, der Junge wisse Bescheid! Gar nichts wußte er! Er sah die Bosheit nicht. Für ihn war die ganze Welt gut und freundlich. Was für ein Unsinn! Man müßte ihm wirklich sagen, daß die Menschen ichsüchtig und gewissenlos sind, und daß sie einander hassen. Man müßte ihm erklären, wie gleichgültig und verächtlich und eingebildet die Leute sind... Aber wozu schließlich? Früher oder später würde er es selbst erleben, und dann wäre es immer noch früh genug.
Aber jetzt schämte ich mich. Ja, ich schämte mich vor diesem Kind. Ich fühlte mich schäbig. Ohne ihn anzusehen, trieb ich meinen Gaul an und brummte:
«Verzeih mir...»
Etwas später kam mir ein Gedanke. Ich wartete auf den Jungen.
«Hör Pablo», sagte ich, «seit dem Tod deines Vaters war doch Rob für dich verantwortlich, nicht wahr?»
Er nickte.
«Als Rob krank im Karren lag, hat er mit mir über dich gesprochen. Willst du wissen was er gesagt hat?»
«Ja», antwortete Pablo mit gespanntem Gesicht.

«Er hat zu mir gesagt: ‚Sorge für Pablo‘.»
«Ist das wahr?» fragte der Junge mit weit offenen Augen.
«Glaubst du mir nicht?»
Er ließ den Kopf hängen.
«O doch, Señor!»
Ich beobachtete ihn verstohlen.
«Er hat außerdem gesagt: ‚Stone und Dan verstehen nicht, mit einem Jungen umzugehen; sie sind anständig, aber zu alt‘.»
Stille. Ich ließ ihn in aller Ruhe nachdenken. Einen Augenblick lang machte er ein sehr zweifelndes und befangenes Gesicht. Plötzlich aber funkelten seine Augen. Ganz einfach und wie selbstverständlich sagte er:
«Dann kann ich bei dir bleiben, Señor.»
Ich mußte lachen.
«Ausgezeichnet, Pablo.»
«Was willst du mit mir machen?»
«Das weiß ich noch gar nicht», sagte ich fröhlich. «Zuerst will ich dir einmal beibringen, wie man ein ordentlicher Vaquero wird.»

10

Unser Zug näherte sich seinem Ende; noch einen Tag, und wir wären abends in Vera-Cruz. Wir zogen jetzt durch eine sanfte Hügellandschaft; unsere Herde durchquerte ein Birkengehölz und allerorten krachte es von splitternden Zweigen.
Schon sprachen wir von unseren zukünftigen Plänen. Stone erklärte, er wolle wieder in den Norden. Und er meinte:
«Eigentlich haben wir Glück gehabt. Nur einen einzigen Mann verloren.»
Angesichts des Todes waren wir klein und bescheiden, und gerade noch dankbar, wenigstens lebendig zu sein. Kaum aber war die Gefahr überstanden, saß die Frechheit wieder obenauf. Wir fühlten uns stark und unbezwingbar, wir waren lustig. Ein Grab in der Wüste – das hatte ja kaum etwas zu bedeuten!
Als an diesem Abend Dan den kleinen Pablo seine Suppe löffeln sah, sagte er ohne jeden Anlaß:
«In Vera-Cruz schieben wir den Kerl ab.»
«Ist schon geregelt», sagte ich. «Er geht mit mir.»
Dan lachte abfällig.
«Ich habe gar nicht gewußt, daß du dich zum Kindermädchen eignest.»
«Es gibt einen Haufen Sachen, die du nicht weißt», sagte ich in aller Ruhe.
Da hob Juan die Hand.
«Señores – hört...!»
Wir schwiegen und lauschten. Deutlich vernahm man in der Stille Hufgetrappel. Stone richtete sich voller Mißtrauen auf. Zweige krachten, und aus dem Unterholz tauchten Reiter auf. Quer durchs Gebüsch ritten sie auf uns zu. Es waren Mexikaner, sie trugen Lederhosen, bunte Hemden und breite Hüte.
«Buenas noches, Señores», sagte der Mann an der Spitze, ein großer Bursche mit langem Schnauzbart im olivenfarbigen Gesicht; sein knallrotes Hemd leuchtete im Schein unseres

Feuers auf. «Erlauben Sie, daß wir einen Augenblick bei Ihnen rasten?»
Schweigend und unbeweglich betrachtete ihn Stone. Dann setzte er sich wieder und brummte:
«Es ist genügend Platz da.»
Die Männer sprangen von den Pferden und setzten sich zu uns ans Feuer. Stone fragte sie, ob sie etwas zu essen wollten. Auf ihre bejahende Antwort füllte Margarita ihre Geschirre, und sie begannen schweigend und gierig zu essen; sie machten einen sehr ausgehungerten Eindruck. Wir beobachteten sie wortlos. Die Männer waren mit Colts und Haumessern bewaffnet, zwei von ihnen hatten außerdem Flinten. Als sie ihre Geschirre geleert hatten, streckte sich der Mann mit dem roten Hemd, der der Anführer zu sein schien, und verteilte Zigarren.
«Ich heiße Enrico Gomez. Wir sind unterwegs nach Vera-Cruz. Sie wohl auch?»
Stone nickte.
«Ich habe Ihre Herde gesehen», sagte Gomez und stocherte dabei in den Zähnen. «Schöne Tiere.»
«Sie haben drei Tage nichts zu fressen gehabt», warf Dan ein.
Gomez lachte; sein schwarzer, mit Pomade geölter Schnurrbart stand weit ab.
«Sie werden sich mästen können; hier sind die Weiden gut.»
Mir waren diese Burschen verdächtig. Wie sie uns so mit ausdruckslosem Gesicht starr beobachteten, sahen sie wie Katzen aus, die über eine Gemeinheit nachsinnen.
Stone zündete sich eine Zigarre an und fragte ganz nebenbei:
«Bleiben Sie die Nacht über hier?»
Man spürte, er wäre darüber keineswegs begeistert gewesen.
Der Mann lachte und schüttelte den Kopf:
«Wir reiten heute Nacht weiter.»
Eine Weile wurde noch hin und her gesprochen, dann stand der Rothemd-Gomez auf. Er wünschte uns eine gute Zeit.
Ich glaubte in seiner Stimme eine Spur von Hohn festzustellen, und mein Argwohn wuchs. Dann stieg die ganze Bande mit klirrenden und klappernden Waffen zu Pferd, und zum Abschied hob Gomez die Hand:
«Hasta luego! – Auf bald!»

Sie wendeten die Pferde und waren sofort im Nachtdunkel des Gehölzes verschwunden.
Stone kratzte sich verärgert den Kopf.
«Was sagt ihr dazu?»
Ich sagte, ihre Gesichter hätten mir nicht gefallen, und Margarita meinte, sie seien wie Gesindel angezogen gewesen.
«Sie waren sehr gut bewaffnet», stellte Dan fest.
«Faule Kiste!» sagte Stone mißmutig; «heute nacht werden wir auf alle Fälle Wache stehen.»

Die Nacht verging jedoch ohne Zwischenfälle.
«Ich hätte es nicht gedacht», sagte Dan zufrieden, als wir zum Aufbruch rüsteten. «Sie scheinen wirklich verschwunden zu sein!»
Am Nachmittag aber, als wir gerade durch eine enge Felsenschlucht ritten, hob der sonst immer so schweigsame Pieter den Arm und erklärte einsilbig:
«Ein Mann.»
«Was?» fragte ich. «Wo denn?»
Er wies auf eine Anhöhe zu unserer Rechten. Ich schaute mir die Augen aus dem Kopf, entdeckte aber nichts.
«Du siehst wohl Gespenster!»
Er schüttelte den Kopf.
«Meinetwegen», sagte ich. «Wird irgendein Eingeborener sein; der hat Angst bekommen und sich versteckt.»
Nun beschrieb Pieter mit der Hand einen Kreis um den Kopf und deutete damit an, der Mann habe einen Hut getragen. Ich dachte sogleich an die Mexikaner mit den Galgengesichtern, die wir als Gäste gehabt hatten, und fand es richtig, Stone zu benachrichtigen. Im Galopp ritt ich der Herde entlang nach vorne.
«Der Holländer behauptet, auf der Anhöhe rechts einen Mann mit großem Hut gesehen zu haben, Stone. Was denkst du darüber?»
«Mhm», machte Stone und ließ die Augen rollen. Dann brummte er:
«Augen offenhalten!»
Dan spuckte verärgert aus.

«Ich habe doch gespürt, daß die was auskochen!»
«Reg dich nicht auf», sagte ich.
Wir waren also wachsam. Vaqueros mit großen Herden sind für Straßenräuber an den großen Verkehrswegen eine leichte Beute. Bis jetzt allerdings ging alles normal, aber meistens bereitet sich etwas vor, wenn es zu glatt geht. Mir lief ein leichter Schauder den Nacken hinunter.
Ich wendete mein Pferd und ließ die Herde an mir vorbeiziehen. Hinter dem Karren von Margarita bildete ich dann mit Pieter und Luiz die Nachhut. Pablo ritt noch etwas hinter uns; ich rief ihm zu, nicht so weit weg zu bleiben. Gleich trabte er zu mir her.
«Señor», sagte er mit besorgtem Gesicht, «wir werden beobachtet.»
«Siehst du jemand?»
«Nein... aber ich spüre es. Spürst du es auch, Señor?»
Mit gerunzelter Stirn nickte ich.
Gerade in diesem Augenblick knallte vor uns ein Schuß. Am Abhang der Anhöhe stand, wie ein kleiner Pilz, der Rauch des Abschusses. Juans Pferd bäumte sich hoch auf und fiel zur Seite nieder. Der Mexikaner war zu Boden gestürzt, sprang auf und suchte hinter einem Felsen Deckung. Aufgestört sprangen die Tiere nach allen Seiten. Stone brüllte:
«Haltet die Tiere zusammen!»
Ich galoppierte mit geschwungener Peitsche der Herde nach; wir mußten unbedingt vermeiden, daß sie den Cañon verließen und draußen in der Ebene auseinanderrannten. Margarita rief ich zu, ihren Karren quer über den Weg zu stellen. Ein zweiter, dann ein dritter Schuß knallten. Über meinem Kopf hörte ich die Kugeln pfeifen.
Die Herde wurde durch den Wagen aufgehalten und trampelte nun aufgeregt auf der Stelle. Ich sprang vom Pferd, stellte mich an den Wagen und trieb die Leittiere mit der Peitsche zurück. Pieter kam zu mir hergekrochen; seinen Hut hatte er verloren. Pablo war hinter einem Felsen geschützt; ich machte ihm ein Zeichen, dort zu bleiben.
Am Ausgang der engen Felsschlucht hatten Stone, Dan und Luiz unterdessen einige Felsen nebeneinander gerollt und so

den Durchgang für die Herde verschlossen. Wir saßen nun richtig in einer Mausefalle. Die Banditen kannten ihr Handwerk; sie hätten keine bessere Stelle für einen Hinterhalt finden können. Aber sie zielten schlecht – wenn sie nicht eben den Befehl hierzu erhalten hatten. Das Dumme war nur, daß wir nicht wußten, mit wieviel Gegnern wir zu rechnen hatten. Vielleicht waren es nur zwei oder drei; es konnten aber genau so gut fünfzig Männer in dem Felsengewirr versteckt sein.
Plötzlich klang eine Stimme hoch von einem Felsen herab:
«Señores – ohé, Señores – verstehen Sie mich?»
«Ja, ich verstehe dich!» brüllte Stone mit vor Zorn ganz heiserer Stimme. Und er schickte eine Flut von Flüchen nach.
Der andere wartete, bis Stone geendet hatte. Dann rief er:
«Ich bin Enrico Gomez. Erinnern Sie sich?»
Ob wir uns an ihn erinnerten!
«Wir wollen nicht töten», rief er weiter. «Wir haben Hunger, das ist alles. Meine Leute haben seit zwei Tagen nichts gegessen. Laßt uns die Herde, dann könnt ihr weiter. Ich gebe mein Wort.»
Stone brüllte zurück, er solle zum Teufel gehen.
«Überlegen Sie, Señores!» rief Gomez. «Sie sind eingekesselt. Überall stehen meine Leute – blicken Sie sich um!»
Wir blickten auf und im Kreis umher: langsam tauchten überall hinter den Felsen Banditen auf; deutlich erkannten wir vor dem hellen Hintergrund mindestens gegen dreißig Kerle. Wohin wir auch blickten, überall sahen wir die Räuber, als ob sie aus dem Boden hervorgewachsen wären. Die Sonne glänzte auf ihren Waffen. Bewegungslos sahen sie mit frechen Gesichtern zu uns her. Manche grinsten sogar, man sah ihre weißen Zähne leuchten.
«Señor», rief Gomez höhnisch, «wir töten nicht gerne Vaqueros. Machen Sie uns also keine Schwierigkeiten!»
Stone stemmte die Fäuste in die Seite und rief in größter Verachtung:
«Saubande!»
Einen Augenblick war Stille. Dann ertönte wieder die spöttische Stimme von Gomez:
«Ich gebe Ihnen fünfzehn Minuten Zeit. Keine einzige mehr!

Meine Männer warten nicht gerne. Ist die Frist verstrichen, eröffnen wir das Feuer! Und dann wird nicht in die Luft geschossen! Überlegen Sie es! Auf bald, Señores!»

Die Banditen verkrochen sich einer nach dem anderen hinter die Felsen – es sah aus, als wären sie verschwunden. Aber natürlich waren sie noch da und beobachteten uns. In der jetzt eingetretenen Stille tönte nur das Muhen unserer Herde.

Wir gingen zu Stone, der sich unter abscheulichem Fluchen die Stirn wischte. Pablo und Margarita, die auch ein Gewehr trugen, kamen uns nach.

«Wenn ich diesen Gomez hier hätte!» stöhnte Stone.

«Aber er hat uns», sagte ich kalt.

«Einer von uns muß Verstärkung in Vera-Cruz holen», sagte Stone. «Die anderen bleiben hier und verteidigen die Herde. Ein paar Stunden können wir uns halten.»

«Verstärkung holen?» höhnte Dan. «Beim Talausgang wird unser Bote wie ein Sieb durchlöchert sein.»

Mit einem vorsichtigen Blick beiseite meinte er:

«Man könnte ihnen doch die Herde ausliefern.»

«Du bist wohl wahnsinnig?» sagte ich zornig.

Ein Vaquero, der seine Herde preisgibt, ist für immer entehrt. Kein Mensch gibt ihm jemals wieder Arbeit.

«Es muß unbedingt einer die Stadt alarmieren!» beharrte Stone. «Sie müssen uns eine Abteilung Polizei schicken!»

Er schien nicht die Absicht zu haben, selbst hinzureiten. Nacheinander sah er jeden einzelnen von uns an. Und jeder einzelne wendete den Kopf weg. Gerade so gut hätte er fragen können, wer lebensmüde sei! Pieter sah mit völlig unbeteiligtem Gesicht vor sich hin, so, als ob er überhaupt nicht den Sinn unserer Überlegungen verstanden hätte. Da sich schließlich keiner freiwillig meldete, kamen wir überein, das Los zu ziehen. Pablo, wie immer mit schüchternem und abwesendem Gesicht, war neben uns gestanden; nun fuhr er aufgeregt mit der Zunge über die Lippen und sagte:

«Señor...»

Stone sah kaum nach ihm hin.

«Was gibts?»

«Señor – ich kann es versuchen.»

Stone zuckte nur mit den Schultern. Ich griff ein:
«Misch dich nicht hinein, Pablo.»
Er schüttelte heftig den Kopf.
«Ich bin schnell... Ich kann durchkommen. Bitte, laß mich gehen!»
«Hast du den Verstand verloren?» sagte ich verärgert. «Hast du vielleicht Lust, abgeschossen zu werden?»
«Warum sollte er nicht reiten?» höhnte Dan. «Der Junge ging mir sowieso auf die Nerven. Ich hätte ihm in diesen Tagen doch noch etwas klar gemacht. Mhm, ja, wenn wir noch am Leben sind.»
«Schluß!» sagte ich angeekelt. «Der Junge bleibt hier.»
Dan grinste hinterhältig.
«Dann reite du doch selbst!»
Ich preßte die Zähne aufeinander. Ich hatte nicht die geringste Lust, abgeknallt zu werden. Aber jetzt hatte ich keine Wahl mehr. Jetzt ging es um die Ehre.
«Sehr gut», sagte ich.
Pablo starrte mich mit weit aufgerissenen Augen an. Dann sprang er auf mich zu. Sein Gesicht war angstverzerrt.
«Nein, Señor! Nein! Geh nicht! Wenn du gehst, wirst du sterben! Ich fühle es, hier!»
Er hatte die Hand auf die Brust gelegt.
«Nichts da», sagte ich und schob ihn ziemlich grob weg. «Wir sprechen darüber später.»
Ich ging auf mein Pferd zu. Pablo sprang mir nach und hängte sich an meine Jacke.
«Nein, Señor!» sagte er verzweifelt mit flehender Stimme. «Nein, nein! Ich bin klein, ich komme durch! Du nicht! Du nicht!»
«Er hat recht», sagte Stone.
Ich wendete mich langsam um.
«Dreckspatz!» sagte ich zwischen den Zähnen.
Stone sah mir direkt in die Augen; sein Blick war offen und frei.
«Er hat recht, Mickel, du Dickkopf. Der Junge ist klein und leicht. Das Pferd kann mit ihm viel schneller sein. Er hat mehr Chancen als jeder einzelne von uns allen. Und außerdem bist

du ein guter Schütze, Mickel. Wir brauchen dich hier. Vor allem, weil ich ja nur links schießen kann.»

Ich fand keine Antwort. Da ich nichts sagte, gab Stone ein Zeichen und Luiz führte ein Pferd unter eine überhängende Felswand. Pablo stieg auf. Stone ging zu ihm hin, faßte das Pferd am Zügel und sagte:

«Hör gut zu, Junge: Presch los, als wenn Feuer hinter dir wäre! Sieh dich vor allem nicht um! Wir geben dir Feuerschutz mit unseren Gewehren!»

Langsam ging ich zu Pablo hin, zog meine Lederjacke aus und reichte sie ihm.

«Zieh das an... Die Kugeln gehen doch nicht ganz so leicht durch.»

Er sah mit seinem seltsamen, strahlenden Lächeln zu mir auf.

«Danke vielmals, Señor!»

Ich sah weg. Ich fühlte mich jämmerlich, und feig bis ins innerste Knochenmark.

Dan, Stone und Luiz stemmten sich an den Felsblock, um ihn wegzuschieben. Es mußte alles in Sekundenschnelle geschehen, denn wenn wir außerhalb des Schutzes der Felswand standen, konnten die Banditen jede unserer Bewegungen beobachten. Pablo trieb sein Pferd an, es schlüpfte durch die Bresche und sauste im Galopp los. Eine Salve von Gewehrschüssen knallte auf, man hörte die Banditen schreien. Mit verhängtem Zügel flog Pablo dahin; um ihn herum spritzten die Kugeln in den Sand. Das Pferd schlug Haken nach rechts und und links und nützte jede Unebenheit des Geländes aus.

Wir eröffneten das Feuer nach allen Seiten. Ein Bandit wurde getroffen, fiel den Abhang herab und blieb auf halber Höhe im Gebüsch hängen. Seine Spießgesellen brüllten vor Wut.

Pablo lag nach Indiositte direkt auf dem Hals des Pferdes und ritt wie ein kleiner Teufel. Plötzlich hörten wir Geschrei und Hufgetrappel: zwei Banditen galoppierten dem Jungen nach! Ich wartete kurz, bis ich sie richtig vor dem Gewehr hatte, zielte sorgfältig und drückte ab.

Das Pferd des einen Banditen brach zusammen. Gleichzeitig krachte ein zweiter Schuß. Der andere Reiter flog im Bogen durch die Luft, fiel auf die Erde und rührte sich nicht mehr.

Pieter senkte gelassen seine noch rauchende Pistole. Nie verfehlte er sein Ziel.
Eilig lud ich meine Waffe wieder. Pablos Pferd flog wie der Wind davon; in einer Wolke von Staub sauste es einen Abhang hinab. Dann gerieten Roß und Reiter uns aus den Augen. Die ganze Wut der Banditen richtete sich nun gegen uns. Die Schüsse hagelten nur so hernieder, und rings um uns spritzte Sand auf. Ein Pferd wieherte vor Schreck laut. Stone brüllte:
«Ein Mann zum Schutz des Wagens! Schnell!»
Pieter und Juan krochen zwischen dem Gestein zum Karren hin und nahmen zwischen den Rädern Stellung.
Unser Vieh rannte richtungslos und unruhig durcheinander. Über unsere Köpfe hin pfiffen und schwirrten die Kugeln.
Plötzlich stieß Stone einen unterdrückten Schrei aus und ließ seinen Colt sinken; ein breiter roter Fleck erschien auf seiner Schulter. Ich rief ihm zu:
«Ist es schlimm?»
Er schüttelte den Kopf und nahm den Colt in die rechte Hand.

Die Stunden zogen sich hin und wollten nicht enden. Zielen, laden, zielen, schießen, laden, noch einmal. Die Sonne brannte uns auf die Köpfe und blendete die Augen. Wir konnten Gegner abschießen, so viel nur möglich war – es kamen immer neue. Fast hätte man glauben können, sie erhielten Zuzug. Am späten Nachmittag trat Stille ein; es schien, die Banditen überlegten eine andere Taktik. Beunruhigendes Schweigen lag über dem Felstal.
«Was kochen sie wohl jetzt aus?» fragte Dan und wischte sich über das pulvergeschwärzte Gesicht.
«Sie verhandeln über die beste Art, wie sie uns in den Rücken fallen können», brummte ich.
«Glaubst du, der Junge hat Erfolg?» fragte Dan weiter. Woher sollte ich das wissen? Ich zuckte die Achseln. Mein Mund war ausgetrocknet und schmeckte nach Rauch und Pulver. Ich war völlig erschöpft; ich legte den Kopf an einen Stein und preßte die Fäuste zusammen. Wenn dem Jungen etwas geschieht, mußte ich denken, ich könnte es nicht ertragen! Ich würde verrückt! Mein Gott, wie konnte ich es zulassen, daß er fortritt!

Dan fing schon wieder zu sprechen an; er war ein Mensch, den die Anspannung geschwätzig machte. In einem fort mußte er plappern.
«Eigentlich hat er ja Mut, der Junge...»
Da niemand etwas sagte, fuhr er fragend weiter:
«Hättest du vielleicht gedacht, daß er das für uns tut?»
«Kannst du nicht endlich den Mund halten?» fauchte Stone ihn an; er biß die Zähne zusammen; sein Hemd war naß von Blut.
Bei den Banditen herrschte völlige Stille; man hätte annehmen können, sie wären in Rauch aufgegangen. Aber wir spürten doch, daß sie rings um uns überall auf der Lauer lagen.
Die Sonne sank zum Horizont; der Himmel wurde gelb und schließlich blutrot.
Plötzlich fing von allen Seiten wieder das Schießen an, und außerdem kamen die Schüsse aus geringerer Entfernung. Die Schützen krochen im Schutz der Felsen näher an den Cañon heran. Manchmal sahen wir ein helles Stück Hemd oder einen Hut, aber die Sicht wurde immer schlechter. Glücklicherweise waren die Banditen feige; sie wagten keinen offenen Angriff. Ihre Taktik, schien uns, war leicht zu durchschauen: sie wollten warten, bis wir unsere Munition verpufft hatten, und gedachten dann, wie die Geier auf uns herabzustoßen.
Die Sonne war nun fast ganz verschwunden; gerade sah ich noch ihren letzten Rand im Dunst versinken. Ich sagte mir, ich sähe sie vielleicht zum letzten Mal. Dann wäre also Pablo der einzige Überlebende unserer Mannschaft? Was für ein Witz des Schicksals – dann hätte ja meine Feigheit ihm das Leben gerettet! Wenn es dem Jungen wirklich gelungen war, zu entkommen, brauchte ich mich wenigstens nicht mehr zu schämen, daß ich schlapp und feige gewesen war.
Einmal wenigstens wäre etwas Gutes dabei herausgekommen. Was sind wir Menschen denn, was bedeuten wir? Nichts! Morgen früh wird wie immer die Sonne wieder aufgehen, und vielleicht werden wieder andere Vaqueros mit ihrer Herde über die Sierra ziehen. Vielleicht finden sie unsere Leichen oder unsere ausgebleichten Knochen und sie sagen dann: «ein Mann ist getötet worden – ein paar Männer sind getötet wor-

den» und sie werden ein Grab schaufeln und vielleicht sogar ein Gebet sprechen. Und dann werden sie weiterziehen. Am gleichen Abend im Saloon werden sie schon nicht mehr an uns denken. Warum auch? Das Leben geht weiter. Nichts hat sich geändert.

II

Fahle Dämmerung herrschte nun. Unser Patronenvorrat ging zu Ende. Das Vieh war schon lange still geworden. Nur das Knallen der Schüsse hüben und drüben und das Pfeifen der Kugeln durchbrach manchmal die Stille.
Plötzlich stieß Dan mich mit dem Ellbogen in die Seite.
«Hör doch!»
Ich hob den Kopf, doch zuerst vernahm ich gar nichts. Dann aber glaubte ich in der Ferne Hufgetrappel zu hören. Dan sah mich an; er riß die Augen so weit auf, daß ich im Dunkel das Weiße schimmern sah.
«Hörst du? Sie kommen! Wir sind gerettet!»
Das Hämmern der Hufe kam immer näher und bald sahen wir die Reiter, die in vollem Galopp heranfegten. Es war eine große Gruppe, mindestens fünfzig Pferde. Alle Erschöpfung fiel von uns ab, wir brüllten und warfen unsere Hüte als Erkennungszeichen in die Luft. Wir sahen, wie ein Teil der Reiter ausschwärmte und die Anhöhen von hinten her stürmte; eine andere Gruppe preschte mitten in unser Tal und feuerte auf die Höhen hinauf – aber kaum ein einziger Schuß kam ihnen entgegen. Die Banditen schienen vor der sichtlichen Übermacht einfach auszureißen. In der Ferne sahen wir einige gebückt durchs Gestrüpp springen; sie suchten wohl ihre Pferdeplätze auf, um möglichst schnell zu verschwinden. Ein paar Verfolger setzten ihnen nach.
Ein Reiter in mexikanischer Tracht, einen scharlachrot und schwarz gestreiften Sarape über der Schulter und einen dunklen Bart im Gesicht, kam auf uns zu, den Revolver noch in der Hand. Es war der Anführer der aus Polizisten, Vaqueros und Farmern bestehenden Mannschaft.
«Ihr seid gerade zur rechten Zeit gekommen!» sagte Dan.
«Wißt ihr, wer euch angegriffen hat?»
«Er nannte sich Enrico Gomez, wenn der Name echt ist.»
Der Mann machte eine verächtliche Geste.

«Ich kann's mir denken, wer es ist. Dem ist der Strick schon lange sicher.»
Er sah uns alle an, einen nach dem anderen.
«Keine Verwundeten?»
«Habe was abbekommen, ist nicht schlimm», brummte Stone.
Ich schob meinen Hut in den Nacken.
«Hat ein Bub Sie benachrichtigt? Wo ist er?»
Der Mann warf mir einen schnellen Blick zu.
«Der Junge? Er liegt im Sterben, Señor.»
In mir wurde alles leer. Ich hatte keinen einzigen Gedanken mehr. Ich fühlte nur, wie das Blut heftig in meinen Schläfen und im Hals klopfte. Wie von ganz weit her vernahm ich, kaum kenntlich, die Stimme Stones:
«Wie sagten Sie, Señor?»
«Er liegt im Sterben», wiederholte der Mann. «Er ist in den Rücken geschossen worden.»
«Aber... aber...» stammelte Dan. «Er hat Sie noch benachrichtigt?»
«Ja. Er ist gerade noch in die Stadt gekommen, dann fiel er vom Pferd. Irgendwelche Leute haben es beobachtet, haben ihn aufgenommen und gaben uns Nachricht.»
Er zögerte eine Weile, dann sagte er:
«Es tut mir sehr leid, Señores...»
Stone wendete sich langsam ab. Mühsam hob er den Arm und warf den Colt mit Getöse zu Boden. Er preßte die Hand auf seine Wunde und lehnte sich schwerfällig an einen Felsen. Schwer atmend und stöhnend brachte er mit heiserer Stimme schließlich nichts anderes heraus als:
«Gott verzeih uns... Gott verzeih uns allen...!»

12

Pablo lag auf einem Strohsack, die Arme entlang dem Körper ausgestreckt. Sein Gesicht war wachsbleich, er atmete kaum. Er war weit weg von uns, er war bewußtlos.

Hinter ihrem schwarzen Schal schluchzte Margarita leise; es war bestürzend, diese harte und vertrocknete Frau weinen zu sehen. Stone trat von einem Bein aufs andere und schwankte wie ein großer Tanzbär. Dan zitterte von Kopf bis Fuß; seine Augen blickten angstvoll in die Runde. Mit klirrenden Sporen kam Pieter langsam in die Hütte und nahm wortlos den Hut ab.

Lange standen wir schweigend vor dem Lager. Endlich sagte Stone leise:

«Wenn er gesund wird, will ich ihm einen Sarape kaufen. Und Sandalen. Er braucht nicht mehr barfuß zu gehen.»

«Man muß ihm auch die Haare schneiden», flüsterte Dan. «Wir sind hier nicht bei den Wilden.»

Luiz drehte seinen Hut unablässig in den Händen; verlegen stammelte er:

«Wenn ich... wenn ich ihm meine Harmonika gäbe – glaubt ihr, es machte ihm Freude?»

Schweigen. Stone kratzte nervös an seinem Verband. Leise fragte er mich in fast flehendem Ton:

«Mickel – glaubst du – er kommt davon?»

Ich antwortete nicht. Ein Klumpen steckte mir im Hals. Wie gerne hätte ich geheult, ohne Scheu, gerade wie Margarita. Das war mir schon so lange nicht mehr passiert – mit zwölf Jahren glaube ich, ja, da hatte ich zum letzten Mal geweint. Aber jetzt, mit einem Mal, wurden meine Augen feucht. Es war wie eine Erlösung. Ich drückte die Hand auf die Lider. Alles wurde schwarz und dunkel, die Gegenwart verschwand. Ich fühlte mich wieder jung und sauber. Ich wußte nichts Böses. Die ganze Welt war gut, und ich, ich glaubte an diese Welt. Ich war wieder zwölf Jahre alt. So alt wie Pablo.

Als ich den Kopf wieder hob und die Augen öffnete, schienen Stunden vergangen zu sein. Plötzlich bewegte Pablo leicht einen Arm. Seine Lider zuckten. Dann schlug er die Augen auf. Zuerst war sein Blick starr und ausdruckslos. Nun erkannte er uns. Ganz schwach lächelte er uns zu. Dann fielen ihm die Augen wieder zu. Sein Atem ging regelmäßig.
Stone trat zögernd einen halben Schritt vor. Er war sehr bleich.
«Ist... ist er tot?» brachte er fast stimmlos heraus.
«Nein», antwortete ich. «Er schläft.»
Ich wendete mich ab und ging langsam aus der Hütte. Mit gesenkten Köpfen folgten die Männer, einer hinter dem andern. Von den Bergen kam ein frischer Wind. Der Himmel war schwarz und still. Am Horizont zeigte sich ein schmaler heller Lichtstreifen. Der neue Tag brach an.

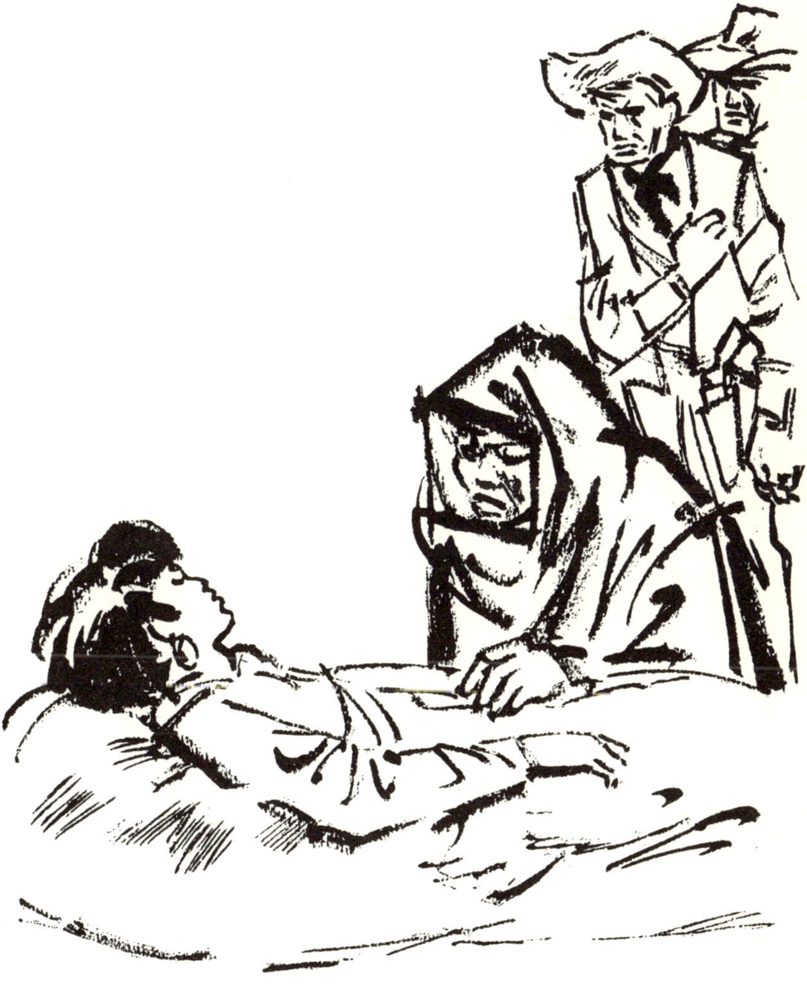

Wort- und Sacherklärungen

Cañon	(sprich: kanjón) span. = Röhre. Bezeichnung für schluchtartiges, enges Tal in den Gebirgsgegenden Südamerikas.
Chinin, das,	Bekanntes Fiebermittel. Wird aus Chinarinde gewonnen.
Corned-beef	(sprich: kårnd bif) engl. = Rindfleischkonserve.
Corral	span. = Umzäunung. Viehpferch in Südamerika.
Hazienda	(sprich: assiénda), in Südamerika Landbesitz, auf dem Viehzucht betrieben wird.
Jaguar	(felis onca), gefleckte, leopardenähnliche Grosskatze; kommt in Amerika vor.
Mesa	span. = Tisch. Bezeichnung der Tafelländer in Südamerika und Spanien.
Peon	span. = Tagelöhner, Handlanger, Hirt.
Prezioso	(sprich: pressioso), span. = kostbar, wertvoll. Auch Eigenname.
Saloon	(sprich: selùn), Gastwirtschaft, Kneipe in den Südstaaten der USA.
Sarape	buntgestreifte mexikanische Wolldecke; wird als Umhang getragen.
Señor	(sprich: senjór), span. = Herr.
Sierra	span. = Säge. Bezeichnung für Gebirgsketten in Spanien und Südamerika.
Toro	span. = Stier. (hiervon: *Torero* = Stierkämpfer).
Vaquero	(sprich: wakéro), span. = Rinderhirte.
Yankee	(sprich: jänki), abschätzige Bezeichnung für Nordamerikaner.
Yuccapalme	(auch *Palmlilie*), Pflanze der Liliaceengattung, mit holzigem Stamm, Blattschopf und weißer Blütenrispe.

aare

Federica de Cesco

Der Flug des Falken

Ab 14 Jahren, 338 Seiten

Jun reist von Japan nach Kanada, um ihre indianische Grossmutter zu suchen. Sie lernt Ronnie kennen, einen feinfühligen Zwanzigjährigen, der sich in Jun verliebt und sie auf ihrer Reise zu den Blackfeet-Indianern begleitet. Mit ihrer Großmutter wandert Jun auf den Spuren ihres Großvaters Noburo. Beim Abschied überreicht ihr die Großmutter das Familienschwert der Hatta. Jun kehrt damit nach Tokio zurück. In diesem Werk wird, zusammen mit dem Buch «Die Schwingen des Falken», ein unbekanntes Kapitel moderner Geschichte aufgearbeitet: Während des Zweiten Weltkrieges hatten die Kanadier, nach dem Eintritt Japans in den Krieg, Lager für die Japaner eingerichtet, in denen diese auch interniert wurden. Die später zu Tausenden in ihr Mutterland zurückgekehrten Japaner aus den «Nikkei»-Familien versuchten, dieses Kapitel aus ihrer Vergangenheit zu vertuschen.

aare

Donna Sharp

Das Tagebuch der Marie Lucas

Ab 14 Jahren, 174 Seiten

Die 16jährige Marie hat vor kurzem ihren Vater verloren. Aufgrund ihres Bestrebens, alle Probleme möglichst rational zu betrachten, ist sie nicht imstande, darüber richtige Trauer zu empfinden.

Durch die Bekanntschaft mit Dennis bekommt sie Kontakt zu den «Trendies», deren oberflächliche Lebensart ihr eigentlich fremd ist. Doch Dennis zeigt Interesse an Marie, und seine Aufmerksamkeit tut ihr gut. Die Einladung zu seiner Party nimmt sie deshalb gerne an. Als sie jedoch merkt, daß sie und zwei andere Freunde nur eingeladen sind, um verspottet zu werden, löst dies Auseinandersetzungen zwischen den Gruppen aus, die schließlich den Anstoß geben zu lernen, daß sie mit ihren wahren – auch irrationalen – Gefühlen leben muß.

aare

Allan Frewin Jones

Rahels Party

Ab 14 Jahren, 224 Seiten

Die 16jährige Rahel weiß, daß sie mit ihrem Übergewicht und der Brille nicht dem Schönheitsideal entspricht. Im Kunstunterricht ergibt es sich zufällig, daß Tony und Rahel ein «Paar» bilden müssen. Ganz langsam entwickelt sich eine private Beziehung zwischen den beiden, die zu Beginn allerdings von Unsicherheiten und Fragen begleitet ist. Auf Rahels Geburtstagsparty schenkt Tony ihr ein Kettchen mit einem Anhänger. Rahel ist glücklich. Auf dem Höhepunkt der Party aber entrollen die Freunde von Tony, ohne sein Wissen, das postergrosse Foto mit der dicken Rahel im Badeanzug, das er vor langer Zeit von Rahel gemacht hat. Rahel ist am Boden zerstört. Erst nach mehreren Tagen fühlt sie sich wieder stark genug, sich mit Tony zu treffen. Und nach einem langen Gespräch getraut sie sich, ihm einen Stempel auf den Arm zu drücken: «Eigentum von Rahel Ronchetti».

aare

Susan Sharpe

Der Geist des Adlers

Ab 10 Jahren, ca. 176 Seiten

Aaron macht mit seinen Eltern Urlaub im Reservat La Push, das den Quileute-Indianern gehört. Er lernt den Indianerjungen Robert kennen. Die beiden kommen sich näher, und Robert erzählt Aaron vom alten indianischen Brauch „Spirit Quest": Junge Männer verbringen einige Zeit allein in der Wildnis und versuchen dabei, ihren persönlichen Schutzgeist zu finden.
Die beiden beschließen, zusammen mit Roberts großem Bruder Joe auf Geistersuche zu gehen. Zu dritt suchen sie sich ein einsames Stück Strand. Als am zweiten Tag drei Mädchen auftauchen, ist das die Gelegenheit für Aaron und Robert, sich abzusetzen, um ihr persönliches Spirit Quest abzuhalten. Sie campen auf der nächsten Landzunge. Bei Einbruch der Dunkelheit entdecken sie nahe am Meer einen in einem Fischernetz verfangenen Adler. Und wenn die beiden Jungen ihm nicht helfen, wird er sterben...